浙江大学一流基础骨干学科建设计划资助项目

陈力君

——著

参照，
比照
和映照

从文学到影视的转换研究

ZHEJIANG UNIVERSITY PRESS
浙江大学出版社

目　　录

上编
现当代作家、作品研究

鲁迅启蒙小说中的师者形象 *

一

现代启蒙者以理性的方式开启蒙昧者的精神空间,光照被蒙蔽的灵魂世界,使"人类脱离自己所加之于自己的不成熟状态"①。中世纪后的西方社会,启蒙思想家在精神空间质疑基督神学的神圣,在现实空间反叛教会的世俗权威,逐步确立了成熟的启蒙理论体系,反叛权力控制成为启蒙运动的行为特征。此番启蒙精神原旨中隐含着存在的成熟/启蒙者和不成熟/被启蒙者的两种状态。由此,启蒙主义精神的文学文本往往借此构置启蒙者和被启蒙者两类人物形象,通过启蒙者对被启蒙者的精神救赎解除愚昧和麻木,实现个体独立和精神自主。在这些作品中,启蒙者往往因为握有现代文明成果和现代知识被尊奉为清醒的智者而被推崇并赋予历史的责任承担。进入日益成熟且分工明确的现代社会后,启蒙者的角色由从事文化教育职业的各类师者承担。在启蒙关系设置中,师者握有知识,传承人类精神成果文化遗产,被视为智慧的代言者。他们借用现代知识来驱除蒙昧,确立理性精神,由此,师者因为拥有知识等同赢得了实施启蒙的有效工具,因而在具体的启蒙文学文本中,师者直接被演化为启蒙者角色。但是启蒙文学中的启蒙者只是沿用了传统师者一面的角色功能,因为启蒙文学通过师者的启蒙实施效果(也会)成为悖论性的存在。通过师者传播知识是人类承

* 原载《上海鲁迅研究》2005年第1期,第138-149页。原文标题为《启蒙者的设定与质询——鲁迅小说中的师者形象研究》。

① 康德:《答复这个问题:"什么是启蒙运动"》,何兆武译,《历史理性批判文集》,北京:商务印书馆1990年版,第22页。

袭至今的有效的传播途径，师者形象握有知识，在启蒙文学中既可能是知识的传播者，又可能是传统文化的维护者，甚至可以借用知识特权维护社会政治权威。现代知识代表了启蒙理性精神，而文化表达了传统的传承关系，所以在启蒙文学文本中，师者形象既是麻木灵魂的引导者，又是蒙昧的既定传统的延续者。因此师者本身形象意义的双向驱动和内在的悖论构成了启蒙文学对知识的推崇和拷问，形成了富有意味的角色符号。

中国现代的启蒙文学中，师者的悖论在鲁迅作品中成为典型。作为现代中国的启蒙主义先驱，鲁迅以现代白话小说这种新型文学样式开启了启蒙文学的先河。启蒙主义促使他产生了打破"铁屋子"的信心和勇气，也成为他一贯坚守的文学信念，"我仍抱着十多年前的'启蒙主义'，以为必须是'为人生'，而且要改良这人生"①（《我怎么做起小说来》）。但鲁迅不仅是启蒙主张的提倡者，他还以深刻的否定性评判、以纷繁复杂的艺术形式透露了对启蒙的思考以及对启蒙的质疑。鲁迅小说中启蒙话语的言说与对启蒙话语的拷问形成的对话直接体现在他对师者形象的思考上。以往对鲁迅小说中所蕴涵的启蒙精神的研究，往往停留在启蒙理念的阐释，如直接以知识分子和底层农民群体概括鲁迅小说人物形象，在意识形态阅读观念的引导下注重文学文本中的意义阐发，在解析人物形象类型时还未能对形象类型的内在进行深入考察。然而，鲁迅小说能够获得长久生命力，不仅是因为他在文本中表达了对启蒙的深刻思考，在人物的刻画和描绘中体现其思想力度，同时也因为他对启蒙的思考由概念和说理转化为具体的审美形象，在感性和具象中显示其丰富而复杂的人性色彩。而鲁迅启蒙文本中的师者这一形象类型，正体现了鲁迅在具体的历史语境中的现实对接和探究。文本中通过师者这一形象表达的悖论和张力更显示了启蒙主义的复杂纷繁以及矛盾冲突，也显示了特定文化氛围中的启蒙主义特色。

师者职责功能体现在师者现实具体的社会活动中。在多层多面的社会架构中，资源的分布和分配，无论是物质现实还是精神现实都不均衡，存在巨大差异。资源差异的存在带来了资源流动。物质的多寡差别产生了经济贸易，因知识的足乏差异也产生了文化的交流和传播。社会分工的出现促使了私有制的产生，带来了财富的聚敛，而权力的获得的驱动就是经济利益的获得，同时也表现为对文化资源的占有。代表文化资源权力分工的占有，出现人类最早的师者形象——巫师，他们被视为能解释上天意志神秘符码的先知。巫师这一群体通过形式化和神秘化的途径将知识变为上天的宣谕，由此获得较高的社会地位。他们就是原始社会的知识群体。他们的社会角色是对他人宣讲上天意志，阐释上

---

① 鲁迅：《鲁迅全集》第4卷，北京：人民文学出版社1981年版，第512页。

天意图。这一过程就是当时语境下的知识传播的过程,也是迎合权力意志的展示过程。这一专属于巫师阶层的行为也使得巫师阶层群体成为当时拥有知识特权的知识阶层。他们不仅拥有知识,也拥有由知识衍生的价值预设和价值判断特权,成为整个社会的施教者,其他民众则成为受教者。施教者和受教者间的活动展开显示了知识的流动趋势,也深刻地表达了权力等级。法国后现代思想家福柯认为权力无处不在,权力深潜在社会的各种关系网中。而启蒙文学作品中师者的形成和存在深层次地表达了知识权力关系。当然,与现实的政治权力相较,知识权力的世俗表达必须附着于政治权力才能发挥作用。启蒙运动的祛魅作用是针对传统知识的一次权力解构,即希望通过理性和知识驱除愚昧,让理性不成熟的人觉醒过来获得清醒,获得独立的人格。但是这种美好的愿望在进入现代社会时又面临新的权力宰制。在现代知识传播过程中,新知识逐渐被权力化和神秘化,新的知识的传播无可避免地成为新的文化权力的实施过程。

鲁迅深刻地洞察了内在的启蒙悖论。依循启蒙的实施模式,他的小说既设置了许多求教和教导的情节模式,同时也在潜意识中反思这种结构模式。求教和教导的结构设置分别代表了双向的精神渴求,一是受教者对外部世界困惑不解和茫然无助,需要解脱,无法确证自己存在价值而带来的惶惑和恐慌,面对这种无知无助,要求获得知识以消除各种不确定性,为自身的存在价值提供坚实信念和可靠证据,求教成为受教者强烈的内在驱动。二是施教者需要表达为师的欲望。积聚知识、获得知识不是师者的目的,他的目的就在于传播知识,这是师者形象的现实存在基础和价值实现过程。教导成为施教者的内在冲动,知识差距成为启蒙者对被启蒙者进行精神拯救的前提条件。鲁迅在许多小说中都设置了这种知识差距,以知识者和无知者共存一空间来形成人物间存在的知识落差,如《阿 Q 正传》中的赵老太爷、假洋鬼子和包括阿 Q 在内的未庄劳动者;《故乡》中的我和闰土,《离婚》中的爱姑和七大人,《祝福》中的鲁四老爷、"我"和祥林嫂,《药》中的瑜和华老栓一家,《示众》中的"工人似的粗人"和"秃头老头子"等等。然而,众多的类似于启蒙过程的求教和教导模式并不能得到顺利实施。在求教者和施教者之间一直存在着不能契合、不在一个轨道上的误会和失落。而在鲁迅看来,自觉地认识到人物间存在知识等差,或因为知识造成的蒙蔽需要理性的启迪,或直接以现代观念对蒙昧者进行精神关照,这种结构模式表达了他自觉依循的启蒙路径,为"病态社会的不幸的人们","揭出病苦,引起疗救的注意"①(《我怎么做起小说来》)。即使具有类似的实施启蒙的情节模式存在,也存在很大障碍。

---

① 鲁迅:《鲁迅全集》第 4 卷,北京:人民文学出版社 1981 年版,第 512 页。

所以,鲁迅并非对"启蒙主义"奉若神明,在"听将令"为文的同时,他更注意到启蒙主义内在的紧张和困惑,各种师者形象在承袭文化、传播现代文明时的尴尬地位。他笔下的求教或教导路径总是无法畅通,施教者和受教者无法形成相应的情感认同。或是施教者的知识传播不被受教者认同,如《孔乙己》中的孔乙己不厌其烦地传授"茴"字的多种写法,即使小伙计并不感兴趣、鄙夷不屑甚至表现出反感,孔乙己依然自鸣得意,即便是受教者空缺,他还是要充分展示为师欲望,此时的师者教导只能成为凌虚蹈空。《祝福》中的祥林嫂临死前和"我"的对话,也表明了祥林嫂对师者的充分信任。而在这之前,她一直希望从类似于鲁四老爷的传统师者那里得到灵魂解脱。精神探寻是深潜人类心灵的本能诉求,而师者存在的意义在于给人们提供现实空间之外精神困苦的解脱之路。此时,祥林嫂希望"我"能够承担灵魂拯救的任务是恢复师者本初的涵义,但是当她充满期望地从"我"这里得到临死前的最后答案时,"我"却支吾其词,让她继续承受就死前的巨大心理恐惧。作为师者的"我"都无法有足够的自信,开始怀疑师者的存在的效用,急切等待答案的祥林嫂只能遭受灵魂的凌迟之苦了。《阿Q正传》中的阿Q之所以不能姓赵,也是因为被未庄乡村社会的文化权威者赵老太爷否决,失去了赵姓的符号,也意味着对他实施的精神除名。根据福柯的理论,话语禁忌本身就是权力的显示,师者既可以实施祛魅功能,也可以"造魅",现实约定中的师者形象在启蒙过程中存在着深刻的悖论。这里不仅仅只是类似传统受教的启蒙实施,也不仅仅是拥有现代知识体系的师者形象,启蒙在现代社会的展开与历史和现实的困境联系在一起。

鲁迅对知识求教和师者教导情节的设置,体现了他的启蒙心态及对启蒙的反诘和质询。启蒙原是借用知识力量摒除迷信和反叛权威,而对理性的过分尊崇却潜藏着对新的权威的树立和设定。新的权威是鲁迅反思启蒙主义的切入点,既而,鲁迅的小说在设置求教和教导情节模式时,还引用新的叙述视角来打破权威的设置。他小说中的主人公可能是师者形象,但是叙述的视角却有不少是受教者,如《孔乙己》中的小伙计为第一人称,作为受教者的"我"在受教过程中心不在焉的态度。《离婚》中的爱姑,她的心理期待与最终的结果形成巨大落差。从受教者的视角反观施教者,发现他们的神圣和崇高不断地被解构,不断地显出滑稽、荒诞和悲凉来。

二

师者形象作为一种社会角色,演绎着传播知识的文化功能,担负着不同的时代责任。五四时期,西方文明对中国古老的传统文化产生了极大冲击,整个中国社会文化进入重构阶段。在此重大社会文化转型中,作为文化传播的社会载体,师者形象承担的文化板块发生分裂。感应着巨大的文化震荡,鲁迅小说中的师者的形象变得丰富而复杂,无论是师者的形象功能还是承载的价值意义都开始了分化。

第一类是传统的师者形象。无论是价值体系还是知识结构,他们都直接是旧有文化体系的嫡传者。鲁迅是新文化运动的倡导者,他意识到在逐渐确立的现代文化价值体系中,这是一群意义陷落的师者形象,如四铭、陈士成、孔乙己、鲁四老爷等。陈士成和孔乙己的师者地位坍陷在文本中直接呈现,如陈士成在学童面前处境尴尬,学童在他出现的前后也表现不一。陈士成作为师者的威严不是来自人格和学识,而在于为师者的外在身份赋予他权力。传统师者的权力得到家国统一的社会认可,他们在传统家庭教育中得到尊崇。在社会尊师重教的观念推动下,他们不仅在传统的上层社会中得到有效的认可,而且在乡村民间也具有很强的认同效力。但是,随着时代的变迁,尤其是传统社会的科举取士制度被废除后,陈士成和孔乙己之类的传统文人就被当时社会所抛弃。他们作为传统的文人,在社会转型中无法找到自己的价值定位,更不可能确立他们的师者形象了,如:孔乙己的悲惨境遇并不能为周围人所认知并得到相应的同情,因为他没有考取功名;陈士成的死亡原因更加直接,因为他发现自己榜上无名。值得深究的是,当他们孜孜以求传统的功名利禄时,周围人对功名已经淡然漠视了。这种情节设置指出了传统师者之所以陷落的根本原因:传统文化价值无法应对急剧和迅速变化的现代社会。部分师者也感受到现代文明对他们的文化价值体系的冲击甚至颠覆,但他们已经无力回天,只能望洋兴叹。传统地位的丧失直接意味着传统价值的失落,在社会转型期是普遍性和群体性的。即使在家庭中依然占据权威的旧文人,如《肥皂》中的四铭,表面上以父亲的形象给予儿子学程许多教导和约束,甚至连打拳都是按照父亲的意愿行事,但是,在新文化冲击下,旧知识的持握者已经感到惶恐不安,所以,他要求儿子学程去查字典,他已经意识到自己的无知和知识盲区了。当学程查到"odd fellows"时,他竟至"愤怒"了,而且还否认,"不对,不对,不是这个";新文化的巨大震撼力,已经让他觉得"再不想点法子来挽救,中国这才真个要亡了"①的强烈危机感;而对女乞丐的用肥皂洗身的抑制不住的欲望流露,也与他自己所宣扬的传统道统形成了巨大的反讽和解构。《祝福》中的祥林嫂在传统的师者鲁四老爷那里无法找到灵魂的拯救时,就把目标转移到具有现代观念的"我"身上,虽然我最终也没能给出能够安抚其

---

① 鲁迅:《鲁迅全集》第2卷,北京:人民文学出版社1981年版,第47页。

痛苦灵魂的有效方剂，但已经道出了一种可能，作为传统师者的另一种新的师者
形象在被强烈的期待中逐渐形成。

第二类是现代教育体制中产生的教师形象。他们是合乎现代文明秩序的师
者形象，无论是思维方式还是行为特征都与传统师者形象已经大相径庭。师者
的知识传播活动成为社会规范和文化秩序的一个环节。而在鲁迅小说中，对现
代教师职业的师者形象也多批判。在他的小说中，这些师者更多地将从事教育
作为一种职业，即谋生的手段。现代文化观念的持握者，首先遭遇的是窘迫的生
存环境。如《端午节》中的方玄绰的"差不多"的理论，成为他的"新不平"，使之成
为"十分安分的人"，说到底是他灵魂麻木的标志，他之"咿咿呜呜的就念《尝试
集》"只是表象，只是"坐而论道"的"道"之置换，新文化的文化理念不能内化在他
具体的实际行为中。他看到中彩只是动心而没有付诸行动，最终的原因却是"似
乎因为舍不得皮夹里仅存的六角钱"，这是对他下意识行为的富有意味的解读。
现代教育体制中产生的教师形象，其本人并不以现代文化理念为旨归，真正能左
右其行动的深层原因在于"生计问题"，这是困扰他们人生的最切要的问题，也是
造就现代文化人卑微人格的最直接原因。《高老夫子》中的高尔础形象，其师者
价值体现在"每周授课四小时每小时敬送修金大洋三角正按时间计算"的直接经
济换算中。师者作为职业，经常遭受的是经济压力，较少地与人格和文化传承直
接联系。这是现代社会中逐渐占主流的师者形象，他们似乎无暇顾及自己的文
化身份认同和社会责任承担，作品中更多地展现他们作为个体困窘的生活状态。
这对鲁迅来说是陌生的角色转向，即使如《头发的故事》中的 N，曾经以自己的实
际行为——剪辫子，影响了青年学生，也深刻地认识到反叛中国文化积习之艰
难，但在现实中依然需要承受着得不到认同的孤独和痛苦，他人对他的定位只是
"脾气有些乖张，时常生些无谓的气，说些不通世故的话"①。所以这类师者形象
往往比较模糊，如果把这一范畴扩展，便道出了现代师者的尴尬定位：一方面，他
们是文化的传播者，按照传统文化的既成观念，文化的传播者首先需要自身的身
体力行，他们的作用更在于对人们精神困惑的解释和灵魂的提升，需要完全符合
责任理性的要求；另一方面，作为社会化大生产中的一项分工，社会对师者的定
位使他们不得不面临工具理性的价值标准压力，这样就构成了他们内在悖论。
这类师者形象如果仅仅停留在对西方教育模式的形式效仿，而无法真正实现内
在精神的转化，那么现代师者形象还是无从确立，甚至会带来新的流弊。

第三类是具有现代文化理念却实施着传统教育模式的师者形象。他们内心
的为师期望和外在的为师行为构成了尖锐的冲突，他们承受了现代文化理念的

---

① 鲁迅：《鲁迅全集》第 1 卷，北京：人民文学出版社 1981 年版，第 461 页。

洗礼,其至强烈地反叛过传统的文化体制,当然也包括传统的教育模式,最终只表现为形式上的回归和精神上永远流离失所。这也是鲁迅感受最深的师者形象,也是最成功的一类师者形象。鲁迅在作品中主要凸显他们遭遇的现实及其内心的苦痛。他们虽然占据了施教者位置,但他们的内心期待与施教对象和内容完全是错位的。《在酒楼上》中的吕纬甫,教的是《诗经》《孟子》《女儿经》之类的古书,跟现代文化成果和西方文明非常隔阂,"连算学也不教,不是我不教,他们不要教"①,他们似乎是放逐自己但始终在苦苦挣扎。他们是新旧间的夹心饼干,来自新旧文化双重的质询。魏连殳是"出外游学的学生,所以从村人看来,他确是一个异类";"在S城,就时时听到人们提起他的名字,都说他很有些古怪:所学的是动物学,却到中学堂去做历史教员;对人总是爱理不理的,却常喜欢管别人的闲事;常说家庭应该破坏,一领薪水却一定立即寄给他的祖母,一日也不拖延。此外还有许多零碎的话柄;总之,在S城里也算是一个给人当作谈资的人"②。他们四处碰到的都是尴尬和陌生,人们只将他们作为异类来理解,却又不了解他们到底新异在何处,最终还因新式的教育模式而设立的新式学堂也无法容纳他,获致"被校长辞退"的结局。这类师者形象处于新旧文化的冲突中,周遭遍布着矛盾和困惑,是鲁迅自身生命体验的直接投射。他们原来构想在新旧文化的转型中能够以新知识和新文明引领时代潮流,能够给处于蒙昧中的灵魂以现代理性的启迪,但最终他们也没有找到新旧文化转化的契机,自身却在新旧文化冲突的尖锐矛盾中被淹没了。现代社会的启蒙理性在遭遇旧时代文化的时候,需要一个漫长的过程,启蒙的艰难在具体实施启蒙行为的师者身上表现得更加明显。文化矛盾的冲撞是全方位的,也是不可避免的。在经历了各种人生的痛苦之后,他深切感受着为师者的深层的痛苦,真实地认识到历史"中间物"的意味,他笔下的"中间物"式的师者形象正是自身人生状态和情感体验的艺术外化。

三

鲁迅小说中的这些深陷复杂困境、性格激烈冲突的师者形象包含了他对启蒙的深刻理解和思索。启蒙被引入中国,在中国社会的尴尬也带来了启蒙者的尴尬,同时也形成了启蒙文学中师者形象的尴尬定位。师者形象的设置有意突出了空间上的错位和人生的易位。

---

① 鲁迅:《鲁迅全集》第2卷,北京:人民文学出版社1981年版,第33页。
② 鲁迅:《鲁迅全集》第2卷,北京:人民文学出版社1981年版,第86页。

　　一是鲁迅小说中的师者形象往往被请下高台，表达了空间上的尴尬。传统文化的书塾空间，以封闭的环境保证了知识和信息传播的有效性，而且，书塾中，师者被置放于房间前中的位置，保证了师者传授的权威性。但现代文明反映的是市民阶层的文化需求，师者置身广场在扩展传播范围的同时也对现代文化传播的强度和深度提出了新的要求，显露了空间的尴尬。社会公共空间发展比较薄弱，民间在现代文学中被窄化为乡村民间的概念，接收者的空缺使得师者传输的特定的空间无法形成，广场这一意象在鲁迅的小说中被改换成"荒原"的意象，"叫嚣于荒原中"的感觉变成师者巨大的荒诞感。受教者身处空间的转换也带来了受教者感受和自身定位的变化。从传统的服从、聆听的状态开始慢慢变成平等和提出质询，甚至教导的对象对教导者形成抵制和解构，不断地消解师者传授的效用。在《药》中，当瑜对红眼睛阿义传授道理时，阿义不仅没有垂首恭听，反而甩了师者一个耳光，这一耳光显示着受教者对施教者地位的颠覆和对其传导信息的抵制。如前面提到的《头发的故事》中"我"对 N 先生的态度，"N 愈说愈离奇了，但一见我不很愿听的神情，便立刻闭了口，站起来取帽子"①。受教者此时的态度明显消解了施教者言说和教导的欲望，师者清醒地认识到传授的有效性大打折扣的时候，就自动停止了传授的行为。这种行为在传统的师者身上表现得有很大差异，如《采薇》中的伯夷和叔齐甚至在逃离中心、处于社会边缘的首阳山依然不放弃高高在上的姿态，试图始终保持师者风度，终因不食周粟而饿死。② 即使如此，无论是瑜选择的监狱，还是 N 先生选择的房间，还是伯夷叔齐的首阳山，都无法与现代师者形象的"广场"空间直接对应。历史语境中的启蒙地位的尴尬通过师者功能实施场所的错位更鲜明地得以呈现。

　　二是鲁迅小说中的师者形象也表达了不在场的尴尬，显示了人生定位的尴尬。师者社会角色的现实效用只发生在师者传授知识的场景中，离开了确定其身份认同的传授场合，师者就只剩余一个符号代码。当师者仅仅作为一个符号代码被剥离出来，能指和所指间纽带断裂，所指空缺，只剩余能指的师者形象呈现出扁平化的趋向。鲁迅小说中的师者形象很少在他们自己的职责空间出现，师者的主要活动空间都是在非工作角色中展现，自身的价值在职责空间得不到很好地体现，所以他们只好在生活空间中更多地展现性格特色。鲁迅小说中富有意味的人物设置也表达了师者形象人生定位的尴尬。师者形象不能被安排在知识传播的空间，这确实不是他们的本意，但是对于师者的人生际遇，他们只有接受命运的安排而无法主动选择。《孔乙己》中的孔乙己，不是在书斋中著书立

　①　鲁迅：《鲁迅全集》第 1 卷，北京：人民文学出版社 1981 年版，第 465 页。
　②　鲁迅：《故事新编·采薇》，《鲁迅全集》第 2 卷，北京：人民文学出版社 1981 年版。

说,也不是在书塾中对接受者显示其师者尊严,他出现在鲁镇的酒店里,来酒店喝酒并与"短衣帮"混在一起。在对人的价值定位只凭借铜钱划分的酒店氛围中,他仅有的师者活动是教小伙计认"茴"字,而小伙计的身份是店员,不是受教育者。吕纬甫(《在酒楼上》)被安排在酒楼上这一叙述空间,而他的主要活动迁葬和买剪绒花的故事都与师者身份、甚至与作为知识者的身份无关,更多地只是展示他的生活和情感境遇,他的师者生活反倒是他自己通过简要概述来完成的,这种叙述空间的易位安排无意中透露出人物身份的尴尬。在现代社会转型期,师者仅仅作为现代从事教育职业的面具,与传统中德行一致的师者形象已经不可同日而语。所以,无论是传统的师者形象还是现代的师者形象,在鲁迅的小说文本中都直接体现出来自新旧文化观念的冲突——新旧交替时期,旧者并未逝去,新者尚未完全来临,魏连殳、吕纬甫只感到"飞了一个小圈子,便又回来停在原地点"①,高老夫子因为"留心新学问,新艺术",表达对高尔基的敬服改名为高尔础,但他依然对新事物持怀疑:"女学堂真不知道要闹到什么样子,自己又何苦去和她们为伍呢?"②最终在"骨牌"的响声中消弥自己的"不平",新旧的冲突也意味着新旧的潜在比较和互相质疑,时间的相互胶着可能表达着两种不同价值标准的比较,但就具体对象来说,其内在的冲突意味着背离和留恋等诸多情感困惑。

师者以知识对蒙蔽者进行精神启迪和观照,设定师者形象的同时也形成了对师者形象的质询和拷问。师者形象是一个传统延续的命名,同时也是现代体制社会的一种角色定位,当传统文化的蒙蔽状态需要理性之光对人的精神祛魅时,现代理性经由技术的操作,将文化、传统和精神加以产业化和资本化,将师者拥有的知识转换为专业领域内的有限知识,师者的公共知识分子身份向单一的窄化后的职业者趋同,在解除原有观念和权威束缚的同时又产生了新的禁锢和新的限制。而作为现代职业的师者虽以拥有知识和智慧承担了启蒙者的姿态,但是在承担时将会存在许多不同以往难以卯合的尴尬。当师者以惯有的身份和角色担任现代理性启蒙者时,他也深陷在原有身份的束缚中。曾经是传统文化的延续者和传播者,又很自然地成为新知识的首批启迪者。鲁迅不仅深刻认识到传统文化带来的对人的精神禁锢和人性的钳制,同时他也忧虑现代文明所带来的新的异化,对师者形象在启蒙文学中设定和质询恰好显示了鲁迅矛盾的启蒙心态。

鲁迅对师者形象的描述是他对启蒙进行提倡和反思的审美外化。那些师者

① 鲁迅:《鲁迅全集》第 2 卷,北京:人民文学出版社 1981 年版,第 27 页。
② 鲁迅:《鲁迅全集》第 2 卷,北京:人民文学出版社 1981 年版,第 82 页。

身上体现出的启蒙悖论也是他对启蒙思考的深入,即从启蒙精神到启蒙实践落实中的矛盾和困顿。鲁迅对师者形象冷峻的批判是他思考的方式,从情感上来说,鲁迅也对具体的师者形象不乏温馨的回忆和发自内心的感激,如《从百草园到三味书屋》中的寿先生和他所惦念的藤野先生,但情感的亲近并不妨碍他对师者形象做出的理性判断。师者形象内在精神冲突形成了这一形象复杂又矛盾的存在。师者一方面需要承袭文明成果和人类的精神财富,需要承担一定现实功能,完成其代言者定位,但是,师者作为知识分子,他又具有独立思考和反省质疑的习惯思维模式,需要不时地表达自我,展示自我的内在驱动。师者本身多层面的精神冲突也形成了师者形象的繁复多面,也构成了形象丰富的内在意蕴。当文学表达中师者形象冲突减弱,矛盾冲突、抵牾消退,也预示着启蒙思考的逐渐消隐。20世纪的中国文学从革命导师的出现、彰显乃至于神化,最终也使师者消弥了自我,消失了人性和自我的表达,师者形象成为僵化的面具和符号。鲁迅最终没有提出理想的师者形象,而他的深入思考却为我们关于师者的认知和反省提出了许多警醒和启示。

柔石小说创作中的精神流浪者形象分析[*]

一

就一般意义而言,流浪是对无固定居住场所、无固定谋生方式的生存境遇的通称,是在结构相对严整的社会中,某一个体出于某种原因或为了某个目的,脱离生存单位或组织,背离社会规范或准则,选择有别于大多数人的独立生活方式。流浪这种行为方式自古就有,并经常被视为影响社会稳定的不安定因素而受到贬损甚至打击,无法得到社会主流观念和道德规范的认可。它犹如化学结构中围绕原子核运转的外层电子,最易离开原来的位置而促成新结构模式的产生。事实上,流浪现象与时代的更迭、文化的变迁有内在的关联,特别是在新旧文化交替之际,流浪现象日渐增多。人类进入工业时代后,文明的变异日趋显著,流浪现象也越来越普遍,并逐渐地由个体行为上升为普遍的精神现象,成为现代人的一种生命体验。具体表现为以下三点:(1)漂泊感。流浪者生命形式存在于路途上,流浪表现出来的是一种居无定所、衣食无着的生存境况,这使流浪者更容易感受到生命的短暂易逝和飘忽不定。(2)边缘感。流浪者选择迥异于群体规范的生活方式,这注定了他们与社会或团体主流的不一致,注定了他们远离群居生活、社会中心和主流话语。相对于稳定的社会生活方式,他们的自我放逐造就了心灵边缘化的态势。(3)孤独感。边缘的感受使流浪者在反观尘世时与世俗形同陌路,缺少与社会中心的情感共鸣和理解,他们自觉地被漠视,同时也漠视他人,特定的思维方式阻隔了他们与群体的沟通。

---

* 原题为《逃离与眷恋:柔石小说创作中的精神流浪现象》,发表于《浙江大学学报(人文社会科学版)》2003 年第 4 期,第 101-107 页。

　　五四文学为流浪者展现其生命形态提供了表演舞台。绵延几千年的中国传统文化在五四时期受到外来文化的强烈冲击，加快了中国向现代文明转换的步伐。经历了文化裂变后，具有敏感气质和明锐洞察力的知识分子已然深刻感受到：原有社会规范中的思想观念体系已经无法应对变化了的文化现象，文化的无根感促使他们去追寻新的价值取向，确立新的意义体系；但是，他们又无法在短时间内建构起适合新秩序的、能指导人们立身行事的价值标准。进而，茫然、无措、不安、困惑侵扰着他们，试图逃离群体、疏离中心、对抗规范和进行自我放逐成为一种普遍的心态，五四时期的作家们不约而同地在作品中展现有此类心态的人群和此类人群的心态。流浪是体验生命的方式，有着贴近天地的便利，有着遥思冥想的自由，许多作家选择这种古老却可靠的方式来探究宇宙和生命意义，寻找人生答案，由此，流浪成为五四文学中一个瞩目的主题。郁达夫以其感伤浪漫诉说着流落在异国他乡的青年知识者的苦闷和辛酸；田汉以一系列精神漂泊者的形象表达了对艺术和爱情的追求；鲁迅以不断前行的"过客"形象反映了对人生路途的迷茫和不懈的精神探求……流浪作为一种精神气质、一种文化心理，表达了求索的痛苦和徘徊，直接影响了在五四这一特殊文化氛围中成长的青年的心灵世界。

　　柔石作为直接承受五四精神文化洗礼的青年作家，他创作中的精神流浪现象首先来自时代氛围的濡染。五四带来的"文化地震"对柔石产生了极大的诱惑，他曾因退学回家而变得心情郁闷，"那时的柔石，有着少年人的勇气和豪兴，对外面的世界充满着向往"①；他在日记中多次提到了要到海外去的意愿，无奈囿于生活条件的限制而无法成行。探寻生命的价值和意义成了五四时代青年的共同情怀，社会没有提供现成的人生答案，寻找答案本身显示了勇气，也饱含了寻找的茫然和痛苦。面对现代文明带来的社会变化和观念更迭，柔石的心灵产生激烈的动荡，他不断地感到困惑、压抑、焦虑、无助。他在小说中以精神流浪的方式刻画了生命的律动，描摹了心路的变迁。

　　长期漂泊的生活也加深了柔石的流浪意识。家境的困窘、生活的困顿、现实的困惑，使柔石不得不一次次地屈就于生存需求，过着辗转迁移的生活。他在杭州求过学，在北京读过书，回家乡当过小学老师，做过中学校长，后又被迫离家避难上海，无法享有稳定的生活。他深知生存的欲求与灵魂的孤独交织在一起的流浪感受："我又漂流至此了，为食物所诱引，物质的势力的侵入，左右其存在目的的东和西，使其生活之变态。人类呀！你不过[是]一只没翅膀而飞行觅物的

---

　　① 郑择魁、黄昌勇、彭耀春：《五烈士评传》，重庆：重庆出版社1995年版，第7页。

禽类罢！太苦了！消失了真正的主宰力。"①无法寄托自己挣扎的灵魂,四处飘零,这就是柔石真实的生存状态,也是他真切的内心感受,更是柔石对生活和思想作出的深刻反思。

二

五四时期,人们普遍地感受到社会变迁带来的困惑,并产生了摆脱困惑的要求。"我们的生命之船是在一条永远不断流淌的河流之上航行的"②,"生命是一种处于盲目而又有秩序的不断流变之中的不可抑制的永恒冲动"③。现代社会中,主体与环境间的和谐圆融已经不存在,人们注定无法找回自己的精神家园,只能在浊世中接受灵魂漂泊的命运。中国现代文学中大量流浪形象的出现,表现了人们对理想幻灭、信仰迷失的现代人命运的直观认识,也打破了古典小说原来完整、稳定、统一的人物形象塑造方式。支离破碎、荒谬不经而又不可捉摸的现代性的切身体验,从流浪这一具体的行为模式上得到了验证。当时的许多作家选择了流浪这种方式来展示生命流动,传达对人类存在的思考。从"流浪文学"形成的动因来看,存在着两大倾向:摆脱物质困窘的流浪和解除精神困惑的流浪。前者的流浪原因主要来自生存的压力,流浪的目的是为了解决生计问题,流浪者是在为讨生活而奔波。这类人物形象承受的强大的生存压力决定了他们只能过着漂泊无定的生活,流浪是他们的生存方式,同时也成了他们的身份标记,他们渴望有安定的家园,有精神的依托,在流浪的过程中他们也会对人生意义与价值进行思索。但是,作家更多的却是着力描述他们的行踪和生活际遇,如蒋光慈的《少年漂泊者》、艾芜的《南行记》和钱钟书的《围城》。后一倾向的流浪来自精神意义的危机,来自价值追寻的茫然。现代文明的人生荒原感受,使人们更主动地选择了流浪生活。20世纪前半叶的中国处于社会转型期,面对各种不确定的因素,面对真实情境与理想预设的无法和谐统一,许多知识分子感到缺少社会归属感和文化认同感,他们自我认定为边缘人,在无休止的运动中找寻价值建构和意义体系,郁达夫的行旅小说、无名氏的《北极风情画》《无名氏书稿》等作

---

① 赵帝江、姚锡佩:《柔石日记》,太原:山西教育出版社1998年版,第95页。

② 威廉·狄尔泰:《历史中的意义》,艾彦译,北京:中国城市出版社2002年版,第46-47页。

③ 胡经之(主编):《西方文艺理论名著教程(下)》,北京:北京大学出版社1989年版,第33页。

品中的各种现代人物形象，都在为寻求信仰而体验着生命在旅途中的种种磨难。

柔石通过描写现代知识分子的真实感受来表达流浪意识。他笔下的流浪者形象大多背负精神困惑，构成了"精神荒野旅行者"系列，而现实生存困境往往被推至故事背景。这些精神苦闷的寻路者、远离社会中心的精神浪子，他们有追求但不知追求的目标是什么，有反抗现实的想法但却没有切实的反抗行为，试图寻找人生的道路但又不知路在何方。在柔石最早的短篇小说《疯人》中，疯人是一个"就他自己也不知道他的生身父母是谁""自幼即在街坊飘泊"①的孤儿形象，但柔石没有渲染人物的悲苦身世，而是着重刻画他的精神困苦。当疯人发现了爱人"伊"，自以为处于人间不再只有"空"，然而当他生命中的唯一寄托——"伊"的爱远离他而去后，他只有以"疯狂"和"死亡"这种极端的方式完成最后在人世间的流浪。《生日》中的萧彬对于命运的感受是"在困顿与漂流的途中"，"生之幸福同样地流到飘渺的天边"②。《一线的爱呀》塑造了一位浪游青年对爱情至死不渝的执著。长篇小说《旧时代之死》中的主人公朱胜璃是一个离土别乡、历尽生活变故和情感沧桑的知识分子，他"一如歧路上的过客，看不到自己的前途"③。我们熟悉的柔石的中篇小说《二月》中的萧涧秋则是在时代边缘徘徊的浪子形象——"风萍浪迹，跑过中国的大部分的疆土"④，当他"带着我自己的影子伴个别处"⑤，来到平静、安宁和封闭的芙蓉镇，预备停下流浪的步伐，栖泊他疲惫的灵魂时，与原先的个性产生了抵牾，"只觉自己在旋涡里边转"；自遁之后，完全是找到自我的全新感受："现在，我是冲出围军了。我仍是两个月前一个故我，孤零地徘徊在人间之中的人。清风掠着我的发，落霞映着我的胸，站在茫茫大海的孤岛之上，我歌，我笑，我声接触着天风了。"⑥萧涧秋此时的心情与在芙蓉镇时的忧郁、徘徊、痛苦、困惑简直判若两人！甘愿"孤零地徘徊在人间"，拒绝束缚，渴望自由，这才是萧涧秋真正的精神需要，就不难理解他在芙蓉镇的苦恼

---

① 乐齐（主编）：《青年和妇女的人生写照——柔石小说全集》，北京：中国文联出版公司1996年版，第430页。

② 乐齐（主编）：《青年和妇女的人生写照——柔石小说全集》，北京：中国文联出版公司1996年版，第513页。

③ 郑择魁、盛钟健：《柔石的生平和创作》，杭州：浙江文艺出版社1985年版，第142页。

④ 乐齐（主编）：《青年和妇女的人生写照——柔石小说全集》，北京：中国文联出版公司1996年版，第58页。

⑤ 乐齐（主编）：《青年和妇女的人生写照——柔石小说全集》，北京：中国文联出版公司1996年版，第90页。

⑥ 乐齐（主编）：《青年和妇女的人生写照——柔石小说全集》，北京：中国文联出版公司1996年版，第184页。

和最后的逃离了。流浪的生命固然需要暂时的歇脚,但不会从此止住流浪的步伐。至此,流浪者的生命魅力在永远无法安守的流动中体现出来。这些流浪者形象代表着被五四精神唤醒的时代青年,他们面临着中国传统文化体系的真正解体,时时感受到文明急速断裂带来的寂寞、空虚、迷茫、困惑等种种生命体验,他们以自己流动的生命记录了柔石及同时期的知识青年所承荷的无可推卸的时代压力,以及所经历的超越时空的灵魂探险。

《为奴隶的母亲》是柔石的一篇经典小说,控诉了非人的典妻行为,描述了底层妇女的困苦,即使在这部立意明确、倾向分明的作品中,流浪这种深层次的创作心理也还是在潜意识中起着作用。春宝娘被丈夫以一百大洋典当给他人为妻,她的人格、尊严、感情完全被漠视了,完全被当成"传种接代"的"奴隶"。从知道要被典当那一天开始,无论是在破产的皮贩子家还是富庶的老秀才家,春宝娘都被圈在"家"中,可是,她始终有一种强烈的无家可归感,"她的思想似乎浮漂在极远,可是她自己捉摸不定远在哪里。"①与同样以典妻行为为题材的作品——罗淑的《生人妻》相比较,《生人妻》注重的是女主人公外在强烈的反抗行为,柔石则更关注的是春宝娘精神上的游移,缠绕着她的无着无落的恐惧折磨着她的灵魂,这正是小说用笔最深之处,也是作品震撼人心之所在。

小说创作伊始,柔石表现出对流浪的极大关注,他早期小说描述的流浪行为中充满浪漫情调,塑造的大多是袋里无钱、心头多恨的带有浓郁颓废气质的流浪者形象,体现了作者苦闷徘徊的心情。他关注流浪者内心的痛苦、灵魂的挣扎,那不被世人所容又拒绝容纳世人的孤独,与环境格格不入又拒绝融入环境的困惑。柔石同时也意识到,仅仅以流浪的方式立于社会的边缘,是无法寻找到摆脱这种心灵折磨的途径的,所以,他最终把朱胜璃送入了旧时代的坟墓,他的流浪意识又多了一份反省。1928 年后创作的小说集《希望》,显示了柔石在创作上的转向,他"把写作重心面向社会,面向下层民众,尤其是把关注的目光投向苦难深重的劳动妇女身上"②,以此洞透底层民众的悲苦,着力表现他们因受冷落而产生的孤独、空洞、绝望和虚妄等与流浪者相通的心境。柔石笔下萧涧秋的迷茫和彷徨、春宝娘内心的困惑和无助,都说明现代文明所带来的漂泊感已深筑在他灵魂深处,并转化为他生命意识的一部分。

① 乐齐(主编):《青年和妇女的人生写照——柔石小说全集》,北京:中国文联出版公司1996 年版,第 564 页。

② 张小红:《左联五烈士传略》,上海:上海人民文学出版社 2001 年版,第 43 页。

三

　　一定规范和程序构架形成社会机制,蕴涵着异化人性的作用。流浪则以保持生命动态的方式来摆脱不自由,对抗异化。流浪作为世界文学史上的一个重要母题,在《荷马史诗》中早已出现,它体现了人类对精神家园的追寻,对生存状况的质疑,对合理归宿的诉求。由于流浪者并没有设定的目标或是确定的标准,五四文学作品中的知识青年形象普遍"有着精神的空虚","感伤的旅程只能成为一种无目的的漫游"①,但流浪者具有共同的精神诱因——不满足于现状。原有的生存环境,原有的价值标准,原有的道德规范,都是他们要背叛的,要逃离的,在流浪的过程中,他们又自然而然地以原有的作为参照,因为原有的一切已经在内心深处积淀成文化心理图式,他们后来所作出的判断又不得不依仗原有的标准,这是无法摆脱的悖论,由此,"逃离与眷恋"遂成为流浪心理的共同模式。流浪者行为中表现出来的敏感、脆弱、飘忽、茫然,都与这样的矛盾心理直接关联。作为主体鲜明、内心丰富的作家,柔石时时感受到生命的不可捉摸和命运的不可把握。他叩问人生:"我是自己的我么?""依着运命摆布,似无舵之船的在海洋中飘流,目的之岸,万难抵达。"②"四海茫茫,五洲浩浩,我一粟耳! 怎的总感受任何地[方]之不能安我!"②在情感的选择时,他总是表现得犹疑而不安。面对着冯铿炽烈的感情冲击,他一方面承认冯铿给他带来幸福:"今天我非常快乐,真是二十九年来惟一的日子,是你给我的,是你给我的!"②另一方面,他又为自己耽溺于情爱而愧疚,"因为在这个时代,紧要的是我们的事业。我们的全副精神,都应该放在和旧时代的争斗上。""恋爱,这不过是辅助事业的一种次要品。"由此联想到冯铿与前爱人许峨时,他就更加难以排遣"难解而且烦恼"②的心绪。

　　柔石切身感受到新旧文化交替之际,人物的内心世界和外在行为形成的张力,深刻洞察到他们纷繁复杂的精神状态。《V 的环行》是一篇阐释知识分子心理的小说,每天晚饭后,V 君绕着自己的住处环行,只有卖糖的老太太、烟纸店的老板、天真活泼的儿童引起他的兴趣,当这一切都变成了过去,"V 的环行之愿完

---

　　① 李欧梵:《现代性的追求·孤独的旅行者——中国现代文学中的自我形象》,北京:生活·读书·新知三联书店 2000 年版,第 78 页。
　　② 赵帝江、姚锡佩:《柔石日记》,太原:山西教育出版社 1998 年版,第 5 页、13 页、170 页和 174 页。

全消失了。变做沙漠上的旅行,冰冷的,孤寂的。"①主人公之所以会如此敏感于环境变化,因为他已经将环境中的人文因素神圣化了,而失却了这些人文景观,原有的生活对他而言也就失去了存在意义,因此,他注定要逃离,但逃离的原因又是对心目中所认定的"原来"的眷恋,作家柔石非常细腻独到地描摹了含蓄又敏感的流浪心情。

笔者认为,柔石小说中的流浪现象具体体现在以下两个方面。

其一,背井离乡又重归故土。《二月》故事,由主人公萧涧秋回到本是他故乡的浙江开始,这位"无父母,无家庭"的青年有充分的理由在天南海北流浪,"终因感觉到生活上的厌倦了,所以答应陶慕侃的聘请,回到浙江来。"②但历经两个月的变故后,他终于无法接受流浪之外的人生方式,改变了原来要长期居住的打算,再次逃离了这一方故土,逃离了那由定居的人编织的爱恨情仇的"网",继续那种漂泊无定的生活,"此后或南或北,尚未一定。人说光明是在南方,我亦愿一瞻光明之地。又想哲理还在北方,愿赴北方去垦种着美丽之花。"③掇拾着旧时代青年的苦闷与呼号的长篇小说——《旧时代之死》,主人公朱胜璃在异地他乡忍受"生的苦闷"和"心的苦闷",无法融入周围的环境,只得回到风景宜人的老家山村,期望能抚慰受伤的心,但最终只能以自杀这样极端的方式宣告他的又一次精神逃离。流浪在外的游子在身心交瘁的时候,家庭、故乡特别容易成为甜美的回忆,但此时对家庭和故乡的阐述,往往源于他们自我圈定的设想,只是记忆的碎片,虚拟的情境,其间的完美带有颇多假想成分。因此,当他们真正回归故土时,那种幻想的光芒又会荡然无存,流浪者不得不再一次选择流浪。家乡永远是"甜蜜的痛苦","存在于一种中间状态,既非完全与新环境合一,也未完全与旧环境分离,而是处于若即若离的困境"④。

其二,追求爱情又拒绝婚姻。流浪者躲避现实中的人群,寻找精神沟通,由于爱情总是与精神的完美、绝对、永恒相联接,在别家流浪的日子里,情感上尤其感到孤独寂寞,因此,爱情是驱逐寂寞的最好安慰剂。五四这一文化环境中,强烈地要求摆脱传统束缚、追求个性自由、争取爱情自主成了时代命题,但流浪者希追求的绝对完美的爱情注定了他们在俗世中处处碰壁,常以悲剧而告终,这就

---

① 乐齐(主编):《青年和妇女的人生写照——柔石小说全集》,北京:中国文联出版公司1996年版,第481页。

② 乐齐(主编):《青年和妇女的人生写照——柔石小说全集》,北京:中国文联出版公司1996年版,第58页。

③ 同①第185页。

④ 爱德华·W.萨义德:《知识分子论》,单德兴译,北京:生活·读书·新知三联书店2002年版,第45页。

是五四文学中流浪者的爱情经常伴随着感伤或颓废的情感色调的原因。表达与柔石的流浪意识相类似，田汉在剧作《南归》中展示流浪者的爱情世界：流浪者来到了南方，面对多情的南方姑娘，他想起了在北方的爱情；到了北方，他发现此时的爱情已经远离，他又来到南方；但他最终也没有在南方驻足，而是又开始了新的流浪……在流浪者的精神世界中，爱情具有非常重要的作用，然而，流浪本身具有的流动性使得爱情无法持续长久，追求爱情的亘古价值和无法安于不变的爱情使得流浪者在爱情面前总是表现出犹豫、徘徊，甚至拒绝爱情的社会化——婚姻。柔石的中篇小说《三姊妹》的主人公章先生就是一个很好的例子。章先生自以为是"过去时代的浪漫派的英雄"，因此，他以堂·吉诃德式的流浪骑士风范作为自己行事的标尺，他客串于学界、政界、军界，情感也不断地在道德与欲望之间摇摆不定，但最终也未能找到既让他人舒心又叫自己宽心的解决方案，"在房内愁眉的徘徊起来"①，"夜色冷酷的紧密的包围着他"①。同样的爱情模式还在柔石的《二月》《旧时代之死》等小说中出现。萧涧秋认可甚至赞同陶岚的爱情观，却无法接受她的实实在在的爱情，在同情文嫂的处境和理解陶岚精神之间，他无法选择、无从决定，只有"逃走之一法"①。朱胜璃因拒绝聘娶谢家女子，给自己带来极大的身心烦恼，当他历遍人生甚至打算在清净的寺院中了却残生时，却被谢家女子惨死的消息扰乱了宁静心绪，遂以自杀并与谢家女子合葬的形式完成了自己的赎罪。在这桩他所不愿意的婚姻中，他始终没有自己的主张和立场，却有因此带来的诸多苦闷和烦恼。他对生命的感受是："从此将变做断了生命之线的纸鸢，任着朔风的狂吹与漫飘，颠簸于辽阔的空际，将不知堕落到何处去了！"①这种甘愿放弃、无视本然的人生意念，又怎么可能去面对那现实而又庸常的婚姻呢？游移的心绪和犹疑的心态，正反映了浪子是那种冷观而又无法摒除爱念，避俗又不能根除热情，尽是些"极想有为，怀着热爱，而有所顾惜，过于矜持，终于连安住几年之姓，也不可得"②的落入尴尬境地的人。

在柔石的小说创作中，流浪被作者用来当作消除个体内心焦虑，抵抗外部世界的压力，成为求得心态平衡的良药，具有心理代偿的功能。流浪多地体现为一种精神现象，而不是简单的行为方式，柔石将流浪视为严肃的哲学命题。与游戏人生和自我麻醉者相比较，"他笔下的青年虽然彷徨，但并不绝望"，都是一些"苦闷时代里执著地寻找前进道路的探索者"③。与五四落潮后普遍的悲观、颓废和

---

① 乐齐（主编）：《青年和妇女的人生写照——柔石小说全集》，北京：中国文联出版公司1996年版，第54页、1页、184页和196页。

② 鲁迅：《鲁迅全集》，北京：人民文学出版社1996年版，第149页。

③ 郑择魁、黄昌勇、彭耀春：《五烈士评传》，重庆：重庆出版社1995年版，第31页。

厌世情绪相比较,柔石作品中的流浪意识及其精神气息,往往能给读者以鼓舞和感动。而那些在苦闷中徘徊却依然顽强的寻路者形象,也表现出柔石鲜明的创作个性与坚韧的人生态度。

柔石小说体现的精神流浪现象,代表被五四文化唤醒的青年知识分子的精神追求,也使长期被主流意识形态压抑、遮蔽的个性声音得到了释放。"逃离与眷恋"构成了流浪的内在张力,既表现为尘世的涤除和灵魂的逃逸,又体现了对故家的思念和对传统的留恋。随着社会化、群体化倾向的加剧,"逃离"逐渐受到来自内在和外在的限制而放慢脚步,由于心灵的孤独和精神的寂寞积聚的能量相应地减少,强烈地眷恋和迫切地思"家"的心绪则得到了适时的满足。当流浪者无可逃离时,眷恋不存在了,精神流浪也就终止了。柔石后期的创作中,孤独感伤的流浪者形象日趋减少,而转为对承受苦难的坚忍人生的描述,迷幻、漂移的文风也逐渐转化为明确而又肯定的论述;第一人称的内心独白成分逐渐减少,对他者的客观而冷静的描述日趋增多,显露出由革命文学潮流影响而产生的文学变迁。柔石小说的流变预示了中国现代文学精神流浪现象的走向和变化:普罗文学中大量以四海为家的革命者形象有着明确的理想目标和行动指向;20世纪50年代文学中有着明确目标的离家出走后来成功走向革命的青年知识分子形象,不再只是时刻承受孤独的流浪者,而是最终总能找到灵魂的归宿。当历史进入20世纪60年代,越来越集中和统一的社会生活终于使得流浪形象在"文化大革命"文学中销声匿迹,精神流浪最后终于失去了存在空间,集体的迁移代替了个体的流浪。直至新时期思想解放运动开始后,社会逐渐解禁,流浪再一次诱惑了要求摆脱束缚、寻找更大自由空间的人们,流浪遂再一次成为阐释生命意义、寻找人生答案的文化行为。

琦君小说中的母亲形象

　　琦君留给世人的散文小说作品集中,以充满感情的笔调,刻画了勤劳、善良、恳挚和让人痛心的旧式妇女形象,给读者留下了难以磨灭的印象。母亲是琦君半个世纪的文学创作中不断出现、反复书写的人物形象,也是解读琦君情感世界和精神空间的钥匙。琦君伏作品中的母亲形象成为具有深深时代烙印和鲜明文化特征的典型人物形象。

一、"母亲"的复杂身世

　　琦君从《金盒子》《母亲那个时代》《母亲的偏方》《髻》《母心、佛心》《病中忆》《餐桌上的无声》《南海慈航》《菜篮挑水》《梦中的饼干屋》《母亲的菩提树》《母亲》《桂花雨》《母亲!母亲!》《母心似天空》等篇章中,从不同角度断断续续地写了母亲生前的点点滴滴,为读者勾勒了这位淹没在平凡琐碎家庭生活中的旧式妇女的身世,详尽地刻画了她的性格特征和日常生活。琦君的母亲(即血缘关系上的伯母)自幼丧母,由父亲抚养成人,后根据传统的婚姻礼仪嫁给表弟(琦君作品中的父亲),辛劳一辈子。母亲年轻时父亲常年行军在外,很少在家。留在乡村的母亲一直在家操持家务,抚养"我"和哥哥两个孩子。后来,父亲又娶了二妈。从此,温馨宁静的家庭出现裂痕,父亲与母亲和二妈间的矛盾就成为笼罩着家庭的阴霾,至死没有消散。父亲带二妈和哥哥去北京,母亲带着"我"返回老家。不久,哥哥在北京患病死去。父亲带着二妈在老家住了一段时间,后又返回杭州。其间,母亲也试图挽回父亲的心,在老家再度为父亲婚配一位农村年轻女子,希望能够产下儿子拉回父亲的心,然而,此举未能奏效。抗日战争全面爆发后,父亲回到老家避难,而后父母双双过世。其间他们还收养一名男孩,不幸那男孩也因病早逝。内战爆发后,社会动荡加剧,"我"偕同年幼的妹妹和年老的二妈离开破败的家园来到台湾,内心萦绕着对隔海相望的大陆父母的永远的怀念。

上面一段关于琦君的母亲的经历是通过其作品串接出来的。① 在琦君陆续的家世讲述中,传达出她的家园在 20 世纪中所遭受的内外交困和激烈动荡的家史变故。发表的第一篇作品《金盒子》中,她就开始了倾诉深藏已久的对故家故人的怀念和回忆。而背井离乡的客居台岛的生活更加深了她的思乡之情,疼爱她的已故母亲更是她的思念的聚焦点。读琦君的作品,时常映现让人动情动容的母亲形象:四角天空下,一位放大脚的操劳、慈和旧式女人形象在历史空间浮现出来,她勤勉地相夫教子,她宽厚地待人处事,她虔诚地吃素诵经,她辛劳地穿梭在灶头庭院,而且,她还背负着难以启齿的痛苦屈辱。琦君的作品全方位地展示了母亲这位旧式女人善良坚忍又凄苦寂寞的一生,高度颂扬了母亲的勤劳宽容及辽阔的母心佛性。

而琦君着力刻画的母亲是她的伯母,她自己有血缘关系的母亲在她童年时期早已过世。而她笔下的母亲实则为她的大妈,"我一直在伯母的爱抚下长大,而奇怪的是,我竟一直喊她大妈,没有喊她一声妈妈"②。在文学世界里把伯母完全认同为母亲,表明琦君在她的文学作品中塑造了文学性的母亲形象,试图以伯母身上散发出来的母性来抚慰人生。

二、传统观念中的母亲形象书写

琦君塑造了善良、勤劳、忍耐又受辱的传统母亲形象。母亲给予琦君的印象是鲜明而深刻的。而这种印象并非来自母亲的外貌和装扮,而是高度集中地表现在她的性情和德行。首先,琦君作品中的母亲的装扮完全符合传统文化对女性埋没个性的要求,在读者心目中只留下轮廓式的、模糊的印象,偶尔触笔到母亲的部分五官和肢体描述或者穿着打扮也是倾向于低调和朴素的,这样的形象完全符合传统的牺牲和奉献的道德要求。母亲的外观与温柔敦厚的传统审美观念相契合,母亲的神态举止完全合乎传统礼仪。她出现在作品中的神态是"笑",有欣慰的微笑(《秋花远比春花净》),有笑眯眯(《幽默笑话》),笑笑说(《我的佛缘》和《我爱纸盒》),最多也只是生气了,或者沉着脸,或者叹口气。这些特定的

---

① 关于琦君的母亲形象,台湾和大陆的学者都已经有所关注,但之前的论文大多只是针对单篇论文的评价或者简单的评介,对琦君文学世界中最重要人物形象的全面研究还嫌不足。

② 琦君:《永是有情人》,北京:九州出版社 2014 年版,(代序)第 4 页。

笑都说明母亲不直露自己情感，有意无意隐藏自己的愿望，她的笑符合将自己隐身于家庭中和男性背后的自甘背负沉重和自愿牺牲的传统美德。母亲一贯的勤劳简朴和在家的劳作习惯既是值得尊敬和称赞的，也隐含着其付出的努力不能得到回报和认可的酸辛和痛苦。

其次，母亲作为旧家庭中全面称职的家庭主妇，她只有在受限的家庭空间中实现自己的价值，琦君作品大量地描述了母亲在家庭生活和家务劳动中的"巧"和"慧"。她起早摸黑，尽心尽力地操劳，在家务劳动中，她是能手，是巧妇。琦君以自己的孩提记忆，通过描写操持各种平凡、琐碎的家务劳动尽显母亲的智慧，尽显母亲去雕饰的天然质朴的艺术才华。母亲完全能够胜任传统大户人家的家庭主妇，凡是在能力范围内的事情，能做的她都做到了。琦君的笔下，母亲还体现出发自内心的善良、宽容和忍耐，这完全符合传统道德的要求。在生活空间中，母亲形象完整又自足，她内心也充满了满足和快乐。在她自己的狭小的受限的天地活出了精彩，活出了她的世界。虽然琦君在赞扬母亲的无限度的忍耐和宽容时，已经隐隐流露出新观念对传统女性观念的强烈冲击，而母亲微笑着化解了这一矛盾和冲击，只是作为女儿并感受到新文化气息的琦君是无法轻易释怀的。在旧时代的语境中，作为大家庭中的主妇，较之更多更广泛的劳动妇女，母亲基本上摆脱了受困于生存的焦虑和压力，她的劳动付出也具有更多的非功利意味，契合中国传统乡绅阶层的田园牧歌式的审美风格。因此，她日常生活中属于平凡的俗世行为，其间的辛苦、繁琐甚至平庸一概被滤去，充满诗意。

再次，传统观念承袭了儒家的"仁""爱"和"善"等，自幼成长于传统力量强大环境中的母亲体现出此类行为规范。在母亲与哥哥、"我"和弟弟的关系中，充分展现了母亲身上的母性特征。限定在家庭中活动的旧式妇女，虽然付出和价值被压制和漠视，但生育依然是女性的性别功能。家庭中，母子间的纽带依然牢不可破，在孩子身上付出大量的心血和精力成为母亲的天性。当琦君以记忆中的孩子视角，尤其是女孩的视角描述她所感受到的母亲形象时，母亲的价值和曾经付出的艰辛得到了正面的肯定。在与孩子相处时，母亲尽显母爱伟大。琦君作品中，在"我"与母亲的关系上，着墨最多。首先，母亲的温顺和慈悲给"我"留下了深刻的印象。逝去的母亲留给女儿圣母般的印象。逝去的母亲对女儿的抚育恩泽，在女儿遭遇动荡生活后尤为珍惜和可贵，留给女儿的记忆也愈发清晰和鲜明。即便是母亲对女儿的批评教育，由于成年后的女儿淡忘了当时的情绪和感受，能理性地认知为母的行为，惩罚式的教育中也遍布母爱的光辉。出现在琦君作品中的母爱崇高又无私。如《蟹酱字》和《妈妈要我下跪》等作品中批评和惩罚式的管教孩子的举动，也成为母亲的应有责任和爱的传递。总之，大量的关于母亲的故事塑造了一个宽严有度、宽厚慈爱、明事理有要求的母亲形象。《母亲的偏方》《桂花雨》等作品都表达了母亲日常生活经验对自己的人生和世界认知，还有行为习惯的影响。母亲的美好和善良也潜移默化地影响了"我"的心理，母亲的人生理念和教育方法也能够顺利地被"我"接受。《一生儿爱好是天然》《下雨天，真好！》等作品都表达了我对母亲的教育的记忆和感恩。缅怀母亲的"我"通过写作为无名母亲树碑立传，有意无意间将母亲的言行与圣贤的话进行对接，拔高了母亲的见识。成年后的琦君的回忆中，母亲与孩子的关系受到推崇和赞赏，母亲深刻地影响着琦君的成长。直至琦君通过生命的延续，将母亲的爱给予她自己的孩子，以及更为年轻的朋友。在《孩子慢慢长大》等琦君与孩子的散文作品中，琦君延展了母亲的价值，也扩充了母爱的内涵。

最后，母亲这种传统道德规范下的人格不仅面对家人，还尽可能推己及人，扩展到整个社会。母亲作为家庭妇女，其活动圈子虽然有限，但是在她力所能及的空间里都表现出统一的道德规范。在母亲合乎礼仪地触碰到的家庭之外的社会空间中，母亲都能善意地对待下人和他人。由于深受佛家教义的熏陶，母亲对苦难的人生和社会充满了同情和怜悯。母亲与家中及族中亲友关系非常好。她能够善意地理解别人，如对五叔婆、小叔，对佣人和家里的长工，她的为人有口皆碑。同样，母亲还广施博爱，对走街串巷卖麦芽糖的老伯、逛潘家花园的山里做纸人，母亲都表现出最大的善意和友好。琦君通过有限的社会空间中的母亲表现，进一步地提升了母亲的可贵品质。对于传统女性而言，家庭空间的宽容和善意容易视为自发行为，而族人和外人的关系处理则体现了母亲自觉遵守的传统道德意识，这样，才能表现出完全符合传统文化熏陶下的具有典范意义的女性形象。在这一母亲偶然涉及的"他者"形象和异度空间的表现，则更突显了母亲的道德色彩，母亲这一形象也被琦君留在唯美和纯化的传统文化中。

琦君作品中的母亲形象无论在神态衣着，还是举止言语上，都集中和凝结了近现代乡绅阶层中旧式妇女的典范生活形态。由于富裕的家境和充实的物质生活，再加上琦君塑造母亲形象突显了佛的精神信仰作用，使得母亲的俗世生活成为佛家教义的民间实践样态和感悟过程，成为通过彼岸承载折磨和苦难的人生修炼。通过纯化和提升，使她的宽广胸怀和诗心智慧始终笼罩在灵性光芒下，使得母亲的平凡人生获得一种与神性对接的超功利美感。作品中的神化母亲和现实中的卑微姿态使得琦君作品中的母亲形象显现出知性和情感双重标准的困惑。

三、现代理性下的间离和裂变

　　琦君的笔下,母亲作为一名深受旧时代和旧思想影响的旧式妇女,即使能够嫁给将军,身为富家媳妇,还是辛劳一世,孤苦一生,固定和被动地生活在已经设定的生活中、狭小的天地中。在男女不能平权的时代,她没有生活的自主权,当然也没有实现自我价值的社会空间,她的依附人格决定了她只能在家庭生活中体现生命价值和意义。家和家庭生活成为琦君母亲世界的全部。琦君在认可颂扬母亲品质和德行的同时,也以现代理性观念来观照母亲形象。由于传统社会赋予家庭功能和女性规制作用,母亲无法获得与父亲平等的社会身份,她的价值只能被置于辅助功能,其作用长期被埋没。与此相对应,母亲的性格特征只能以隐性方式体现出来,只能通过周边的关系显现存在价值。

　　母亲受限的活动空间隐含着母亲在家庭秩序和权力结构中的被压制地位,这种贯穿于日常生活中的道德秩序剥夺了母亲的自主性。在琦君的文学世界中,母亲的话语表达简单而被动。母亲的人生观和价值观散见于她的日常生活和待人处事中。基于卑微的家庭角色,母亲在语言表达上也是应答式的断句。母亲所有的想法都来自外公的家庭教育和民间的戏文,无疑,这些教育只能使母亲更加容忍和迁就,因为母亲的人生观和价值观都是自觉背负社会和家庭赋予她的苛刻要求,她只是处于一种被审视的社会位置,她的话语只能出现在他人的思维框架和需求中,这对母亲而言,已成为一种习惯。因此,母亲不惯于评判他人,更不可能说他人坏话(《母亲》)。即便面对作为女儿的“我”,母亲也没有系统的理论教导,她自卑地认为自己不具备教育女儿的师者资格,她只有通过日常生活和基本行为准则身体力行地影响着孩子,只有在孩子出现问题的时候,才会有些即时即兴的简单做人道理。大部分情况下,在与他人的沟通交流中,母亲不能成为主动的一方,报告和应答成为她基本的话语模式。在琦君的散文世界中,当出现“我”和母亲的对话时,往往是我问她答。面对父亲,母亲就完全陷入沉默。当父亲根本无视母亲,甚至没有任何通知就把二妈的轿子抬进家门时,母亲能做的只有躲到一边独自哭泣。无疑,此番情景和其中的悲痛已经远远超出了年幼的琦君的评判能力,却永远地留在她的脑海中成为难以拂去的心痛的一幕。在威严持重的父亲身影下,母亲的弃妇角色更深刻地加重了她的卑微位置。她只有在背后,面对孩子的时候才能流露出些许的抱怨(《小玩意》),而且,只能借着孩子的要求才能说出口。被动和自卑成为母亲表达最为基本的姿态,所以当母亲意识到漂亮二妈占据了父亲的宠爱,试图通过梳理出漂亮的发髻应对这种隐性的挑衅时,却是以自己的弱势进行笨拙反抗,只能落得个全线溃败的难堪又悲惨的境地。母亲的地位注定了母亲的悲剧命运,而这种悲剧落实到如此善良的弱女子身上时,却是让女儿感受到锥心的痛!而她在《母亲的小脚》《髻》这些作品中记载的母亲对婚姻和情感的幻想受挫后的失落、惆怅和无奈,更是引发广泛的共鸣。

其次,在将母亲这一形象置于更广阔的人性层面,琦君母亲形象在此现代视角下体现出形象的缺陷和不足。特别涉及母亲与父亲及二妈的关系。这层关系,不再限定在传统家庭和传统伦理层面,而是涉及母亲作为女性的基本需求和行为考量。显然,处于这层关系中的琦君母亲是失败的和空缺的。母亲与父亲的关系完全是顺从和依附的关系,她终身围绕着父亲的意志而生活。在父亲面前,母亲无论是在生活上还是思想上,从来没有表现出自己的愿望和要求。她虽然内心强烈地希望父亲能够给予关爱,但在行动上却从来是自觉收敛和隐匿自己的需求。父亲不仅完全遮蔽了母亲的存在,还使得母亲的行为都产生了异变和扭曲。诚如《橘子红了》中所讲述的令人发指又心痛的故事一样,已成弃妇的善良母亲为了能够挽回父亲的爱,希望父亲能够离开另一女人留在家里,竟然想出用另一名更为年轻的女孩的身体挽留父亲的难以置信的举动,其间包涵着多少辛酸、自卑、愚昧等复杂的人生内容!对于母亲这一形象在此事上的举止,随着琦君年龄的增长,她的反思也越发彻底。晚年琦君怀着复杂而沉重的心情写出《橘子红了》这部小说时,她对母亲形象的丰富又矛盾的精神世界才有了清醒又理智的认知,对中国旧式家庭女性被压抑、被侮辱和被伤害的境遇才有了清晰深刻的表达。现实生活中,母亲与二妈的关系一直是尖锐对立的,这种对立来自狭窄生存空间里有限需求被瓜分的焦虑和本能的抵触反抗心理。母亲无力无能也无意识反抗传统道德观念,只能把矛头指向了外来却来抢夺自己男人的二妈。事实上,光凭二妈,根本没有能力将母亲置于如此屈辱和痛苦的境地。作为女性,二妈即便为父亲宠爱,也只能是居于被宠爱的位置。而且,在作为女性角色这一点上,二妈某种程度上在分担着母亲这一角色的欠缺部分,比如她喜欢文艺的习惯也深得“我”这一新女性的好感,还有她的漂亮和爱美也是女性特征的一部分。显然,当面对母亲和二妈这一令她天生美好禀性分裂的两位人物时,琦君也犹疑和困惑了。一方面是为母亲鸣不平的辛酸,另一方面却是对母亲过度容忍性格的否定和勉强的辩护。在《红纱灯·母亲那个时代》中,当作者把造成母亲痛苦的矛头都指向母亲生活的时代时,她的内心深处还是无法释然。所以,在《橘子红了》这部小说中,父亲、母亲和二妈各自成为故事中的人物,才能呈现他们间的“剪不断、理还乱”的纠结关系,读者才能深切理解琦君母亲的悲惨境遇和悲哀心理。

琦君在大力颂扬母亲美德之时，却也难以掩抑对母亲的心痛。当她越来越多地在作品中刻画母亲美德时，也是她越来越深刻地感受到母亲遭受的不公不平的沉痛之时，这是受到新思想影响的女儿琦君尤其沉重和心痛之处。这种情感基调也包含着作者在情感和理性之间的矛盾和困惑。对于接受了现代观念的作者琦君来说，她并不满意母亲的处境：即就是母亲的存在价值无法依靠自己的努力获得认可和肯定，她必须依附于她所嫁的男人，母亲的勤劳、善良、能干和品德高尚都无法改变她被动的地位；无论母亲再怎样努力，都无法通过努力改变自己和抵抗施于她的被丈夫所弃的悲剧命运，改善她孤独凄惨的生活处境。琦君意识到旧家庭是悲剧之源，但是她也意识到母亲这样的旧式女子离开了旧家庭更没有存活空间的理性判断。由此，琦君塑造的母亲形象越让人可亲可敬，越体现出她无法把握和掌控的悲剧之源的可恨，她后来所遭受的不公不平待遇越让人痛彻心扉。虽然琦君足够隐忍甚至有为贤者避讳的笔法，以未经世事的孩提眼光侧面描写了此事发生时家人言行举止的变化，读者还是能从此后生活点滴中感受到此次变故对母亲造成的巨大伤害。此后的母亲的生活空间变得更加单一和狭窄，自从回到老家后，她更加畏缩在高墙大院内。只要二妈在老家的日子，母亲就退居静室，更难以见到她活动的身影了。在晚年创作中，她终于在《橘子红了》中假想了大妈这一觉醒的行动，这虽然在小说的整体塑造中与大妈的性格表现比有些突兀，却道出了琦君难以遣怀的心痛。

四、书写与救赎

琦君大量的唯美挚爱的母亲颂记录了近现代以来的母亲角色的中国女性的现实文化困境，她们被束缚在狭窄封闭的家庭空间，面对无爱的冷漠的世界却呈现出无我无私的爱的高尚品质和人生境界，通过广阔的心地化解强烈的矛盾和痛苦。琦君的母亲形象凝结了传统向现代转型过程中的被埋没的被忽视的中国女性典型，也展示了走向现代化的过程中，中国女性群体所承受的压抑和侮辱。即使是身处乡绅阶层的家庭，即使是母亲这样的主妇，也难以摆脱男权的绝对权威的迫害。琦君延续传统的闺阁叙事无法承接现代观念的冲击，痛苦和美德并置的母亲形象难以圆融美满，琦君的母亲形象为近现代文化转型中的女性书写、女性观念发展及女性现实处境和前途提出了深刻的思考和丰富的意义。

在中国社会现代化过程中，从女性立场构建的女性形象显得尤为丰富和复杂。琦君笔下的母亲形象较全面地体现了深受传统观念影响的中国女性形象的真实的生存状况和精神世界。相较于现代男作家笔下的母亲形象，琦君作品则更能体会母亲的精神痛苦。男作家或者严厉批判给予底层母亲的侮辱和伤害的旧社会,如柔石的《为奴隶的母亲》等作品中的母亲形象;或者以难以掩抑的否定情绪描述母亲形象的世俗功利,如鲁迅精神图示中难以启齿的痛心牵挂又无奈遵循的母亲形象。在中国现代化的过程中,启蒙话语在批判传统文化体系的同时也不断地解构传统母亲形象,以理性的姿态严厉地批判这一形象的软弱和愚昧,即使能够对母亲在面对孩子天生柔情被阻隔的巨大痛苦予以同情时,也不再对这种弱势的母亲形象进行歌颂和赞扬了。琦君的母亲形象则从家庭空间和亲情人性展示了母亲的丰富复杂的角色内涵和精神世界,更符合深受传统观念影响的中国母亲的现实和立场,也展示了母亲作为女性在获得人性平等道路上的艰难、漫长,探讨了内心情感、传统美学情趣和现代理性精神交织缠结中的中国女性出路问题。在中国传统文化中,女人置于完整的家庭空间,其女性意识、母性情怀及社会定位都是统一的。随着近现代独立、自由和平等等现代人性观念的逐渐推广和深入,传统女性的价值观、人生观及审美观都经历着巨大冲击。中国女性在整个中国现代化过程中经历着较之男性更大的价值观念的变更。母亲这一慈祥善良的女性角色在近现代以来的文学中经历着重书的命运。

琦君笔下的母亲形象不仅展现了这一文化转型过程中的女性角色定位和价值观念分裂的痛苦,也体现了琦君作为一位女作家传统和现代上的观念差异和分裂。在传统观念内,诚如琦君所写,母亲是深受传统道德影响的典范,她深受家长的喜爱;然而,在扩展了的普遍人性层面,她却是痛苦和压抑的。首先,她不能和男性平等,她无法讨得丈夫的欢心。父亲与母亲的关系一直是严肃和紧张的。而父亲对母亲的冷落和怠慢,甚至影响到母亲在家庭中的地位,后来二妈能够替代母亲主持家政,就是因为父亲的作用。当母亲以传统观念完全自我遮蔽和抑制了自己的愿望和需求后,等于她已经完全放弃了作为女性的人性需求,作为人的自我意识(她一直活在对父亲的自我幻想中)后,也就失去了现代女性的美感,如《髻》中所表达的那样,其结果只能是悲剧的命运。事实上,琦君对母亲悲剧命运的感受更深更刻骨。作为一位经过现代文明启迪和熏陶的知识女性,琦君应该能够清醒地意识到父亲在母亲毫不知情的情况下娶进二妈对母亲造成的情感上的伤害。这样,琦君作为叙述者,在价值评判上就陷入了两难的境地,一方面需要母亲对自己的爱,保持完整家庭以利于孩子的成长,另一方面,她又强烈地感受到女性该有的价值和尊严。母亲形象所体现的母性的美好和崇高,与母亲需要人性需求和女性欲望被阻隔之间构成了深刻的矛盾。这种深刻的矛盾被琦君描述出来,不仅代表了近现代以来中国女性面对的困难处境。这在母亲所生活的温州区域中具有典范意义,母亲的悲剧也代表了近现代以来日益凸显的温州女性的精神困惑,温州物质生活丰富与文化落后间的矛盾造成的温州女性的人格痛苦和分裂一直延续至今。

琦君作为一名女性作家,延续着传统意义上的母亲定位,她以女性视角忠实于自己的生命感受和内心体验,颂扬和感念母亲的发自内心的母性。虽然在现代化过程中母亲背负的传统非常沉重,琦君笔下的被压抑的母亲形象依然善良,依然无我地奉献,却给予这一特定历史语境的广大数量的女性形象以价值的确认,这对于近现代以来西方观念之下的轻率否定和批判,却体现出更为温暖的人性力量。同时,琦君通过特定历史时代中的母亲形象书写,也在努力探讨传统向现代转型过程中的中国女性命运走向及未来出路。或许我们可以站在今天的角度来指出琦君的现代性表达不足,但是这种不足却也中肯地代表了中国女性作家女性书写中的必经的历史过程。正如琦君研究者所论:"但女作家的压抑与空白不也是女性经验的实情,且是女性的反书写?在这点上是深具女性意识的,她不仅是个母亲,还是女儿;不仅是作家,还是人。"①

近现代以来,中国社会的急遽的文化转型,仍然延续着传统的男性权威,而女性话语依然处于被抑制和遮蔽,来不及被关注的另一空间。琦君的母亲形象书写事实也在探寻女性的出路。

第一,返回传统,这是不可能的。即便女性自身愿意,男性也已经不再欣赏完全旧式的女性形象,也不再崇尚旧有的传统之美。这种在精神上被离弃,在形式上却依然滞留在家庭的传统女性形象在现当代文学中是无法得到正面的评价的,她们在由传统向现代转型的历史语境中,往往成为阻碍历史发展的保守、愚昧和落后的代名词,甚至成为封建专制理念扼杀新兴的进步力量的帮凶。现当代文学中对传统家庭中的母亲形象要么演化为颠覆母亲职责的叛逆者形象,如《雷雨》中的繁漪,为了实现女性意识彻底背弃母性情感;要么被塑造成伪善、老丑又不识时务的愚蠢老妇形象,如鲁迅的《阿 Q 正传》中的赵太夫人、苏童《妻妾成群》中的大太太等。即使是琦君十分推崇母亲式的传统道德之美,但是整个社会已经不能接纳,甚至将她们视为精神的累赘和负担。男性对于这类完全遵循传统道德的女性形象无法从内心欣赏当然也不能产生敬重之意,由此,也就无法产生爱慕之情。作为现代知性女性塑造传统家庭妇女,琦君笔下的价值观念就表现出分裂的痛苦和抉择的艰难。

第二,高举平等自由旗帜,放弃传统,结局却得承担着情感和理性的分离的痛苦。作为女性,具有更强烈的情感需求,然而,传统观念给予男性无上的性别优越感,牵制着女性的自然人情无法割裂。社会观念不仅将这样的不平等观念

---

① 周芬伶:《打开记忆的金盒子》,《台湾现当代作家研究资料汇编·琦君》,台北:台湾文学馆 2011 年版,第 104 页。

赋予女性,压抑女性的人格平等的需求,同时也给男性带来更为沉重的精神压力和焦虑。正如琦君的作品中所描述的一样,父亲在家人和亲人面前都是孤独严肃不苟言笑的样子,而这样有违人性的表达却被视为威严而被推崇。琦君也是意识到二妈给父亲带来的恢复人性常态的精神愉悦,才不忍心对父亲给予母亲的伤害进行指责。

琦君作品中的母亲形象,是生活在幽闭空间中的传统妇女形象,她一直通过注目彼岸世界的神性来宽慰自己化解现世的苦痛。她的身上集结了传统濡染下的妇女的所有美德。琦君极力赞赏的已逝的母亲形象,也是琦君内心深处感受到在历史发展中随着时间流淌无可挽回地流逝的美好事物,琦君笔下母亲形象的集结汇成了一首美丽挽歌。对于经历过近现代以来的社会巨变的又被迫远离故土的中国人来说,琦君的母亲形象也是将痛苦埋藏在内心的隐忍痛苦的故土象征,成为这些漂泊在外的浪子的最为深层的惦念。近现代以来的中国社会的文化转型,既凸显了母亲角色,又无法摆脱母亲角色身上的旧式女性道德标准,面对母亲无力解决的精神困境,琦君以她的文学世界丰富和动情地予以展示。琦君笔下的母亲形象通过近现代文化转型中的女性书写建构的女性话语,投射了嬗变中的性别政治和性别指认,这些现实与写作间的罅隙和歧义凸显了人性、母性和女性之间的复杂交织,构成了可以不断被解读的丰富文本,指向中国女性的艰难的救赎之路。

"十七年"小说中的"引路人"形象审视[*]

　　1949年中华人民共和国政权的确立广泛而深远地影响了文学创作,包括作家心态、题材的选择、作品的风格、叙事模式和形象设置。"十七年"小说中的"引路人"形象体现了政治一体化过程中的小说人物塑造的赓续和变异。

　　中国现代小说塑造了大量具备时代标记的新人物形象:勇敢冲破旧婚姻枷锁的新女性形象,生活困窘、灵魂麻木的农民形象,专注于个人悲观的小知识分子形象……其中开启民智、形塑民族魂灵的启蒙者形象备受现代作家的青睐。作品中塑造的大批人类精神途路上的探索者形象,传递了中华民族为改变积弊的民族劣根性的惨痛、愁苦和坚韧。他们作为现代化道路上的"窃火者",自觉承担起思想革命的时代使命,文化改革成为其他一切必要改革的基础。鲁迅的《过客》、田汉的《南归》、郁达夫的《沉沦》《银灰色的死》等作品中的独孤不群、桀骜不驯的精神浪子,从内心深处发出的痛苦啸鸣构成了真诚炙热又悲凉慷慨的文学音符。20世纪20年代直接表达政治诉求的革命文学思潮更关注社会群体的生存环境和共同命运,在后来的演进中,强调改造社会的目标凌驾于文学审美价值之上,怀疑精神在文学表达中逐渐消弥,明确的理想目标和确定的行动指向使许多徘徊在路上的浪子找到了精神归宿。新中国成立后十七年文学在回顾和阐述中国近现代革命历史时,求证了现代知识分子的精神探索与革命成功间的必然联系,同时又确定工农群众为革命历史的主导力量。在此理念主导下的文学叙事中,"向工农兵学习"成为新中国成立后文学创作的方向。知识分子的犹疑心态遭到否定和贬斥,他们在革命叙事文本中的功能弱化,成为工农形象的辅助者和衬托形象。新中国成立后,因知识结构造成的差别不断地被否定和颠覆,政治

　　* 原文标题为《国家意志的叙事焦虑——解读"十七年"小说中的"引路人"形象》,载于张炯、白烨主编《中国当代文学研究:2006卷》,石家庄:河北教育出版社2006年版,第171-182页。

出身和阶级成分越来越突显,知识分子在革命历史中的作用不断被削减的同时,工农群众形象迅速成长并部分取代知识分子的社会角色。在社会思潮的变迁和文学叙述的内在逻辑力量的共同作用下,五四文学中的人类精神的探索者形象谱系得以改写并汇聚新的工农形象体系,形成了革命叙事中的"引路人"形象系列。

十七年文学中的"引路人"形象,大致可以划分为以下几类:第一类是革命知识分子形象,第二类是革命队伍的政工干部,第三类是在革命队伍中迅速成长的工农形象。

第一类,革命知识分子形象。这是一批具有组织归属,严格遵循制度、原则的现代知识分子。他们视革命为人类的终极价值,体现了坚定的革命理想,为革命理想努力奋斗不怕牺牲甚至为之献身。如《红旗谱》中的贾湘农,《青春之歌》中的卢嘉川、江华,《三家巷》中的周榕,《红豆》中的萧素等形象。十七年小说大多着力刻画这些人物形象身上漫溢的革命热情,这与20世纪20年代的普罗文学中的革命传奇和浪漫气质一脉相承。不同的是,这些形象已经拥有了确定的行动方向,他们不再痛苦和彷徨,将革命目标视为自身投注的精神理想,他们一旦进入革命队伍,其个人的行为就拥有精神依托,全都附着了革命的名义。他们凭借自身的知识优势,充满激情地承担了革命理想的布道者和革命理论的宣传者的功能。贾湘农说服了锁井镇一带的农民走上革命道路,引导运涛、江涛、严志和、朱老忠等众多人物,成长为坚强优秀的革命者,革命星火在中原大地上形成了燎原之势。贾湘农在小说中的功能比较单纯,"引导"是他的主要职责,革命实践的工作主要是由他人来完成。整部小说中,几次重大的革命斗争事件,贾湘农或是隐藏在幕后,或者不参与,即使在暴动中,他参与了暴动,作者也没有将他作为冲锋陷阵的主要人物或是英勇杀敌的典型代表,他的主要作用在于暴动前的发动工作和失败后进入游击战争的思想和动员工作。需要指出的是,这类形象在建构革命道德体系时实践着榜样的力量。他们站在革命集体立场上否定个人主义,排除个人空间。小说中,贾湘农几乎没有自我空间,他所有的行为都从属于革命组织。这是一个着眼于外在行动和理论灌输的革命知识分子形象,没有个人的生活空间,没有个人思想情感的表露,这与鲁迅、巴金笔下的革命知识分子形象有着很大的区别。《三家巷》中的周榕最终彻底抛弃了小知识分子的温文尔雅的形象特征,在外观上都变得粗朴了,而《红豆》中的萧素作为主人公江玫战胜个人主义和小资产阶级情感的对抗性力量,最后牺牲自己唤醒了江玫与齐虹的决裂,视革命为自己的终身事业。这种形象在革命的名义下,以近乎苛求的完美进行着知识分子形象的改写和重塑。革命知识分子形象服从于革命组织和革命机构,成为集体主义战胜个体诉求的典型形象。他们的最终目的不是实现自我，而是实现忘我境界，所以，作为"引路人"的革命知识分子在十七年的文学叙事中只是作为"中间物"和"过渡地带"。十七年文学的主体是工农兵，而带领工农走上革命道路的是知识分子形象。虽然如此，十七年文学中的这些革命知识分子形象与"五四"时期痛苦、彷徨、行动迟疑、有着严重的挫折感的知识分子形象已经大不一样，他们的行动目标就是革命成功，实现全社会的平等，其结果早在革命之初就已经确定。在革命呈现效果时，作为"引路人"的革命知识分子也就完成了其革命道路上的功能，他们在革命叙事文本中消隐乃至消失，消除群体的精神特征。所以，革命知识分子作为一个形象团体的特质最终将在文学叙事中消隐或者减褪的趋势早就蕴涵在最初的形象定位中了。

第二类是革命队伍中的政工干部。他们的引路作用是出于职责需要，同时也表达了革命叙事在人物形象设置上的内在需求，如《保卫延安》中的李诚、《铁道游击队》中的李正等。他们既是革命理论的阐释者，也是在革命队伍中的精神支撑和灵魂人物，尤其在恶劣的环境下和严酷的战争环境中，当现实物质条件不足以实现目标时，通过语言的鼓动和氛围的营造，发挥超现实的精神力量。因此，作为正面塑造的革命队伍中的政工干部，他们往往是革命道德的榜样，具有坚强的意志、惊人的毅力和超稳定的心理素质，尤其是文学叙事的相对固定的文本空间里，这些政工干部就是革命的化身，他们所表达的就是党的意志。他们的作用是把革命理论灌输给追求革命理想的"后来者"，所以，在对革命理论知识的拥有和把握中，他们处于有利位置。当这样的知识优势属于特定的群体时，只要某一共同体所包括的人们被认为具有足够的知识去完成共同体所要求的各种实际功能，就不会需要那些专门致力于开发知识的科学家，当政工干部形成了拥有丰厚的革命理论资源并以宣传为职责的特定的群体，他们掌握的知识就转化为技能，从而也就淡化了知识分子的精神气质，包括作为知识分子的反思和对社会的承担。在革命理论日渐经典化、理论阐释日趋模式化的过程中，作为集体理念代理人的政工干部，在宣传中越来越强调传输理论的媒介作用，其言说程式化越来越明显，教条主义也渐趋严重，他们的行动效果背离行动目的的现象逐渐增多，导致这类形象坠入尴尬情境。尤其要特别指出的，是我们的许多作品对于正面的英雄人物性格刻画的乏力。在许多电影、小说、剧本中出现的英雄人物，特别是领导人物，往往是缺乏个性，缺乏感情，缺乏思想的光辉，这种人物常常是以说教者或演讲者的姿态出场，高高地孤立于群众之上，被偶像化了的。《红日》中，无论是哪一级的政治干部，都写得比军事干部逊色得多，全书都没有着力地塑造出一两个突出的政治干部的形象。《林海雪原》中的少剑波是原著中作者花最大心力塑造的人物形象，他出身革命家庭，满怀阶级仇恨，又有着清醒的革命头脑，但在具体作品中，人物形象的生动和丰满远不如杨子荣。《组织部来了个年青人》还以此为反面典型,对此类干部过度面具化造成的问题进行了反思和质疑,揭示其内心世界与外在行动的脱节,公开场合和私下空间的分离。

第三类是时代英雄形象。工农兵形象作为新政权的表意符号成为十七年文学的英雄群体,象征着新规范、新秩序的确立,成为整个社会的领导阶层,具有强烈的示范作用。因此,新的时代环境中迅速成长成熟的英雄形象和典范人物,很快地承续了前"引路人"的角色功能而成为新时代的"引路人"。这些形象在叙事中具有双重功能,一方面因为他们的出身和苦难经历,他们拥有了国家主人翁的地位,具备了充分的革命理由,很快被引导到革命队伍中;另一方面,因为有着摆脱苦难的强烈愿望,深谙革命目的和意义,他们的亲历成为承担"引路人"的意义资源,拥有现身说法的优势,如《创业史》中的梁生宝,《苦菜花》中的德强等。

十七年文学的创作前提是革命已经胜利,叙述革命,信奉共产主义理想是时代英雄的首要条件。在塑造"引路人"形象时,作者经常更关注于理念传输的效果。"引路人"所具备的与知识共存的道德操守和智慧禀赋在新的时代中已经不再重要,新的时代英雄已经完全可以承担此项功能。而作为工农兵形象在完成"引路人"功能时,并不具备知识的优势,也就不再产生传输过程中的知识自我解读和再创造,因此,这一传输过程变得简单又简单,甚至可有可无了。在强大而单一的政治意识形态的作用下,文学教化功能被无限扩大。能否创造出一个使人信服的、完全够标准的、堪作革命者的模范的光辉的共产党员的形象,成为文艺创作的原则问题并被赋予其政治高度。这是因为十七年文学急需工农兵出身的英雄形象来确保文学的政治属性,也表达塑造此类英雄形象的迫切要求。但是人物形象的完美和单纯只能滞留在观念阶段,急速地构筑完美的新楷模的政治诉求无法落实在具体的文学实践中。

当"引路人"和行动者合二为一的时候,也最终达成了人物形象的极致状态,却造成了形象的面具化和贫困化。无论在私人空间还是公共领域,这些时代英雄都是坚不可摧的,英雄的本质必须在表面上直接触及,人物的内在性历历可见,不仅限制了形象拓展的可能空间,而且还使形象塑造渐趋僵化。执着于理念、忠实地执行理念、根据理念展开活动的人物形象虽然可以符合政治的标准,但是往往难以取得形象美的效果。在十七年的文学创作中,出现了大量的工农兵形象,但是能够超越时代疆域获得长久的时空生命力的形象却很少。当时不少评论家已经关注到这一重大创作缺陷:结果就是把人民、把工农兵看得过分简单,把他们的痛苦要求和斗争简单化以至庸俗化。处于其时文化语境,人们一般只在创作层面上谈论形象设置问题,很难注意到意识形态对创作的决定性作用,不会透析人物形象折射意识形态,更遑论对意识形态的反思了。在越来越确定的国家意志的表达中,"引路人"的功能转换为工具,此类人物形象的概念化和面具化也越来越明显。他们具备了道德上的优势和意识形态的强势,成为时代的代言者和理念的化身,却消解了形象的丰富和多元。"引路人"形象的思路正是向"工农兵"形象靠拢的一个必要过渡阶段,也是充满了求证革命合法性和新政权合理性的焦虑的形象角色。设置"引路人"的目的是促成革命的成功,而三类"引路人"形象快速转换,也体现了革命召唤下冒进激烈的作家心态。另外,这三类"引路人"形象的设置也大致折射了知识分子阶层在十七年文学中的命运演变路径:第一类是视革命为人生理想的知识者形象,而后两类在身份和气质上都已经融入浓厚的时代风貌,他们效仿了知识分子的社会角色功能,而知识所包涵的精神价值被悬置。所以,"引路人"形象只是一个权宜的中间过渡形象,是文学叙事从知识分子形象到工农兵形象过渡的权宜之计,急速走完这一转换过程,"引路人"形象本身就体现了这种焦虑和尴尬。

作为革命道路上的"引路人",他们的主要作用是引导具备了革命基础又没有革命觉悟的民众走上革命道路,壮大革命力量,一步一步地走向最后的胜利。"引路人"在新中国成立后十七年文学中是一个富有意味的形象,确证了革命道路作为新生事物的历史演进规律。

由于文学作品传递给读者的并不是一个现成的结论,而是需要通过叙述展开过程和控制节奏,借助于人物行动和情节的推动串接事件,寻找事物的内在轨迹,使读者信服或感动。同样,将革命最后的胜利叙述成历史的必然,也要具备这样的一条合情合理的叙事线索。在十七年文学叙事中,革命的过程是积累和扩大的过程,虽然遭遇了不少困难和挫折。中国革命是历史的必然,是中国人进行多方选择的自觉革命。作为自觉革命者,必须具备革命理论,革命理论又需要一定的知识贮备,但作为革命最坚实的基础——工农群众,他们并不具备自觉革命的意识,因此,要让最应该革命的人最后走上革命道路,而不是重演阿Q这样的历史悲剧,就需要有一批具备了革命理论的知识分子对民众灌输革命道理。因此,要实现革命目标,既需要对系统的革命理论进行本土的转换再推向民众,又需要焕发民众的革命激情,"引路人"的首要功能就是充当革命理论的阐释者和传播者。卢嘉川把林道静引导到正确的道路,贾湘农给运涛讲革命的道理,黑老蔡给大家说许多救国的大道理,鞠县长在生前给少剑波进行革命道理的言传和身教……虽然这样的情节在整个革命叙事展开过程中分量不一定很重,但却是必不可少的。在许多战争叙事和斗争情节中,"引路人"发挥了精神武器的作用,"引路"都成为塑造新人物,克服困难,使革命走向胜利的必要环节。然而,十七年文学中又确立工农群众为革命的基础,为革命叙事中理所当然的英雄人物形象,为革命历史中的核心人物和领导人物,而知识分子形象只能成为革命叙事中的配角。因此,知识分子的"引导"作用也往往只被限制在革命运动刚开始兴起时,在小说叙事中,他们的引路作用也就更多地体现在革命之初。知识分子作为导师的启蒙作用和引导功能在新中国成立后十七年文学中逐渐减弱,十七年文学知识分子的话语空间大为压缩:一、描写知识分子的题材大为减少,十七年文学成就最突出的是农村题材文学和革命战争叙事。二、知识分子形象系列在十七年文学中大为缩减,人民群众是历史的创造者,人民群众是历史的主人,人民群众也理应成为革命文学的主人公。三、知识分子形象在小说中的地位也大为降低,不少知识分子形象还作为工农兵形象的对立面,成为反面教材的典型,如《红旗谱》中的冯贵堂、《青春之歌》中的余永泽,《大学春秋》中的刘鹏、黄美云等。当工农群众中某些先锋分子替代了知识分子的"引路人"功能后,就说明革命的过程导致新政权的确立已经是铁定的规律,无惑可解,革命的道理已经深入人心,不再需要阐释。十七年的作家们以革命历史合法性的论证为主要职责,革命成功后兴奋和激情犹存,余热未消。颂扬共和国的热诚使他们渴望着追述革命历史,让人们记住历史为现实生活提供经验。因此,对于革命历史叙事在十七年语境中的实践提供指导的兴趣要远远大于历史真相的揭示。这样由以结果为逻辑起点寻找历史规律的写作方式改造了小说的叙事模式,对于革命目标已然确定的革命历史叙事来说,"引路人"形象在目标明确、程序井然的革命实践中的作用也得进行相应的调整,转化为实践中的组织者和领导者即工农兵形象,以身体力行造就了榜样模范作用,以理论与实践的统一确保了革命的最后胜利。引路从思想层面叙述逐渐向操作层面叙述转化,为高大全形象的出现潜下伏笔,也促使读者把阅读作品受到的教育转化为自身的行动。

因此,十七年文学中许多形象,如江华、少剑波等形象不仅体现了良好的革命理论素养,也体现了较高的革命领导能力,使寻路的过程成为保证革命胜利的有效的中间环节。在十七年文学中,革命成功后的美好蓝图曾经焕发出绚丽的光彩,一批批被革命者的行为所感动或者是被革命理想所召唤的来自不同领域的人们逐渐成为革命队伍中的先锋分子,特别是具备了工农兵出身的革命者。为了突出他们人生道路的典型意义和普遍规律,他们的行为往往成为革命后继的典范和榜样,从而引导更多的与他们有着相同经历的人们走上革命道路。在后一批的需要引导的革命梯队面前,他们既拥有了可资效仿的资源,又更富于引导他人的冲动。因此,十七年文学中有不少"引路人"是从被引导者转换而来的,一旦他们走上了革命道路后,在集体主义理想的感召下,他们又充当了后来人的"引路人"。通过被引导者到"引路人"的形象转换,体现了革命队伍的壮大,也说明革命理论逐步被越来越多的人所接受,最终纳入到主流意识形态。十七年文学"引路人"的功能转型也契合"星星之火,可以燎原"的革命历史演进直至最终取得胜利的历史认知。无论是哪个层面的作用,在十七年的小说中,"引路人"的行动路径都大体一致，他们都是以先验的结果设计着整个故事情节，寻找符合新政权合法性的内在理路。革命过程被叙述成合乎历史发展规律的既定路线，不管在革命过程中遇到多大的困难，最终的结果总是以胜利鼓舞着读者。"引路人"在永远正确的结论面前，被赋予了毋庸置疑的合法性身份，内嵌于革命过程中的引路人的引导模式具有相对统一的叙事模式。以《红旗谱》《创业史》《青春之歌》和《林海雪原》为例，作品中都存在着几个确定的叙事元素（见表1）。

表1　"十七年"小说中的叙事元素

作品	初始环境	引路人	被引导者中的活跃分子	敌对力量或阻碍力量	结果
《红旗谱》	锁井镇一带四十八村的农民深受地主冯老兰的欺压，尤其是朱老忠一家与冯家结下了深仇大恨。	贾湘农	运涛、江涛、朱老忠、严志和等。	地主冯家。冯老兰与其儿子冯贵堂。	农民运动在逐步壮大，而地主最终将"败家"。
《林海雪原》	二百余骑匪徒突袭杉岚站西山，烧杀抢劫，造成残酷的血案，包括鞠县长在内的党员们牺牲。	少剑波带领的小分队。	深林的夹皮沟屯的林业铁路工人：张大山、李勇奇和马天武。	座山雕等带领的匪群。	彻底剿匪成功。
《青春之歌》	林道静从地主家庭逃离出来，一直在追求人生道路。	卢嘉川、江华等。	如林道静这种类型的小知识分子。	地主家庭或如余永泽式的小资产阶级知识分子。	参加"一二·九"示威游行，汇入革命洪流。
《创业史》	解放后的蛤蟆滩的农民土改后光景依然困窘。	区委书记是梁生宝的引路人，而梁生宝又是其他贫民的带头人。	蛤蟆滩的贫农。	富农阶层姚士杰、富裕中农郭世富、农会主席郭振山等。	互助组获得了胜利。

根据人物与事件的排列组合，十七年文学也形成了相对明确而稳定的革命"召唤"的行动模式，一般由下面的步骤组成：

一、急需改变的社会环境或者等待挽救的人生境遇。

二、出现希望改变现状的"引路人"。

三、在需要被引导的人群中出现一个或几个先锋者。

四、接受引导后,现状开始改变。

五、对立的力量关注到变化并开始阻止这种变化。

六、对立的双方进入对峙并不断地有激烈的对抗出现,直至我方的力量占据上风。

七、最后胜利并确证"引路人"(或者是作者)的预言,投身于革命的怀抱。

这种相对稳定的情节设置从属于统一的理念。"引路人"指向结果的引路,都共同指涉了革命的光辉灿烂的前景描绘。无论是个人的追求还是集体的抗争,无论是农运史的叙述还是激烈的军事战争,最终的结果一定是不容置疑的。虽然在这过程中,将历经磨难,与敌对力量的斗争残酷而曲折,然而有了"引路人",有了符合历史发展规律的行进道路,有了如来自天堂的召唤,革命的壮大和胜利也有了根本的保证,所以,在功能确定的十七年小说中,"引路人"也成为保障革命胜利的不可或缺的形象体系。十七年文学中"引路人"形象系列的出现及功能效用呈现了复杂的话语模式,隐含着多方力量通过文学叙事和想像对历史权力、意识形态的分割和争夺。这种文化生态环境与十七年文学的历史语境、当代文学意义生成及其新中国成立后文学的创作倾向有内在联系。

首先,文学中的"引路人"形象表达了建国后国家意志在主流话语中的权力建构。根据毛泽东的有关分析,夺取政权后的社会结构中,直接威胁到无产阶级政权的是资产阶级思想,而资产阶级思想在文艺界尤其突出。在《创业史》中,土改后的主要矛盾转换为农民与富农间的矛盾,《大学春秋》和《大学时代》中高校校园里的主要任务也转换为克服资产阶级和小资产阶级思想。这种变化趋势与新中国成立后文艺界一直极力克服的资产阶级思想是有着直接关系的。

其次,"引路人"形象设置也是十七年文学特定情节模式的需要。由关注探索者的精神世界转换为关注实践者的行为,共和国的成立赋予作家自觉的时代承担意识。新政权建立而产生的民族自豪感使作家的叙述充满了激情。现代文学中,在苍茫大地间苦苦寻找出路的知识分子,转化为具有坚定的革命信念、充满革命信心的英雄形象。既然革命已经走完求证之路,革命理想就是一个被证明了的胜利结局。革命过程的不确定性逐渐消失,行动者不再迷茫和彷徨,困难是为了让主人公变得更加坚强和巩固胜利成果。"五四"启蒙文学中的启蒙者形象的精神探索无须继续,对于确定的革命理论体系只需要大量的既定理论的阐释者和宣传者。对于已经存在既定目标和完美结局的革命叙事来说,"引路人"的行为功能要求大大加强了其传输功能。对于发生在不同领域和场所中的革命叙事,毋庸置疑地不仅存在意义,而且存在同样的意义。《青春之歌》《保卫延安》和《红旗谱》《红日》在作品的结构框架上存在着惊人的一致。如《创业史》中,以梁生宝为代表的农民探索合作化道路的过程就是社会主义的农村改造理论实施的形象展现。作者要完成的就是这种理念的实践演绎。"'真正到你们下堡乡五村全村合作化的一天,办不办联社,由谁来决定呢? 我说是由党对群众的教育来决定。党对群众的教育工作做好了,群众就愿意。党对群众的教育工作做不好,群众就可能不愿意。共产党员不能笼统地说人民决定! 嗯,不能这样说!'王书记加重语气重复了一遍,看着郭振山。"①从这段话中,就可以解析出合作化背后的理论支撑和强烈的意识形态色彩,党对群众的教育就是进行党的理论宣传,因此,为什么郭振山的路子走不通,而梁生宝却能排除种种困难最终探索出新路子,在这段谈话中早已确定。郭振山走的路背离了王书记的理论,也就是不听从党的"引路人"的引导,最终在小说中的命运早已确定。不仅是《创业史》,十七年文学中的行动者背后都有强烈的理念牵掣。当党的理念需要在具体的实践中展开和传输时,就需要"引路人"形象以党的名义进行传输以确证革命实践不会偏离方向。随着党的名义越来越抽象,"引路人"的任务意识也越来越强,他们完成对理念或者理论的解释,使行动者更深入理解革命理论和党的意图,从而更接近目标。他们督促实践者的行为,时时校正,以便于使其行为更接近结果。无论是对上还是对下,"引路人"的中间环节功能非常突出。紧迫的任务感使人物形象无须也不可能尽情施展其自主空间,当任务成为人物的最终评价标志时,随着任务完成,人物的功能也就宣告结束了。

第三,"引路人"形象也表达了叙事主体的变更:从讲述我家的故事到讲述我们国家的故事。"五四"文学中有独立的个体表达与对传统的反叛,传统社会中的家族制度也受到强烈的批判。曹禺的《雷雨》、巴金的《家》中与家的决裂连同娜拉的甩门而去、离家出走这些典型情节都成为"五四"文学叙事模式的核心,与家庭脱离成为铸造新我和形成个我的必要过程,家成为感受到时代思潮寻求新路的典型人物的行为上反叛和心理上依托的矛盾体。十七年文学时期新的国家的建立,使这些离家出走的叛徒形象有了坚实的心理依靠,在革命大家庭中获得了安全感,消除了恐慌和焦虑,家的观念被国家所替换。《红旗谱》缩小了家族关系网,弱化了族人和地域间的亲缘性,形成革命家庭,朱家和严家两家的关系不再是因为血缘,而是因为共同反抗冯家的剥削和压制铸成了牢不可破的阶级友谊和共同的革命信念。《创业史》中则有意淡化蛤蟆滩的千丝万缕的家族渊源。郭振山依靠郭家的血亲关系最后被证实不仅不可靠,还成为国家走向社会主义道路的羁绊。当蛤蟆滩的贫农陷入困境,富农姚士杰、中农郭世富不肯周济粮食给困难户时,郭振山一筹莫展,倒不如随从母亲逃难来的梁生宝。无论是革

---

① 柳青:《创业史(第2部)》,北京:中国青年出版社1977年版,第305页。

命觉悟还是工作能力,梁都要略胜一筹。《青春之歌》中林道静毅然离开没有任何亲情关联和人间温暖的地主家庭,《三家巷》中的周家与陈家虽然是亲戚关系,但是在小说中人物间的亲疏完全是由阶级出身决定的……当五四时代的个体断开与家的链接后,以背对着家门的姿势逃离了亲情之网,却会孤独、内疚和暗自神伤。十七年文学中的人物满怀欣喜地面对国家,国家成为有追求的个体的精神归宿。个体与家庭的联结遵循的是天然的血缘,挥泪斩断依然藕断丝连,而与国家的联结,尤其是走向新的国家怀抱则充满了新奇,也会有惶惑和陌生,因此,走向国家的叙事尤其需要"引路人"的导引。正确的指路人使孤独的个体聚集在一起,缝合了不同的话语裂隙。所以,在十七年小说的结尾,这些个体都放弃了个人抗争的方式,投入了革命洪流中,构建了新的国家意识形态下的团圆模式。十七年的小说通过文学想象的方式昭示了国家意识形态对于文学叙事的权力掌控,小说叙事中的人物形象成为承载意识形态的有效符码。

"引路人"形象以生动的存在将现行制度的规约、政治理念的渗透、主体的有限表达、叙述者的自觉归依和不经意偏离等诸多庞杂而丰富的表意糅合在一起,透露出急于同构的时代中的异质和杂音,既体现了国家意识形态对于文学创作的要求,又显示了文学叙事的自身潜规则。随着制度的严整,目的明确和行动的直接,"引路人"的形象工具性也越来越明显。当"引路人"形象和行动者完全合一,等于取消了两类社会角色间的精神差距,启蒙者向被启蒙者倾斜,"引路人"向被引导者看齐,塑造了完美的时代英雄——高大全的工农兵形象。启蒙者形象与行动者形象的合流,使得启蒙者与被启蒙者间距离消失。启蒙者在失去知识优越感时,也就失去了存在的社会基础,启蒙的意义就此失落,由此也完成了对知识分子话语的压抑和遮蔽。当新时期文学开启知识分子的启蒙话语时,重新塑造重在精神探索的"引路人"形象,如《古船》中的隋抱朴,对人类历史进行漫长的反思,真正理解《共产党宣言》的精神价值后,才走出磨坊,开始洼狸镇的实践改造,小说在形象塑造上回复到启蒙话语,再度探讨启蒙的价值和意义。

叶文玲艺术世界中的乡土意识和女性意识

叶文玲对艺术的追求是严肃而执著的。在她的艺术世界里,无论是生活题材的提炼,还是价值取向的选择,都始终贯注着两大重要命题——乡土意识和女性意识。

一

青山小溪、蓝天碧海这幅用语言的丹青点染的风景画就属于叶文玲故乡——玉环县楚门镇。镇上的一切是那么富于人情味,到处给人一种温馨的感觉:窄窄的石板路在无声地叙说着一代代人的平凡而又动人、甜蜜或者辛酸的故事;一座座千姿百态的小桥默默地向人们展示着集江南水乡、海滨小镇为一体的独特风光。一方水土养一方人,大自然的恩赐与历史的积淀共同形成了小镇人们"勤劳朴实也不乏机智幽默"的性格特征,他们好客、豪爽,"对自己,往往是一个铜板掰成两半花地节俭;对客人,却是拔落衫袖请吃饭地慷慨"。① 这儿淳朴的民风与古老的人文精神净化了叶文玲的身心,提供了她内心文学种子发芽、开花需要的最充足的阳光与水分,这种过滤了的清新的乡镇文化气息契合了她内心的审美标准。关于这一点,她已经非常清醒地认识到了:"青山绿水的故乡——浙江玉环楚门镇,以富饶的鱼米养育了我,串村走乡的戏班子,也以演出的古老的传统戏,给了我最初的文学营养……"①(《梦里寻你千百度》)于是,她就把这些优美的自然风光,别拘一格的人文环境,淳朴忠厚、聪明幽默的父老乡亲再加上自己的浓情厚意熔铸在自己的艺术世界里,一遍遍地用自己满含深情

---

① 叶文玲:《梦里寻你千百度》,《浙江日报》1980 年 12 月 27 日。

的笔墨把美的世界、美的人生传达给故乡和外乡的人们,以此来报答故乡以及生活于其中的人们给予她的厚爱,形成了浓郁的乡土意识。

散文是叶文玲创作的一大领域,描写江南水乡、楚门世界的自然风光与风土人情是其中最多也是最成功的篇幅。《楚门杂咏》《梦里寻你千百度》《正是桑叶青青时》都墨酣笔畅地向读者呈现了一幅幅楚门美景图,使读者对这块别致、富饶而又神奇的土地产生了无穷的遐想,对那儿淳朴的民风生发了无尽的向往。这种感觉是作者、读者所共有的,因为这里是叶文玲魂牵梦萦的精神家园,这里的一切是叶文玲不能也不想丢弃的。所以,即使身处异乡他地,我们同样可以在她身上捕捉到楚门人的气息。"客居中原多年,于浙南水乡的故里……蕴有魂牵梦系般的情。"①"我爱水恋水自有因缘,因为从小生长在江南水乡……阔别故土后,我更是常常梦见那条绕镇而流的清清小河,一提起笔来,那河之波、溪之流便漫上笔尖……"②本着对故乡山山水水执著的爱,她自然而然地形成了以故乡山水为参照系或标准来衡量其他地区的审美尺度。且看她对潢川春景的夸赞:"雨中到潢川,越发感到它像从江南移来的一隅山水,一方方的水塘,一丛丛的秀竹,村舍间,连黄黄的'烂泥路',也地道是江南才有的颜色。山野中,那几爿现在看来显然嫌破陋的茅舍,也是江南才有的款式。潢川的南方水乡情味,委实浓得很呢!"③叶文玲笔下富春江的曲折多姿、九寨沟的奇山异水以及菲律宾的满地翠绿,于无形中都透露着江南风光所造就的江南人的情怀。然而在对北方景色的描写中,包括她生活了二十多年的河南,都不如她故乡的美来得分明,来得真切,仅仅对其作了大致的勾勒。可以肯定,叶文玲不善于寻找北方景色的特征,不善于刻画北方的美,其主要原因就在于她创作的心理机制、她的审美标准的限制。风景、风俗都是地域文化重要的组成部分,叶文玲除了对楚门优美的风景念念不忘外,对这里的民风民俗也情有独钟。《让我再回到童年》详尽地记叙了楚门的四季八节,《美哉·楚门文旦》中她又用浪漫的手法记载了有关文旦神奇迷人的传说。这些色彩斑斓的风俗画不仅传达了作者那浓浓的乡思,还说明她已完全认同了纯净、直率、明朗、刚健的楚门文化气息。

叶文玲的乡土意识在她的小说创作中也随处可见,她的许多小说都是以楚门镇为背景的。《小溪九道弯》中那条曲曲折折、清澈见底的小溪;《青灯》中神秘幽静的清水庵;《此间风水》中"白墙黑瓦,板门花窗,半爿屋基砌在河里,后门后窗一片汪亮"的独具风情的街屋;根深叶茂、花香淡如桂花又比桂花清醇,浓如茉

---

① 叶文玲:《不了情·代序》,上海:上海文艺出版社 1991 年版,第 1 页。

② 叶文玲:《水之思》,《中国物资报》1989 年 4 月 11 日。

③ 叶文玲:《钓起一池春水》,《人民日报》1985 年 11 月 8 日。

莉又比茉莉撩人的柚子树(《井旁的柚子树》),还有作为《无梦谷》主人公楚涧的
一个心灵的理想境界、精神寄托的外婆的香樟坞。这儿描写的每一景、每一物以
及与此景此物相连结的每一个传说、故事都取自楚门这个毗邻东海的江南小城
镇。并且,许多鲜活人物形象的原型都由"楚门世界"脱胎而来:大龙漱旁天真无
邪、纯洁美丽的亚女,长塘镇上淳朴泼辣、通情达理的云嫂,聪明伶俐、心灵手巧
的刺绣女晚雪;整天在长塘河中双脚泡得发白的洗衣妇五娘;还有那忠厚开朗、
勤劳俭朴的舅公以及羞涩无助的小尼姑墨莲。这一切共同缔造了叶文玲的"楚
门世界"。在她时刻眷恋着的特定的文化环境中,自然性与文化性已经十分和谐
地融合统一在一起了。

半个世纪前,沈从文的"湘西世界"曾使人们耳目一新;当代文坛上,叶文玲
的"楚门世界"也独树一帜。但它们在表现形态上却是大相径庭。沈从文的"湘
西世界"是个混沌而整合的世界,那是个未被现代文明荡涤的世外桃源,那儿的
人民虽然善良,但却愚昧;虽然淳朴,但却无知。沈从文试图从这些未开蒙的生
命形态中寻找自己理想的生命形态,但最终证明了他的努力只是徒劳。《边城》
中傩送出走后归与未归无从得知与翠翠在那宁静而古老的边城的苦苦等候的故
事结局虽然构成了宁静神秘的美,这种美却透露出作者的惶惑与失落、迷茫与彷
徨。叶文玲的"楚门世界"呈现出来的却是开放的特征,这儿有的是开朗的性格
与乐观的情趣,这儿的人民纯朴却不愚昧,他们有能力明辨是非,他们有着积极
健康的人生观,"在极'左'口号喊得乱响的岁月,也决不抛弃在他们认为是天经
地义的古训"①。随着时代的演进与国门的开放,他们都不甘示弱地走上勤劳致
富的道路,在保存那份美好品质的同时,他们并不拘泥于旧规矩,而是充分体现
了积极开拓、勇于进取的精神。晚雪的花边厂(《晚雪》)、韦绍彦的飞天时装公司
(《冬之潮》)都是她们努力奋斗的最好的见证。即使像《心香》中的小元,在家
庭遭受巨大不幸的情况下也绝不气馁,一步一个脚印地在人生道路上艰难地
行进,坚韧不拔地继续为生活谱写出美的旋律。"湘西世界"与"楚门世界"形
成了完全不同的情感基调,除了作家个性、所处的时代不同以外,其中最主要
的原因就在于处于内陆的湘西与处于海滨的楚门地域上的差异。楚门是个
"集天下之富有"的海滨小镇,"米麦豆面,鲜菜嫩蔬,海产土产,山珍海味,南北
水果,应有尽有"②,在社会变迁中,在生活习惯、言谈举止等许多方面它都保留
了传统。同时,由于开放与富足,这里人民的视野比较开阔,人们的商品意识也
较强,面临困境时,人们能以达观的态度去承受。因此,在意识形态领域,民风淳

---

① 叶文玲:《梦里寻你千百度》,《浙江日报》1980 年 12 月 27 日。

② 叶文玲:《楚门杂咏》,《人民日报》1985 年 4 月 17 日。

朴与商品经济发达虽然有些抵牾,但却能非常奇妙地结合在一起,从而形成了传统与现代化并行不悖的更为丰富的人文环境。与之相比,沈从文笔下的"湘西世界"就显得较为闭塞,这里的人们恪守信义却拘泥古板,随着时代的发展,他们守着传统,在现代化过程中步履维艰。最后,沈从文笔下这一美好的"湘西世界"只能作为文物而得以珍藏,而叶文玲的"楚门世界"却会在除旧纳新过程中得以进化发展。

需要指出的是,"楚门世界"中经济相对发达、开放的特质使叶文玲在乡土意识的深度的挖掘上受到了很大的限制。因为商品经济的发展容易促进社会各地区、各部门之间文化、经济各方面的交流,从而使它们之间的差异缩小,在追逐着时代发展步伐的同时,比较倾向于注意共性忽视个性,这与文学艺术表达需要独特与典型有着明显的抵触。如果缺乏从根上、从整体上把握整个乡土文化,作品就容易流于浮泛而缺乏深度,这样就为体现乡土文化的实质增添了不少难度,再加上叶文玲过于热爱她的故乡,没有拉开适当的距离来审视,被某些表象遮住了视线,或是主观地修饰了一些丑的、拔高了美的,结果使作品在深层次刻划乡土文化上显得力度不够。1985 年以后,尤其在近几年,叶文玲调整了创作角度,从更深意义上来把握她所钟情的"楚门世界"。楚门濒临东海,这里的先民很早就飘洋过海谋求生存与发展,四处流浪的生活使他们对故土产生了执著的依恋与无法实现这种愿望时对生活、生存的飘泊无依与不定感,原先对命运异常明丽的色调中也出现了这种对生命、命运的困惑。《青灯》中女主人公墨莲由尼姑返俗后所遭受的生活的折磨,一桩桩、一件件地验证了原来韦师太为让她摆脱陈老爷的魔爪在菩萨面前说过的话。在理智上,作者似乎把这些厄运归结于愚昧、落后、贫穷的环境,在潜意识中,她又似乎仍然难以摆脱那隐形的命运绳索对可怜的墨莲的捉弄;《太阳与你同行》中舒朗这位青春美丽、活泼开朗的女孩帮《大潮》主编郁琰开拓了新局面后遇到了意外的车祸;《无梦谷》中楚汉面对生活逐渐好转,事业上开始有起色时突然被查出身患绝症。这些突如其来的噩耗与人们的善良的愿望,与读者的期待几乎是格格不入的。但这种对生活、对生命无法把握的恍惚迷离却表明了叶文玲对人的生存意义、价值以及对人的命运的更深层的思考,这是她开始重新观照她内心深深牵挂着的乡土文化血脉。虽然这些还没有成为她作品中最显明的旨意,但这种更为深层的乡土意识较原来只描写优美的景物、淳朴的人文环境这些表面现象已具有了相当的现代意义,从而达到了一个更高的层面。

叶文玲浓郁的乡土意识还体现在她那自成一体的语言风格上。江南水乡人性柔和,形成了吴语软侬的特点。这种语言风格也体现在叶文玲的艺术世界里:她总是用细腻纤巧的工笔画似的文章来描摹平凡的人生,记录生活中的琐屑小事以及独特的风俗民情。《心香》中的亚女形象："那个姑娘就坐在丁步上，一条辫子搭拉在胸前，一双赤脚浸在溪水里，她好像并不是为了洗脚，而只是随意地玩玩水。她用两只赤脚轻轻地拍打着浅浅的溪水，溅起了一串串水花，拍着拍着，她忽然用那只右脚的脚趾，夹起了一块圆圆的鹅卵石……"敏锐的观察力、敏感的感受力再加上动人的情致形成了清丽隽永的意境，塑造了一个天真无邪、调皮可爱的青春少女形象。《茧》的结尾写春宝看到"母亲那一头雪白雪白的头发，在耀眼的阳光下，就像雪亮的银丝闪着光，那头发在脑后盘成一个大而椭圆的髻子，远远看去，也像一个卧着的雪白的茧"。作者从形、色、泽方面精心地刻画了母亲的白发这一具象，委婉细腻但却深刻地体现了母亲几十年的含辛茹苦。作者就这样凭她独特的感受力极尽地渲染与极致地刻画，传达了"江南雨，留客不说话。只有小雨悄悄地下"这样别致细腻的江南人情怀。

李泽厚在他的《中国现代思想史论》中提到："真正的传统是已经积淀在人们的行为模式、思想方法、情感态度中的文化心理结构。"[①]叶文玲同样是从各个方面来表现她所受楚门这个地方的文化、传统的熏陶，来传达她那难以释怀的乡恋情结。这份永远剪不断的乡恋情结完全与她故乡的山水、故乡的人连结在一起，从她的笔尖不断地漫上来。

二

叶文玲是位女性作家，但她决不是"女权主义"作家，即使在"女权主义"这一口号风靡文坛的时候。她始终如一地以一颗江南水乡的平常女儿心来审视并构建自己艺术世界中的女性形象。自从1958年发表处女作《我和雪梅》以来，叶文玲断断续续的创作生涯已达三十多年之久。在这期间，女性一直是她关注的焦点，一大批女性形象在她笔下诞生了。她们具有一个共同的特点——美和善。她们或苗条或丰满，或活泼开朗或楚楚动人，或泼辣麻利或隐忍坚韧，但总能给人以赏心悦目的感觉。这种外表的美与内在的美是统一的，不管是勤劳朴实的农家妇女，还是清高矜持的白领丽人，她们都拥有一颗至善至纯的心。作者所追求的就是纯粹和完美，然后把这种美上升到情趣的境界。这些女性形象不仅本身是美的，同时还不断地追求美，为人间创造美：长塘镇上的刺绣女晚雪把自己的刺绣工作视为一种美的创造，倾注了极大的热情，体现了极高的艺术鉴赏力；《青灯》中的墨莲在家庭生活极其艰难甚至食不果腹的情况下，还是始终不愿把

---

① 李泽厚：《中国现代思想史论》，北京：东方出版社1987年版，第42页。

青灯供上,请求别人布施救济;《冬之潮》中围绕韦绍彦的三位女性,尽管她们有各自的性格特征,有各自不同的人生追求,但在传统的道德面前,不管是高雅娴静的杨立雪,还是贤慧能干的桑敏芝或是热情泼辣的尔雅,最终都表现出极为完善的道德规范;《无梦谷》中的楚涧在那么艰难的岁月中,那么恶劣的环境下,始终保持着一颗高尚的心,保留着对人生理想的执著追求。就连长脚五娘那单调而繁重的洗衣劳作,伴着潺潺的水声与溪边铃铛似的长串笑声,也充满了无尽的乐趣。这种情趣美的追求已经上升到更高的层次上了。这种审美标准完全是沿袭了传统的审美观,这些人物形象是温柔敦厚的儒家哲学熏陶出来的,有着几千年传统美德的女性形象。叶文玲就是拿这种标准来要求自己和她笔下的女性群像的。所以当她作品中偶尔出现了类似于《湍溪夜话》中关侠这类与时俗不合,行为有些怪戾乖张的女性时,作者把形成这种性格的责任推给时代与社会的同时还不忘在她身上染上一些文学气质以增加人物的情趣美。可以肯定地说,叶文玲笔下的坏女人形象并不成功,《父母官》中作为反衬的盛嫣与《海角》中的姚副局长这两个人物的苍白无力似乎已经暗示了这一点,因为在叶文玲的心目中"女人永远是我的最高超圣洁的'灵感'"①。

在这些女性形象上,承担着因袭与传统,但也表现出一定的现代意识。她们不仅有静态的美与善的一面,还有女性本身要求独立、自强的一面。这种独立、自强的女性意识既不是依附于男性而失却了自身价值的附属品,也不是叫嚣于男性之上,实质上难以达到内心平衡的变态,这种女性意识是力图以一种平静的态度衡量女性在现代社会中的坐标,以一种女性自然拥有的天性来思考表述评估女性自身的生存意义。《我和雪梅》中小作者以充满稚气的文笔叙述了自己为了摆脱总是在别人庇护下的劳动,在大队生产十分繁忙、人手不够之际,偷偷地和雪梅荡出船帮大队挑粪运粪,从而使自己的劳动价值得到了社会的承认。虽然小作者的思想是幼稚的,但这种追求自身价值的勇气与坦诚已经露出"尖尖角"。20世纪80年代初创作的《丹梅》则是作者这种价值取向的进一步深化。年轻的女赤脚医生楚丹梅本着自己做人的价值与标准,面对极"左"路线片面追求表面上的政治进步,敢于把粉红色的代表证"啪"地摆在杨秘书面前的凛然正气,说明了要求摆脱束缚、要求独立自强的女性形象正在逐渐成长。《心香》中的亚女全然不顾政治的压力与世俗的偏见,固执地在她那无声的世界里追求美,最后以死来对抗这种政治路线与市侩哲学,来鼓励后人继续寻求美,则是从更深层次上解释了女性意识的独立与自强。《无梦谷》中的楚涧为了维护自己心中的理想与爱情,竟然不怕牺牲几十年相互鼓励、相互支持的兄妹手足情,这决不是她

———————

① 叶文玲:《浪漫的黄昏》,《天津文学》1986年第4期。

的一时冲动,而是一个追求理想与爱情的女性要求独立与自主,摆脱任何名义上的关心爱护实质上却是束缚的强烈愿望。

叶文玲在她的艺术世界里造就了许多人格上要求独立的女性形象。在恶劣的环境中,她们也总是保存美好的本质,卓然傲群。但是这种独立、自强却受到深层积淀的历史意识形态的牵扯。这些女性形象试图摆脱传统又难以割舍传统,试图立足现实又留恋过去,从而陷入尴尬的境地。作者曾努力为这些美丽、善良、命运坎坷而又坚韧不拔的女性形象找到一条理想的出路,但是仅靠政治上的救星,如《青灯》中青官凌子坤的关怀,或是单独的经济上的摆脱困境,如《小溪九道弯》中葛金秋家境好转,都似乎难以令读者与作者自己信服,因此,在《无梦谷》的结尾就出现了佛祖、毛泽东、纵驰北几千个形象交错出现,这正说明了作者本人的困惑和迷茫。正是由于内心的矛盾与困惑,使得叶文玲笔下的女性形象在爱情方面——女性关注的最重要方面——总是表现得很踌躇:墨莲的克己复礼与她把对凌子坤的爱慕深埋在心底,如果可以以她没有知识无从觉醒作为依托,那么楚涧、童浅草追求精神恋爱而完全放弃自己的物质要求却令人产生虚伪的感觉,尤其是楚涧,她那么执著于自己的精神生活,但在现代社会中,在爱情上却表现得如此克制确实令人难以置信。叶文玲笔下的女主人公大多以悲剧命运而告终,作者对于美的灭亡徒有叹息而已。对于套在女性身上的枷锁她虽然有所认识,但却不敢或是不愿砸碎它。要扫除摆在女性面前的障碍或许并非叶文玲一人就能独立完成的,在这个问题上,"娜拉"需要不断地调整自己的思维和行为。

叶文玲是以女性的视角来关注社会、关注人生的,在艺术表现上,她同样表现了一位女性作家的特色。同是女性形象的塑造,男性作家的笔触与女性作家也是迥然不同的。一般来说,男性作家与外部社会接触较多,他们更多关心外部环境的改造,通过对外界环境的承受来窥探女性世界,他们往往把女性置为社会变动的一分子来感受社会变迁。与之相比,女性作家视野相对狭窄,她们往往设身处地地站在女性角度进行思索,使女性成为一个独立的角色。她们更倾向于写自己以及自我的内心感受与情绪波动。性别造成的心理差异使女性作家更易于拥有独特、细腻而又敏感的感受能力与表达方式。尤其在心理描写上,就显得尤为细腻、真实。所以鲁迅笔下要求摆脱封建樊篱的子君与丁玲笔下追求个性的莎菲,虽然她们两人的终极目标一致,然而处于两位性格不同的作家笔下的人物形象,无论是活动方式的表现还是世界观的传达都是截然不同的。

叶文玲拥有了一位女性作家所特有的温柔、细腻,并把这种特征尽情地发挥出来。所以即使是最惊心动魄的变故,最波澜壮阔的场面都只会内化成心驰神怡的心理刻画。擅长心理刻画成了叶文玲艺术表现的最大特点,《无梦谷》之所以感人肺腑、引起那么多人的共鸣,一个重要原因就在于小说中大量的人物心理剖析坦白,通过剖析坦白从而使读者与人物形象进行彻底的沟通来感知人物形象。《春之归》的结尾,当丰韵决定到大巴山与有可能瘫痪变成终身残疾的乐弗斯守一辈子时,她把目光投向窗台上的那瓶银柳,"那枝枝芽苞就整个儿绽开,一颗颗全都喷银吐雪",内心的喜悦、期盼等等种种情感都移情在银柳上了。《此间风水》中当初梅到乡下祭坟,在那黯淡的背景下,香英那轻轻一声问候,不仅荡涤了两家的宿怨,同时也表现了普通人之间的真诚,就这么一声问候,便使整篇文章的色调一下子明朗了,这也是人们心灵的折射……所有这些细腻委婉,非有纤巧的人是无法感受到的。也正是这些细致入微的心理刻画构成了叶文玲委婉细腻的文学风格,这种文学风格的形成正是她不抛弃本色努力挖掘自身长处的结果。"在叶文玲的笔下,没有波澜壮阔的场面,没有紧张复杂的场面,但是,却另有一个广阔的世界——心灵世界。"[①]正因有着自己的特色,叶文玲才跻身于当代作家行列,占有一席之地。

乡土意识和女性意识是叶文玲创作中的两大主题变奏。虽然它们不是尽善尽美的,但它们还是独具特色的,并且两者十分融洽地交织在一起。强烈的乡土意识与女性意识相辅相成,共同组成了细密柔婉的艺术风格。这种艺术风格又在她那山清水秀的"楚门世界"中得到了很好的体现。

---

① 叶鹏:《长塘镇风情·序》,杭州:浙江文艺出版社 1983 年版。

林斤澜的当代温州形象书写*

一、温州文化与林斤澜的创作历程

林斤澜通过大量的文学作品,向世人讲述故乡童年记忆,成年后的他乡情事,老年返乡后的故乡新传奇。他或以充满感情的笔调描述故乡人、事,流露着心驰神迷、魂牵梦萦的浓浓乡情;或以理性客观的姿态刻画他乡故事,平实地记录社会当代世相。不管是故乡风情的描摹还是他乡人情的叙述,都体现出林斤澜独树一帜的创作风格,显示了内蕴于心灵深处的温州文化精神。

温州古称瓯越,地处东南,远离中原,为史上南蛮生活区域,加上山水阻隔,与中央统治区域交往受限,长时间处于文化的未开化、不成熟的荒僻地带,保留了许多不为外界理解和接纳的蛮荒气质。温州人情感细腻,表现出更多自然崇拜的感性特色。另一方面,温州又濒临海洋,气候温和宜居,由于人多地少,历来受生存焦虑的困扰,形成温州人耐劳、肯吃苦、坚持隐忍的行为习惯和努力寻找机会、不轻言放弃、背水一战等底层姿态,导致温州文化强烈的竞争意识和因求生而重实利的社会价值观。温州濒临大海的空间位置又赋予此间人们开阔的视界和开放的心态,为了缓解该地区的资源匮乏造成的生存压力,温州人形成了不断向外部空间拓展、寻找外部机会的文化传统。生存焦虑和近海的地理位置形成了温州人积极进取的生存策略,表现出敢于为天下先的向外拓展的行为方式。宋元以后影响深广的"永嘉学派"的重实利观念集中融合了温州地域文化传统,在儒学内部反理学道统,为中国传统儒学的现代转

    * 原题为《蛮荒与先潮——林斤澜笔下当代温州形象》,载于《当代作家评论》2012年第2期,第151-158页。

向开辟了道路。在"永嘉学派"的近代沿革中,"温籍知识分子对西学的吸收也是彻底的,他们不但从书本上吸收西学,还身体力行,率先在教育、实业等领域引入西方文明"①。温州地区的民间生存经验和永嘉学派的哲学观念深刻地影响了近现代温州人的思想和行为,形成特征鲜明的温州地域文化模式。近代以来大量移居海外的温州侨民造就了大量的艰苦创业故事,成为"东方犹太人"族群而备受世人关注。然而,由于温州人向外拓展的性格基于深层的生存焦虑,更多表现为迫于外在压力的被动行为。一旦解决了生存焦虑,温州人或将体现出缺乏深远理想目标和自觉意识的性格缺陷,显现出保守怠惰的性格,缺乏积极进取的自觉性和主动性,浅尝辄止、功利至上。因此,囿于地理环境的影响和生存条件的限制,温州文化更显得复杂和多变,使得文化圈层外的人感到难以把握,无法参详。尤其改革开放以来,温州人在经济行为上的拓荒者和先行者姿态与他们相对保守甚至闭塞落后的文化心态形成鲜明对照,在整个中国社会中尤为突出,他们超越了惯有、固有的价值评判标准而成为"异类"。

林斤澜的创作倾向与他深潜内心的文化土壤及受其影响而生成的性格特征无法分离。作为一名远离故土的温州籍作家,他总是自觉地表达着自己对故乡的钟爱,得知好友汪曾祺有病在身时,他"力劝他和夫人施松卿到我家乡走走,散散心。我家乡温州,是江南水乡,又是浙东山'瓯',经济发展也别具一格"②。他不仅大量描绘温州自然风光和风物人情,而且将温州古老的文化熔铸在作品中,通过作品来传递温州的文化精神,形成了丰富立体的温州形象谱系。

林斤澜的创作跨越中国当代文学创作的历史全程,他刻画的温州形象经历由隐渐显的过程,基本符合当代中国由政治全能向发展经济的社会形态转型的轨迹。其创作以 20 世纪 70 年代末的改革开放为界线明显呈现为两种样态:在前"十七年"的创作中,温州文化潜质深藏在他的心里,在政治意识形态的统率下,温州文化重工商、重实利的价值取向完全被否定,林斤澜潜隐地传达着温州精神。与同时期普遍充满激情地投入社会主义建设的写作姿态不同,林斤澜通过感受生活来理解政治意识形态,挖掘底层人物身上的隐忍、坚韧、耐劳、勤勉的道德品质,从底层人物的朴素生活经验、生存策略中表现他们的底层智慧和边缘姿态。另一种文学样态为"文革"后,林斤澜较早感受到改革开放发展经济的社会变化动向,他欣喜地发现商品经济发展中温州文化的再度勃兴,敏感于市场经

---

① 陈安金、王宇:《永嘉学派与温州区域文化崛起研究》,北京:人民出版社 2008 年版,第 295 页。

② 林斤澜:《纪终年》,《林斤澜文集(四)·散文卷》,北京:北京师范大学出版社 2000年版,第 305 页。

济中自由的精神状态,以人性基本生存和正常需求的合法性为基础,突显社会文化转型中温州人的超前意识、独立精神等先锋姿态。他通过描写温州地域风情和温州人的心理状态,形成强烈的风格特色,集中在《矮凳桥风情》专集中。林斤澜笔下古老的温州文化在当代中国始终体现出独特个性,在政治意识形态浓厚的社会语境中,依然表现出独特的精神品格,保留着蛮荒地带的草根式的执著和智慧。新时期以来,温州文化适逢其时,借助改革开放的历史契机彰显风采,在中国社会现代化发展过程中留下了浓墨重彩的一笔,林斤澜则抓住了社会转型期温州人的活跃身影,刻画 20 世纪 80 年代温州区域传统文化吐故纳新的令人瞩目的现代风貌。林斤澜的创作,以他独特的精神立场和审美趣味构筑了新旧并置、文明和蛮荒并存、充当改革先锋的当代温州形象。

二、温州精神与边缘姿态

相对中原文化,温州地区古老的瓯越文化长期处于边缘蛮荒地带,具有诡异怪诞的神秘色彩。在近现代社会转型中,作为未充分现代化的文化形态,偏离中心文化持有相对独立性。林斤澜揭示了瓯越地域文化品格的当代形态:长期处于边缘状态,充满原始野性的生命力,未被泯灭的反抗意识,不断创新,极具应变能力。温州文化的边缘地位使之缺乏核心文化圈的文化自信力,也缺少中心文化的偏执。因此,温州文化心理和价值取向无法为长期习惯了中心文化、权力核心区域的人们认同,以"怪味"来定位林斤澜所描述的温州文化,透露出无法完全认同又只能承认其独特价值的陌生和隔阂心态。而林斤澜却深谙温州文化,甘于孤寂,以通脱的心态淡看世间功利和矛盾,在当代文学裹挟政治斗争狂风巨浪的创作现场,能够"写美写爱写风土人情"[①],坚守自己的独特风格。他的作品特色主要表现为如下两方面。

(一)边缘姿态和理性意识

林斤澜的创作为中国当代文学提供了独特的题材和视角。他刻画了中国当代历史中独特的充满争议的温州人形象;他自身的个人经历使得他留下了一些在中国当代历史中鲜见的两岸意识形态冲突中的台湾记忆。前三十年的中国当

---

① 林斤澜:《沈先生的寂寞》,《林斤澜文集(四)·散文卷》,北京:北京师范大学出版社2000年版,第251页。

代文学处于政治意识形态浓厚的社会语境中,林斤澜却疏离政治中心,秉持清醒和理性的创作态度。林斤澜的创作大多取自现实题材,忠实于生活经历和生命体验,不盲目跟随政治风向。他在"文革"前的作品,不是直接尊奉政治口号,不生硬地照搬时政,而是在真诚地感触社会生活的前提下保持强烈的独立意识,他的底层立场,他的"小人物"形象系列,他的低调内敛的情感方式,都表现了在"大同"中求得难能可贵的"小异"的创作姿态。

"文革"后,林斤澜早期保存下来的"异质"创作风格获得了舒张空间,他多年的沉潜积淀得到了勃发机会。作家对历史和人性的思考深度远远超出同时期血泪控诉的满怀激情的"伤痕"文学、"反思"文学思潮。他对"文革"的思考集中在《十年十癔》中,作家以民间神话的手法叙述一桩桩致人发狂的故事,对"文革"的历史评价表现出强烈的理性色彩。他通过种种传奇手法描摹了各种精神病症和心理癔症,以极端和惨绝的后果表明"文革"中令人发指的非人行为和人性异化。作家有意表明,在"文革"中,精神病的、精神失常的疯人往往比狂乱年代中的正常人更有人性也更富于人情味。通过承受"文革"迫害后的违背常理和脱离常轨的疯癫行为构成了"文革"这一历史阶段的深刻反思,也构成对保证基本人性的理性原则最强烈的呼唤。林斤澜以与理性相对的疯癫现象,以远离社会中心和话语权威的边缘姿态,通过众多客观的事实冷静地揭示:绝对自信和真理在握的理性行为只是一种权力淫威,看似疯癫行为的对立面事实上已成为理性的对立面,成为真正非理性的疯狂行为。只有立足于"去中心"位置,立足于非权威的边缘意识和民间立场,才可能克制恶念,进行理性判断和清醒反思。

林斤澜在创作中以强烈的理性意识克制着浓烈感情,显示着对理性精神的坚持,与社会的"核心"话语的距离感更显现了他的独立姿态,避免了因权威造成的狂躁,获得了更客观的深度认知。以揭示荒诞代替悲情倾诉,虽然令沉浸于苦难中的人们费解,但是,作为经历惨痛的"文革"悲剧的过来人,他清楚扭曲人性的历史事实,其间的丰富和复杂程度远远超出人类表达能力,而直陈事实的叙述可以更贴近事实。这些作品通过看似平静的叙事却是以惊人的事实来警醒读者:历史曾经真实地发生过如此难以置信的天方夜谭式的故事,人性之恶完全超出人们想象和把握能力,只有冷静和平和的理性叙述才能有效地揭示那些令人匪夷所思的非理性、非人道的行为。这样,既使读者体味着历史的复杂和多面,又富于深意地提示人们对各种看似简单的断论持清醒态度。

林斤澜的理性意识不仅表现在中国当代历史反思中,还体现在对温州人的族群性格的认识中。难能可贵的是,林斤澜虽然惦念温州人,但也看到了温州人及温州文化的欠缺和人性鄙陋,他在《三阿公》中提炼了"三阿公"这一典型形象,该人物早年在外辛苦奔波,等到发点小财腰包鼓起却已垂垂老矣,在闲人聚居的老人亭中以小钱讨好他人为自己撑面子驱除寂寞,骨子里却是个抠门依旧的守财奴,守着华侨这一名号宣扬自己当年的风光,事实上却是"假话、空话、大话",活脱脱地写出了温州人的性格缺陷,年轻时拼命辛苦,老来空虚,追求实利,好做表面文章,爱慕虚荣,缺乏持久的精神信念,最富有意味的是,三阿公说空洞大话的毛病路人皆知,却能被县太爷奉为座上宾。通过这一形象,不仅充实了温州人的性格特征,更体现了他对温州人及温州文化的深刻认识。

林斤澜在创作中表现的边缘姿态和理性意识确立了他独特的世界观和艺术特色,被誉为"沉思的老树的精灵"①。

(二)多元取向和开放的叙事

由于传统温州长期独立于荒僻的地理位置,位于东部沿海的类海洋性的文化特性没有被中原的内陆文化完全同化,而林斤澜的创作正如温州文化一样,并没有为当代文学的强劲的政治意识形态的创作模式完全同化。由于温州文化精神造成了林斤澜积极乐观和通脱潇洒的生活态度,加上解放后政治上的不公正待遇和自处边缘的写作姿态,他保持着规避中国当代社会政治权威的创作心态,认为应该营造自由宽松的氛围,希望文坛上各种风格共存,"有人笔下抢天呼地,有人呕心沥血,有的曲折离奇,有的偏偏在夹缝里描出闲情逸致来,有的着意精神的扭曲变形,有的超脱而执著平常心态……"②"作家和作家不一样,各有各的感觉,各有各的真情。有的可以去写血泪、仇恨、斗争,有的可以去写美、写爱、写风土人情……"③

林斤澜的宽容心态不仅体现在他的创作主张中,也表现在他塑造的人物形象中。这些人物形象始终保持着未为政治理念规训和泯灭的个性,即使在表现共同主题中,也不会直接以好坏、善恶、美丑等抽象概念来衡量价值,而总是尽量表达人性的丰富多样。如《赶天桥》中的百货店女袜部的营业员江长源,在别人眼里是个让人头疼的角色,作者却写出了他机灵聪慧的一面,避免将生活中的人物扁平化和单面化,也到位地表达人物思想转变的困难和复杂程度,使人物更加

---

① 黄子平:《"沉思的老树的精灵"——林斤澜近年小说初探》,《文学评论》1983 年第 2 期,第 55-65 页。

② 林斤澜:《注一个"淡"字——读汪曾祺〈七十书怀〉》,《林斤澜文集(四)·散文卷》,北京:北京师范大学出版社 2000 年版,第 297 页。

③ 林斤澜:《沈先生的寂寞》,《林斤澜文集(四)·散文卷》,北京:北京师范大学出版社 2000 年版,第 251 页。

真实可信。《做饭的》中以人物心理为切入点,呈现了家庭生活和个人价值间取舍的困厄,叙述中作者并不直接给出中心或者重点,而是细细碎碎地模仿主人公的口吻娓娓道来,不偏不倚地只呈现事件本身,将最终判断权力留给读者。

林斤澜小说直接来自生活,有意避免对概念、主题的简单图解,也避免二元对立的矛盾方式,形成多元价值取向。他的文学世界中传统与现代并存,城市与农村并置,既表现事物间的区别和矛盾,也表现两者间的趋同。正因为这种宽广包容的创作心态,他表现改革开放初期的温州人的心态才会得心应手。温州人是最快接受改革开放后的新事物和新理念的群体,他们直接感受到西方文明带来视觉冲击和异域文化的冲撞,他们感到新奇和震撼,但并不保守拒绝。林斤澜小说中,不断出现以音似的方式生硬接受外来事物的现象,如"拿摩吻"(No.1),"拿摩吐"(No.2),"拿摩嗦哩"(No.3),"白白"(Byebye)等等,①这些音译语词的运用,作家不以一种价值标准剪裁和规约的开放宽厚态度不言而喻。

多元价值取向也体现在林斤澜的叙述方法上,他放弃了主题先行的创作手法,而常代之以开放、对话和交流的文体。林斤澜习惯在矛盾呈现中刻意压制某一方声音,各方意见都能充分表达,放弃了革命时代的绝对不容置疑的叙述口吻,使作品内蕴丰富而繁杂。如《家信》中就出现了孙子和爷爷声音并置的情况,通过爷爷让孙子写信给远方的儿子,在叙述中插入孙子的补充、解释甚至不同意见,既达到了对事物、人物更为客观的认知,又使文本自身充满了张力,不断提醒读者进行更为全面和深入的思考。这种表达多种声音的叙述方法也表现在文体的选择上,如他在《矮凳桥风情》系列小说中,以片段方式呈现了矮凳桥的人们面对商品经济蓬勃兴起时的不同反应和不同表现,在篇章与篇章之间构成呼应,使各种不同声音构成对话。

林斤澜的多元取向的创作主张无法纳入中国当代文学主流意识形态,也不符合矛盾对立、剑拔弩张的战争思维方式主旋律基调,但他却在疏离主流中始终坚持自己的审美理念,确立自己的风格特色。随着观念的开放、人性的丰富和审美的宽容,林斤澜的创作获得越来越高的认同。

三、温州人与艺匠形象系列

林斤澜远离温州故乡后,在感受他地文化的过程中,不断地引起他对培育自

---

① 林斤澜:《林斤澜文集(三)·小说卷》,北京:北京师范大学出版社 2000 年版,第184 页。

己成长的温州文化的深刻感受和深度审视，内心深处的温州人独特的性格特征也总是影响着他对外部世界的判断，契合他内心价值标准的性格特征常引发他的高度关注，也由此形成较为有着内在统一品质的人物性格系列，这些系列形象跨越了地理空间的界限，熔铸着林斤澜的人格理想和价值理念。

温州瓯越族群自唐五代以来，在生存过程中始终面临着人多地少的困境，相对低下的生产条件下，手工业的发展缓和了土地资源匮乏的压力，又加快了市镇文化的发展，手工业品种丰富、人数众多成为温州社会的结构特点和经济特色，而林斤澜深受温州文化的传统生存观念的影响，塑造了大量以技艺见长，充满底层生存智慧的艺匠类形象。

中国当代社会改革开放之前，当中国当代文学农村题材以北方农民为基础进行形象塑造时，林斤澜的农民形象塑造就表现出别样的精神气质。他选择了大批有技艺特长的底层小人物。这些充满了人情味和人性色彩的底层形象，体现了农民身上的善良、俭朴和勤劳等与土地紧密联系的性格禀性，以及伴随劳动而来的生存智慧，即使他们的行为契应了共名时代的主流意识形态，林斤澜也努力挖掘他们出于朴质自然的生活愿望，刻画他们朴素直接的人生体验。无论是《雪天》中的社长李常青还是《孙实》中尤其实诚的孙老头，都是拥有一技之长的农村能人，他们真诚善良，具有扎根于土地的生活常识和情感体验。作家委婉而切实地通过描写智慧和勤劳等品质和能力，展现他们以个体的品质和能力支持拥护社会主义的初期国家政策。这些小说虽然迎合同时期的政治意识形态，但在到处政治狂热的时代氛围中，风格低调而隐晦地、朴素而自然地自成一体。在新中国成立后的峥嵘岁月中，林斤澜虽然强烈地感受到如火如荼的政治激情，却依然以内敛的方式和低调的笔法赞扬他心目中的底层人物，坚持关注小人物的生活情态，描摹他们的个性精神及细腻情感，这种创作立场疏离了同时期高亢激昂的时代氛围，使他的创作未能成为激情燃烧的岁月的主旋律，甚至在当时文坛显得不合时宜。但是正因为他的坚持，在远离浓郁政治氛围的时代再度阅读他当年被时代冷落的作品，反而能真切地感受到隐匿在时代气象下的人们心理深层的种种脉动。

林斤澜能够细腻地感知底层小人物的丰富情感和生存姿态，其中重要原因在于他倾情刻画的人物身上，都深藏有因技艺、能力而与底层道德相联系的可贵精神气质。《骆驼》中的具有传奇色彩却又强烈地执著于土地的民间医生形象；《松》中的王寿大爷对待小松抚育小松树的举动，体现了底层人物从事技艺时的专注、执著的精神素质。林斤澜对这些人物形象以实际行为来体现其性格特征的写法，与温州文化中的务实精神是一致的，也与他后期极力塑造的大量的艺匠人形象有着深层的内在关联。

传统农业社会中,手工业只能作为副业而存在,而从事手工业的艺匠形象地位不高,然而手工业却内蕴着自然经济向商品经济过渡的胚芽,也为农业经济向工业经济转向提供了可能。温州特有的生存基础和生存观念突显了手工业者的地位,在改革开放初期,温州的手工业者充当推动温州经济的先锋,在表现新时期蓬勃发展的温州经济时,林斤澜很自然地选择了活跃在商品经济前沿的温州艺匠人身影。林斤澜的作品中有石匠、木匠、篾匠,当他描述作家的工作时,将作家与木匠进行类比①,可见,这些匠人生活、匠人形象在他脑海中留有非常深刻的印象。

在林斤澜塑造的艺匠人形象身上,体现了来自生活、直接从自然交往中衍生的生存智慧和技艺才能。中国古代工匠身上体现出的"巧"成为农业生产之外的辅助产品,虽然不为主流社会看重,却包含着社会所需要的先进生产力萌芽,加之温州特殊的地理位置和生存条件决定了其手工业的相对发达。林斤澜对温州手工业者尤其熟悉,描摹了一大群能工巧匠,并通过大量作品证实他们才是改革开放以来的温州模式的先行者。《矮凳桥风情》中心灵手巧的能人巧匠,心思活络,有着令人称奇的才智,能够在恶劣的环境和条件下,利用有限的资源创造最大的劳动价值。他们作为温州改革开放后经济腾飞的最初资源和软环境,通过探索和辛劳创造了改革开放后类似于桥头镇纽扣市场的繁荣。艺匠人从事手工业劳动,他们通过师傅带徒弟的口授心传的方式传承着古老的民间技艺,传承着传统的道德观念,他们在劳动中融入自己的智慧和技能。相较于农业生产而言,他们的劳动不再依赖于土地,更少一些人身依附,也更多自由和独立性。由于在手工艺劳动中的个性发挥,艺匠人更富于创造精神。《矮凳桥风情》中的袁相舟、小蚱蜢周都是纽扣市场兴起的技术力量,也是能够使纽扣市场克服困难不断发展的智力保障。商品经济时代来临,面对着统一规范的大工业生产大量取代手工劳动,甚至消灭大量手工行业,进而造成社会的各种异化加剧,我们才会更强烈感受到手工业生产被遮蔽了的个性精神和艺术创造价值。林斤澜的文学创作透过物质表层深潜到其内在的精神价值,在赞赏手艺的同时尤其注重手艺人的艺术创造力,这在当时也体现了作家的深刻洞察力和超前意识。

手工业在传统社会中的辅助性地位和手工业者的卑贱身份,形成了工匠们坚忍勤劳、不怕吃苦的性格特征。林斤澜在作品中不断地表达着对这种性格的发自内心又平和委婉的赞叹。在他所关注的北方农民、台湾"二二八"事件中抗争义士身上都有一种与艺匠人相似的有意克制、不张扬、实诚、低调的处世风格,灵巧缜密的心思和充满智慧的生存方式。

---

① 林斤澜:《林斤澜文集(六)·乡问》,北京:北京师范大学出版社2000年版,第361页。

在林斤澜青睐的身怀技艺的艺匠身上，体现了贴近生活的坚实的生命状态。他们身上，贯注着作家对于人性的理想诉求。他极力刻画他们浑然天成的美好性格，自然的人性表达。即使在恶劣的环境和艰苦的生存斗争中，这些艺匠人依然保持着对生活最为朴素自然的美好愿望、乐观的天性和令人敬佩的生存智慧。林斤澜赞扬他们的勤劳和智慧，尊重他们的劳动付出，更是在精神上亲近工匠等劳作者，认同他们的草根立场和底层意识。基于对艺匠人的尊重和理解，林斤澜深入感知温州地域文化并进行具象化的刻画，也使他获得温州地域文化的独特认知视角。所以，新时期以来，当林斤澜再次提笔来表达社会生活时，温州人在改革开放后的活跃身影激发了他沉淀多年的温州文化精神素质，在《长汽》《白果树》等许多作品中，他塑造了许多在新的历史时期适逢其时的新一代温州人形象，他们务实、努力、坚忍，追求人格和精神独立。他通过改革开放和经济发展的历史事实，挖掘温州人的精神原则和价值取向，突出他们独立性、自主性和敢为天下先的开拓意识。通过这些传承着中国传统又包含着新时代经济关系的群体形象，表明在中国现代化进程中，这些艺匠人曾为现代化的中国特色担负着难以估量的历史作用。

四、瓯越传统与温州方言

语言不仅仅是表达思想的手段，语言也是思维本身。林斤澜小说中的语言夹杂许多温州方言。改革开放后，当温州人出没中国的城市乡村时，人们首先感受到的巨大冲击就是僻拗难懂的温州方言。温州方言能够独立存在，是由于地处偏僻，一直与中原文化得不到充分交流。就在难以为外人所掌握的温州方言中，在语词、语法和修辞等方面都保留有许多古意和温州地域文化素质，也隐含着使用温州方言的温州人特有的价值观和思维方式。

温州方言中"劫数""福气""命定的"此类的词语非常多，也非常贴合"敬鬼好祀是瓯越以来温州人的传统"①，也与温州人为人处世的方法原则一致，体现了温州人既服膺于命运又在现实中注重功利实际的处世原则。但温州人并不完全屈服于命运安排，也不拘囿于不利条件和薄弱的生存基础，反而富于行动力和执行力，在现实生活中，对于不切实际的人或者物会给予具有贬义的特定称谓，以形象的譬喻或者生动的刻画，否定他们的处世态度。比如对语言与行动不相符合的人有"空壳大佬倌"和"空心大好佬"两个称谓，前者侧重于形容人在外面说

---

①　林亦修：《温州族群与区域文化研究》，上海：上海三联书店 2009 年版，第 57 页。

得好听事实上腹中空空,只会发表一些空洞无用的大理论,后者则譬喻此人只会说好话,而且说好话的时候有口无心,对于这些空洞空虚的人或者物不仅进行反讽嘲弄,而且还对其不同表现进行细分,足见得温州人面对世界功用功利原则之深了。温州人常用的"猴大"的称呼则暗含着称谓的对象自我定位不准确,强自充大的嘲讽。林斤澜作品中对温州方言的选用契合了温州人看似矛盾又有着内在统一的人生哲学观。

在语态表达上,温州方言的表达具有形象、模糊和感性的特点。充分表达了温州文化中因直接生活经验积累而成的底层的生存智慧,也体现了温州人敏感、细腻的情感特征。

"不过这些老前辈,不能够冲州撞府,再有本事也是地头蛇。吃水码头的,到了陆码头还不如一条蚯蚓。各人死守各自地盘,自扫门前雪。若走到别人地盘来作客,朋友家烟酒不分家。若动动手指头,在别人地盘里碰碰瓦上霜,舅老爷儿也要把钉板来滚一滚。"①

林斤澜沿用的这番话大量地援引了温州方言,概括了中间商在传统社会和公有制体制下的生存境遇,形象生动地表达在自由度极其有限的市场上讨生活的真实情境。此类温州民间谚语俗语包含着温州文化中积淀下来的充满智慧的人生观,它们道出了温州人对世界的朴素认识。国家统配经济走向自由的商品经济的转型期,温州文化的特点使温州人在商品经济和市场规律的运作中具有一定的优势,也具备了温州商业起步较早的最初条件。

在语感表露上,温州方言体现了留有古韵古调且注重语音美的特点。在中华民族文化发展过程中,温州地区的汉化较晚,直至宋代,"温州南部南雁荡山一带还是蛮蛋聚集、文化落后的地方"②,在语言运用上,也一直保留着对自然环境和生存生态的直观表达,而温州地区复杂的自然地貌及蛮荒的生态,使未被理性规范的各种文化形态能在方言中得以保留。不少温州地方格言谚语既贴近事物粗朴的自然形态,又保留温州文化的古老传统。林斤澜在他的作品中既引用了许多地道的温州方言,保留了温州方言的地方韵味,又挖掘了温州方言所蕴涵的现代精神气息,提升了温州方言的审美品格。比如他许多作品中都保留了温州方言中才有的象声词,在人物语言和状态描述中频繁使用叠字,像"木质质""暗洞洞""背背抬抬",叠字的运用突出了静物的形貌和运动的态势,显得更为形象和生动。而且,这些富有韵味的语言体现了温州文化中遗落的原始音乐的痕迹,

① 林斤澜:《憨憨》,《林斤澜文集(三)·小说卷》,北京:北京师范大学出版社 2000 年版,第 184 页。

② 林亦修:《温州族群与区域文化研究》,上海:上海三联书店 2009 年版,第 107 页。

也吻合人类原始艺术未经细分而精致化,歌诗同源的古老文明特征,与温州民间习俗中敬重俗神、注重礼仪的文化习性一致。而林斤澜的语言魅力正可以对照温州语言特色进行理解和领悟。

在融入汉族和保留自身特色的对立和妥协中稳固了温州方言,也保留了温州文化的特殊和复杂,林斤澜在借助于温州方言的创作中也是温州文化与外域文化的沟通交流的又一次具体文化实践,也使得他的创作更为丰富多面又个性鲜明。

读林斤澜的文字,宛如打开了温州文化的窗口,你可以感受到楠溪江、雁荡山等秀美的瓯地美景,也可以体味到温州人特有的文化心理和情感特质。林斤澜紧契温州文化精神内涵,准确地抓住了由传统向现代快速转型中的温州形象内涵。林斤澜笔下的当代温州形象,不仅续写了近代社会以来的"浙江潮"对于中国古老文化的现代化贡献和成就,还在当代历史语境中,以自己的深广生活经历和创作成果佐证了中华民族南北文化交融碰撞造成的文化艺术的繁盛,表现了文学不趋奉中心和权威的独立精神及丰富的文化形态。然而,在感受林斤澜笔下温州美景、美味、美事,在惊讶温州人于蛮荒边缘处的崛起而表现出的进取开拓的改革先潮姿态的同时,不免产生一些遗憾,林斤澜笔下的温州形象最终也未能使温州成为 20 世纪中国文学中具有深厚文化意义的"温州形象",不能与鲁迅对绍兴的刻画和沈从文对湘西的描摹相提并论,依然把温州留在温州,个中原因值得后人深思。或者是作家因太深地浸润在温州文化中流露出太多钟爱而显得理性反思不够,或者是当代中国的社会现实使作家在走出温州时不能获得更为宽广的外域文化的撞击,抑或是当代中国社会的整合统一使得中华民族的各地域文化特质在逐渐丧失。面对林斤澜浓厚的温州情结酝酿而生的温州形象,我们不仅感受到了富有特质的中国东部沿海的温州形象,也应该意识到林斤澜在温州形象的塑造上只是肇始,无论是在历史深度还是在精神特质上,都为后人留下了很大的书写余地。

古龙武侠世界的价值和贡献

  近现代武侠小说兴起于中国近现代民族救亡的社会背景和"尚武"精神的提倡。20 世纪初以降,武侠小说的勃兴表达了中国近现代社会中人们对社会秩序整合中不足和匮乏的曲折表达及理想的幻化诉求。武侠小说通过中国人特有的武术技艺,将逃逸于官方秩序外的民间社会试图对权力公正公平地分配的理想,通过文学艺术地呈现出来。不同阶段的武侠文学的发展隐含着不同的社会问题和文化症结。兴起于清末民初的近现代武侠文学经由还珠楼主、宫白羽、王度庐、郑政因和朱贞木等"旧派武侠小说"成型,以金庸、梁羽生为代表的"新派武侠小说"的演进,通过一个个有着超强奇绝武功和充满豪情侠骨的武侠形象形成了充满神奇和想象的文学空间。武侠小说成为新文学以来最具民族特色、读者群最广的通俗文学类型。20 世纪 60 年代后,武侠小说领域的领军人物古龙承继了之前武侠小说的成果,呈现了现代性过程中的中国社会的文化生存状态、社会心理焦虑和人们的社会理想和对正义的理解,开创了当代都市大众文化武侠创作的新风气。

  古龙(1938—1985),原名熊耀华,祖籍江西,出生于香港,少年时移居台湾,毕业于淡江大学外文系,曾就职于"台北美军顾问团",后辞职专事写作。从 1960 年出版《苍穹神剑》至 1985 年病逝止,一生共创作了 30 多部共计 1000 多万字的武侠小说,不由不令人感叹其作品之数量庞大,其创作力之惊人。剔除其中并非他的独立创作的作品和一些粗制滥造的作品,不可否认,古龙的创作自创一路。他为武侠小说摆脱传统文化影响和传统文学创作套路的束缚,更大程度上吸收世界文学的影响,并融合转化 20 世纪中国蓬勃发展的视觉文化实践成果,在武侠小说的现代化、都市化和进行叙事话语创新上确立了自己独特的风格,也为其后的武侠小说创作打开了新思路。古龙在武侠小说的现代性之路上的地位和作用不可替代。

一、类现代的武林世界

武侠小说家的特色首先体现在各具形态的武林世界，平江不肖生的民国武林、赵焕亭的江山江湖、还珠楼主的蜀山系列、梁羽生的历史江湖和金庸的道法武林组成了近现代以来纷繁复杂的江湖空间，而古龙则以仿效现代都市社会建制缔造了类现代的武林世界。

节制武力与颠覆传统武林观念

武侠小说中，武力是达成侠义的必备手段，是维持武林规则以体现侠义精神的均衡器。底层民众不满于权力等级社会的不公不平并期冀能够得以弥补纠偏，只能通过武力实现对权威的反叛和对正义的伸张。武林在武侠小说中虽然只是代表了民间社会情绪，不完全为体制社会整合和规范，但是，武林社会并不能完全排除体制社会权力等级观念的渗透和影响，在"尚武精神"与"崇义信条"的影响下，武林成为以传统道德伦理为基础、武功等级为标准进行排序的秩序社会。虽然新旧派的武侠文学表面上并不是完全应和激烈的政局变化、政治运动和政策措施，但是它却能通过道德这一层面与底层民众的民间意识相对应，塑造他们的理想人格和行为心理的侠义形象。武功强力成为武侠文学的核心元素。在传统武林中，武力武功是决定话语权的最为有效的手段，一切是非曲直、一切争论都是靠武力来仲裁，武力是制止纷争、对武林进行规范和严整的最有效方式。也是出于对武力武功的充分信任，才有了武侠文学。

古龙的武侠小说弱化了武功在武侠小说中的功用，表达了对武功武力的限制及使用武力的权力限制与责任担当。武侠小说的近现代兴盛的基础与对"武力"的政治意识形态诉求直接相关，在武侠世界中，人们想象可以通过武力的无限遐想和传奇缔造完成对现实社会的不能企及的公平，对武功赋予神话色彩，进而与正义的道德力量相联系，在想象中完成对弱者乃至所有人的公正对待和精神救赎。

武侠小说的作者总是将最高武力交给具有道德事功的能力和责任的主人公，让人最终完成艰难的历史使命。这样的故事隐含着对武功武力的无限推崇。在文学塑造的武林中，我们的主人公往往是完美无缺的英雄人物，无论给予他多大的强力，他的目的都是为了锄强扶弱，维护正义公平。所以，在政治体制外围存在的江湖，外表看来是个未整合的秩序世界，事实上就是一个需要重整或者正在秩序化的世界,无论是荒郊野外还是山庄客栈,通过江湖人打打杀杀、武功武力确定权力关系,最终一定整合出江湖世界的秩序等级,得到一个属于江湖人所有的秩序世界。而古龙武侠小说中的主人公则是对确定了的秩序世界的挑战。他笔下的主人公不是作为正义方首领对邪恶势力宣战,更无需成为正义方的首领而努力奋斗,他们更多地是以一种独立的姿态、边缘人的角色介入武林空间,无论是楚留香、陆小凤还是李寻欢,他们不再以武功转化为权力,成为秩序武林中权倾一时的领军人物执行自己的权利,履行自己的义务。古龙小说中主人公更多地显现出评判者、仲裁者的姿态,他们虽然也匡扶正义、济贫扶弱,但还是竭力使自己置身于权力执行之外,做武林纷争的公证人或者是疑难争端解决的协助者,他们参与纷争,但又疏离于权力。这些身怀绝技的武功高手弱化了神话色彩,他们不再成为道德或者某种律例的化身,而是体现出更多的平常人特色,拥有俗世的嗜好。他们也开始有意地收敛自身的武功,只是在万不得已的情况下才简练而有效地动用武力解决问题。武力在古龙小说中的功能弱化,更多地成为解决争端的有效手段,而不再拥有更高的政治功能或者道义价值。

古龙在武侠世界里崇尚的是绝圣弃武的精神,主人公都是身怀绝技却不主张武力解决纷争矛盾的侠客。作者赞同主人公的智力、勇气而非武力。古龙小说中的一号主人公最后的胜利不是单纯依赖武功,他们总是能够急中生智,在恶劣和艰难的处境中反败为胜。陆小凤、李寻欢和楚留香,总是遇到武功更高强的人,但他们能综合运用武力之外的个人潜质,在险象环生的恶劣环境中抓住机会,最终赢得胜利。

对武功武力的节制反映了古龙对"力"的反省,对暴力的抵制。古龙武侠小说鲜明的特点即将武功演绎进行缩微,武术套路、武器展示几乎在他的描述中都是点到为止。一方面,古龙吸收了现代科学精神,感受到科技的力量,以更加清醒和理性的姿态来对待传统"武功",另一方面,古龙也反思了片面单纯追求"武力"的弊害,讨论了大量武功臻于巅峰后造成人自身无法控制的悖论。如《三少爷的剑》中的燕十三,他无法控制的、能置人于死地的剑最终还是指向他自身,对武力的无度的追求最终使人类自身丧失自主权,成为人类异化和伤害自身的化身。武侠小说放弃了对武术的迷恋,既表达了古龙对底层野蛮力量盲目推崇的警醒态度,也表明他对武术作为中国传统文化代表持保留态度,潜在杜绝了对武术"国粹"的自恋,在自思和反省中使传统武侠观念向现代精神开放。

自由人与现代社会组织建制

武侠小说中崇尚地缘观念、宗族观念、门派观念等传统道德伦理,虽然自梁羽生和金庸开创的新派武侠小说始，就努力将政治、历史、文化等观念容纳其间，终究难以超越武侠小说产生的社会基础和民俗观念的拘囿。梁羽生和金庸武侠小说也经常流露出主人公在传统与现代价值取舍间的困窘。古龙小说放弃了依循传统观念建构武侠世界的传统思路，而是沿用现代社会建制作为武林世界架构的基本框架，将现代社会的价值准则融合在武林社会中。在古龙小说中，武林人士崇尚的公义，就类同于现代社会共同准则。将武林公义与现代社会精神价值相对应，也就意味着武林世界中包含着构建现代社会的现代理念，从而开始拒绝传统文化中的等级观念，也在根本上区别于传统武林形态。

　　传统武侠小说中的人物总是需要传承他们的先辈遗留给他们的精神财富或者武功本领，历史成为侠客们沉重的精神承担。与具有现代观念的武林世界相对应，古龙小说的人物形象往往没有出身和师门的详细介绍，没有门派或者血缘的负累，甚至没有家庭的负担，这样也缺少了传统武侠小说中的各种名分下的各类精神负担。他们是武林中少有羁绊的自由人，也就能更自如地承担着社会（武林）中应承担的责任和义务，除非迫不得已，不管陆小凤、楚留香还是李寻欢他们都不直接充当惩罚恶人的法官，而只是揭露恶人的罪行。由此，古龙笔下的江湖也就成为现代法律和政治体制遗落的社会空间，不属于传统的山林江湖，以民间道义为思想内核的"侠"的形态，而是被现代社会的道德法律所无法覆盖的市民阶层寻求公正理性原则的别样空间，更形似于现代社会中的黑社会形态。《流星·蝴蝶·剑》中描述的场景与美国电影《教父》的开头又何其相像！小说中的人物生存空间和存在以现代社会起始的黑帮体制进行组织和安排，其运行方式、信息传递、行为原则已经迥然不同于传统社会中的个人或者宗族门派，他们存在的规范性和严密性只有进入现代社会严整的体制下才有可能出现和存在。主人公孟星魂虽然也有一身武艺，但他没有自己的思想意志，也不能有自己的精神价值，甚至都是以无名、匿名等方式存在，只能充当高老大的杀手，成为他赚钱的工具，他的痛苦也是成为工具人的厌倦和颓废，与现代人找不到自我存在价值的痛苦一致。而他要刺杀的对象孙玉伯手下的组织结构完全是现代黑社会的组织体系，他们行动时分工明确，背靠背地各司其职，人员之间单线联系，有着严格的保密原则，这都吻合现代的管理体制和组织原则。《白玉老虎》中赵无忌能够在敌方的阵营里经历化险为夷的传奇，都倚仗着现代社会的组织程序和组织结构，如他在唐家堡就潜伏着名为小宝代号为西施的卧底，说明古龙已经深谙现代社会体制设置，他对江湖的认知已经超越了梁羽生和金庸，更具有现代内涵，他甚至相信一个组织或者机构的运行更重要的是依靠体制本身，因此，即使是组织中重要人物或者首脑不存在，也不会特别影响到行动的展开和体制的整体运转。赵无忌的父亲作为大风堂的核心首脑被人割了脑袋，而另一名核心人物上官刃又背叛了大风堂,在大风堂三巨头只剩司马晓风的情况下,大风堂依然可以正常运转并重振雄风,类似的叙述表明现代社会观念已经深入作者心底。武林世界中的价值立场、评判标准和因此而产生的道德观念、牺牲精神和品质素养都将因此而改变,这也是人们为何感受古龙小说之"新"了。

由义而情、由德到性的价值转换

在古龙的早期创作《苍穹神剑》中,借助于恩怨情仇的传统武侠套路,塑造了英雄侠客熊倜的故事,但在故事的结尾,在他报仇的同时误杀了自己的爱人夏芸并殉情,放弃了行侠仗义的侠客行径,而选择了颇为气短的儿女情事表达。古龙在最初创作中体现出的重"情"倾向预示着他后来武侠创作的新变可能,也与他日后放弃遵循武侠文学的道德侠义的信条而转为人性至上的观念一脉相承。

由于年少时期的情感匮乏,古龙小说尤其偏重"情"的分量,爱情、友情都是古龙文学世界中不可或缺的叙事元素,他对其笔下无悔于爱情和无违于友情的人物总是钟爱有加,小李飞刀、阿飞、沈浪、陆小凤、西门吹雪等都是至情至性的武侠形象,集中体现了古龙的人生价值观。小李飞刀为了友情,远避关外十余年,明知有陷阱,明知恶人将利用他的爱人林诗音陷害他,但是就为了能够看上一眼,他涉险以身相试,即便赴死也不愿让自己深爱的人受苦。阿飞面对林仙儿一遍遍随意欺骗,却依然以极其信任的姿态坚守着情感信念,甚至放弃了自己梦寐以求即将获得的成功和希望,既让人心痛又让人感动,古龙笔下人物对情的执著,超过了之前所有附着于道义的侠情描写,摒弃了所有附着于情之上的"道"和"义",唯情至上,在"情"面前,一切的道德律条都退守一旁。他们不再像旧派武侠的李慕白和俞秀莲那样错情,也不会出现像郭靖黄蓉、杨过小龙女那样经历挫折最终被人所理解的爱情模式,古龙笔下的人物自始至终坚守着情感信念,从不轻言放弃。在他的内心深处,却时时感受着深刻的寂寞和孤独,情感才显得弥足珍贵。这些至情的武侠形象是古龙小说中最具特点和最为成熟的武侠人物形象,也是古龙小说最动人心弦的力量所在。

古龙不仅推崇至情,也看重人性,他不仅首先将武侠视为"人",他塑造的武侠世界中推崇的不是"武功",也不是"德性",而是"人性"。古龙小说不是按照传统道德和社会习见来判定人之善恶好坏,人性之正常与否是他对人物进行划分的标准,而是否刻意伤害他人才是人物的道德底线,他的现代人性意识突破传统武侠的狭窄侠义观念,体现了现代社会中对他人的宽容和理解。古龙借助于想象的武力神功,最终目标是实现人类社会的公平,无论是楚留香的铲除邪魔还是陆小凤的铲除凶恶,张扬武力的过程都不会偏离"人性"的目标。《边城浪子》就借助于传统武侠复仇的外壳，复原了仇杀背后的人性本真。故事的明线为傅红雪的复仇过程，暗线却是对其父亲白天羽的人性复原过程。幸存于世的遗腹子身份让他从小就以复仇为人生存在单一又极端的目的，这形成了他无辜又被硬生生地植入仇恨的心理。但是，在与杀父仇人不断接触的过程中，神圣的无可置疑的父亲形象却遭到不断地解构。傅红雪终于明白了父亲被杀的各种原因，在从神性父亲到人性父亲的构建过程中，他复仇的合法性受到严重质疑，他的行为和存在意义受到重大挑战和否定，人性不仅复杂和丰富，在肯定和颠覆过程中他不断地发现自己却是意念仇恨的杀人工具和毫无意义的傀儡，甚至否定从小确定的人生观和江湖态度，他又如何立身行事呢？在明白自己的父亲只是个该死的恶人时，他却已经为这复仇目标误杀了许多不该死的人，在目标、价值都失去合法性的前提下，原来理直气壮的复仇计划变得如此可笑、荒诞，作为被虐杀的白天羽的儿子傅红雪就是为复仇而生，他的存在不能不复仇，但他努力践行的复仇计划却是被抽离了价值意义的不该存在的目标，他的整个人生就是悖论，也是他自己无法拒绝的悲剧。他放弃复仇就是对父亲更为全面人性的承认，也就是对生命和人性的最大尊重。

古龙尊崇人性，同时也关注到人性的弱点，并不过分夸大人的强大，还对人性的过度膨胀进行了反思，指出人最大的敌人即为自身。在古龙看来，对手即自己的映照，对手有时就是自己，自己往往就是最大的对手。社会上存在着各式各样的竞争，但是最终也是最难的是战胜自我。《英雄无泪》中的卓东来在武功上最终证明强于他苦心孤诣培养的江湖上的不败传说的司马超群后，叙述者的交代是"他只知道那一刀绝不能用刀锋砍下去，绝不能让司马超群死在他手里：正如他不能亲手杀死自己一样。在某一方面来说，他这个人已经有一部分融入司马超群的身体里，他自己身体里也一部分已经被司马超群取代。"①这段话尤其深刻地表达了人性的自我、本我和非我不同层次的交叉纠结在一起的复杂状态。因为天生的自我保护意识，人类在面对人性的自我反思时常因角度和位置的原因无法清晰和到位，也因为惧怕疼痛无法下手造成无法彻底和深刻，从而使对自我的超越战胜往往成为最大的瓶颈。现代性的悖论也正是因为过度扩张的人性遮蔽了人性的缺陷和不能避免的弱点，造成过度权威带来恶的滋生。人类最可怕的仇敌即为靠近自己、了解自己的亲人友人，甚至就是自己。古龙在他的武侠小说中设置了不少与朋友为敌、与兄弟为敌、与姐妹为敌、与自己的影子为敌甚至直接以自己为敌的惨烈酷虐关系。古龙小说中作为正面人物的往往是有缺点又能正视自己缺点，并有智慧避免自身弱点的人物，而那些不断地掩饰遮蔽自身

---

① 古龙：《新版古龙全集·白玉老虎》(下)，西安：太白文艺出版社 2001 年版，第 838 页。

人性弱点缺陷反而加深加强其弱点缺陷,造成恶的潜滋漫长直至无法控制和收拾的可怕后果。古龙通过大量的虚拟的武林世界体现了他作为现代人对传统武侠世界的继承和改造,也体现了相对统一的现代价值理念。

二、"另类"的武侠形象

武侠小说属于契合大众阅读心理,有着相对统一的写作模式的通俗文学,有着相对一致的形象谱系,而古龙武侠小说却有意打破武侠小说的传统套路,塑造了大量另类的"武侠"形象。

充满人性的"独行侠"形象

武侠小说作为追求社会公正公平的文学想象,熔铸了底层民众的理想诉求,具有高超武功的侠客成为完成社会拯救使命的具体实践者,武侠文学中的侠客形象总是被假定为具有神性的超人力量,被塑造成凝聚集体情结的传奇英雄形象。而古龙小说放弃了武侠传奇的英雄塑造模式,他的小说中改变了原来武侠小说中的铮铮铁骨、凛然正气的侠客形象,而是还侠以人之本色,塑造了大量充满人性色彩却不避讳人性弱点的武侠形象。古龙笔下的武侠形象表现出不少癖好和弱点:或好酒、或懒惰、或好色,但无论如何都是正常的人,都有自然的人性表达,他们爱人、热爱生活、尊重生命。而这些看来有缺陷的人最终都能战胜那些偏执、神化的无人性或者非人的武功盖世的魔化的高手。在古龙看来,正是有缺点乃至有缺陷的人才真正像个人,人性最终还是能够超越那些某一能力或者性格的极致发挥而最终丧失了正常人性的武林高手。正如李寻欢最终能够赢上官金虹一样,看来几乎无弱点的上官金虹却正因缺乏人性该有的爱而导致失败。他太计较得失了,他太在意自己的名声和输赢,他也忽视了他仅仅只是一个人,有人该有的弱点,而死在李寻欢手里;反之,李寻欢正是有弱点,也正视自己的弱点,才会谨慎,才会在决胜前做充分的准备,也明知有生死,从而将生死置之度外,才赢得唯一的几乎没有可能的机会。

在古龙笔下,富于"人性"色彩的武侠形象最终才能获得制胜法宝,任何人违背了人性,希望获得真正的强力都是徒劳和虚妄的,不管是来自武功的强力还是来自道德的名义。

古龙笔下具有清醒的人性意识的侠客不依附任何外在组织,也不为虚套的名分所累,大都是具有独立精神的"独行侠"形象。这些游离于社会边缘的浪子,他们不再以传统武侠英雄身份出现，而只是以平凡心态和自觉的责任意识来实现现代的侠义精神。古龙不再赋予"路见不平、拔刀相助"的传统侠义观以沉重而宏大的精神承担，有意弱化其对国家民族的集体主义精神，仗义行侠只是作为侠客的个人行为。不管楚留香还是陆小凤，他们的侠义行为都是出自社会责任人的内在自觉，是为维护江湖公义的"爱管闲事"的自觉行为。在精神领域中持有独特性格和独立品格，在行动上体现为维护公众利益，以此实现个人的社会价值。他们表现的侠义心肠不是以传统复仇报恩的方式解救单个人，而是以解决问题的方式实现正义原则和人间公平，实现人性自由状态。这些"独行侠"流露的现代意识和独立品格，失去了血亲和门派的情感依靠，失去了民族宗族的精神支撑，不断流露出孤独的气质。古龙自从他的《苍穹神剑》开始，就塑造了许多被亲友抛弃遍受人间艰辛的侠客形象，他们在武林世界，在人生道路上历尽艰险，遭受各方凌辱，却依然不放弃其独立品格，不改变其独特性格，这些形象中最为成功的典型是小李飞刀李寻欢。在他们身上，古龙既熔铸了自己的人生体验，也体现了他武侠文学创作的鲜明的现代意识。

洞透人生的"智侠"

古龙塑造的武侠形象除了必备的神奇武功外，如只是挟住对方利剑的陆小凤的手指，如只用来追赶而不杀人的楚留香的轻功，如轻易不出手出手必中的李寻欢的飞刀，侧重刻画的则是他们的智力因素和良好的心理素质。这些侠即便有"勇"，也不是表现在借助武功强力的勇猛，更突出表现在意志力、韧劲等精神品质中。这些侠客形象的传奇色彩除了高超本领之外，更具有历经沧桑的人生经验和超凡的智力因素，其中甚至不乏现代科技知识。《武林外史》中的沈浪，是"智者和勇者合一的形象"，他之所以能够战胜武功、装备、人马和条件远远超过自己的快乐王，完全是通过智斗来打赢了心理战争。沈浪一步步地深入、一步步地探究，抓住的是快乐王的心理弱点。《三少爷的剑》中的谢晓峰不仅武功高强，而且有着很强的洞察力，还有着清醒的自我反思精神，最后通过反思终于达到超越剑的外物所役的至高境界。《大人物》中的杨凡在外表上是个其貌不扬的胖子，却拥有旁人无可比拟的冷静判断力和坚忍的性格，最终不仅不断地识破敌人的奸计，也赢得了美女的芳心。通过杨凡这一形象，古龙有意化解了武侠英雄在武和力上的表达，突出了"智"的作用。

更有意思的是，古龙笔下的人物身上的"智"不只是天赋异禀，不是神秘莫测不可言说的，而是以现代眼光审视的科学知识和现代科技理念。古龙在塑造这些"智侠"形象时，总是体现他们善于利用外在条件、借用外力的特质，甚至有意突出了他们在战胜自然和战胜敌人时的武器、工具功能,比如他在陆小凤系列中还设计了朱停这样的懒人的现代科技思维,他的机械制造才华最后成为陆小凤制胜的法宝。在"小李飞刀"系列、陆小凤系列和楚留香系列中,古龙都一再强调了获取信息的重要性。这些侠客最后能够九死一生,建立奇功,与他们对信息的全面系统把握直接相关。古龙还让楚留香利用现代侦破中的指纹技术缔造了一次传奇。古龙的小说还尤其强调时间对最后结果的决定作用,牢固地建立起时间就等于机会的现代人意识。《白玉老虎》中的赵无忌在唐家堡的潜伏和最终胜利与对时间和机会的把握密切相关。他仅有五天的安全时间,必须在有限的五天时间内完成所有该完成的任务。在《边城浪子》中他多次让主人公沈浪利用时间差赢得机会。另外,古龙小说还涉及经济对战争的支撑作用,对组织的后勤保障作用,《英雄无泪》中朱猛的"雄狮堂"落败,重要的原因即为管理财务的人叛变。他还有意在武侠文学中引入侦探文学的元素,突显"智侠"们的智慧而不是原始蛮力。

古龙小说的智侠形象塑造代表了现代理念对传统侠义观念的改写,也体现了现代意识对传统武侠文学的渗透,自此,武侠文学的想象突破了传统武林世界,不再只是作为现代社会的隐喻,而是与现代思维直接衔接,直接呈现现代都市文化想象,成为都市文化消费的直接表达,为网络文学的发展洞开了新思路。

刻画道德反面的"魔女"形象

古龙对传统武侠形象的改造不仅体现在男性身上,也体现在女性的塑造中。传统武侠世界是民间意识的表达,但是中国传统社会男尊女卑的意识在武侠世界中更显突出。虽然武侠文学也刻画了一些女侠形象,但是她们大多缺乏独立品格和自我意识,成为男性武侠形象的陪衬和附庸,只有在武侠小说需要情感润滑时,女侠形象才更多地被赋予情感的功能。而古龙小说的女性形象往往显现了叛逆色彩和自我意识。外貌与内心背离、追求极致情感导致偏激和仇恨的精神分裂的女性形象,显示在男权社会中,女性意志觉醒后希望获得自尊和自信,显示自身的价值,但是在现实社会中女人的价值又只能通过男性给予和确定,寄寓在男性这一他者身上的女性面临着最终自身价值无法实现的痛苦境遇。古龙塑造了大量集美貌、智慧和武功于一身的女性形象,如《多情剑客无情剑》中的林仙儿、《武林外史》中的白飞飞、《三少爷的剑》中的慕容秋荻等形象,即便她们拥有不输于男人的人的价值证明,但是由于她们的行为还是得通过男人来证明,当她们醉心的男人李寻欢和沈浪不爱她们时,她们就注定了只能以失败而告终。例如像《天涯明月刀》中淡泊的明月心,最终也需要在傅红雪到来后才能真正拥有幸福感。古龙虽然不惜浓墨重彩地刻画女性的美貌和诱人的身躯，赞扬她们的聪明才智和过人的武功异禀，但最终还是让他笔下的女性形象回到男人的怀抱获得安宁和精神归宿。不管有多强自我意识的女性形象，她们在江湖上的至尊地位都不足以使她们拥有安全感和成就感，越是如此，反而越容易使她们走入歧途，成为江湖道义的祸害，最终只落得个不得善终的悲惨结局。如《楚留香传奇》中的石姬和水母阴姬。古龙的女性意识是矛盾的，一方他也看到女性的价值和意义，与男性相区别的精神特征又不弱于男性的能力武功，但是另一方面传统中固定的女性地位、自身男性性别的限制都使得他在给予女性价值认定时产生犹疑和矛盾的心态，大力赞扬女性外貌又无法认同女性心理，给予她们一定的成功又最终令其败于男性，形成了同情女性又存在理解隔阂、希冀女性获得平等又只能将平等有所限制的动态平衡中。

在武侠这一男性性别优势明显的空间中，古龙塑造的女性形象既表明了近现代以来的女性意识逐渐被社会接受的事实，也表明了男性武侠小说作家塑造女性形象的性别视角限定，也促使了古龙之后的"女性武侠"创作的兴起。

三、新变的叙事手法

在近现代武侠文学演变过程中，古龙的武侠小说标志着现代观念对传统武侠改造的完成，这种武侠文学创作中的划时代的创新不仅表现在武侠理念的更新和武侠形象的塑造中，还体现在叙事手法的转换中。

古龙武侠小说创造了悲喜交融的模式

古龙在他大量作品中打破了传统武侠正剧和悲剧的创作风格，放弃了古典主义创作理念，而是代之以充满浪漫色彩的创作，他追求武侠世界的奇、险、怪等神秘传奇色彩，以充满情感的方式塑造自己心目中的侠客英雄，赋予他们超乎常人的武力神功，造成了大悲大喜的阅读效果。传统武侠小说以承载人间正义为己任，体现了对崇高普遍性的认同，古龙小说通过对传统观念中的武林世界及其价值观念进行反叛，对已成形的武侠小说模式和套路进行解构，既影射了现代社会的强大压力对人性构成威胁和压迫，又以本能的自我防范意识遮蔽了无法承担道义责任或者因完成道义责任所要承担的苦难和挫折。他通过对比、夸张变形等艺术手法使武林世界充满了理想色彩。用世俗社会中的完美人性与有明显缺陷或者落拓不羁甚至恶名远扬的人进行对照，如《萧十一郎》中萧十一郎与众人交口称赞的连城璧,如《绝代双骄》中恶人谷中的恶人和武林中的伪君子。通过对比,对武林中虚伪、假仁假义等丑恶现象进行否定和批判,从而彻底否定了武林的虚假道义。他在《绝代双骄》中还塑造了在恶人谷中长大,外表落拓不羁内心却是真诚善良的小鱼儿这一形象,四处以恶搞的方式颠覆了武林中看似强大的各种假恶丑现象。虽然读者在阅读过程中深知主人公的传奇行为是作者随意虚构,但是破坏强大的丑恶力量确实是读者内心所强烈需要的。通过读者原来所臆想的传奇武林和各种奇遇又能为读者早已存在的假定心理所接受,从而达到嘲弄恶人的心理期待。古龙还让不少豪门子弟和富家小姐经历了人生的巨大转变,甚至与社会底层贫苦人家出身的人颠倒身份角色,而且是急遽的变化造成巨大的差异,制造了不少类似于“王子变乞丐”或者“丑小鸭变成白天鹅”的现代神话,打破现实世界中事物变化所应有的节奏和限度,造成一种拒绝承认的自我满足感。这可能与古龙自己的动荡漂泊的身世有关,也与他始终要求平等自由的心态有关。如《武林外史》中的朱七七,《小李飞刀》中的李寻欢都是在贫富、贵贱的各种人生大逆转中彰显人物个性,完成武林世界的各种冒险,完成人物形象的塑造。《白玉老虎》中的赵无忌是一位极度享受世俗人生的富家公子,他本来也该过着他该过的世俗人生,可就在新婚大喜之日,遭遇了父亲意外遭仇杀的人生变故,使得他能够承受非人的磨炼,担负起超人才能完成的组织使命。《大人物》通过一个从未涉世的深闺大小姐田思思游历江湖的故事,以想象与现实间的巨大差异制造了江湖世界中的荒诞可笑,在不断受骗和被嘲弄过程中纠偏,不断暴露江湖上的凶险,迎合了人们不愿直接面对凶险和恐惧的狂欢游戏心态。再通过夸张的描写、荒诞的叙事,造成强烈的喜剧效果,极大满足了读者的阅读快感。

在张扬暴力的武林世界,血腥和酷虐为其固有特色,古龙小说还通过强烈的差异揭示各种不平衡不协调不平等,建构了各种在心理上远离我们而存在的传奇形象。古龙通过慢笔调强调了武林中的残暴、奇特、乖张和突兀的感觉,充满激情地给读者讲述这些超出平常和真实的虚构武林故事,看似荒唐和离奇的渲染却也吻合武侠世界的真实性,某种程度上比克制、理性、完整和合乎逻辑的武林故事的叙述更符合艺术的真实。古龙武侠文学叙述风格承接了唐宋传奇的历险浪漫传统,更是近现代以来对武侠文学过于理性表现出来的政治功利倾向的颠覆,对中国传统情感模式的叛离,使读者在放飞想象的武侠文学世界中得到满足,享受武侠世界的自由潇洒和快意恩仇、豪情万丈,也更接近读者对武侠小说的阅读期待。

情节的断裂和弱化

武侠小说重视情节的创作倾向与传统武侠小说通过说书的方式传播有着直接关联，完整而曲折的情节、连环套的悬念都成为吸引听众的有效方式，门派师承造成的代际形成了时间上的合理分段和连续，既表达了中国传统的以血缘为核心的宗族社会的江湖体系，又有效抓住了听众对章回结构的认同。武侠小说的作者往往也醉心于传奇情节的设置。不论是梁羽生小说中给主人公布置的历史转折时期，还是金庸小说中的武侠英雄的传奇成长经历，都是通过传奇的人生经历达成侠客的传奇色彩的。然而，古龙小说却打破了这种有效的武侠文学模式，使连续完整的情节变得破碎和残缺，他强调即时即刻的情绪而导致无力建构完整、系统、曲折而有长度和含量的故事情节。情节的展开需要设置目标，同时也需要实现目标的行动条件，人物为实现目标要克服困难开展各种行为，而这些都需要作家写作过程具备意志力、耐力。然而，作为一位极度率性的作家，古龙显然缺乏这方面的素质，终阅读其小说只能让读者记住人物形象的性格，而无法记全人物曾经历过的传奇经历。这对于一位武侠小说家来说显然是不够的。

与这种创作倾向相对应的是，古龙在小说中更侧重于意象的铺陈和营构。他总是习惯于将笔力集中于某些部分，甚至不顾及内外、前后一致，这导致了无法形成全面的把握，他在小说中突出场景而不是描摹环境，强调的是人的性格而不是人的事迹，放大了物的特征而不是概括物的全貌。古龙的小说在不完整和不连贯的叙述间总是留下足够的空白，从而给读者留下了广阔的想象空间。古龙笔下的武打过程迥别于前人，他放弃了招式和细节的刻画，而只是侧重于神奇效果的强化。他描述其笔下最具魅力色彩的李寻欢的飞刀，都只是写"小李飞刀，例无虚发"，从来也不给予这位传奇人物的神奇飞刀发出的招数、动作和速度等有形的交代，从而把小李飞刀的神奇永远地留在每个读者的想象中，将营造意象江湖的过程保持在读者的阅读中。而古龙小说在叙事上打破传统武侠叙事的时间连贯性和逻辑严密性，却与视觉文化的"震惊"效果、视听语言强调感官的倾向相一致，如《大人物》开头对"红丝巾"这一意象的突显。当古龙小说转换成影像语言，影像的光、影、色填补了其文字语言的空白，反而彰显了其特点，掩饰了其言之不详的缺陷。古龙的小说更容易转化为视听语言为基础的影视作品并广受大众欢迎，也引导了其身后的武侠小说创作更多地吸收视觉文化的影响。

古龙武侠小说在打破情节的完整造成破碎感，使武侠文学走向开放的叙事风格上走出了重要的一步，然而武侠本是现代社会中虚构的武人的传奇，而传奇天然地与故事有着密切联系，一位不善于讲故事的小说家，希望读者记住他的武侠故事,显然是很难的。况且古龙笔下的人物的性格都是叙述者直接反复告诉读者的,而不是读者通过阅读其经历得到的,这也影响了古龙武侠小说的深度、厚度和力度。过于突出强烈的感受而缺乏必要的积累和沉淀也阻碍了古龙对长篇幅的武侠小说的构建,只能在中短篇小说中显示其创作优势,其长篇小说只能以片段组合来完成,缺乏内在的完整和统一。

交流又自我的叙述姿态

武侠小说的传奇色彩和神秘感造就了故事叙述者的叙述权威。叙述者对故事进程的全知全能的优越感,造成了叙述者与读者间的不平等姿态。古龙小说把叙述者与读者置于平等的地位,用交流的口吻,以替代读者进行思考和感受的方式显示对读者的阅读能力和阅读感受的充分尊重和信任。叙述者在文本中并不显示传统武侠小说中体现的道德优势,往往只充当信息传输者的角色,而不具备评判功能。同时,叙述者又在叙述中放弃武侠小说神秘莫测、故弄玄虚的叙述手法,而代之以通透坦诚的叙述风格。在叙述过程中融入自身的体验和感受,并不避讳自己的观念,使读者能够直接感受叙述者的价值立场和评判姿态,从而使古龙的小说充满了人情味,充满了现代社会中因理性的制度规范造成的人与人之间的隔膜冷漠而更显难能可贵的真性情。如当李寻欢初遇少年剑客阿飞时:"李寻欢瞧着他,目中充满了愉快的神色,他很少遇见能令他觉得很有趣的人,这少年却实在很有趣。"①这一简短的话中,对阿飞的描述两次用到了"有趣",第一次以"能令他觉得"突出了李寻欢的个人感受,表达作者此时的表述只代表见到阿飞时的特有感受,而不是以李寻欢个人的感受完全涵盖了所有读者的感受。叙述者清醒地意识到叙述该有的负责态度,有意地限制了自己叙述的权力,从而也避免了叙述造成的权威。第二次用到"很有趣"时加强了语言,以副词"实在很"来修饰,说明叙述者此时强烈地感受到"很有趣"的感受,也很希望读者能够感受到"很有趣"的感受,但是他又不敢或不愿以自己的感受完全替代读者的感受,在表达上无视读者的存在。由此,他重复强调地运用了"却实在"这些副词,既表达了目击者李寻欢的内心感受,又有意识地以不避讳自己观点的方式拉近了与读者的距离。叙述过程中,他不时地充当着一位亲密朋友,言语间充满谈心的温馨感觉。

古龙小说既通过有意设障引导隐含读者参与情节展开,又通过夸张和肯定的方式将隐含读者的观念和判断圈定在主人公的视野和行动中,既调动了读者

的能动性，又充分传输了叙述者和作者的思想理念和价值原则。这样以牺牲部分生活事实、人们的常识和基本逻辑换取读者得到尊重的良好感觉。古龙小说沟通交流的叙述方式和自说自话倾向符合人人平等、尊重他者、反感说教、强调个性等现代理念，尤其能在一些违反常规常理，刻意标新立异，不惜偏激地极力主张个性的更为年轻的读者群中获得更大认同。

古龙小说曲折反映了现代社会现实和各种人生困境，呈现了现代人的情感诉求和理想的人际关系和社会模式，集中体现了社会对人的尊重，人与人之间的宽容和谐理想等重大社会文化问题。也正是强烈的现代人理念支撑着古龙对传统武侠小说进行改造。在营构的虚拟武林世界中，在塑造的许多独立精神和不苟俗的侠客身上，在写意的笔法、意象的营构、弱化情节和独特叙事方式中形成自己独特的风格。在金庸、梁羽生对武侠文学进行现代化改写的基础上，彻底完成了对有着丰厚传统的武侠精神的现代阐释。古龙对于武侠文学的贡献不仅表现在他是实现武侠文学现代化的最后一人，还表现在他是开创武侠文学创作新风气的第一人。在古龙之后，武侠文学创作被纳入了更为广阔的都市文化想象中，仰仗着更为年轻作家的创造力，借助于网络等新的文学载体，与侦破、悬疑、玄幻、科幻等多种文学题材融合为各种名目的"新武侠"文学，从而为武侠文学创作开辟了一个新纪元。

过士行《闲人三部曲》的文化意蕴[*]

20世纪戏剧舞台上产生了大量优秀的话剧作品。话剧自觉地注重意义含量、思想深度、浓厚的意识形态倾向成为当代戏剧创作的突出的现象,文本创作在剧作中所占的分量也日渐加重,戏剧舞台艺术甚至成为政治观点的形象演绎。

20世纪80年代,戏剧危机感使部分剧作家认识到戏剧还应具有游戏和审美功能,让戏剧从案头回到舞台成为探索戏剧的共同追求。这种努力直接带来了另一影响:话剧艺术中文本话语与舞台表现的分离。90年代的先锋话剧的先锋性不再直接体现在精神领域的探索,戏剧导演的主体意识得到空前的扩展,戏剧的表演功能得以不断地扩张的同时,戏剧的文学性在逐渐隐退,除了几部现实题材的剧作外,戏剧文学在90年代的文学中几乎是缺席的。但过士行的剧作以其鲜明的个性、对生活的独特感受和对人生的深入思考闯入了当代人的精神空间,成为盛行"导演中心论"的90年代舞台文化中无法被遗忘的一位剧作家。

结构模式:戏拟与狂欢

传统写实话剧的结构模式与其拥有的剧场效应是分不开的:面向大众的启蒙角色使它无法舍弃特殊的高于观众席的舞台空间,自觉地承担载道和释道的功能。激烈而集中的戏剧冲突是传统写实话剧的首要原则,舞台的布置、戏剧的时空概念、演员的夸张表演都服从于这一核心原则。典型的写实剧以"叙述"故事的方式构筑了一条由开端、发展、高潮、结局分阶段组成的波浪状的线性结构。过士行在《闲人三部曲》中放弃了这种沿用已久的结构范式。

---

* 原题为《启蒙舞台的边缘化追求——〈闲人三部曲〉的文化意蕴》,载于《戏剧艺术》2003年第3期,第11-16页。

戏剧的起源与宗教仪式有直接的关联,古希腊装扮羊人的表演遮蔽了演员在社会生活中的真实身份,创造了戏的假定性,戏剧从一开始就获得了与现实生活的距离感。《闲人三部曲》用戏拟和戏说的方式来获得假定性这一戏剧美学原则,造成剧作的间离效果。作者利用寓言剧的形式构设了虚拟化的场景。《鸟人》安排三爷演京戏代审案完成了对鸟人的心理探询,解构了丁保罗视之为真理的精神分析法,不断地提醒观众感受"人生如戏"抑或"戏如人生",人为鸟筑笼还是人以鸟为笼;《鱼人》中将钓神比拟成唱戏具有游戏的成分,最后垂钓那一出戏的设置,包括周围人的呐喊,强烈渲染了舞台氛围,让观众直观地了解到那是在演戏;《棋人》中游魂这一似有似无、缥缈恍惚的角色,打通了人间和鬼界,扩大了剧作的表现空间,而且也表明了舞台世界有别于现实生活。传统写实戏剧往往注重在剧中设置背景,罗列时间、地点,其目的是强调戏中所演之事具有真实性,假戏真做,从而造成假戏真看的效果。而过士行的《闲人三部曲》甘于"假戏假做"。三出戏中《鱼人》的舞台背景介绍最具体,"秋天。北方的一个湖畔"①,其他两出戏没有交代具体的时间和空间,舞台上隐去历史背景,反而使剧作中的时空概念得到了延展。除了作者描述的剧场空间之外,三部剧作都存在"另一戏外空间",这往往与人们的精神追求相关联。《鸟人》中除了鸟人活动的场所——不知名的公园以及后来演变成精神医院的鸟人心理康复中心外,还存在一个幻象世界:京戏的空间,以三爷为枢纽将这两个空间联结在一起,《鱼人》这出戏除了钓鱼者活动地点——大青湖外,也存在一个剧中人不断地被谈及却始终并未真正出现的大青鱼的生活空间,《棋人》安排了何云清和司慧等的人间舞台外,还另外安排了游魂所居的鬼界;现实和幻象这两个异质空间,互相联结互相映衬,造成了镜子反观的感觉;人生就这样不断环复,充满了不定因素和悖论色彩。

漠视生活本身的丰富和复杂,以聚焦的方式看待世界,形成了是非清楚、善恶分明的集中而激烈的舞台样式。然而面对着纷繁开放的世界,过士行清醒地认识到二元对立的观念牺牲了多元世界的丰富和多延,不能达到深层的真实。看待世界,他有自己独特的视角,"事物的最高结构形式是同一的,是一个整体","同一性强调到极致,就变成了荒诞、悖论、黑色幽默",人生的困惑、尴尬和迷茫在过士行的艺术思维中得到了统一,即以"悖论的眼光看待人的生存困境"②。过士行的世界观是传统写实剧的艺术表达无法完成的,因此,《闲人三部曲》放弃了现代写实话剧对生活、对自然逼真模仿的努力,以戏拟的方式在舞台表达上获

---

① 过士行:《坏话一条街——过士行剧作集》,北京:中国国际广播出版社 1999 年版,第3 页。

② 过士行:《我的戏剧观》,《文艺研究》2001 年第 3 期,第 85-88 页。

得了更大的自由。现代生活中,人们可以接受戏谑,但无法容忍"做戏"。一场充满剧场气氛的戏剧作品的完成一定得依靠观众积极主动的参与,因此,从这个角度来说,戏说和戏拟的方式是对戏剧本质的一种回复,也是对观众角色身份的尊重。话剧由原来真理在握的说教者身份开始向客观冷静的演示者身份转化,落幕时,观众也未必能得到最终的统一答案。《闲人三部曲》并没有给观众提供现成的人生的答案,即使有答案也是五花八门的。因此,过士行设置剧作的结构时,都是以敞开的结构来安排结局:《鸟人》的结局是三爷这些养鸟人(也是京戏迷)从戏中回到现实生活。原来在京戏中是非清楚、赏罚分明的戏事到现实人间又变成一桩糊涂公案,让人无从辨析;《鱼人》的结局是老于头与钓神同时殉身,但三儿的不见踪迹给戏留下了许多未解的悬念;《棋人》中何云清为司慧在棋局中对司炎痛下杀手,由此也夺走了司炎的生命,但司炎的鬼魂却回来与何对弈,走出了妙着,证明了那是一局不该死的棋。三出戏中,作家都安排了并非结束的结局,留下了无法解答的悬念。戏演完了,落幕后矛盾缠绕在其中并未解除,从终点又回到了起点。观戏时获得了陌生感,观众也获得了更大的思索回旋余地。

《闲人三部曲》以戏拟的方式获得了间离效果,但作者并不是以游戏心态写作的,遍布剧作的是肃穆、庄严和神圣。过士行极力渲染了鱼人、鸟人和棋人的达到极致的生命狂欢状态。《鱼人》以钓神弃置生命的最后一钓和老于头牺牲自己代替大青鱼被钓这一幕极具悲壮的人生碰撞,将"人""鱼"之间的较量推向了高潮;其他人的鼓劲、大鱼奇特的叫声以及天籁的和鸣组成了一首生命的交响乐;《鸟人》中的鸟人和戏痴拼了平生积聚的所有能量做形同鸟撞鸟笼的最后一搏,以包公审案这种已逐渐淡出舞台的戏曲文化形式对抗风靡全世界的精神分析学说,要弄俨然真理在握的丁保罗之流,也隐隐流露出"风流总被雨打风吹去"的悲凉和无奈;《棋人》中的何云清万般无奈地亲手扼杀了具有超常弈棋禀赋并视为自己围棋生命延续的司炎,这种孤注一掷的人生选择以残杀生机勃勃的生命和扭曲天才为庸人为代价,何等的惨烈!悲剧的完成是以具有"丰富内容意蕴和美好品质"的悲剧人物"全心全意投入这种动作"[①],生命达到极致又开始坠入悲剧的深渊,最终招致毁灭的结局给观众以心灵的净化和精神的升华。

以戏说和戏拟获得剧场假定性,以狂欢获得精神净化,《闲人三部曲》在突破原有规范的同时也获得了丰富和多义。题材的选择代表了作者对世界的感受,而形式的采用同样也代表了作者对人生的看法,"拿斑马来说哪是它的形式哪是它的内容?如果你把条纹取消了,它还是斑马吗?"[①]悖论叠加的舞台矛盾正是悖谬的生活原态的直接呈现。世界本来就是复杂和多延的,在具体的事件中,人

---

① 黑格尔:《美学》第一卷,朱光潜译,北京:商务印书馆 1995 年版,第 288-289 页。

们自然很难对他们的行为作出简单的是非判断。消除了事件叙述的线性结构模式，用心地戏说在言说方式上就是明显的悖论结构，却也获得了意义深度。剧作中力图挖掘的闲人文化，已经远不是表层意义上的休闲娱乐，而在更高层次上获得了审美超越。

意象营构：中心与边缘

　　一群专攻虫鱼鸟兽的闲暇人士，他们不被他人重视，也不去关注他人，孜孜以求的是小道末技，津津乐道地生活在自己狭小的圈子里，这是《闲人三部曲》中的闲人一族、闲人系列。《鱼人》中的老于头 30 年做的事就是保护鱼，而钓神 30 年所做的一件最重要的事就是为与大青鱼见面做准备；《鸟人》中的三爷对鸟叫的辨析连鸟类学家陈博士都叹为观止，他居然能用自己熟谙的京剧形式解构了所谓有 70 多年历史的影响深远的精神分析学；《棋人》中的何云清整整 50 年没有离开过棋盘，"从棋盘上猛一抬头，才看见你们这些人背也驼了，头发也白了，耳朵也聋了"[①]。在圈外人看来，他们是不经道不流传的小人物，被称之为"鸟人""棋人"和"鱼人"，但在圈内，他们却是"高人""奇士"。在圈子里，他们处于中心的位置，但他们倾注全副身心的圈子生活却处于社会生活的边缘。名之为闲人，但不是庸人、俗人和常人，他们都身怀绝技，"闲人不闲"，在闲人世界中他们没有表现出轻松和耍玩的姿态，而是对自己所做的事情倾注所有的精神和精力，心无旁骛，超然物外，将生命与客体完全融为一体，达到某种极致的境界。当真正的"闲人"主动地选择了社会边缘作为自己的生存空间，脱离日常生活轨道时，他们也就成为真正的"独行侠"。《闲人三部曲》分别塑造了三位境遇相似的"都市山人形象"，孤独、固执和处境悲凉的高人。《鸟人》中的三爷原是个著名的京剧花脸演员，只因京剧的观众日渐减少，他唱戏的绝技既得不到观众的捧场又找不到能够传艺的对象，绝活眼看就要失传；《棋人》中何云清精于棋道，几乎到了出神入化的地步，"全国下棋的人都会在你的智慧之光下晕眩"，"倾倒了整整一代人"[①]，但到了 60 岁，依然孑然一身，整日围绕着他转的崇拜者压根儿无法理解他，于是他也开始懊悔，"我用我的生命，我的青春焐暖了这些石头做的棋子，而我肉做的身体却在一天天冷下去"[①]，开始希望能在围棋之外向往幸福；《鱼人》中的钓神为了等候与大青鱼 30 年一次的邂逅，致使妻离子亡，除了意念

---

　　① 过士行：《坏话一条街——过士行剧作集》，北京：中国国际广播出版社 1999 年版，第148 页。

中的大青鱼,没人能了解他的心思和想法,最终也没有达成所愿,反而使同样执着善良的老于头为了保护大青鱼而命丧黄泉。这些闲人们一方面非常清醒地认识到自己的处境,但另一方面他们又无法放弃已经熔铸于自己生命品格的技艺,无法改变生活方式和精神状态。当时光的流逝使他们风光不再时,英雄暮年的悲凉在他们身上显得尤其突出。《鸟人》中的三爷最终也未能找到振兴京剧的有效措施,将"黄毛"培养成他的传人也仅仅是他的一厢情愿;《鱼人》中的钓神最终也未能实现他30年来未了的心愿,拼了毕生的心血和精力也无法在弥留之际钓到大青鱼;《棋人》中的何云清在决定放弃围棋的精神折磨中,由充满智慧的司炎给了他安慰,使他看到了自己围棋生命延续的可能,但最终他还是以残忍的方式扼杀了"希望之星"。这些在闲暇中贯注生命的"闲人们",已经不是平常所理解的闲适,在他们执着的行为中,表现了那种久违了的超功利和超物欲的美感。

闲人的圈子里,还活动着一群只是客串于这一休闲地带、以玩的心态出现的常人。《鸟人》中的众票友,他们玩鸟的攀比心理和炫耀心态都算不上"懂鸟的心";《棋人》中的胡铁头、鬼头刀、双飞燕和一子不舍在博弈中暴露了他们各自人性上的弱点,与高手永远无缘;《鱼人》中众多钓鱼者虽然拥有很好的钓鱼设施,但他们永远都无法达到视鱼为知己的境界。鸟道、棋道和鱼道中庸常之辈衬托了"鸟人""棋人"和"鱼人"出神入化的技艺和超凡脱俗的品格。圈外,还有闲人们的审视者:《鱼人》中的老于头,《鸟人》中的陈博士、丁保罗和查理等,《棋人》中的司慧。游离闲人圈子时,他们站在圈外冷静地审视圈内人,进入圈子时,他们又成为被审视者。处在不同的生活舞台,扮演着不同的角色,这些集多重角色于一身的形象,与"闲人"的单纯与"忙人"的复杂交织在一起,更显出人世的变化起伏。

戏剧舞台是人生舞台的镜子,展现人的活动,包括人物的精神活动。《闲人三部曲》中,将各色人物汇聚在一起的是三件物,这是戏中获得象征意义的核心意象——褐马鸡、大青鱼和围棋。这三种意象都获得了传奇色彩,大青鱼是30年才回一次大青湖,而且来的时候夹风带雨,连岸上飞鸟都退避三舍;褐马鸡是国家一类保护珍禽,是它所属种群中的最后一只;围棋不仅是何云清的一生的寄托,同时成了司炎治疗智力过于旺盛疾病的唯一方案。闲人三部曲中的三个物象都获得了不俗的功能。舞台上,这些存在于观念的静物远远超出了道具的功能,它们虽然不是人物却获得了形象功能,它们不再只是被赏玩,而是获得了与生命对等存在的意义,牢牢地控制了人们的思维、精神、生命。物获得人的灵气的同时,人也被物化、异化了。它们成为不出场的主角,无声无息又无时无刻地存在于棋人、鸟人和鱼人的观念中,如同《第二十二条军规》中荒诞无稽又无所不在的行为约束,《你别无选择》中拿不走抹不去的功能圈。鸟人用笼子锁住了鸟,自己也被鸟锁住了；鱼人通过钓鱼实现自我价值，最终耗费了所有的精力和生命；棋人在棋盘上达到了技艺和生命的极限，离开围棋就变得一无所有。

《闲人三部曲》以充满传奇色彩的人、物意象构筑了浪漫的闲人世界。反观整天忙忙碌碌的芸芸众生，闲人世界构成对我们现代世俗物化生活的反衬，也是对遗落已久的神话原型的一种精神回归。他们实质上为超人和异人，是按照民间视角树立的人格典范，立足于民间却充满了神性，具有"处在人世现实中的神性的因素"①。忙忙碌碌的现实生活有的是芸芸众生，缺少的正是能成为人们精神坐标的英雄。显然，你无法按照传统写实戏剧塑造人物的标准来对闲人系列作出评价，"由于是寓言化的人物，更不可能完全写实，性格并不重要，甚至被抽离，只有他们的行为才具有意义"②，然而你又无法按照传统的英雄的标准来衡量他们。人生需要超脱和闲逸，但玩物容易丧志，沉溺容易迷失自我，他们的存在本身就是一种悖论。

意义追寻：逍遥与羁绊

过士行的《闲人三部曲》表现出与新中国成立以来的话剧创作完全不同的舞台追求，疏离了传统的意识形态话题——政治和道德。他选择鸟道、棋道和鱼道作为舞台演绎的中心，从"政治神话"中解脱出来，进入对琐碎和繁杂的日常生活空间的描摹。由社会的核心政治开始转向对消遣生活的关注。闲人们所从事的都是高雅的怡情养性之道，有着浓厚的民族文化的底蕴，是各朝各代的文人雅士逃离禁锢森严的体制生活和遍受压抑的时代环境以求得个人心理平静的行之有效方法的余韵，是对平凡人生的憧憬和安抚。同时，《闲人三部曲》中人物的活动时空并不是传统农耕社会，而是现代都市生活。在都市生活中寻找乡风野趣与现下的时尚化的休闲生活有形似之处，也符合越来越精致的市民生活趣味。《鸟人》中描述的对鸟叫声细微差别的辨析，《鱼人》中对所使用的钓鱼器具的描述，《棋人》中对棋子和棋盘的要求，那份细致和精微早就不是实体本身的实用能容纳。《闲人三部曲》中闲人的世界实为都市丛林中的僻静的一隅，逃离喧闹和嘈杂凝造的心灵空间，只有这样的闲人空间才能适宜缔造现代都市生活的神话，为逃离物欲横流的庸常生活构筑精神桃花源。《闲人三部曲》是入时的又是出世

---

① 黑格尔：《美学》第一卷，朱光潜译，北京：商务印书馆 1995 年版，第 285 页。

② 过士行：《我的写作道路》，《坏话一条街——过士行剧作集》，北京：中国国际广播出版社 1999 年版，第 361 页。

的,充满了世情人味,并表现得超拔于尘世。入时与脱俗的闲人文化表露了在向现代转化过程中的知识分子对传统文化的一种惦念和缅怀,这种"怀旧"心态与试图逃离都市又迷恋时尚的市民心态一脉相通。《闲人三部曲》中表现出一种文化取舍上的尴尬:既无法认同现有的文化身份,又无法完全回到过去。无论是鱼道、鸟道和棋道,都存在着一种文化上的流浪感。所以,过士行的《闲人三部曲》与现世当下的世俗大众文学并不雷同,剧作关注的是平民的世俗生活,但他还是努力从俗人俗事中提炼深旨雅趣,写休闲生活却不放弃意义追求,从小道中提取大义。脱俗与矫俗、趋时与避世、俗与雅的悖论构成了矛盾的张力,在作品中显得尤为突出。"文变染乎世情,兴废系乎时序",闲人文化也昭示了作者在市民意识的势不可挡的冲击力量下的独特感受,以及作为纯粹审美的文学艺术的本能的抵抗姿态和按捺不住的悲凉。

田本相在考察《闲人三部曲》的时候指出,过士行剧作表现的精神困惑是"90年代知识分子在走向边缘的历史转折中所特有的"①。"边缘",在当代中国这一特定的历史语境中,相对应的是政治体制中心,意味着知识分子逐渐地溢出传统的"载道"窠臼,逐渐游离于政治话语中心,这也暗合了转型期以来的知识分子阶层的新诉求。古代社会相对封闭和稳定的社会环境形成了知识和智慧的中心观念和权威地位,知识正是以绝对真理的肯定和确认方式指导人们认识和改造世界。而面对着现代社会层出不穷、日新月异的变化幅度和巨大的信息量,人们对认识的一致和协调的可能降到零点,新知识体系的建构取消了那种真理在握、斩钉截铁的论断方式。显然,消解了一元的意识形态之后,在文化空间,对于习惯于听命的中国人来说,则陷入了意义选择的困惑和危机。《闲人三部曲》正是从这个角度来观照世界、解读人生,贯穿剧作始终的是那份沉甸甸的对人的生存环境的关注,对人的生存危机的关怀和对世界终极意义的追求。"因为现代社会已经上了消费的龙卷过山车,中途是停不下来的。被消费的不仅仅是大量的物质,还有人的精力、人的理想、人的情感、人的生命。所以我找到一群闲人来表达我对现代社会的忧虑。这些人的存在就是对现代的一种嘲讽。"②这构成了对既成意识形态的反叛和解构,由社会全貌的叙事开始进入对少数人、某一群体生活状态的刻画,又通过对少数群体的圈子文化的描摹进入对更普遍意义上人的精神价值的追寻。90年代的文化艺术创作从社会的"大我"角色开始向"小我"和"私我"角色转化,从注重群体意识到挖掘个体心理,由关注权力空间转向重视公共

---

① 田本相:《过士行剧作断想》,《坏话一条街——过士行剧作集》,北京:中国国际广播出版社1999年版,第322页。

② 过士行:《我的戏剧观》,《文艺研究》2001年第3期,第87页。

空间,现代公共空间"呈现为一个由私人集合而成的公众的领域"①,闲人文化领域刚好提供了这样的一个模糊地带,在不触及体制和不反抗主流话语的前提下保证了个体的自由发展和自主空间。现代社会的多元文化选择要求更多的沟通和理解,人们的注意中心更多地下延到平民生活中,"世界的非神化是现代的特殊现象"②,对日常、民间和世俗的关注也代表了对文化传承中非正统解释链的寻找。《闲人三部曲》出现在世纪末的话剧舞台正代表了部分秉持独立和自由信念的知识分子话语方式的转向,弱化政治意识而注重文化思想建设的启蒙新动态。启蒙(enlightenment)意即祛魅,"载道"观念下的文化对闲人和闲人文化的冷漠、淡忘是一种遮蔽和强制遗忘,过士行的《闲人三部曲》在戏剧舞台上进行的边缘化追求正是一种反拨,从更广泛的角度看,也是一种文化启蒙。

"理想的美在于它的未经搅扰的统一性、静穆和自身完满。"因此,为了美的本质,"艺术的任务可以只在两方面,一方面是使自由的美在这种差异中必不致遭到毁灭,另一方面是使分裂和连带的斗争只暂时现出,接着就由冲突的消除而达到和谐的结果"③。显然,当下文化现状与艺术现实已大大超出了古典美的标准。进行旧知识体系解构的同时也在逐步尝试着建构新知识体系,从这个角度来看,"过士行作为本世纪'为人生戏剧'的最后一位作家,同时成了新世纪戏剧多元人生的倡导者和开山作家"④。

---

① 汪晖、陈燕谷:《文化与公共性·导论》,《文化与公共性》,北京:生活·读书·新知三联书店 1999 年版,第 40 页。
② 米兰·昆德拉:《被背叛的遗嘱》,孟湄译,上海:上海人民出版社 1995 年版,第 7 页。
③ 黑格尔:《美学》第一卷,朱光潜译,北京:商务印书馆 1995 年版,第 251 页。
④ 张兰阁:《闲人一族的审美人生及境界——〈鸟人〉、〈棋人〉、〈鱼人〉》,《戏剧文学》1999 年 12 期。

中编
文学世界中的空间、价值和问题

鲁迅民间意识的阐析[*]

民间一词的出现是文化分野的结果。它是官方文化和文人文化(合称上层文化)的一个对立概念。中国民间文化资源非常丰富,但由于它与人们的日常生活息息相关并由口授心传的方式进行传承,容易被忽略,缺少系统化的过程,处于零散的状态。近代社会,民间这一概念的衍化直接受到外来文化的影响,英语中民间包括两层含义:①among the people; popular; folk(人与人之间,民众,普遍,流行等意思);②nongovernmental(非政府)。它首先代表对某些衍生于大众这一阶层的文化观念和价值标准的认可,这层含义是最宽泛的解释。在社会原初时期,某一特定地域内的人群在封闭的环境中创造和享用同一种文化,所表现出来的价值立场与文化取向无多殊异;第二层意思则意味着与政府、官方的一种否定和对立,与西方社会市民阶层的逐渐兴起有直接关系,其个中意义显然与新兴资产阶级文化中的"民本"与"人权"等思想相契合。民间在与政府的抵牾与比较中形成了自己的定位,表现出疏离政府和官方,接近大众的取向,要求摆脱外在的形式和规范表现出较多的自在和自由。"民间"一词隐含了认同和抵抗的深刻矛盾。

20世纪初,西方社会的"民间"概念引入中土,当时历史背景与形成"民间"概念时的西方社会已截然不同。对于远未进入工业社会的中国社会来说,市民还无法作为独立的阶层而存在,无法与专制社会形成抗衡。当时的中国社会无法全盘实现概念的对接,大多民间文化形态只能驻足于农村社会。作为"五四"新文化运动的代表人物,鲁迅在深入探讨中西文化的基础上,形成了独具特色的民间意识。他不是简单认同原有的民间观念,他的民间意识也不是抄袭来自西方的"民间"范本。在沿用民间这一语词时,他将"民间"的涵义与中国社会现实

* 原题为《剥离、吸纳与整合——鲁迅民间意识的阐析》,载于《鲁迅研究月刊》2005年第8期,第38-43页。

相联系，拓展了民间的外延并使其更具有扎根于本土的适应性。在中国传统文化经历着从古老迈向现代的特殊的时空，各种文化形态活动在民间文化空间，鲁迅在新的历史语境中对"民间混合体"进行剥离，吸纳其中未为浸染的"原生态"民间文化因子，重新整合民间文化进行新文化形态的构建。"中国现代民间文学学科不是西方现代学术的整体移植，而只是借助了西方学术的表层语汇，其深层理念无疑已经本土化了"①，民间文化资源经过发掘和转换，转变为现代文明的别支，成为社会转型中的重要精神资源。

一

"五四"前后，变迁中的中国文化经历重大的变化，农村社会中的民间变得尤其复杂，蕴涵多种成分。随着专制政权的逐渐瓦解，原先依附于专制政权的意识形态的官方文化体系所占据的空间不断减少，部分文化现象散落在民间并与民间文化结合，民间文化空间成为官方意识形态的藏身之处。对于这样别具特质的民间文化形态，鲁迅视之为一个既藏污纳垢又孕育了新的发展契机的复杂文化体，不断地运用"拿来主义"对它进行辨析和筛选，对于杂糅在其中的专制文化进行批判，对蕴含其中的知识分子文化进行反思，以期寻找属于民族的"本真"和"自我"，作为民族发展的潜在动力。

鲁迅对民间文化的重视和他的"改造国民性"、重构民族文化的活动直接相关。民间文化是中华民族文化大系统中的子系统，它区别于代表专制政权的文化体系，但是，专制文化与民间文化并非完全对立。专制文化发展到一定阶段，会受限于自身的规范程式，这时部分民间文化现象就会被所谓的"上层文化体系"吸纳，经过选择、改换、精制后，成为其中的一部分。"士大夫是常要夺取民间的东西的，将竹枝词改成文言，将'小家碧玉'作为姨太太，但一沾着他们的手，这东西也就跟着他们灭亡。"（《花边文学·略论梅兰芳及其他》）另外，专制文化也会以各种显现的和隐藏的方式影响着民间文化，"平民所唱的山歌野曲，现在有人写下来，以为是平民之音了，因为是老百姓所唱。但他们间接受古书的影响很大"（《而已集·革命时代的文学》），并且，"自上世纪末叶起的西学东渐，打破了本土文化在庙堂与民间之间封闭型自我循环的轨迹"②。鲁迅的民间意识首先体现在他对杂语相陈的民间文化形态的剥离，这也是他借民间文化构建新的民

---

① 吕微：《现代性论争中的民间文学》，《文学评论》2000 年第 2 期。
② 陈思和：《中国新文学整体观》，上海：上海文艺出版社 2001 年版，第 115 页。

族文化的前提。所以,鲁迅竭力反对文以载道,"道"便是统治阶层以国家权力支持的庙堂文化的集结。庙堂文化的恶俗化,甚至演变为"官僚文化",这是试图建构新的文化系统时必须舍弃的,但中国的"官僚文化"具有很强的隐蔽性。鲁迅认识到它藏匿在民间,仍然在行使"吃人"的功能,已经成为历史发展的障碍。废除科举制度断开孔乙己们与庙堂的链接,但他们依然死守着"唯有读书高"的优势心态;鲁四老爷之流的乡绅身上,分明看不到乡野之风所灌注的淳朴,延续的却是僵化礼教造就的蛮横和凶残。

因此,鲁迅对缠绕着专制文化的民间文化形态的承载者——中国民众的态度总是无法一致。一方面,他强烈地抨击他们的愚昧性格和麻木心理:"群众,——尤其是中国的,——永远是戏剧的看客。牺牲上场,如果显得慷慨,他们就看了悲壮剧;如果显得觳觫,他们就看了滑稽剧。"(《坟·娜拉走后怎样》)民众体现的愚昧、麻木的心理特征就是专制文化"不撄人心"的长期作用的结果;另一方面,他始终以民众整体觉悟的提高作为我们民族自救的唯一希望,在《药》《阿Q正传》《风波》中发人深省地提出要取得民主革命的胜利,首要任务就是依靠民众并对民众进行启蒙;认为铸就民族未来的并不是"正史"中的王侯将相,而是曾经活跃在民间得以传诵"有埋头苦干的人,有拼命硬干的人,有为民请命的人,有舍身求法的人……"(《且界亭杂文·中国人失掉自信力了吗?》)因为他们共同铸就了民族的脊梁。鲁迅对民众态度的不一致与民众所代表的复杂的民间文化意识形态有直接的联系。因此,鲁迅认为能建构未来中华文化的,应该是剥离了专制文化成分后的"原生态"的民间文化意识,没有受染于专制文化的质朴的民间文化形态。正是认同民间的情感体验和价值取向,才有了他在《故乡》中听到少年挚友闰土成年后的一声"老爷"而打"寒噤"的强烈感受;在《一件小事》中,从一个普通的人力车夫的举动中获得"小"与"大"的强烈对比,震撼于平凡劳动者发自内心的真诚与善良。

鲁迅以民间的视角,抹开历史积尘,解读传统文化现象。通过对古代传说人物的重新注解,他略去历史人物身上浓厚的传奇色彩,以自身独特的方式来审视他们,理解他们,使他们与现实沟通,与生活联系,写出人物的"血和肉"来。在他的笔下,《补天》中的女娲、《奔月》中的后羿都不再神秘不可测,他们与普通人一样,有悲喜嗔怒,一如平常老百姓的"为生计而发愁";致力于治水的大禹活脱脱是个粗民形象,习惯在泥水里打滚,即使到了满朝文武听训话的大厅还是不改其貌,"一径跨到席上","把大脚底对着大员们,又不穿袜子,满脚底都是栗子般的老茧"(《故事新编·理水》)。这些正史中带着满身光晕的传奇人物在他的笔下完全改观,以普通人的姿态带着平常心活在字里行间。鲁迅以平凡来"解构"这些传奇人物的伟大,极力以类同于民间的纯朴目光审视这些被以各种方式、从各个角度、有意识或无意识地拔高或是扭曲的形象。他力图说明一个事实，伟大人物也与常人有相通之处。鲁迅小说中的人物只不过卸了后人累加于他们身上的不堪重负的光环。"历史上都写着中国的灵魂，指示着将来的命运，只因为涂饰太厚，废话太多，所以很不容易察出底细来。正如通过密叶投射在莓苔上面的月光，只看见点点的碎影。但如看野史和杂记，可更容易了然了，因为他们究竟不必太摆史官的架子。"(《华盖集·忽然想到》)

面对着多种成分并存的民间文化形态，鲁迅认识到其中的"原生质"和"未定型"部分是"刚健、清新"，包含着许多未为专制文化感染的新鲜的营养，这是我们民族文化中最具生命力的一部分，也是缔造未来民族文化不可或缺的基石。

二

文化个体与文化环境之间进行着双向交流。鲁迅对民间文化表现出极大关注，民间文化以感性和形象的方式影响了鲁迅的心理机制、行为方式和美学观念。因此，鲁迅的文化行为中呈现着厚重的民间关怀，他对于民间文化，特别是民间传说和民间艺术始终怀有钟爱，他的文学作品中传递着浓厚的乡土气息，他的审美趣味带有鲜明的民间色彩。

鲁迅对原生态的民间文学和民间文化总是钟爱有加，"街谈巷语自生于民间，固非一谁之所独造也"；"歌，诗，词曲，我以为原是民间物"；"士大夫是常要夺取民间的东西的"(《花边文学·略论梅兰芳及其他》)。他从小就把目光投注于民间疾苦。青少年时代的鲁迅抄录过《野菜谱》，"原是讲'荒政'的书，即是说遇到荒年，食粮不够，有些野菜可以采取充饥"，这本小书，"无疑与鲁迅的兴趣具有多方面的吻合"[①]；少年时代经历的家庭变故给予他更多亲近乡土民情的机会。对处于同一阶层的"世人"的厌恶促使他从情感上更倾向于底层民众，更主动接受底层劳动人民的生活方式、思维习惯。"我母亲的母家是农村，使我能够间或和许多农民相亲近，逐渐知道他们是毕生受着压迫。"(《集外集拾遗·英译本短篇小说选自序》)当然，青少年时期的鲁迅拥有的这种民间意识虽然还是粗浅的，不明确的，然而这情感记忆和文化积累对日后文学创作产生了深刻影响。

鲁迅充分肯定民间传说和民间艺术，《朝花夕拾》这本散文集子中有很多篇幅涉及民间传奇。小时候接触过的可亲可感的、带着纯朴的民间情感的民间故

---

① 叶淑穗、杨燕丽：《从鲁迅遗物认识鲁迅》，北京：中国人民大学出版社 1999 年版，第83 页。

事变成回忆,这些回忆就是鲁迅在经历世事之后,在经历心理的痛苦、挣扎、磨难之后感到最可温馨的心灵角隅。成年后的鲁迅对床前的带着民间审美情趣的民间绘画还是记忆犹新,记载民间传说的典籍《山海经》也曾经带给鲁迅不同寻常的感受。包含在民间故事、民间传奇粗朴的文化形态中的,是一些健康的、素朴的、有着长久生命力的文化原生态,它们无拘无束、不受任何外在节制的特性是鲁迅向往的"动物界","它们适性任情,对就对,错就错,不说一句分辩话"(《朝花夕拾·〈狗·猫·鼠〉》)。民间意识成了鲁迅探寻、构建新文化模式的思想、情感的源泉。

对于普及大众文化的连环画、新年花纸、木刻等民间艺术,鲁迅都给予了很高的评价,并指出"为了大众,力求易懂"的艺术实践"正是前进的艺术家正确的努力"。这些"和高等的有闲者的艺术对立"的民间艺术如果能受到艺术家的注意,即使只是采用"旧形式",那也将是"很有意义的"。文艺是生命意识的展现,过于精致化的艺术形式往往容易偏离原有的反映整个群体审美需要的特征,会逐渐失去了"艺术上的真"。艺术的回归民间,表现的"乃是作者和社会大众的内心的一致的要求,才会发展得如此蓬蓬勃勃血脉相通,当然不会被漠视的"(《且介亭杂文二集·〈全国木刻联合展览会专辑〉序》),这才是艺术复兴的希望和契机。

民间不仅成为鲁迅关注的对象,而且,积淀在心理深处的民间意识还转化为程式化的心理构架,成为他的创作心理机制的重要部分。民间意识为鲁迅的文学创作开辟新的空间,提供新的艺术创作形式。

杂文和小说是鲁迅创作中最能代表其个性的文体。鲁迅利用杂文这种"侵入高尚的文学楼台"的文体对中国古老文明和现实社会人生进行批判,杂文中显示的不屈不挠的反抗精神,"从根本上有违于中国文化和士大夫知识分子的'恕道'、'中庸'传统"①。通过对深奥哲理的形象化,消解所谓的"高尚的文学"。小说在中国传统文学中的地位低下,《汉书·艺文志》曾提到:"小说家者流,盖出于稗官,街谈巷语,道听途说者之所造也"②,中国传统小说着力于制造王侯将相、才子佳人的传奇。鲁迅一进入文学创作领域便选择这种不为人们所重视的处于文学边缘地位的文学体裁,并注目于平凡人,以他们的身心痛苦作为自己的创作题材,从而为小说从传统到现代的转变提供契机。汪晖曾提出鲁迅创作的是"戏剧化小说"③,这种独创艺术手法的出现与他所认同的文化观念有直接关联。

---

① 钱理群:《走进当代的鲁迅》,北京:北京大学出版社 2000 年版,第 43 页。
② 班固著,颜师古注:《汉书·艺文志》,北京:商务印书馆 1955 年版,第 39 页。
③ 汪晖:《反抗绝望》,石家庄:河北教育出版社 2000 年版,第 365 页。

"中国旧戏上，没有背景，新年卖给孩子看的花纸上，只有主要的几个人（但现在的花纸却多有背景了），我深信对于我的目的，这方法是适宜的。"（《南腔北调集·我怎么做起小说来》）走街串巷的中国旧戏和遍布乡间的花纸都是民间文化的最直观表达。

鲁迅对民间有自然的亲近感，甚至连他的学术兴趣和学术方向都带有"乡野"痕迹。作为一个学者，鲁迅著述不多，但他是本着考察"世态人心"的目的，立足于"学界边缘"，"借既体现一定时期社会思潮和乡风民俗，又同文人的生活状态和情感体验相联系的重点文化现象（如魏晋的药与酒，齐梁的女与佛，以及唐代的廊庙与山林），来描述文学史演进轨迹"，这样的选题，这样的方法，注定他"很难与'学界主流'取得共识或携手合作"[1]的边缘独立的姿态，也惟有这样，才使得他的学术突破时空的局囿而体现出别样追求。

三

关于民间的理论观念，曾有人指出鲁迅梳理的线索是："对民间持二元态度，既强调批判民间藏污纳垢以达到启蒙目的，又在民俗艺术等方面充分吸收和肯定了民间的积极健康的生命力"[2]，其实，鲁迅在剥离和吸纳传统民间文化的同时，还整合了现代意义上的民间概念，以达到建构新的民族文化系统的目的。

鲁迅的民间意识具有历史创造性功能，他是借用民间对传统形成挑战，"为腐朽、没落的上层文化、精英文化提供了另一种新鲜、具有活力的生活方式参照系，再现了文化之中长期被遮蔽的一面，体现了中国民间文化研究从其开始就具有的文化批评与人文关怀传统"[3]。衍生传统的民间文化土壤只能是古老的宗法社会，而西方社会的民间的概念是以"市民社会"为基础，与市民情感相联结。民间意识要成为能够铸造未来中国文化的有生力量，还需要整合现代的民间话语，即必须关涉与现代社会密切相关的市民阶层话语。鲁迅注意到中国的城市化进程非常缓慢，城市与农村始终有着紧密的联系，市民阶层无论在数量上还是

---

① 陈平原：《陈平原自选集·作为文学史家的鲁迅》，桂林：广西师范大学出版社 1997 年版，第 300-304 页。

② 王光东：《现代·民间·浪漫》序言，上海：上海人民出版社 2001 年版。

③ 刘晓春：《民间文化视野中的文化批评》，《文化研究》第 2 辑，天津：天津社会科学院出版社 2001 年版，第 265 页。

社会结构上,力量比较单薄,市民阶层根本无法与它的对立面抗衡,反而形成很强的依赖性。殖民文化催生下产生的近代都市,始终无法取得独立性,半殖民地中国社会并不存在独立的市民阶层,独立的文化形态当然也就无从谈起,许多市民文化现象往往以旧的内容套了新的形式出现,从而使得内含的专制文化的糟粕更具隐蔽性。鲁迅认为,鸳鸯蝴蝶派小说便是典型的例子,它是应了某个特殊时期的国民心态延续着旧的通俗小说样式,是特定环境中出现的畸形文化现象。鲁迅不仅支持茅盾对鸳鸯蝴蝶派小说的批判,他还在《名字》《有无相通》等杂文中指出这种文艺形式是"消极"、有"害"的。他极力反对文艺的流俗和媚俗,"若文艺设法俯就,就很容易流为迎合大众,媚悦大众。迎合和媚悦,是不会于大众有益的"(《集外集拾遗·文艺的大众化》)。30 年代半殖民地的上海孕育的一些文化怪胎,那些被世俗掏空精神内涵的畸形文化现象逐渐侵蚀了人心,现代都市中市民形象在文化人格上有很大的欠缺。出现了"吃白相饭"并不以为耻的男人(《准风月谈·"吃白相饭"》),畸形文化的蔓延,甚至影响下一代的成长,有"精神已是成人,肢体却还是孩子"的上海少女,也有"顽劣,钝滞","衣裤郎当,精神萎靡,被别人压得像影子一样"的上海儿童,这是有别于传统社会的异化方式。鲁迅无法认同上海市民阶层的生活方式和审美趣味,即使他定居在当时被称为大都市的上海。对于 30 年代已在上海市民中产生巨大影响的新兴的大众艺术——电影,他分别在《上海文艺之一瞥》《电影的训》等文章中表达自己的忧虑;对于取悦于有闲的市民阶层的风花雪月的小品文,鲁迅认为它们只不过是"文学上的小'摆设'",只会"将粗犷的人心,磨得渐渐的平滑","但这时只用得着挣扎和战斗"(《南腔北调集·小品文的危机》);而殖民主义统治下的市民文化的"偏至"发展,一味迎合大众与取悦世俗的做法结果只会沦为金钱的奴隶,充其量不过是"商的帮忙"。此类文化现象表现出的对物欲的过分追求只会挤占了人文精神空间,使人文生态环境又一次面临水土流失。

鲁迅作为"历史中间物",他并没有提出系统的民间文化理论,但他对市民阶层的城市文明的批判包含了他对创建现代民间文化的思考。驻足于传统的乡村民间文化空间,却需要对现代社会的文化特权进行辨析,这是鲁迅的困惑,也是文化转型期中国文化的尴尬。

民间文化空间的开辟是现代知识分子的理想境界,也是未来知识分子实现价值的可供选择的场所,但要真正成为现代民间立场的坚守者,完成这一精神家园的构建,需要传统知识分子的痛苦的精神蜕变,鲁迅深刻揭示他们灵魂涅槃的必须和必然。

知识分子阶层在文化系统中一直具有举足轻重的作用,他们不仅拥有对现有文化的解释权,还能洞察社会发展的潜在动力,这是以追寻人类存在的终极目标为己任的一个特殊群体。但是，从孔子开始，中国的知识分子总是将实现自身价值锁定在现时现世，以"治国、平天下"作为人生的首要目标，把自己安身立命之本依托在当政的统治者身上。文人创造的文化所起到的作用，不是帮忙即是"帮闲"，这样的状态一直延续到近代。时代的变迁使他们的社会角色也发生变化，知识分子阶层处于由庙堂走向广场，即逐步民间化的进程中。要坚守现代意义上的民间立场，首先要具备现代人格，但中国的知识分子形象大多是与中国农村社会有着直接联系的乡绅阶层，魏连殳、吕纬甫、鲁四老爷……《伤逝》中的涓生与子君的故事似乎是发生在都市，他们是感受了民主、自由等现代意识的召唤而努力去争取自主的爱情和婚姻的，但事实上，他们本身并不拥有真正的都市居民的特征，反而与农村有着千丝万缕的联系。生活在此中的人们具有现代社会的精神漂泊感，他们不自觉流露出的言行举止、生活习惯说明他们只能归依于与生俱来的文化气质，他们更认同与农村社会相关的价值理念。在都市中，除了爱什么都没准备的子君和涓生，无法寻找他们原以为的坚实人生，残酷的现实摧毁了他们的爱情，甚至生命。也许正是这样注定了的惨痛结局使鲁迅对知识分子的批评更加犀利和深刻。中国知识分子需要在社会的变迁中实现社会角色的现代转换，最终由庙堂走向广场，实践现代意义上的民间化。然而，被专制政权文化所拒绝的知识分子一方面不愿意也不可能认可民间文化的价值取向；另一方面，简单地吸收外来文化又无法在短期内形成本阶层的系统文化，由此，不被社会所理解和认可的尴尬的处境就造就了狂人、孔乙己、陈士成这些典型的"边缘人"形象，"中国的文人，对于人生，——至少是对于社会现象，向来就多没有正视的勇气"（《坟·论睁了眼》）；即使对那些走向现代的知识分子，鲁迅也从来没有否认过他们的局限，他敏锐地指出，"但究竟是上层的智识者，所以笔墨总不免伸缩于描写身边琐事和小民生活之间"（《且介亭杂文·〈中国新文学大系〉小说二集序》）。知识分子要实现灵魂的自我救赎和完成应承担的历史责任，走向民间、吸收民间营养或许是一种有意义的尝试。基于这样的认识，鲁迅不断地提出知识分子阶层需要进行自我剖析和深层反思，中国紧缺的不是"象牙塔里的文艺"，更需要的是"出汗"的文艺，新月社批评家要的"思想自由"只不过是无须实现的思想这一虚幻的影子，学衡派的"掊击新文化而张皇旧学问"的主张也"自相矛盾"。

要改造国民性，必须建立"外之不后于世界之思潮，内之仍弗失固有之血脉"（《坟·文化偏至论》）的现代文化系统。鲁迅赞成引进外来文化，但必须有辨析有选择地引进，如果只是"言非同西方之理弗道，事非合西方之术弗行"，等于借用了外来文化的外壳而没有抓住实质，不考虑自身的实际，那么还是有可能朝另一方面"偏至"发展，就无法达到重铸民族精神的目的。"内在固有血脉"自然不是扭曲人格的专制社会的庙堂文化,也不是失去了本身特质依赖于统治阶层的知识分子文化,要寻找真正属于民族的文化血脉,只有民间才有可能保持着未经润饰的粗糙原貌,其中就包含鲜活的文化因子。"鲁迅特别注意显而易见的传统恶习,但却纵容、甚而后来主动地鼓励粗暴和非理性势力的猖獗。这些势力,日后已经证明比停滞和颓废本身更能破坏文明。"①正是基于理性的文化建构的目的,鲁迅才会作出如此"非理性"的选择。经过了剥离、吸纳和整合,民间才能成为新文化的可建设性的因素,成为民族传统的可延续部分。然而,即便如此,民间文化取舍建构还在过程中,鲁迅并未为中国理想的民间提供最终答案,他的民间意识是以开放的姿态和未完成的形态显示了中国现代化过程的艰难和漫长。

---

① 夏志清:《中国现代小说史》,香港:香港中文大学出版社 2001 年版,第 46 页。

沈从文湘西世界中的狂欢化表达[*]

沈从文勾画湘西世界的风土人情,展示了走向现代走向世界的 20 世纪中国文学中依然保留着古老传统和乡土风貌的另一面,形成了独树一帜的创作品格。不少评论家对他这种"乡下人"姿态尤为赞赏,"牧歌"成为评价沈从文创作风格的常用语词,"沈从文那渲染牧歌情致的热情,未免太强烈了"①,"他有些作品可以称之为'牧歌'型的"②。作家本人似乎也认同这种"牧歌"倾向。他在谈及名篇《边城》《长河》的创作时,自我指认"特意加上一点牧歌的谐趣"③。如果仅从地缘角度审视沈从文笔下的湘西风土人情、边民情状,以"牧歌"一词来概括无疑是鲜明而准确的,但不是审美意义上的"牧歌"。摄录在沈从文文学世界中的湘西边民生活更倾向于自然的、原始的、朴质的风格,在表层的静谧祥和之下,充满着动荡、躁动、不安,其间弥漫的精神气息与传统的"牧歌"风格并不吻合。作家通过文学创作营造的乡土并非古典时代的平衡的宁静的田园风格,而是有着蓬勃生命力、充满动感的"狂欢"世界。

一 狂欢场面

"狂欢"理论源于巴赫金对欧洲历史文化及文学传统的研究,他发现民间广

————————

*　原题为《沈从文湘西世界中的狂欢化倾向》,载于《湖南大学学报(社会科学版)》2007年第 6 期,103-108 页。

①　王晓明:《潜流与漩涡——论 20 世纪中国小说家的创作心理障碍》,北京:中国社会科学出版社 1991 年版,第 115 页。

②　夏志清:《中国现代小说史》,香港:香港友联出版社 1979 年版,第 162 页。

③　沈从文:《沈从文自述》,郑州:河南人民出版社 2006 年版,第 107 页。

场的狂欢节文化"都是彻底非教会和非宗教的","在狂欢节期间,人们只能按照它的规律,即按照狂欢节自由的规律生活"①。巴赫金通过狂欢理论高度评价了欧洲近代文学中承继于古希腊文化传统,游离于宗教文化之外,有别于官方庆典,呈现出民间自由、民主气息的文化因素。狂欢作为一种生活形态,不仅存在于西方民间文化中,同时也存在于沈从文创作的湘西世界中。

富有民族特质的嬉闹杂耍的狂欢场面构成了湘西世界的鲜明特征。正如巴赫金所说的,"狂欢节具有宇宙的性质,这是整个世界的一种特殊状态,这是人人参与的世界的再生和更新"①。同样,沈从文笔下的狂欢场面也具有全民性。狂欢中潜在着许多为参与者所熟悉的又能共同掌握的程式和规则。在这些有着自由快乐规律的狂欢节庆中,大家都心怀虔诚地遵循带有强烈宗教意味和神秘色彩的仪式,充分享受着释放快乐的整个过程。在无须面具的人生大舞台上,取消了人与人之间的等级和规范,徜徉于放松、欢乐和平等的氛围中,众人欢腾的场景中,生命力得以尽情舒展,自然人性得以极度扩张,这些狂欢庆典以鲜明的个性体现着湘西世界的独特风味。沈从文如数家珍地介绍具体的狂欢场面的角色、程序与惯常的效果及观看者的反应,在他的文学世界中,大致有节庆、婚嫁、丰收三类狂欢场面。

节庆是参与人数最多的庆祝场面,是将民族、地缘特色保留得最为全面和完整,也是最为原生态的狂欢场景之一。参与节庆狂欢的表演者和观看者常模糊了角色身份,大家融为一体。如《边城》中对端午节欢庆场面的描写,极力渲染了边民同乐的生活。《七个野人与最后一个迎春节》中塑造了七个勇敢又充满血性的男人,他们为了抵抗官府,保留本地的习俗和自主,在过完最后一个迎春节后被砍头。通过众人狂欢的节庆活动,潜在融入湘西世界特有的精神内涵和理想表达。洋溢着生命活力的狂欢庆典,将一切崇高的理想信仰融入具体的生命实践中,体现了对主导意识形态及既定规章制度的摆脱和超越。

如果说节庆的狂欢场面是全方位地散播自由和快乐的话,那么婚嫁的庆典则形成另一中心来消解压抑和颠覆权威。婚嫁源于人类繁衍后代的本性,各种世俗仪式的喧腾包含着对新生力量的期待。婚嫁庆典中的新人成为众人关注的中心,他们不具备权威,却是众人嘲弄的对象,婚庆中的中心和边缘间的关系是平等的、自由的和相互理解的,不构成等级,也不形成权威和压制,此番场景迥别于秩序井然的社会结构模式。无论从生成机制还是过程形态上,婚嫁庆典都被赋予浓郁的狂欢色彩。较之节庆狂欢,婚庆狂欢目的性更强,指涉性更鲜明,在

---

① 巴赫金:《巴赫金全集》第六卷,晓河等译,石家庄:河北教育出版社 1998 年版,第 8 页,第 250 页。

表达浓厚的民间色彩的同时又显示着契约的限定作用。因此，沈从文在表达《萧萧》中的迎亲接媳妇、《贵生》和《阿黑小史》中的婚庆场面时不再只是纯粹地表达其自由，而是不自觉地流露出对自由丧失的叹惋。

第三类是丰收的狂欢，这是最接近初民情绪的狂欢形态，是一切节庆活动的源头。随着节庆活动的程式化和仪式化，丰收节庆散见于日常生活中。在沈从文的湘西世界中，丰收的狂欢既有来自土地上的，这与远古时代农民们在丰收之后进行的祭祀和狂欢是一致的，如《长河》中，当地橘农在橘子丰收开展的各种庆祝活动；也有来自水上的，这是极具湘西地域风情的狂欢形态，漂泊在外的船员满载着货物回到湘西后呈现的狂欢现象，水手们从紧张而忙碌的水上生活返回到湘西世界时，其狂喜心态溢于言表，不断展示他们融入生活的表演艺术，如《柏子》《水上、岸上》等作品都呈现了水手归来的风采各异的庆祝方式。丰收狂欢是人类劳动得到回报的庆祝仪式，在人神同乐的氛围中，体现了对自然的尊重和回归，也表达了对人类自身价值的认可。

狂欢庆典提供全民参与的活动空间，可以暂时取消日常生活中形成的等级关系，恢复真实的、自然的人性状态，沈从文通过湘西边民的风俗习惯及生活方式呈现了多样的狂欢形态。在偏僻又自足的湘西世界中，各种狂欢场面既是古代遗风余韵的延续，又表达出对主流文化中的等级、秩序等压抑人性的因素的摒弃和抵制，也构成了 20 世纪中国文学的别具一格的民俗景观。

二　狂欢化意象

狂欢中，放荡不羁的行为举止随处可见，人们以一种非常态的、无所约束的、无所禁忌的方式传递激情和生命力。借助狂欢这一特殊场景，人性得以自由舒展，尽情体现对等级的蔑视和反抗，对各种限制和禁忌的突破。禁忌意味着严格的规范疆界，规范疆界的合法化使价值和取向的判定区分具有切实依据，然而，狂欢式的思维以"双重性的"认知来审视"不断生成的世界整体"①，与官方或体制禁忌和限制构成的严肃呆板的主流文化格格不入。狂欢话语与主流话语最大差异体现在自然、社会、人生的危机和转折关头，主流文化通过各种限制和禁忌使体制和秩序合法化并固定下来。每个生命个体身上，生死和肉体成为权威落实的主导因素。

---

① 　巴赫金：《巴赫金全集》第六卷，晓河等译，石家庄：河北教育出版社 1998 年版，第14 页。

人,首先是生命个体,生死和肉体分别显示生命存在的时间性和物化形态,主流文化通过终止生存和限制身体使其权威得以集中体现。缝合个体生命被权威中断的时间链条和突破空间设限成为狂欢思维的重大贡献,沈从文湘西世界中不断地表达对生死和肉体自由的不同认知。

对于个体生命而言,死亡意即生命的分界,生或死,都意味着生命进入一种全新状态,个体生命在时间链条上发生质变。生命个体在懵懂中进入生这一新状态,随着信息量的增大,对世界把握能力也在不断增强,对生的依恋加大。对生者来说,死亡渐退为人生的陌生领域,充满了神秘和恐惧。借助于死亡这条分界线,所有的禁忌和限制就有了坚实的凭据。而狂欢却是对生死分界线的拆除,淡化生死间的巨大差异,强调两者间的延续和转换。当死亡成为再生更新的必经阶段时,伴随着死亡的恐惧也就消失了。沈从文笔下湘西世界中的不少人物形象并不惧怕死亡的到来,超越了生死界限。死在湘西边民眼中只是一种自然的生命现象,是生的起点。湘西边民享受着生的快乐,也欣然地接受死亡的来临。即使是明显的不公平的悲惨命运,他们也都能坦然受之。如《夜》中住在山间的孤苦老人,就在相依为命的老伴死去的日子里,还诚心诚意地接待了一批过路人,并为自己的将死做挖坑埋葬的准备;《黔小景》中的两位过路商人投宿一家农舍,家中的老头子新死唯一儿子,却热菜热饭照顾客人,为驱逐痛苦和寂寞,整夜陪客人聊天,客人睡去后,他在黑暗中坐在板凳上死去;当杀人只是通过掷竹签这样简单的游戏来判定的时候,"应死的谁也不说话,就低下头走去"默然接受。① 他们或者也心存害怕和顾虑,却把死亡与更新联系在一起。

如《七个野人与最后一个迎春节》就直接涉足了现代体制与狂欢自由生活的冲突,七个野人原为边民中人人钦慕和赞誉的猎户,在当地设官纳税后,他们不愿归籍,躲到山洞拒绝被规范约束的生活,最后遭致屠杀,但他们在死亡之前尽情地享受着生活,享受着节日的盛宴。当自然的生命与神性联系在一起时,就突破了生命最牢固的禁忌,在极度浓缩的时空中展现人性极致状态并获得了更新的可能,在"轮回"中保留着精神的永恒。《月下小景》中青年男女欣然服毒自杀,并坚信因此能获得永恒的爱情。正是建立了肉体的死亡不能泯灭精神的生死观念,他们才能保留着对天性和自由的充分尊重,拒绝外加的管束,抵触、反抗规范刻板的生活,"对法律有一种漠然反感"②。他们为了保持生命的自由状态,维护"神核准的放纵"③的节日习俗,甚至不惜牺牲身家性命。

① 沈从文:《沈从文自述》,郑州:河南人民出版社 2006 年版,第 16 页。
② 沈从文:《沈从文小说选(上)》,北京:人民文学出版社 1995 年版,第 71 页。
③ 沈从文:《沈从文小说选(上)》,北京:人民文学出版社 1995 年版,第 70 页。

生死通过时间的界限确立了生命的两极,而狂欢式的生死观念突破了生存与死亡间的疆界,获得了生命形态的新认知。在生死轮回、生死无界的观念下,严肃的、具有强大权威性的杀人行为变得滑稽可笑,充满了荒诞意味。沈从文描述了不少发生在湘西土地上各种非理性和可笑的杀戮行为,它们缺乏规范的程序、合法的理由和令人信服的证据,怪诞得让人瞠目结舌。《新与旧》中老战兵按照以前的惯例实施刽子手的杀人仪式,却被当成疯子,这种严酷的杀人某种程度上等同于游戏,"一场悲剧必须如此安排,正符合了'官场即戏场'的俗话,也有理由。法律同宗教仪式联合,即产生一个戏剧场面,且可大到那种与戏剧相同的快乐目的。"(《新与旧》)由被视为疯子的人来施行人命关天的权威,主流文化通过法律实施的权威不破自解。

当权威在消灭物态生命后还无法完全消除生命存在时,那么死亡的禁忌效用受到了质疑。

狂欢以消解死亡禁忌延续生命的时间长度,又通过扩充身体欲望拓展生命的空间广度。身体作为生命存在的物化空间,在抽象的知识理性中常遭否定和贬损。在不断被拔高的精神领域中,肉体欲望被贬低,精神肉体两者对立被强化。理性原则下,身体欲望被迫处于非正常的抑制中,狂欢则以肆意妄为的方式传达了身体的反抗。由此,有关身体的性欲表达成为狂欢化的一大主题。在沈从文笔下的湘西边民生活中,不排斥肉体,视肉体为 一种自然现象,尊重身体和正视性欲需求。湘西世界中,底层人物以贴近自然的方式来建立身体的审美标准,因此,凡是体现劳动力量的,征服自然的勇敢特征都为他们所称道。沈从文笔下的水手、猎人、士兵、农民等男人形象几乎都是长期从事劳作的职业,其笔下的女性的美是纯真健康的形象。这些形象与民间大众的审美需求是一致的。

而沈从文建构的爱情模式也充分体现了对肉体的尊重。痴情妓女和水手间的恋爱、青春期男女的恋爱、非婚姻男女间的情爱都受到了充分的肯定。如《柏子》中,水手柏子在浓缩的时空中,强烈而又本能地传递了顽强又浓烈的爱情。他们在短暂的接触中,没有铺垫,也没有渲染,以性欲代替了言说,他们在层层压抑下,在生命的间隙间挣扎着得到片刻的欢愉,"一种丑的努力,一种神圣的愤怒"(《柏子》)。如此简单而执著的肉体表达可能得不到上层社会的认同,却是人与人之间最为真实最为直接的交往方式,也是张扬生命力的自然表达。在这些初民身上,少有浪漫的爱情表白和情调的营造,作为爱情主人公,他们甚至没有名字,却以最为原始的身体语言表达了粗朴且诚挚的生命激情。

狂欢状态中人们往往抛弃了外在的规约和限制,顺应着人的本性调动所有的感官参与集体庆典活动,在此过程中,人与人之间距离拉近,身体的表达成为最真切最直观的生命意识,由此,与人的生命相关的意象成为狂欢化中不可或缺的部分。而沈从文通过被主流文化抑制和边缘化的生命意识的揭示,从底层唤醒自然健康的人性意识,构造出健全的生命形态。

三　狂欢式话语

"狂欢是一种边缘性世界感受及其外化。"①处于边缘情境中的人们既可以对原有的规范和约束置之不理,又不断感受到新的规范降临,狂欢状态中的人们处于新旧交替、死亡更新交界地带,"既否定又肯定、既埋葬又再生"②。狂欢式的思维方式取消了二元对立的理性思维方式,将肯定与否定、死亡和更新并置,具有广阔的包容性。狂欢式话语不再体现为直线的行进,不再表达为断裂,而是表现为回环和连续。

在狂欢者看来,死的世界并不可怕,它连接着生的世界,是新生的开始。生死的循环轮回被扩展到日常生活中,沈从文的文学世界中,不仅出现了自然呈递的生死,而且扩展为新旧的更迭,轮回成为他们特定的一种思维方式。受这种思维模式的影响,沈从文的小说往往采用回环式的叙事模式,故事的末尾经常又回到了起始。如《萧萧》的结尾,萧萧作为已经经历了沧桑世事的婆婆,坐在门口看着自己儿子的新媳妇娶进家门,预示着即将开始新的循环;《边城》中翠翠守着渡口,无尽地等待着傩送,是她的懵懂情感的终结,却又是她承受悲剧的开始;《丈夫》中的妻子最后被带回原来出发的乡村……起点、终点,终点即起点,在这样的终点、起点的循环中,世界没有改变,但是新的东西在不停的运作中焕发生机。

生死轮回、新旧更迭使得狂欢式的思维习惯将世界看成永无止尽的循环,把个体纳入群体中,将事物的双重性和自相矛盾视为自然现象。而沈从文湘西世界的建构体现了对立双方的一致和转换。他试图通过文学创作化解都市中心对湘西边缘造成的压抑和紧张,减慢湘西世界的异化步伐。因此,沈从文分别将中心的城市和边缘的湘西作为两个相互参照的叙事空间,才能拥有自由自在的人性。他以怀疑的眼光审视着现代化文明进程中湘西世界古老传统的流失。现代文学以塑造现代新人为目标,以改造国民性为旗帜,习惯于以愚钝蒙昧来概括中国乡村社会,而沈从文的湘西世界反过来为现代文化提供镜鉴。此时的乡村世界不仅没有与都市社会分离,反而成为都市社会的母体和美好人性的源头。都

---

① 王建刚:《狂欢诗学》,上海:学林出版社 2001 年版,第 103 页。

② 巴赫金:《巴赫金全集》第六卷,晓河等译,石家庄:河北教育出版社 1998 年版,第 14 页。

市社会也不再是社会进化的产物，它与乡村世界进行着循环往复的历史交替。同时并存的两个叙事空间将反思嵌入了 20 世纪现代文学的认知框架。

沈从文不仅提供了湘西世界与都市社会两个不同的叙事空间，在同一文本内部也分解出不同的叙事角度，造成故事空间与现实空间的差异，构成叙事角力。如《萧萧》中的叙述者与萧萧，萧萧与萧萧想象的认识的女学生间就会形成认知上的差异，丰富了审美内涵。《灯》中来自湘西的又深刻熏染了现代气息的"我"与依然执著于湘西人生观、价值观的"老兵"，及"老兵"对于"我"的未来生活设计，而这两两存在的不同认知的审美间离，构成了叙事的动力。城里的叙述者返回到乡下，用自己的理想影射到乡下人身上；居住在城里的乡下人又设计着城里人的将来，却不能被城里人接受。沈从文的文学世界，构筑了往返于乡村、城市的心路历程。

沈从文文学世界不仅在叙事的结构模式、空间设置和叙事视角上深深打上狂欢型的印记，甚至其语言形态都折射出狂欢氛围。在湘西世界中的各色人物身上，不断迸发出来自底层的充满智慧的诙谐语言，饱含善意的咒骂语言，使最为平常的生活劳作都纳入到狂欢情境中。在沈从文笔下，充满了夸张的、诙谐的、坦率的底层语言风格却是与广场的自由色彩紧密联系在一起，既显示了专属"老百姓"的特质，又明显地区别于主流的严肃规范的语言风格。在描述湘西地域特色的语言中，多次涉及山歌咏唱，其间充满了传统的村社音乐的野性和力量，以此传递爱欲，形成民间的狂欢表达。在作家笔下，不仅是原生态的山歌，即使是平常的对话，同样具有狂欢色彩。

"露水的夫妇，是正因为那露水的易消易灭，对这固执的生着那莫可奈何的恋恋难于舍弃的私心，自然的事啊！"（《连长》）"私心"在严肃的语言体系中是贬义词，而这段话是为痴情的妇人和无奈的连长的辩护，因此，这个语词实际效用是褒扬、同情和赞赏这对相逢在生命旅途中的不幸男女的真挚而自然的情感，从而背离了"私心"的原意。

在《柏子》中有段描述船靠岸时，船上的伙计看到水手们高超表演时咒骂的语言：

"我的儿，摔死你！"

"我的孙，摔死了你看你还唱！"

……

全是无恶意而快乐的笑骂。

毫无禁忌的自由快乐氛围中，骂人语言因为已经丧失了其严肃性，不再具备语言伤害的效用，这样的骂人语言只剩下了快乐和诙谐。

沈从文笔下狂欢式语言的另一特征就是将神圣的、严肃的表达进行降格处理,将情爱描述欲望化。如前所述,身体肉欲是狂欢的一大主题意象,不少譬喻都是形象地与身体联系在一起。小说《龙朱》以充满浪漫的笔调塑造一位寻找理想爱人的至真至纯的优异青年,他艰难地寻找与他精神平等的能够互相沟通的女人,始终执著于灵魂回应的龙朱,对情人的赞美的比喻运用了大量的感官现象,"在新棉絮里做梦的""甜得像枇杷""香得像大兴场的狗肉"……这样的充满欲望的乡村野语在文明社会的优雅爱情中是无法想象的,正是此类肉欲形象的语言表达体现了边缘状态的生命活力,给理性社会带来了强烈的"陌生感",充满了新鲜和质感。

四　乡土"类狂欢"形态

秩序社会通过掌控生死体现无可争议的绝对禁忌,狂欢却通过生死的可逆和循环来消解禁忌。秩序社会通过等级划分将权威渗透到日常生活,而狂欢则通过抹平等级差异挑战权威。湘西在地理空间上处于中华民族文化的边缘地带,天生就有与秩序世界抵牾的文化取向,五四新文化运动反叛传统带来的自由、民主气息深刻地影响了沈从文的创作,激活了被压抑的狂欢因素。但是沈从文笔下的狂欢表达并不完全等同西方中世纪的狂欢节的精神内涵,无论在表现形态还是价值立场上都有具体指涉。

在沈从文营构的湘西世界中,读者总是能细细体味到因现实和理想矛盾而产生的内心痛苦,古老的湘西世界存在着"人性殿堂"上的理想模式,然而,既有的理想模式却先被世俗和现实消解了。作家接受来自西方的现代价值观念,强烈地希望凭借中国本土的边缘文化生态,在乡寨村社空间中找寻永恒的人性力量。显然,中国乡寨村社文化与西方资产阶级兴起的广场文化间有较大差异,广场话语与乡寨村社话语都表现为无拘无束的自由形态,但两者间的价值观却表现出重大分歧。

西方广场话语感应着丰足物质言说,而沈从文笔下的乡寨语言则纯化了物欲表达,营造了自然质朴的精神风貌。沈从文笔下最集中的节日狂欢或是民间庆典,如《边城》中的端午节,《长河》中橘子成熟时的唱大戏,苗人的青年联姻活动,将物欲搁置而侧重民风民俗中的道德和境界。这些具有悠久历史的风俗内蕴着更多的文化积淀,在暂时别离了日常的、世俗的狂欢中,由于明显地区别于日常生活形态,人们不仅能够充分享受不拘形迹的合法放浪行径所得的自由和快乐,营造狂欢氛围集会的仪式感更强,参与狂欢的人群表演性更强,各种戏仿更有机会出现。这些植根于土地的民间狂欢化的形式呈现的夸张的、怪诞的、诡异的表达既与人类童年时代的巫术相连接，是人类敬畏于自然的心理记忆，同时又是反抗外在威压的行为表达。沈从文通过乡土世界体现其理想和诉求，由此，民间节日的喧哗和混乱经常作为背景退隐到主要场景和主要人物之后，而不是画面的中心。这与西方的广场文化中的狂欢表达并不完全相同。西方广场文化中的混乱场面一方面将造成严肃和神圣的降格，化解权威，另一方面也将带来鄙俗的感觉。但沈从文将节日狂欢场面挪移到文学世界时，剔除了鄙俗污浊的感觉，以生命和灵性与之对接，使粗野变成野性，淡化了狂乱氛围，疏离后获得了审美高度。从价值立场上看，沈从文的文学作品具有强烈的抗争意识，但他的抗争姿态不是以抨击他者来强烈控诉和抗议各种压制，尽情宣泄强烈情感，而是以弱者的立场、细长慢悠的语气，充满情感地力证自身存在的合理性。沈从文努力描摹出湘西世界中人性存在的自然、自在、自足而非自觉的生命状态，是其他文化价值规范和评判标准所无可指责的，也是其他生命形态无可替代的。

由于沈从文是带着城市的忧伤和城市的迷茫来审视狂欢的湘西世界，他笔下的湘西世界的话语与他自身的叙说话语分离。读者被作者的审视和解读所引导，跟随他为湘西世界的逐渐逝去唱一曲悠远的挽歌，以"牧歌"为湘西世界定调。"牧歌"中所吟唱人与自然的融合，少有抗争的静态的美，湘西世界的强烈冲突体现的动感美不是静态美的悠远"牧歌"能够涵盖的。湘西世界渐行渐远，其间的生死、惨烈、尖锐远离了现代人的生活。在这意义上，挽歌与已过去的"牧歌"并无二致。但是，剥离了叙述者表层话语，单独的湘西世界中依然是充满了蓬勃生命力、遍布着野蛮气息。沈从文既惋惜于湘西世界的消逝，又强烈表达对湘西世界的留恋。他再三强调自己是"乡下人"，从他的描摹对象来看，他确实创立了独特的湘西世界，描摹了"世界一隅的好坏人事"；从他的视角来看，他却是寄寓在城市的"乡下人"；在他看似冷静的叙述中，有着两种声音的交织和冲撞，他笔下的"我"也同他自己的经历一样，出身于"乡下"但已经理解城市文化，是有能力对城市文化进行评判的叙述者了。因此，叙述过程中，他往往穿行于乡下的"我"和城市人的"我"之间，借助于乡下的视角谴责城市人的道德，同时也借助于城市人的理智，来揭示乡下人的愚昧。当然，这种行走在路上的立场也表明了沈从文选择的痛苦和犹疑，同时，这种痛苦和犹疑却宽容地建构了城市与乡村并存的文化生态。

20 世纪 80 年代沈从文作品再次广受关注，不断被提及的是作家独特的湘西地缘意识，他与现代主流作家的疏离，他与革命话语的间隔，其古典情怀备受推崇，但"牧歌"后的现代气质和狂欢因素常被忽略和漠视。显然，20 世纪 80 年代对沈从文的阅读和认知自有其历史前提的设置，沈从文毕竟是现代文学作家，其创作基础和精神世界很难离开现代中国这一特定的历史场境，其总体风貌也很难脱离 20 世纪的中国文学所特有的精神状貌。而当下的对沈从文的阅读和认知存在着过分强调其独异性、强调他与现代文学隔膜的偏差。有感于此,笔者以为应该返回到 20 世纪文学场境中,全面认识沈从文的价值和贡献,认识到"牧歌"后的狂欢表达。

虽然巴赫金的狂欢理论集中于中世纪文学的研究,但是在权威、压抑和人性等共同命题前,不同种族的人类并不存在无法拆除的疆界。即使沈从文并不直接受到巴赫金的理论影响而进行文学创作,但是他在切实体会湘西边民生活时,却以自然的、丰富的人性表达应和了狂欢理论的精神本质,也验证了巴赫金的狂欢理论不仅仅只是一种书斋的学者之思,而是跨越时空限制的丰富生命体验。

朱自清创作中的吴越文化情结[*]

　　在中华民族生长、发展的这块广袤而深厚的文化土壤中,有着许多具有自己鲜明特色的地域文化,如秦汉文化、齐鲁文化、楚文化、吴越文化等等。一方水土养一方人,"凡民函五常之性,而其刚柔缓急,声音不同,系水土之风气,故谓之风"①。不同的地区就有不同的文化风貌。具有地方特色的种种不同的人类文化就在它们所依赖的肥沃的土壤中繁衍生息,源源不断。随着岁月的流逝,地域的界限或许已经模糊不清,但是带着某些地域痕迹的文化特征却被固定下来,并且对生活在文化氛围中的个体产生了广泛而深远的影响。"个体所属的文化提供了他生活的原始材料……每一个男女的每种个人兴趣都是由他所处的文明的丰厚的传统积淀所培养的。最丰富的音乐感受力也只有在这种感受力所生于其间的传统的资质和水准中才能体现出来。"②传统的文化特征就会无形中左右着、深层地影响着人们的生活特点、思维方式、饮服习惯等等。东海之滨、长江之尾的吴越地区早在五六千年前就出现了文明的曙光,吴越文化逐渐形成了深厚的根基,影响着一代又一代在这片土壤中成长起来的文人志士,朱自清就是其中的一位。

　　朱自清是中国现代文学的一位重要作家,他的祖籍是"西则迫江,东则薄海",越王勾践卧薪尝胆、发奋图强的绍兴;他童年大部分时间是在那座"夜市千灯照碧云""淮左名都、竹西佳处"的扬州城度过的。"青灯有味是几时",扬州城

---

　　* 原题为《吴越文化与朱自清》,载于《温州师范学院学报(哲学社会科学版)》1996年第4期,第22-27页。

　　① 班固:《地理志》第八下,《汉书》卷二十八下,赵一生点校,杭州:浙江古籍出版社2000年版,第568页。

　　② 露丝·本尼迪克特:《文化模式》,王炜等译,《现代西方学术文库》,北京:生活·读书·新知三联书店1988年版,第231页。

里的一草一木、一房一屋在他脑海中留下了深刻的印象,有着两千四百年历史的文化名城的绮丽风光、古迹胜地于无形中陶冶着朱自清的性情;他跨出校门,迈上社会的第一步是在杭州、宁波、温州、台州等处谋职。长期在吴越地区的生活经历,吴越文化的熏陶,对于他的世界观及文学风格的形成有着十分重要的影响。朱自清在新诗、散文创作、国文教学和古代文学研究上都取得了较大的成就。他成功的原因是多方面的,其中一个重要的因素便是吴越文化的滋养。

一

吴越地区是中华文明发祥地之一。与其他诸种地域文化相比,吴越文化非常明显地拥有深刻而广泛的开放性特征,这是自然环境与历史沿革共同作用的结果。

吴越文化所产生的地区大致在今天的江苏、浙江及邻省的部分地区,地形主要是丘陵与平原,历史上吴越地区虽然远离中原,但由于地势低平,即使在生产力水平相当落后的情况下,也不至于与外界阻隔而形成闭塞;另一方面,吴越地区濒临大海,吴越子民很早就在征服自然过程中与大海结下了不解之缘,汹涌、澎湃、辽阔的大海给他们以开阔的眼界,而忽如其来的风暴与海浸又使他们遭受了无尽的灾难,铸炼了他们无畏的性格。吴越文化最初所处的地理环境就为它提供了开放的态势。随着生产力的发展,自然条件的作用已经在逐渐减少,然而早期作用于吴越初民的心理机制所形成的一种文化特征被固定下来,对这些初民子孙从外在行为到内心思想都产生了重大的影响,即使当他们离开这片土地,这文化的根也总是在深层次中牵扯着他们。从吴越文化发展到百越文化乃至于辐射到日本东南亚这么一个广大的文化区域就已经很好地验证了吴越文化的开放性特征。

吴越文化历史上流传下来的传统不仅证明而且强化了这一文化特征。从史前遗址特别是近年来的良渚文化系列发掘来看,早在新石器时期,吴越文化就开始同黄河中游的仰韶文化与山东大汶口文化相互影响。在周朝,泰伯、仲雍两人让位季历,"乃奔荆吴,文身断发,示不可用"(《史记·吴太伯列传》)。"太伯奔吴"这个重大的历史事件事实上是吴越文化与中原文化第一次大融合,吴越文化接受了中原文化思想及先进的农耕技术。春秋战国时期,就在战乱纷争、贸易往来、婚嫁会盟中,吴越文化一再经历了与其他区域文化的融合。吴越与日本早在新石器时代就有了文化来往。吴国灭亡后,更有一部分吴人受迫于当时的环境,飘洋过海,到当时尚属蛮荒的日本,以求得生存与发展。这对吴越人来说是一次悲壮的行动，这更显示了吴越人积极开拓的精神。

魏晋南北朝时期，战争频繁，人民流离失所，吴越文化就在民族大融合过程中不断地得以充实。隋唐时期，京杭大运河的开凿密切了南北来往，吴越文化与其他区域文化之间的交往就越来越广泛了。中国封建社会历经了隋、唐、宋以后，在其社会内部出现了资本主义生产关系的萌芽，而这种先进生产关系的萌芽便是产生于吴越文化区域内的苏州等地。郑和下西洋，使随船而去的吴越人领略了异国风光，大开眼界；外国文人商贾来往又促使吴越文化吸收了不少外域营养，吴越文化区开始成为受外来文化冲击与影响最大的地区之一。吴越文化的开放机制就在一次次的社会变故与文化冲击中得以发展。

斗转星移，几千年过去了，凭着它本身的条件与历史赋予它的种种机会，随着整个世界逐渐走向开放的历史趋势，吴越文化在整个民族文化中担负着越来越重要的历史使命，扮演着越来越重要的角色。这是历史的积淀，又是历史的选择。中原文化的中心意识使得它无法以平等态度欣然容纳吸收其他文化；楚文化苦于高山大河的阻隔无法直接感受到外部世界的文化，齐鲁文化视野虽然开阔，但长期受儒家传统的熏陶，中庸之道、重视内心修养所形成的一套内敛机制又限制了它对外来文化的大胆吸收。这些区域文化在整合、完善自身系统的同时逐渐走向封闭，而吴越文化开放性特征却表现得越来越突出，越来越明显了。早在明末，吴越人就邀请西洋传教士利玛窦到苏州传教，那时，在苏州，西洋天算风靡一时；鸦片战争后，吴县冯桂芬曾屡议"师夷长技以制夷"，主张"采西学""制洋器"；我国第一个用机器生产的工厂就设于1864年的苏州洋炮局。吴越文化这种对新事物、外来事物并不全盘拒之门外，而欣然接纳吸收的勇气和态度造就了吴越子民放眼世界、励精图治、改革创新的精神。

吴越文化的开放性特征深刻地影响了朱自清。他继承了吴越先民积极进取、敢于吸收外来事物、勇于开拓的精神。在"五四"新文化运动感召下，他选择了新思想新人物荟萃的北京大学继续求学。北京大学是在蔡元培先生的"兼容并包"办学方针下形成的一个学术自由、思想开放的高等学府；就在这么一个崭新的环境里，朱自清接受了各种各样的新思想，贪婪地吸取着新知识，他的努力与他开放的心理机制使他成为少数的积极吸收外来思潮的先进的知识分子之一。他从自幼就耳濡目染的旧文学的桎梏中解脱出来，逐渐摆脱自己传统思想的局限，大胆地吸收西方的民主主义、人文主义思想；他开始为时代呐喊，参加了宣传"五四"新文学的社团组织——新潮社与文学研究会，以此来推动新文化运动发展；他还创作了大量新诗。新诗是"五四"文学革命吸取外来文化，以全新姿态向旧文学旧传统宣战的重要形式。朱自清那充满激情的新诗无论在文学内容还是形式上都比"五四"初期的白话诗有了很大的进步，在书写中国诗歌新篇章中起到了重要作用。即使在"风雨沉沉的夜里","在黑暗里歧路万千"的恶劣环境下,也勇敢地提出了"要光明,自己去创造"①的响亮口号,具有这种满怀赤诚地接受挑战的勇气。这种乐观豁达的态度,正是由于他接受了"劳工神圣"的思想,看到了中国的希望。他热情地讴歌那些"蓝褂儿、草鞋儿/赤了脚,敞着胸的朋友"有着纯白的真心。②他非常真切地对共产主义革命者寄寓了厚望:"祝福你 绘画的学徒/你将在红云星/偷着宇宙的密意/放在你的画里,可知我们都等着哩!"③朱自清对新思潮的接纳不仅表现在他的新诗创作中,在他的小说、散文中也都流露出来。他的小说《笑的历史》通过名叫小招的少妇所遭受的精神迫害揭示了旧家庭的罪恶,他的散文《执政府前大屠杀记》通过亲身经历描述了大屠杀经过,向军阀政府的倒行逆施提出了强烈的控诉。他的一系列反映家庭生活的散文《背影》《给亡妇》《儿女》《父母的责任》,其中流露出来的家庭观是以爱为基础,以幼者为本位的人文主义思想,具有强烈的现代意识。他在写景散文《绿》中,对那种瑰丽奇特、晶莹剔透的美进行了大方张扬,这种美与旧传统中的中和之美迥然不同,他已经接受了西方美学观点。朱自清在"五四"新文化运动中迎接新事物到来的那份喜悦,正如他在《春天》中表现出的对于象征着新事物的春天欢欣鼓舞地拥抱一样。在那个新时代中,他对于美,对于人生,对于现实完全持积极的态度。他写诗作文是"时代为之"。然而也正是"五四"时代学术自由、思想开放与他内在文化潜质相吻合才造就了他所自称的这个"大时代中的小卒"④的。

吴越文化开放性特征不仅赋予朱自清积极开拓的性格,还给予他远大开放的眼光。他的第一篇新诗灵感就来自"同住的查君从伊文思书馆寄来的书目里一小幅西妇抚儿图"⑤。他的愿望就是做个"世界民""世界一家"⑥。同时,他也希望别人与他一样具有普爱之心,他曾经对一个白人小孩居然用怒视来回答自己对他可爱的欣赏感到无比震惊、无比纳闷,因为在他的心目中"向来觉得孩子应该是世界的,不应该是一种、一国、一家的,我因此也不能容忍中国的小孩叫西

---

① 朱自清:《光明》,《朱自清全集》第五卷,南京:江苏教育出版社1990年版,第6页。
② 朱自清:《人间》,《朱自清全集》第五卷,南京:江苏教育出版社1990年版,第40页。
③ 朱自清:《送韩伯画往俄国》,《朱自清全集》第五卷,南京:江苏教育出版社1990年版,第28-29页。
④ 朱自清:《那里走》,《朱自清全集》第四卷,南京:江苏教育出版社1990年版,第226页。
⑤ 朱自清:《睡吧,小小的人》,《朱自清全集》第五卷,南京:江苏教育出版社1990年版,第3页。
⑥ 朱自清:《你我·"海阔天空"与"古今中外"》,《朱自清全集》第一卷,南京:江苏教育出版社1988年版,第125页。

洋人为'洋鬼子'"①。为了能够饱览异国风光，真切地接受外来文化，朱自清曾远途跋涉到欧洲各国考察、学习，接受西方文化各方面营养——圣经、文学、历史、神话、艺术，并把自己的所见所闻诉之于文字，编成两本散文集子——《伦敦杂记》与《欧游杂记》。他描绘这些带着浓厚异域文化特色的城镇风光：古罗马的文化遗迹，威尼斯的圣马克广场，伦敦的书店、小吃、圣诞节，于字里行间我们都可以感受到他对西方文明的惊奇与瞻仰，当他抓住西方文化底蕴与本质传达给该者时，也使自己文章有了久长的生命力。

吴越文化开放性特征给予朱自清的影响不仅表现在他的人生观上，也表现在他的方法论上。作为一位学者，朱自清的研究领域十分广泛：汉字、汉语语法、经典古籍、文学理论、批评与欣赏小说歌谣、外国文学……无不涉猎。同时，他也不拘泥于一种研究方法，在清华大学任教时，他专门开设了新文学与中国歌谣两门课程，首先打破了中国文学系设置的旧格局，使新文学与民间文学成为一个独立的学科，这在当时大学国文教育中也是一个创举。在教学工作中，他采纳了现代的教育思想，他已经注意学生各方面的综合发展，各知识体系间的融汇贯通，他还多次提出要注意学生人格的发展，"从教育的立场上说，国文科若只知养成学生写作的技能，不注重他们了解和欣赏的力量，那就太偏枯了。"②另一方面，他又说不能专重精神或思想而忽视技术的训练。这种把教育工作置于提高整个民族素质的高度上要求学生全面发展的全新方法论，也是在"五四"新思想影响下的一种具体体现。在艺术手法上，朱自清也大胆地借鉴了外国文学作品的创作方法。他在《短诗与长诗》中提到，希望现在的作家能兼采日本与《飞鸟集》之长，先涵养些新鲜的趣味。而他自己短诗风格伶俐明朗、感情明白真挚就是一个很好的典范。在朱自清散文中，那种写实叙事风格明显地受到欧洲19世纪批判现实主义的影响。在他的散文世界中，记叙了好多中下层小人物的命运：正直、诚恳的韦杰三君，淳朴、可爱、聪明的女佣阿河；善良、古板甚至迂腐的伦敦房东太太，通过描述小人物的命运来反映时代风貌，在这一点上，他与狄更斯小说具有相似之处。

在文化遗产的继承上，朱自清坚持批判地吸收，古为今用。他不囿于前人观点，善于用现代先进思想进行评价。他的《经典常谈》就是把这些古籍经典从束之高阁的情况中解脱出来，特别强调它们的社会性和时代性。朱自清是新文学

---

① 朱自清：《背影·白种人——上帝的骄子》，《朱自清经典大全集》，北京：中国华侨出版社2010年版，第16页。

② 朱自清：《再论中学生的国文程度》，《朱自清全集》第二卷，南京：江苏教育出版社1988年版，第32页。

运动的热情拥护者和积极参与者,在如何继承传统的问题上,他明确指出:"我们接受传统,应该采取批评的态度。"①继承传统如此,吸收外来文化也是这样,在他开辟的《中国歌谣理论》中,就吸收了外国学者理论。对于借鉴西方技术手法,异军突起在中国文坛上以李金发为代表的象征派诗歌曾经受到很多人的攻击,但朱自清却对此表现出充分的理解。

吴越文化丰富的内涵于无形中影响了朱自清的精神个性,从而形成他独特而鲜明的性格特征。务实与开放在他身上得到了和谐的统一:务实使他具有了踏踏实实、锲而不舍的特点;开放性又使他在接受新事物时表现出极大的热忱,在他的一生中,无论是为人还是为文,不管是治学还是教学,我们都可以切切实实地感受到这种广泛而深刻的开放性的存在。

二

吴越文化特质不仅影响了朱自清的世界观、人生态度、思维方式与处世方法,而且也深刻地影响了朱自清的创作风格。散文,作为朱自清文学成就中最突出的领域,就充分反映了他的创作特点与所受的吴越文化的影响。

吴越地处江南,又属海洋性气候,雨水充足,宜人的地理条件产生了许多大自然胜景:秀丽挺拔的雁荡山、驰名中外的西子湖、朦胧缥缈的普陀山、巨浪排空的钱塘江、六朝古都金陵城、绿杨绕城的扬州、桨声灯影的秦淮河、遍布园林的水城苏州,这一切不仅陶冶了朱自清的情操,还培养了他的审美意识。而且,他把这些秀丽的山水直接表现在他的散文世界里。《绿》描写的是温州瑞安仙岩梅雨潭飞流而下的一潭碧泉,《春》中所描写的景色与白居易的"日出江花红胜火,春来江水绿如蓝"的江南春景是同出一处的,还有朱自清的"生于斯,长于斯,歌哭于斯"的《扬州的夏日》与《说扬州》,每一处景致都别有一番洞天。对于这些地方,作者自有一股浓浓的乡情,从而熔铸了他的一番深情,由此产生感情上的共鸣,达到物我合一的境界。20年代后期,朱自清离开江南到了北方,但江南迷人的风景还是让他时刻缅怀在心。在北京清华园内荷塘边漫步时,他曾一度沉浸于其中而忘了周围的一切,几声蝉鸣几声蛙声又拉回了他的思绪,身处异乡的他马上又想到了南方。"采莲南塘秋,莲花过人头,低头弄莲子,莲子清如许。"他

---

① 朱自清:《部颁大学中国文学系科目表商榷》,《朱自清全集》第二卷,南京:江苏教育出版社1988年版,第10页。

"到底是惦着南方了"①。或许在愁绪无法排遣时，只有怀念江南时的那份亲切感才能使他感到一种安慰吧。他曾经在给朋友的《一封信》中说："在北京住了两年多了，一切平平常常地过去，……但不知怎的，总不时地想着在那儿过了五六岁转徙无常生活的南方。转徙无常，诚然算不得好日子，但要说到人生味，怕倒比平平常常时容易深切地感着。"②朱自清对南方这块热土的感情太深，乃至他后来到了国外，在他力图排除自我存在的《伦敦杂记》与《欧游杂记》中，在对异国他乡景色的描述中，还时时透露着他对江南风景的钟情。当他来到威尼斯时，"这里没有什么煤烟，天空干干净净，在温和的日光中，一切都像透明似的。中国人到此，仿佛在江南的水乡"③。瑞士的湖水与江南风景在某种程度也有了对应，"若遇上阴天或者下小雨，湖上迷迷蒙蒙，水天混在一块儿，人如在睡里梦里。也有风大的时候；那时水上便能皱起鳞鳞的细纹，有点像颦眉的西子"④。甚至滂卑故城的酒店"有些像杭州绍兴一带"⑤。就是在这样的异国风光中，他也没有忘记体味着一种浓浓的乡情，朱自清的恋乡情结可谓至深至切。

朱自清作品中不仅描绘了吴越地区的山山水水，还有大量的民风、民俗、民情的描写，这些风俗画更具特色，更富有地域文化的代表性，也进一步体现了吴越丰富的文化和悠久的历史。朱自清描写《桨声灯影中的秦淮河》，不仅写了绿水曲波，风光树影，而且还说："于是我们的船便成了历史的重载了。我们终于恍然秦淮河的船所以雅丽过于他处，而又有奇异的吸引力的，实在是许多历史的影像使然了。"⑥沉浸在历史的回忆中，遥思着《桃花扇》情节中纸醉灯迷的境界。这样的文化内容，流露出来的浓厚的文化底蕴已经被长期生活在吴越文化氛围中的朱自清心领神会了；在《新年的故事》中，朱自清详尽地描述了过年时吴越地区的风俗习惯；《择偶记》以自己小时候相亲的亲身经历，向读者展示了吴越地区婚姻状况的若干方面；《说扬州》中详细地介绍风味小吃，实质上是披露了吴越

① 朱自清：《背影》，北京：开明出版社1992年版，第41页。

② 朱自清：《朱自清散文全编》，杭州：浙江文艺出版社1995年版，第67页，第209页，第229页，第226页，第8页。

③ 朱自清：《朱自清散文全编》，杭州：浙江文艺出版社1995年版，第67页，第209页，第229页，第226页，第8页。

④ 朱自清：《朱自清散文全编》，杭州：浙江文艺出版社1995年版，第67页，第209页，第229页，第226页，第8页。

⑤ 朱自清：《朱自清散文全编》，杭州：浙江文艺出版社1995年版，第67页，第209页，第229页，第226页，第8页。

⑥ 朱自清：《朱自清散文全编》，杭州：浙江文艺出版社1995年版，第67页，第209页，第229页，第226页，第8页。

的美食文化。民风民情是地域文化一个非常重要的组成部分,朱自清散文中大量的蕴含着吴越地区丰富的文化内涵的风俗画的出现,不只是简单地表现他长期生活在吴越地区中,而最重要的是反映出他的根是深植在吴越文化中的。

朱自清散文不仅在表现内容上富有浓郁的地域特色,在艺术风格、语言特点上也深受吴越文化的影响。郁达夫赞誉朱自清的散文是"江南秀丽风景似的文章","贮满一种诗意"。吴越大部分属于丘陵地带,这里既没有高大的山脉,也没有广袤的高原与辽阔的平原,相对北方来说,这里景物具有娇小玲珑、富于变化的特点;况且江南水网密布,河道纵横交错,使得地形变得更为复杂,增添了许多水上风情。秋风冀北、萧飒苍凉的意境产生了"风萧萧兮易水寒,壮士一去兮不复返"的义无反顾的慷慨精神;而微雨江南纤柔绮丽的氛围更容易造就"执手相看泪眼,竟无语凝噎"的缠绵感情。吴越地区到了近代,生产力相对发达,市镇文化的兴起促使吴越人更注重精神享受、精神消费,这样就形成了吴越地区"人性柔慧"的特点,这里人民的丰富、细腻、敏感的性格特征与北方人的粗犷豪健有着明显的区别。自然这种丰富、细腻、敏感的性格特征也影响了朱自清的散文艺术风格。

首先,表现为他的语言风格。在《白水漈》中,他写道:"这也是个瀑布了,但是太薄了,太细了。""水到那里,无可凭依,凌虚飞下,便扯得又薄又细了。"能把"无可凭依,凌虚飞下"的神态描绘出来,如果没有那纤微而敏感的观察力的话,恐怕就难以描绘得如此神乎其神了;《春》中作者用"像牛毛、像细针"来比拟春雨,准确又真切地把江南雨那独有的绵密纤柔的特征写得活灵活现;在《荷塘月色》中他所写的月色不是"燕山月似弓"那种苍茫与开阔,而是"天上有一层淡淡的云,所以不能朗照"那种"犹抱瑟琶半遮面"的朦胧的月色;在刻画月下荷塘时,他写道:"叶子底下是脉脉的流水,遮住了,不能见一些颜色,而叶子却更见风致了。"一个"脉脉"就把荷塘"烟笼寒水月笼纱"的恍惚迷离的情致逼真地体现出来了。这种以精雕细琢、细针密线的语言来传达自己内心微妙的情感波动,其细腻委婉与吴语软侬的特征是一致的,我们也无法想象那种长期生活在"大漠沙如雪"的环境中的人能写出如此雅致、细腻的工笔画似的文章。

其次,吴越人民这种细腻、丰富、敏感的性格特征也体现在朱自清对创作题材独特的处理方式上。朱自清的散文往往选材自个人或家庭的琐事以及个人见闻感受。他认为在这样一个无穷的世界里,我们所能感受到的只是"有限"①色里细小而轻微的东西。因而,他就"于一言一动之微,一沙一石之细,都不轻轻放

① 朱自清:《你我·海阔天空与古今中外》,《朱自清全集》第一卷,南京:江苏教育出版社1988年版,第124页。

过"。"于每事每物，必在拆开来看，拆穿来看，无论锱铢之别、淄渑之辨，总要看出而后已，正如显微镜一样。"①从而形成了他那"一粒沙中见世界，半瓣花上诉衷情"的独特的审美角度，但在他那叙事、写景、抒情中，我们都可以看到重大的社会意义。有关他的大量的家庭生活的记叙以及他个人情感的记录，实际上就是当时社会的缩影，这种"大处着眼""小处着手"，于"有限中求无穷"的独特的题材处理方式与当时吴越人营造园林、试图将广大的自然美纳于自己的住宅、庭院中的文化心态是同出一源的。

"夕阳芳草寻常物，但得慧心便是诗。"正是由于拥有了这样的慧心，朱自清散文在中国现代文坛上才能够独树一帜。

曾经有一句迪格尔印第安人的箴言："开始，上帝就给了每个民族一只杯子，一只陶杯，从这杯子里，人们饮入了他们的生活。"②英国文艺理论家泰纳也认为："人在世界上不是孤立的，自然环境环绕着他，物质环境与人类环境也环绕着他，物质环境与人类环境在影响事物本质时起了干扰或凝固作用。"生活在不同地域文化中的文学家、艺术家于潜移默化中感受了不同的文化氛围，朱自清就是一个深受吴越文化影响的作家的典型，但这文化的影响并不是表面的、浅层次的，它总是时不时地左右着朱自清对人生道路的选择、文学道路的把握以及文学风格的形成。同样地，朱自清的思想情感、文学成就、研究方向、方法与成果在某种程度上体现着他与吴越文化之间的深层的内在联系。吴越地区绮丽的风光与悠久的历史陶冶了朱自清，朱自清又为吴越文化增添了异彩。

---

① 朱自清：《你我·山野掇拾》，《朱自清全集》第一卷，南京：江苏教育出版社 1988 年版，第 215 页。

② 露丝·本尼迪克特：《文化模式》，王炜等译，《现代西方学术文库》，北京：生活·读书·新知三联书店 1988 年版，第 23 页。

琦君文学世界中的传统和现代[*]

琦君的散文和小说创作在瓯越及闽粤读者群中受到高度的肯定,在台湾及海外华文文学创作领域中被誉为与冰心齐名的当代女作家。随着 1949 年的中国历史变化,到台湾后的琦君开始了近半个世纪的创作,出版了几十本散文小说集,其中不少作品被翻译成英、韩等多国文字。她通过女性视角构筑了以温州风情为核心的江南文化镜像,回应着从传统向现代裂变中的游子心态,以饱含传统韵味的性灵抒情书写出俗世新传奇。作为动荡历史中的女性作家,她的文学创作呈现了在西方文化思潮强烈冲击下逐步全球化的中国社会的一种民间状态,情真意切地颂扬了善、美、爱俱全的美好世界和美好人性,以此慰藉动荡离乱时代中的众多心灵。琦君文学作品的成功和畅销在于她以广阔的人性内涵穿透了历史厚土,应和着时代的脉搏,以独特的主题、形象和文体成为中国汉语语言写作中别有风味的存在。

一

琦君以生命体验为基础,开启了记忆中的家乡人事,描绘五四新文化运动的非中心地带和地缘偏僻人群的真实人生,展现他们在新旧文化转型间的生活情态和精神世界。她通过细腻的感受和优美的笔调褪掉了庸常生活的琐细、乏味和单调,在平凡人生和俗世生活中遍寻人性的光芒,通过善良人们的高尚品德化解了现实中的矛盾和对立,排遣了人们心中淤积的各种焦虑困顿;通过佛教、基督教宗教教义的民间实践和底层消化,为强烈感受冲突、身处糅合多种文化环境

---
* 原题为《低吟慢咏在传统与现代之间——论琦君的文学世界》,载于《中文学术前沿》2010 年第 1 期,第 104-110 页。

中的中国人提供了精神庇护所。

琦君选择别离后的故乡浙江温州为书写对象，这一东南沿海的偏僻边城在琦君的笔下被塑造成人性桃花源。琦君从小浸染在传统耕读文化中，作为温州当地望族的富家小姐，她又深受偏离政治文化中心自成一体的温州地域文化的影响。温州特殊的地理环境和物质基础产生了偏重功利的世俗化诉求，此地的传统读书人与从事劳作的百姓近距离地生活在一起，温州地域文化表现出浓厚的民间色彩和底层意识。传统诗书教化和成长经历使琦君的创作凝聚着浓浓的故乡情结，表现出强烈的草根视角和底层关怀。思乡的情绪凝聚集中在她离开故乡后营造的文学世界中，生于斯、长于斯的故乡温州逐渐成为魂牵梦萦的精神乐园。在这里，有优美的自然环境、丰厚的物质资源，气候宜人，山珍海味应有尽有。琦君以唯美的心态塑造了温州的生活，不管是孩提玩耍的田间溪边、场院厅堂等空间意象，还是兰花、桂树等自然物境，或者是生活中饮食习惯、节日庆典等风土人情，都是那么的亲切和完美。而且，这里还是个人人相处融洽的和谐世界。琦君笔下的故乡温州，成为能够逃离各种纷争和动乱的安全港湾，不管是战争危机还是社会动荡，都无法打破这里宁谧、安静、悠闲和祥和的氛围。平时，她的母亲在这里操持家务，诵经念佛，在战事中，她父亲依然能在这里诵读圣贤书，吟诗作对。这里的人们常常忽略贫富差距，没有对立和仇恨，不管家里家外，都是各司其职，长幼有序，没有等级优劣，所有的人都在享受着生活的美好。即使是尖锐的家庭矛盾，也能被这里的宁静、宽厚和大度所包容，在这里，处处显示的是人与人之间的情感和理解。例如纳妾一类的家庭敏感问题（《橘子红了》），不仅没有引起家庭战争，反而展示了母亲的贤惠和美德；而家庭中沾染恶习的叔叔，却反倒显现出父亲的难能可贵的识才眼光和爱才气度，连可恶的二妈也常有流露可贵的自然天性。只要在温州故土的环境中，一切矛盾都可以迎刃而解。琦君不仅以充满感情的笔调渲染故乡温州的各种美好人事，还扩展到杭州等地构成的江南文化圈。由此，琦君以温州为底本的江南意象成为撤离大陆驻足台湾的新移民的共同向往的精神家园，慰藉了他们渴念家乡故土的惶惑心情。

除了故家旧梦外，琦君文学世界的善与美还体现在日常生活描绘中，琦君笔下的庸常人生往往表现出超功利性的美感，又因突出了人的情意处处显现诗意盎然，妙趣横生，回味无穷。琦君文学世界中少见重大的历史事件或者是政治对立，她将这些时代背景悉数隐去，却着笔于各种家长里短，儿女呢喃，穿衣照镜，驾车写信，洗衣烧饭等生活点滴。中国传统社会以家族—国家为社会基本结构，对于中国女性来说，家庭生活成为她们的关注重心和精神支柱，也成为她活动范围的限定空间，因此，她们所有的话题只能围绕着日常生活而展开。琦君突出了她们在有限的生活空间中的价值创造和美好人性。在她的作品中，厨房绣房成为展现中国女性美的主要场合,烧饭女工也成为确证女性价值的重要领域。当然,平凡而琐碎的家庭生活不免有矛盾摩擦,间或夹杂着不关痛痒的小差错。这一切,经由琦君知性穿透和性情渲染,变成平庸、单调、乏味的日常生活中的不伤大雅的涟漪,常成为陡生意趣、别有生色的另一洞天。而这些看似嗔怨实则关爱的小事成为难以忘怀的情感见证,充满了温暖和甜蜜。在琦君的佛心和母性及中国传统道德的导引下,所有平凡、单调、晦涩的家事反成为女性在现实生活中实现自我价值的有效途径。琦君以性灵为主导,为读者重新审视了家庭生活和承担家务的妇女形象,在日渐秩序化、规范化的现代化过程中,提升了日常生活的审美品格,提高了对俗世人生认识的新境界。琦君文学世界所体现的脱俗的非功利的日常生活姿态,恰好吻合了物质相对充裕和富足的台湾读者口味,为追求大众生活中一定文化品味和小资情调的 20 世纪转型期中的人们所认同。

琦君文学世界中的温州记忆和世俗的生活情态成为在中国现当代文学发展过程中与以革命和启蒙为主线的宏大叙事有距离的另类主题。这些世相刻画和市井生活姿态源于温州地域文化的影响。由于温州自古以来有丰足的物质资源和偏离中原文化中心的地理位置,手工业和工商业较为发达,也较早发展成初级市镇形态,从而也形成了温州文化注重实用和商业等物质需求的价值取向。叶适等学者在此乡风影响下,开创了重视义利观念的"永嘉"学派。琦君深受经世致用的温州文化浸染,在相对富足的家庭生活中,也养成了强调民生、享受生活的入世态度。面对日常生活和家庭琐事,琦君不仅没有表现出传统读书人的清高和排斥,反而表现出能够深切体会日常生活的美,从而从点滴琐事中感受其背后深藏的文化精神和人性内涵。加之后来迫于情势远离故乡,"根"的意识表现得更强烈更突出。难以排遣的离愁别绪更加深了琦君的故乡记忆,令她更愿意沉浸在儿时就在故乡养成的生活习惯中,沉浸在日常生活的细微感受中。她写故乡、写生活,也是她难以排遣的思乡思亲的深层次表达。琦君文学世界中的温州市井景象和民间文化也体现了中国社会由传统向现代转型的复杂和多样性,温州非政治文化中心和较高的民间资本化使得这一地域形成文化上的传统倾向和经济上的领先位置的不同步现象,这种社会转型过程中的矛盾却恰好应和着 20 世纪 80 年代后的不协调的中国社会发展进程。琦君在台湾对家乡的记忆和塑造也符合了文化转型加快后不断感受到传统与现代断裂的中国人的普遍心态,成为精神流浪途中的中国人的"心灵鸡汤"而深受读者欢迎。

二

中国传统向现代转型过程中的矛盾和冲突,在中国女性身上显得尤为明显,而中国女性解放的矛盾和困难也成为中国现当代文学中难以绕过的核心话题。琦君作为深受传统文化熏陶又大量接受现代文化的中国女性作家,自觉地选择女性形象作为她文学世界中的主要形象类型。同时,作为一名江南地域的女性作家,琦君的细腻、易感在作品中不断流露出来,尤其在她塑造的女性形象身上,更是构成了作家和形象间的同构关系。在琦君的文学世界中,作为女性作家的鲜明的性别意识表现在女性生活景象和情感世界中。

琦君笔下的女性形象主要有两类:第一类是德性至上的旧式家庭妇女。这些中国传统妇女,辛勤劳作,内外操持,家务女工样样拿手,但是在新旧文化交替之际,她们不仅存在价值得不到应有的承认,而且常被视为社会进步的障碍物。这些旧式妇女,她们在极其狭窄的家庭生活空间中苟活,旧文化传统压抑她们,新观念又否定了她们,她们无论在社会地位还是文化价值中都属于被抛弃的弱势群体,只是在被鄙弃的同时间或夹杂着批判者施与的同情。另一类是接受了新知识熏陶的新女性,面对广阔的社会生活,她们尚未尽数推掉传统的因袭又要面临新的时代命题,跨出旧式家庭大门的新女性先锋在体制尚不健全情况下也就意味着失去了精神保障,在应接不暇的社会新问题面前,她们不得不承受着新旧观念的双重压力,经常是情感迷茫,工作困惑,面对繁重家务而显得精神焦灼、心力交瘁。

不管是哪一类女性形象,都共同展示了由传统向现代转型的中国女性的精神痛苦,并且作者深刻地意识到,造成这一时代女性痛苦的深层原因在于在新旧时代转型过程中,传统道德和传统文化对她们性格的塑造和在她们的命运中的决定作用。不管是旧式家庭妇女还是恪守传统道德的新女性,在20世纪的中国社会转型过程中,都负荷着沉重的因袭,难以摆脱传统文化的深层心理影响,她们集体性地陷入了难以挣脱的心灵困顿。

虽然琦君笔下的女性形象面临着不同的人生难题,经历着不同的情感挣扎,但是,琦君对两者的态度并不相同。前者,往往被她视为她母亲形象的泛化和扩展,她们属于琦君梦中留在大陆的理想形象,她们善良、忍耐、勤劳、贤惠,而她们的软弱则是社会或者是不公的命运加在她们身上的,因此,她们都是作者全心爱护的人物形象,尽情展示美丽、能干和容忍等美好品质,作者从来不忍对她们的软弱无知甚至愚昧给予评判,这种姿态使得作者笔下的这类女性形象因过于完美而显得平面化,甚至好似菩萨和圣母的完美化身,人性内涵单一,作品缺乏对她们内心世界更为深入的挖掘。

作为逆来顺受的旧式家庭妇女形象代表,如琦君用情最深、着笔最多的母亲形象,勤劳一生,悲苦一生,甚至深藏了自己的需求和心性来迎合丈夫,为已经离弃她的丈夫选择传宗接代的小妾,在无法解除的心理困惑面前,只能通过拜佛的自遣方式打发生命。深受传统影响的琦君在深痛于她的悲惨境遇时,只能以深深的感喟无奈接受命运于母亲的不公,只能以感恩母亲和赞叹母亲的自我牺牲来弥补母亲生前所获的不公待遇;而对类似于母亲命运的其他女性形象,即使她们更年轻,命运更不公,作者也只能倾力描写她们美好的人情和对生命逝去的惋惜,而不会深究造成这种悲剧的社会根源和文化缘由。由于温州较之中原地处偏远,长期以来依然保留着初民的原始宗教传统,生活在这块土地上的人们依然保留着对天地鬼神的信仰和崇敬,因此在民间依然保留着浓厚的神话力量,百姓习惯以传奇的方式和思维习惯形成他们的世界观,即便是对发生在周围的事情也经常以传奇方式相互传播。琦君在远离故乡移居台湾后,面对着无可跨越的另一岸,开始以梦幻和传奇的思维方式来回放她曾经存在脑海中的旧式妇女形象,她们所有的言行在琦君的笔下都成为温州民间传奇的素材。所以,她习惯以带有传奇色彩的笔调描绘这些旧式家庭中的女性形象,她们日常的生活方式、她们的情感世界和她们的家务操劳,在琦君笔下都富于不可思议的力量和神秘的色彩。如她在写母亲形象,虽然只是着眼母亲的家务活动和日常行为,然而却以一种无限羡慕的眼光和赞叹的口吻来塑造她作为孩子和现代女性眼中的母亲形象,用道德化的笔法刻画母亲在旧式家庭中的言行举止。所以,在旧式家庭中的女性从事的繁重的手工劳动和家务劳动经由岁月和他者的距离,又融入了作者主观美感观照,转而成为富有人情和风味的手艺、厨艺,映照劳动者的人格品性,凡尘俗事在琦君笔下都变得熠熠生辉,光彩照人。完全从家庭角色来定位女性,放弃了女性对社会地位和社会尊重的要求,从而使得她笔下的女性形象缺乏历史深度和社会广度。

面对用新知识武装了头脑的新女性,琦君则较少从社会角色和现实功能来衡量她们的价值,而是突出精神世界在她们的人格表达中的分量和作用。新女性具有知性之美,表现得远离烟火味而脱俗,由此她们更重视情感,尤其视爱情为精神核心,由此,琦君常常通过她们的爱情追求突显她们的高洁人格。如《菁姐》中的菁姐,《百合羹》中的玉书,《梅花的踪迹》中的韩梅,《长沟流月去无声》中的婉若等。与赞叹和仰止式的旧式女性形象相比,琦君笔下的新女性形象塑造显得直白而真实。这些女性形象与作家琦君是平等的存在。这些已经开始接触新时代脉搏的中国新女性,她们的观念革命和解放也是有限度有条件的,经常表现为只崇尚柏拉图式的爱恋模式。在面对感情问题时,她们往往能够保持着一种发乎情、止乎礼的处理方式,成为至情至性的纯美女性。她们在感情面前表现得情真意切,而在行为上却始终非常克制,温柔贤惠,从不因自己的哀伤和痛苦影响他人,而作为作者的琦君也对这种合乎道德规范给予肯定和赞赏,她笔下的主人公都是能够对他人充满爱心,善于牺牲自我顾全大局的理想典范。在20世纪的转型过程中,这类女性形象即便如鲁迅笔下《伤逝》中的子君也难以摆脱传统的束缚。然而,有意思的是,琦君不仅不批判她们身上的传统因袭,反而以鲜明的立场支持她们身上的传统美德,并以其支撑起她们的情感世界。在琦君看来,女性的自我认知不是反叛男权社会,而是吸收中国传统文化中的女性的自我放低位置的谦卑和忍耐,坚守自己在男女关系中的女性角色,从而构筑出并非对立反叛男权的姿态,形成男女和谐的关系。在20世纪的女性作家中常以对抗男权确立自身的性别标志,而琦君则吸收了传统文化中的女性观,又面对着20世纪中国社会转型的社会现实做出了女性价值定位的新思考。由此,她笔下的新女性既保留了传统女性美德,又能够正视文化转型过程中女性自我更新的漫长,与新时代对接的宽广和纳新能力的困难,不断面临着新的时代的精神困顿和挣扎的现实。

不管是哪类女性形象,琦君总是喜欢将她们置于秀山丽水中,既衬托了她们的人性美,同时也能与自然美融合在一起。琦君不仅刻画了这些女性的生存状态,还紧紧抓住了女性的精神实质。在她们身上,共同体现了孤独和寂寞的心境。传统女性因困守在家庭中,被男性抛弃,而感到孤独和寂寞。新女性因无处觅知己,或者其行为无法为人理解而倍感寥落。孤寂成为琦君笔下女性形象的共有的精神气质。所有琦君笔下陷入心灵困境的女性形象,表面上是自我设限,事实上却由于不成熟的、不理性的社会,新的时代气象逐步显现,而旧道德和旧文化力量依然强大。琦君向读者展示了这一历史过程中的不同形式的弃妇形象群,走出去将成为唾弃的弃妇,困守在家中则成为家中男人的弃妇。

琦君作品中的新旧女性以20世纪中国的东南边城女性为样本,映射了代表了20世纪转型过程中的不同的女性形象,代表了从传统走向现代的一种普遍的女性心理。旧式妇女体现了转型过程中的渐变,她们在死寂的旧家庭中,却经不住外部空间和环境的深刻变化而不知所措,新女性则体现了中西文化强烈碰撞冲突中女性的命运,她们虽然努力应和着时代的步伐,但是也注定了在此过程中的不可挽回的悲剧命运。在此意义上,虽然琦君极力用温婉的笔调、赞赏的态度极力美化这些背负着传统因袭的女性,然而,她们的命运遭遇说明了历史的发展趋势和规律不是我们的情感意愿能够把握的,虽然她没有像丁玲一样发出解放女性的强烈呼吁,但是她细腻和深刻的记录无疑向后人昭示了中国女性的共同难题和共同命运,这一点深刻认知不仅在当时,在当下的女性命运上也同样有着深刻的启迪意义。

<h1 style="text-align:center">三</h1>

中国社会转型的矛盾不仅体现在琦君文学世界的主题意象和人物类型上,同时也深刻影响了她的叙事风格。首先,琦君竭力营构和谐环境,淡化现实中的矛盾冲突。琦君努力以天人合一为目标来构筑她笔下的人与环境的关系。不管是欢乐还是悲伤,欣喜还是凄迷,琦君总是能够营造出情景交融的优美环境中的美丽故事。她笔下的故乡是美的,作为漂泊在外的游子,常以梦幻的方式展示故国、故土、故家和故园。思家的情感压倒一切,家中曾经有过的激烈矛盾、丑陋和罪恶也被遮蔽和掩饰。矛盾被软化,尽可能柔和。故乡美化了琦君的心灵,也美化了琦君眼中的世界,她总能够在他乡找到美。她曾经在暂时租住的简陋公寓房中唤起墙角花草的生命力①,她又能在异国被漠视的中秋节寄托自己的思乡之情②,她还能在缺乏安全感的意大利发现全人类共通的善意③。琦君刻画了各种人性美的形态,还能在人与人之间发现所有的人情美,并且,她还能将这种关系扩展到自然万物,描摹出人眼中的各种物性美。"一草一木总关情",不管是花草树木还是虫鱼鸟兽,不管老人儿童,还是病痛残疾,琦君总是能够以好生之德善待一切,以自己的美好感情维护着人与世界共筑的生态圈。

琦君虽然处处表现出对天人合一的理想模式的向往,但她并不避讳现实生活中的矛盾和冲突,这不仅体现在她于对象的处理上,还体现在她的价值评判标准中。少时的传统教育和旧式家庭生活使得她深受中国传统文化的影响,而温州地域文化的特点和新旧文化转型的社会环境又使得中国文化的实用理性原则得以落实,从而形成传统德性标准和坊间俗世理念并存的人生观,使得她能够很好地协调情与爱、礼与理间的相互关系及其转化融通,既保留传统文化的超物性强调性灵出世带来的精神逍遥,又有面对现实现世的入世生活姿态。即使是她笔下陷入精神困顿的女性形象,她们的内心苦闷和精神困惑也常在自然熏陶和艺术的感悟中获得解脱和升华,从而表现出与琦君本人相仿的坚忍宽容的性格

---

① 琦君:《垂柳斜阳》,《水是故乡甜》,武汉:湖北长江出版集团 2006 年版,第 67-69 页。
② 琦君:《一饼度中秋》,《水是故乡甜》,武汉:湖北长江出版集团 2006 年版,第 8-13 页。
③ 琦君:《"提防扒手"》,《水是故乡甜》,武汉:湖北长江出版集团 2006 年版,第 44-50 页。

特征。少时父母、兄弟的过早离世，成年后离乡的漂泊经历使得琦君尤为珍惜现实现世，由于过多地感受人世的无常和生离死别的悲痛，她习惯于从现实生活和当下中寻找人性美和爱。面对故乡人事时，她的刻骨思念都化成热烈的赞颂，在琦君的笔下，即使是生活中曾经有过的伤痛和冲突，都已经被美化成甜美的回忆而珍藏。她的文学世界成为物性美、人性美和人情美的理想国。

其次，琦君特殊的成长经历和文化素养及她的人性定位形成了她独特的叙事立场。琦君散文小说中的叙事者大都定位成情与理之间的"第三者"，叙述着他人的传奇故事。她的小说散文中，叙事者与故事主人公关系很亲近，在感情上信任主人公的生活姿态和处事方法和道德准则，然而，在理智上她又难以认同他们的价值标准。这种叙述位置也呈现了琦君在情与理之间的定位。这样的叙事者定位既随着人物的命运变化和情感起伏而产生内心的震荡，又表现出与故事的间离和隔阂，保持着不介入故事的平等和理性的姿态。在精神定位上，这种叙事立场排除了启蒙知识分子惯有的在精神世界上高人一等的位置，既体现了超俗的空灵和浪漫，又显示出俗世的温暖和平和。琦君在叙事上的间离姿态使得她面对人物和事件时能够保持理性的距离和克制的态度，面对人世间的喜怒哀乐、爱恨情仇，琦君都获得了相对超功利的态度，作为叙事人面对主人公的哀怨嗔怒，她都能保持相对清醒的姿态和克制的态度，最后总是以温婉的态度软化文学形象的悲情，从而也强化了内敛、含蓄和哀而不伤的风格特征。

琦君蕴含深意"第三者"的叙事姿态，也体现了她内心强烈的不安全感，这一心理意识也是传统向现代转型过程中的中国人共有的精神漂泊感，加之20世纪中叶中国政治环境的裂变，琦君在现实的漂泊经历中更强化了旅人心态。面对离开大陆后的生活，她习惯以异乡人的眼光审视自己所处的环境。琦君在创作中习惯沿用对比参照的思维方式，这与长期游子生活养成的思维习惯有关。眼前的生活和环境，总不免引起她的思乡之情，她习惯于对照儿时或者是故乡的生活，也隐含着她的无限感慨。《餐桌上的无声》《母心·佛心》中，面对吃饭习惯和行为方式，她就引入了儿时记忆，既能将吃饭这一寻常事写得绘声绘色，同时也自然地从日常生活中看出了其背后蕴含着的丰富的文化意蕴，更将其对故家和母亲的思念融入字里行间。在琦君的笔下，不管是她见到、听到还是遇到的，只要入她的文章，总是习惯性地与大陆、故乡和儿时进行对照，找气功老师是大陆的好（《老人病与气功》）；粽子是她母亲做的最好吃（《粽子里的乡愁》）；照镜子又使她想起少时的学堂生活和老师（《照镜子》）。

琦君的对比习惯不仅表现在她将遇到的事情都与故乡人事进行比较，对比甚至成为她的习惯思维模式。她笔下的情感经常是单恋或者是三角恋模式。故事的主人公在情感泥淖中挣扎，爱情失落在远方，又不愿停驻在现实，或是迫于形势剧变,或是迫于空间隔绝,琦君文学世界中的情爱模式总是充满了坎坷和不安定,大多数人物形象的情感总是处于悬空状态,他们的心灵总是在无尽的流浪状态,找不到安全的港湾。尤其是新时代的女性形象,由于与自己的意中人失之交臂(其中以战事原因居多)后,只能陷入孑然一身的孤寂中。一方面是由传统向现代转型中不可改变的历史规律的线性时间线索,以理性方式呈现了在此渐变过程中的社会形态,另一方面却因历史事件的突变而造成的空间变换产生心灵上的惶恐和不安和难以适应的拒绝。这类女性形象的情感经历还隐含着时代和历史的复杂原因,当然这也是作者本人强烈的感受和深切的人生体验。

琦君强烈的时间断层和空间变迁的感受不仅形成她独特的题材处理方式和叙事姿态,还在她的语言风格中留下深深烙印。琦君的语言风格既有传统文化的意蕴,又有现代的理性精神,还体现着深厚生活基础的生命质感。既有韵味,又显得晓畅直白,还能够做到声情并茂。当她谈到故乡的粽子时,"我最最喜欢吃的是灰汤粽。那是用早稻草烧成灰,铺在白布上,拿开水一冲,滴下的热汤呈深褐色,内含大量的碱。把包含的白米粽浸泡灰汤中一段时间(大约一夜晚吧),提出来煮熟,就是浅咖啡色带碱味的灰汤粽。那股子特别的清香,是其他粽子所不及的"(《粽子里的乡愁》)。就这段描写儿时故乡记忆中的粽子,就充分调动了视觉、嗅觉、味觉、触觉等多种感官,从而将做粽子的过程绘声绘色地刻画出来,唤起读者更为直观的具象体验和全方位的细腻感受。而其中温州方言不露声色的潜入,更增添了粽子的生活情趣和文化内涵。古典文学修养和传统文化给予琦君的文化熏陶,温州地域文化的蛮荒原始生命力的浸润,未经理性分化的初始生命状态的审美趣味和思维方式的深层次影响,铸就了琦君去雕饰、见质朴、存生气的语言境界。琦君作品中的优美语言不仅得益于作家敏锐的观察能力和细腻的生命体验及强烈的思乡之情,还得益于儿时纯真童心的保留和对生活的美感透视。琦君笔下的独特语言风格是多方面作用的结果,一如琦君作品,是不同元素综合作用而成浑然一体的效果。

经历了半世纪之久,琦君作品的传播由台湾走向世界又折回她魂牵梦萦的故乡大陆的曲折过程,既表明20世纪文化转型过程中中国文化语境的强烈震荡和错综复杂,又表明我们民族所共同拥有的人性观念和人情美的标准。琦君的创作之所以最终能被华语圈读者所认同,在于她以自身生命体验、以俗世的情怀和平民的心态感受20世纪社会转型中的文化、政治等重重震荡造成的中华民族的心灵阵痛,感受平俗生活中的真情和善良,那些美景真情给强烈感受到社会环境裂变造成内心紧张和危机的人们以安慰和纾解。20世纪中国文学强烈的理性色彩固然为我们提供了传统向现代转型的必然历史规律,然而,面对底层民众,面对中国社会的复杂矛盾,往往缺乏一种贴近人性的温暖力量。琦君以她传统文化的底蕴、温州地域文化的营养及久别故乡的游子心态综合作用,为我们呈现了大陆、台湾严密隔绝下断裂的政治空间环境中的台湾女作家的典型风格,无法排遣乡愁离情转而向俗世诉求和咀嚼小悲欢的一代创作,移情于花草虫鱼和市井生活尽情传达的抒情特征和浪漫气质。她的写作,在呈现文化转型期中国社会的深层矛盾和不可逆转历史规律的同时,使传统文化合理性在民间社会和底层民众中得到延续和缓释,传统文化观念和德性审美标准成为中华民族集体记忆中难以割舍的存在,传统文化中的儒道互补或可成为走向现代的中国人化解内心冲突的途径。琦君的创作也提醒后人正视古老中华民族进行这一转型的漫长和困难,琦君和我们,或许和我们的后代在共同承受和担当着,这或许是琦君文学世界留给后人的更为深层的历史价值。

中国当代生态文学的现状与问题[*]

　　自然是文学不可或缺的领域。关于人与自然的关系是历久常新的文学主题。在以人类为书写中心的文学作品中,自然界中的非人类物种以及他们的生存空间整合为环境而存在,往往只是作为人类的陪衬,或者是为了表达人类观念的辅助手段。与人相较,主次分明。直至 19 世纪末 20 世纪初,工业社会以来对自然的肆意妄为的破坏导致自然生态失衡,物种生存受到威胁,人们才逐渐反思人类增长过快的征服自然和改造自然的能力。人们开始质疑原来的人与环境间的主次关系和潜在的排序规则,自然界中的许多物种以新的姿态进入文学话语,生态文学也成为新观念下的新文学形态。

　　生态文学确立人与其他物种以及环境间的平等交流关系,与以人类为中心的文学相比较,文学作品中确立的以人为核心的理性准则受到批判。生态文学否定了理性原则,超越了以理性为主导、人类为对象的既定观念。在生态观念的支撑下,生态文学作品质询了由人类中心主义的理性造就的生存环境,追问了什么是真正的理性,探究了谁才具有真正的理性,质疑了人类理性原则的合理性。生态文学在否定完全以人为中心的理性的同时,也建构了生态理性,这是具有深层的忧患意识的"新"理性。由于生态文学承担了更为广泛的价值意义,自觉地表达关于生态危机的警示和呼唤生态安全,因此显得分外严肃、格外沉重。

　　生态文学反对历史观念对于自然的横加干涉,揭露人的理性凌驾于自然其他生物、占用资源的特权,否认生命间的等级关系,颠覆自中世纪以来建构的人与自然间的不平等关系,试图通过生态观念建构所有生命的大同世界。在大多数的生态文学中往往会表达如下的价值取向。

---

　　* 本文为作者 2010 年于浙江工商大学出版社出版的《中外生态文学作品选》一书的自序。

1.否定强权,尤其否定以人类中心主义为基础的人的强权。在已经建构的"人"的文学观念中,为了凸现人类存在的价值意义,往往对自然界的其他种类和人类生存的环境作"降格"处理,甚至有意无意地忽略遮蔽生态文学需要建构的"去中心"的价值取向,主要针对人类曾经对大自然的肆意践踏、强取豪夺的霸权行为,质疑人类曾经无度占据自然资源的合法性。

2.同情和关怀弱势种群。濒危动物、环境问题能够成为生态文学的主要关注对象,源于对以人类为中心的话语秩序的更改,人类的强势话语在生态文学中失去了固有的主导位置,弱势群体才得以受到关注。人类的特权地位一旦丧失,建构不同种群间的平等关系和交流沟通就有了希望,某种意义上这也在整个自然界扩展了人道主义思想。

3.坚持开放的评判姿态。生态观念尊重自然界的所有生命,倡导生命形式的多样化和系统化。生态理论提出以生态系统为生命存在的空间和载体,而各种生态系统的存在,确保了弱者存在的可能。在生态文学中,形象的概念从人物扩展到各种生命形象。生态文学放弃人类道德标准下的善恶观念,从多视角观察事物,形成多元评判标准。

生态文学揭示大量的生态危机,披露生态环境惨遭破坏的人类恶行,自觉地承担构建良好生态圈的生态职责。生态文学是对日益严峻的环境问题和生存问题的回应,是面对新的苦难样态的新的反抗姿态,是对包括人类这一种群在内的生存状态的深沉忧思。生态文学是揭示生态问题的文学,也是面对问题试图摆脱危机、探寻生存之路的文学形态。生态文学往往会涉及如下的内容。

1.重构人和自然的关系。生态文学特别关注人与自然的关系。随着科学技术的进步,人对自然世界的敬畏日益减弱,人的自主精神和独立意识不断扩展,但是,人类对自然的认识远未至深至尽。甚至,在人类自认为越来越独立于自然的时候,突如其来的自然灾害对人类的打击和损害更大。许多生态作品都表达了生态危机背后潜在的灾难场景,如卡森的《寂静的春天》预测了遭遇生态危机后的未来世界的荒凉场景,《不祥的蛋》中以怪异的形式预设了人类将来所遭遇的来自自身的灾难。灾难成为生态文学的关注对象。但是与原有文学中描述的灾难相较,生态文学不是简单地描述灾难事实,而是更多地在探寻造成灾难的缘由中追问灾难的原委,往往发现人类活动造成的自然破坏与灾难有着深层的关联。

早期生态作品还设置了远离社会人群与贴近自然的独立而偏僻的环境,表达了人类对自然的回归和对原始生活方式的向往,如梭罗的散文和英国湖畔诗人的作品,都表达了亲近自然的共同心声。作家在谴责社会的人对自然的人和自然生态的同化和融合的过程中,也在无意识抵制社会对人的融合,自觉地维护环境的纯粹性,维护着这种"孤岛意识",营造了理想的"自然乌托邦"。随着人们对生态认识的深入,完全和谐封闭的自然生态已经难以维系。自然生态的独立性和纯粹性摒除了人的参与和共建显然无法深入,人类的轻易深入又不可逆转地破坏了自然生态。显然,其中的问题解决无法简单地把自然和人类社会隔离。生态文学在批判工业文明带来的生态危机上深刻而有力,但是在架构生态理想的时候往往显得无力和无助。生态文学的创作现状表达了生态文学的困境和作家内心的惶惑。面对如此复杂的现实背景,人类社会如何在此过程中找到自身的发展契机又能有利于自然生态的健康系统和动态的发展,这确实是一个新的时代命题。

2.探寻非人类种群的精神世界。文学作品通过拟人化手法塑造动植物形象古已有之,但在生态观念进入文学写作后,动物在文学作品所占的比例和分量大为提高。植物的能力、感受和品格由于与人类的隔阂而未能突出显现植物在文学中,即使是生态文学中,也无法作为具有动态生命、有着品格和尊严的物种而存在,而是作为背景和环境构成的生态整体而得以传达。

生态文学除了增添非人类种群作为关注对象外,更多的是转换原有的价值观念和写作立场。对动植物在作品中的位置,从原来的叙事修饰的辅助地位变为赋之以人类情感和人道关怀的主体对象。不少生态文学文本中,非人类种群成为关注中心,人类原有的道德理念和伦理范畴移驻到动植物,人类精神外化甚至缺席。

动物的感觉和人的精神在作品中是双向可动的关系。一方面,在作品中不断地赋予动物以人性,以人的情感来感受动物、同情动物和关怀动物,以人的口吻模拟动物活动,通过动物的世界来观照人的世界,因此,人的许多观念在动物世界里也广泛适用。然而,人的观念和人的意志也成为动物性的束缚,其中关于动物的异化问题一直是生态文学关注的重点。

恢复动物的动物性首先要考虑的是如何从人性中,从人的观念中把动物解放出来。被人驯化被视为动物特征的逆流,动物的"非动物性"被看成是动物的异化。这种以人的意志,以人性的标准驯化的动物从生态角度来看失去了动物之为动物的应有特征,这也是人类中心主义的具体演绎。

另一方面,衍生于人类社会中的生态文学,也不能拒绝动物性,即使是对原来被人类道德准则所贬斥的兽性,从生态视角来看,也改变了原来予以全盘否定的态度。姜戎的《狼图腾》中从草原上残忍虐杀的狼追根溯源探寻我们民族文化构成中存在的痼疾,从动物的"他者"的眼光反观人类世界,得出了"狼文化"和草原狼的气质正是农耕文化所缺乏的结论,动物的气质也将成为完整人性和民族性格的有益补充。

3.倡导土地伦理。科学理性主义是现代文明社会的一大标志。人们在反思现代文明造就的环境问题的同时，也不自觉地把批判的矛头指向了科学主义。自生态观念进入人类社会后，人们的伦理道德也开始更迭，从社会道德伦理开始扩展为"土地伦理"①，从处理人与人之间的关系扩展为人与土地或者是人与生活在土地上的动植物间的关系。生态文学中，审判科学理性主义往往与倡导生态伦理联系在一起。

生态文学的表达往往具有两个时间向度，一是指向过去，表现为对已存在的自然现象和社会事实的反思。主要是表达工业化文明带来的对环境的巨大破坏，如龙应台的《中国人，你为什么不生气》和余光中《控诉一支烟囱》就把矛头直接指向工业化后的后果。另一向度指向未来。以现在的生存状态为基础，表达科学理性主义极度膨胀所产生的恶劣后果，而且这些后果有可能超出了人类的把握能力。赫胥黎的《美妙新世界》把将来的社会设置为完全按照程序排定的固定而刻板的模式；阿特伍德的《羚羊与秧鸡》则把人类的发展空间完全取缔了。人类最终只能走向灭亡，而且只是顷刻间的事情。当人类丧失了应有的道德伦理体系的时候，也就意味着人类放弃了自身生存的防御系统。

生态意识是潜藏在人类心理深处的集体无意识，早期表现为对大地和各种自然神的崇拜，在工业文明兴起后强烈地感受到新的文明方式的更替，才真正被激发出来。以探求人类终极价值为目的的文学艺术在面对跟人类生存息息相关的生态问题时，引发了来自内心的忧患意识，再次显现了强烈的责任感，呼吁、呐喊，深层次地追寻意义。生态文学正是对于那种远离大地后的危机意识和责任意识的深层表达。编者在本书选编过程中，更多地关注19世纪后的世界文学事实。对于中国这样一个后发达的国家，严格的现代意义上的生态文学形成较晚，作家有意识地思考自然生存问题，出现普遍而大量的生态文学则是20世纪90年代之后。随着全球化进程的加快，特别是进入21世纪后，在中国，生态文学的创作和研究已经成为新的热潮。

生态文学是以传统的文学样式表达现代生态理念，对文学的拓展和延伸更多地表现在观念的更新，而不是手法和技巧的创新。因此，本书在选编时按照传统的文学体裁进行分类，诗歌、小说、散文、报告文学和戏剧影视等综合艺术的文学体裁依然适合生态文学的划分。生态观念是基于人类对于自身生存环境的忧患意识产生的，作家们也是感受到周遭环境的变迁而抒发内心的感触，生态文学中有许多是人们感受到世界的点点滴滴，所以篇幅相对短小，有微型小说和小诗，还有小散文。同时，用生态观点来考察世界、用生态价值来

---

① 奥尔多·利奥波德：《沙乡年鉴》，长春：吉林人民出版社1997年版，第194页。

评判生存环境,往往需要建立综合的、系统的和全面的、动态的理念,这既需要有立体的空间,也需要有长度的时间,所以,富有建设性的生态文学往往具有相当长的文学篇幅。生态文学中也有长篇小说、长篇叙事诗和长篇报告文学等。需要指出的是,报告文学是具有中国特色的文学样式,在国外,这样的纪实性报道往往被划归至新闻类的体裁。

在叙事类的文学作品中,小说仍然是最为重要的文体。一类小说依然运用了现实主义的创作方法,针对时下的生存环境,在对问题的揭露中显示出极强的批判力量。另一类小说往往设置虚拟空间,把感受到的生态危机的浓重忧思隐在幕后,运用超现实主义手法想象人类将会遭遇的厄运,不断给人们的不符合生态观念的行为规范以警醒。

在本书选编的过程中,编者注意到因为人们对生态、对自然世界的理解依然简单而直接,人们对生态观念的接受和认可经历了一个漫长的过程。早期的生态文学为了表达生态理念的强烈愿望,文学自身的审美特性往往会自觉地让位于自然生态的社会责任承担。在此过程中,文学也就更多地成为自然生态理论的宣传生态知识的传递;大量的生态案例的呈现,生物学名词和术语的挪用;物种演变轨迹和发展历史乃至衰败历史的介绍。不同的生态观念在文学文本中也可以直接地不加过滤地得到呈现。显然,这样的文学状态不是生态文学的理想状态,明显的主题先行、科学数据的罗列、科学概念的衍生都在无形中破坏了文学的细腻敏感的审美神经。

嗣后,不少生态作家已经开始意识到此类创作的困惑和尴尬,在反思缺少生态意识的文学作品时,也开始反思生态观念的简单化造成的片面和偏颇,甚至不断地传达出生态问题不仅存在于自然生态空间,同时也与人类社会的许多精神领域的意识形态文化理念直接相关的思想。如在《怀念狼》中,就指出简单的保护野生动物的方法不能从根本上铲除生态危机,而《狼图腾》中则提出了生态竞争理念。在最近推出的几部生态文学力作中,已经改变了原来相对恒定的生态观念,逐渐把竞争机制引入生态文学创作,指出动态的和谐才是生态环境存在的机制,也是生存发展的规律。维护这种和谐不是依靠固定的保守不变的和谐,也不能绝对化地理解生态理想,以为只有田园牧歌式才符合生态理想模式。如果能够拓宽视野,人们甚至会发现血淋淋的事实都有可能成为优化环境的结果中的一段过程。这样的动态的平衡、竞争的和谐也可能为将来的人类生存环境提供新的摹本。这类作品在揭示生态理念内在矛盾的同时,也为生态理念的发展打开了另一种可能的空间。或许,这也是人们对自身生存环境认识深化的一大体现吧。

生态观念引入文学,也是文学再一次表达了拒绝卑小和封闭的卓绝而艰苦的突围，对"文学是人学"的共识的冲击。生态观念事实上也代表了人类对永恒的一次更改，是人类寻求理想的又一次尝试。生态观念造就的是自然环境的和人生的状态，倡导其他物种生存权利，反对其他物种对弱势种群的生存空间的掠夺和侵占，可视为更为广泛的追求平等和自由的人类理想，因此，生态观念也是人类观念的延伸和扩展。

斯诺的红色中国镜像[*]

　　强烈冲击东方传统价值体系的西方现代文明,深刻影响了中国近现代文化的转型。18 世纪后,随着工业革命的逐步展开和殖民势力的扩张,西方中心主义论调得以广泛散布,西方视野中的中国形象由此开始全面、整体的改写。许多西方商人、旅行家和传教士涉足中国,塑造日渐衰败的东方帝国形象,西方异域视野中的中国形象由曾经辉煌的"金黄"转为黯淡的"灰色",落后、愚昧,成为西方话语中全面否定的他者形象。20 世纪 30 年代,年轻的美国记者埃德加·斯诺踏上古老的中国国土,随后深入到云南、河南、陕北等农村腹地,全方位立体地向全世界展示了当时未获政治合法性的共产党领导的工农红军,在"灰暗中国"中发现了曙光,形塑了震惊世界的"红色中国"形象。斯诺的连续中国报道使中国在西方世界"变色",他的观点直接冲击了西方世界对中国的原有观念,甚至影响到西方国家的对华政策。斯诺的中国报道具有深远的价值,斯诺研究一度成为国内外的学术热点,但鉴于政治功利性的限定,大多论述只将斯诺视为同情落后中国的西方记者,盛赞斯诺报道的新闻价值及其写作手法的典范意义,机械地将他的著作文章与中国政治背景进行比照,对斯诺中国形象系谱形成的文化内涵及视像机理缺乏综合和深层的探讨。在研究材料上,侧重于 20 世纪 30 年代斯诺的中国报道,而忽视斯诺报道的整体中国形象和系统中国观;在研究方法上,大多沿用社会学的方法评论斯诺的新闻工作贡献,而忽略斯诺中国报道中的文化立场和精神内涵。

　　如今,在东西方交融的全球化语境中,当政治一体化的全能乌托邦社会环境逐渐改变,意识形态单一标准失去界说的自足,斯诺的红色中国形象交织在各种纷繁复杂的话语中,其价值变得暧昧模糊。如果简单地从政治功能和社会价值来考察斯诺的著述,即使给予再高的评价也只是停留在单向度的片面思考。因

---

　　* 原题为《论斯诺的红色中国镜像》,载于《鲁迅研究月刊》2011 年第 6 期,第 59-64 页。

此,面临全球化的时代境遇和东西方文化交融的文化场景,重新评估斯诺中国形象的书写和传播的历史价值和文化意义显得尤为迫切,这也有助于我们能够理性客观和全面整体地认识西方话语中的中国形象的历史衍变,从而可以更加真切地把握世界文明的发展方向,认清在现代化、全球化趋势中中华民族应有的身份认同和文化立场。

一、视像:红色中国镜像

视像为通过视觉方式得到的富于感性的材料集合。斯诺构筑的中国形象是有着红色革命指向的人、事与社会背景的大量材料,是对中国社会的全面观照。这一中国新形象基于世界政治经济文化格局的变化,契应着改写中国这一被压迫民族的整体形象的时代需求。第一次世界大战后,中国社会的经济文化逐步与世界现代化发展接轨。传统中国在被迫现代化过程中开始出现自我要求,不断强化着自身文化身份表达,中国形象特征和内涵发生了重要变化。斯诺看到了随历史发展的中国形象新的契机和脉象,他通过新型的"看"的方式形成的中国形象的谱系,改变了传教士和西方商客的单向度的文化需求或逐利目的,以及随之形成的他者立场、陌生化眼光和排斥心理,提供了迥异于殖民扩张时代的西方人眼中的"中国镜像"。

1928年,年仅23岁的埃德加·斯诺远渡重洋来到中国,任美国人在上海办的《密勒氏评论报》的编辑和美国本土的《芝加哥论坛报》驻远东记者,开始紧密关注中国社会。在有生之年,斯诺一直致力于中国事件的报道。他一半以上的著述向世人展示了20世纪20年代至70年代近半个世纪的中国历史变迁。作为美国记者的斯诺,不是简要地进行中国印象述评,而是满怀热诚、积极地构建"中国形象"。在考察中国边陲地带和广大农村社会时,他既看到了中国的苦难和黑暗,又展示了中国苏区充满希望的革命风貌,对西方殖民话语中软弱萎靡和颓废溃败的中国形象进行了强有力的改写和反拨。在现代文明席卷世界的历史浪潮中,斯诺浪漫传奇的红色中国形象,摈弃了现代西方中心主义话语中的"灰黯"色调,在当时的西方社会引起了轰动。"1937年10月,英国戈兰茨公司率先出版,立即畅销,一月内重印三次,印量达10万册。美国兰顿出版社1938年1月3日出书,每天平均收到六百张订单,此书立即被译成六种文字出版。"①尤其可贵的是,斯诺的红色中国镜像揭示了中国社会变动的潜流和各种复杂矛盾,打

---

① 尹均生、安危:《中外名记者丛书·斯诺》,北京:人民日报出版社2005年版,第38页。

破了一成不变的单面固化的中国形象。随着中国社会的发展,斯诺对中国的认知也在不断深化,这一形象构建前后共经历了三个阶段。

第一阶段为初涉中国,作为冒险家和旅行者的阶段。这一阶段以许多发表在《密勒氏评论报》上的散篇报道为主,撰写了大量中国城市乡村社会概貌的文章,其中以1930年他亲历中国云南边境,后集为《马帮旅行》一书为代表。斯诺并不是以观光姿态来描写他眼中的中国形象,而是更多地把目光和笔触投向中国人的生存状态和社会状况。"我所追求的,并不是舒适,而是事件"①,斯诺关注社会现实,具有强烈的社会责任感。他在借助马帮旅行时,了解了云南边境的军阀割据林立、各方势力明争暗斗的复杂状况,体验到中国西南地区各族百姓艰辛的生存事实,大量记载了兵士、僧侣、土匪和妓女等底层边缘人群的人生际遇。斯诺本着民本立场和人道主义思想,通过在中国政治、文化边缘地带的探险,加深了对中国社会的全面了解,为他的"红色中国"探索提供了充足的准备。

第二阶段为深入中国,构建红色中国的阶段。此时的斯诺深度介入中国社会矛盾,关注民众疾苦,他对中国政治女性代表宋庆龄及知识分子代表鲁迅进行了专访和深度报道,进而出版了享誉世界的《西行漫记》。这些文章是斯诺的中国形象最鲜明、最具特色和最核心的组成部分。斯诺亲身感受中国人摆脱苦难现实的强烈愿望,他同情和支持中国人的觉醒和反抗。斯诺认为"十分年轻的中国,正在竭力为自己在现代世界中争得一席之地"②,中国能够并应该达到他心目中的"独立"要求,实现"民主"社会。由此,斯诺惊喜地发现了中国工农红军的革命行动,并赋予其光明的象征意味,以"红星照耀中国"为题预设中国未来的光明前景。这一阶段的斯诺积极赞扬为自由而抗争的中国人,为"红色"革命合法性强烈呼吁,在阶级矛盾尖锐的中国现实中,激进的斯诺甚至呼唤席卷世界的"革命"浪潮。

第三阶段为新中国成立后的中国社会报道,在以《漫长的革命》为代表的著述中,介绍新中国成立后的社会状况和百姓的生活状况,其中表露了斯诺对当代中国政府的善意提醒。这一阶段,斯诺作为执掌政权的革命者的老朋友,他的身份角色限定了他的视域和行动范围,但他还是敏锐地发现了红色中国中的困惑和费解现象。他在尽量客观描述新中国社会现象的同时,在平实的叙述中间或夹杂疑惑。斯诺不仅在对毛泽东个人崇拜上,还对发生的"文化大革命"的整体评价上表现出不偏不倚的客观审慎态度。他认识到"这是一段令人

① 埃德加·斯诺:《马帮旅行》,昆明:云南人民出版社2002年版,第34页。
② 尹均生、安危:《中外名记者丛书·斯诺》,北京:人民日报出版社2005年版,第123-124页。

感到迷惑的历史"①。新中国成立后作为国家座上宾的斯诺，保持着对政治权力的警惕。斯诺陈述事实和记录现象，而不简单进行价值判断，尽量保证报道的客观和真实。然而，鉴于当代中国强烈的政治意识形态及斯诺当年的《西行漫记》影响太大，斯诺在这一阶段中国形象中的态度和立场一直未获得足够重视。

斯诺对中国形象的塑造具有鲜明的当下性和强烈的社会责任感，他的红色中国镜像与 20 世纪中国剧烈的社会变革相应和，具有内在规定性。第一阶段为形塑红色中国的预热期，斯诺从西方惯见的"灰暗"中国中逐渐发现了中国的特色和历史规律；第二阶段斯诺以中国民众立场为基础，深刻揭示了中国社会发展中抗拒霸权和专制的政治合法性，并展示了古老中国的生机和朝气，一扫西方世界中没落和腐败的中华帝国定位，构筑了最深厚最鲜亮的中国形象；第三阶段斯诺中国形象的塑造消逝了革命的灵光，平实而客观地展示了"红色中国"形象的杂色和繁复。三个阶段的红色中国形象表现了斯诺对现代中国历史过程的渐进深入和逐步洞悉，也深刻地揭露了中国形象背后不同政治文化权力的斗争和共谋。

二、视点：底层民众立场

视点为人们认识事物获取知识的立足点。图景形象等具有视觉现代性的表达方式契合了现代人力求客观准确把握世界的求知心态。人们充分信任视觉语言可以通过复制事物抵达世界本真，往往忽视了视觉成像也有角度、视点、画框等限定条件。近现代以来中国形象特征的改变与西方世界参照体系和视角的改变有关。中国作为东方帝国的没落和衰败与西方世界的崛起历史，与西方社会以他者眼光对中国的排斥和异化所形成的中国想象有关。斯诺笔下的"变色"中国形象也是对西方世界视点的修改和校正。他从"中国革命青年们"②的角度，深入到劳苦大众的生存状况中，从根本上放弃了俯视中国的西方外族优越心理，确立了立足于中国民众和中国国情的新视点。

（一）生存权力为主导的人性观

工业革命后，西方文明强势话语得以确立，在现代西方中心主义理念中，低

---

① 埃德加·斯诺：《漫长的革命》，北京：东方出版社 2005 年版，第 61 页。

② 埃德加·斯诺：《〈西行漫记〉1938 年中译本·作者序》，《西行漫记》，董乐山译，北京：解放军文艺出版社 2002 年版。

劣、愚昧的中国形象逐渐成为共识,中国成为西方价值的否定对象,贫穷、落后的中国理所当然地成为西方文明改造的对象。作为新闻记者的斯诺,他的报道始终坚守中国本位立场。近现代中国有着特殊的国情,无论是解放前还是解放后,作为世界上人口最多国家的百姓生存权力才是中国人的人性基础。斯诺的报道切中这一根本,深切关注中国人的生存状态,他明确指出:"在旧中国,生存问题的斗争是在有几千年最残酷的掠夺性的人剥削人的传统社会里进行的。"[1]看到中国人遭遇的特大水患时,斯诺完全取消了国别界限和文化差异,表现出强烈的人道主义精神:"我在中国看到如此深重的苦难,其中有许多渗透到我的血液里了。也许因为我还年轻,这一方面的感触要比别人深,这些苦难使我悲痛和不安。……我认为,我们应该尽一切努力,使他们恢复生存的希望。"[2]斯诺此番发自肺腑的感慨,说明他在中国问题上已经牢固树立了解决生存问题的基本理念,这种理念已迥别于西方中心主义话语对中国的态度和立场了。

斯诺的中国形象特别强调生存权力。面对中国人残酷的生存现实,斯诺充满了同情和关切。他的中国报道以中国国情民生为基础,深层次地体会统一的中国形象之下底层民众的痛苦,他为失语的中国百姓呼吁,代表缺席的中国民众声音,他呈现的亟待解救的苦难民族的中国形象,已改变了近现代西方视野中的傲慢自负又愚昧落后的中国官方文化心态。斯诺的中国立场超越了狭隘的国家民族界限,表现了普遍广阔的人性关怀。斯诺这份深厚的人文意识也使得他理解认同中国共产党人的理想目标,支持中国社会中的各种抗争力量,从而打破了西方现代话语构筑的统一、刻板和偏狭的中国形象。

(二)解构意识形态幻象

斯诺突破了晚清以来西方世界眼中破败的中国形象局限,通过破除不同时期的意识形态幻象,向被遮蔽和忽略的民间社会和边缘区域寻找真实的中国声音。正是这种靠近底层百姓和疾苦民众的真实探索之路,才使得斯诺自觉拒绝当时的上层意识和生活方式,不盲目接受既有的定见,在展示中国现象,剖析中国问题时,总是有意与权力核心的权威话语保持一定的距离,自动疏离核心权力的覆盖和遮蔽,营构出相对真实的红色中国镜像。

基于意识形态的怀疑,斯诺才不会被各种关于红军的谣言所阻隔,他冲破重重围困冒险踏上寻访红军之路。他带着一连串的问号进入苏区,通过漫长艰难的采访全方位地报道苏区社会,对当时国内外流传红军的神化妖魔化言论进行辨析,对意识形态祛蔽。斯诺的独立判断还体现在对毛泽东的评价上。他既努

---

① 埃德加·斯诺:《斯诺文集》卷一,宋久译,北京:新华出版社 1984 年版,第 1-2 页。
② 尹均生、安危:《中外名记者丛书·斯诺》,北京:人民日报出版社 2005 年版,第 113 页。

力展现毛泽东的不凡气度和人格魅力，又警惕人们过度的个人崇拜。斯诺初晤毛泽东，认为"他是个面容瘦削、看上去很像林肯的人物"①。斯诺将毛泽东类比于林肯，即赋予了毛泽东在民族苦难和时代艰危中担当大任的民族领袖期待。他拍摄的毛泽东照片形神具备地抓住了这位神秘红军领袖的侧面凝眸瞬间，契合了庄严化和神圣化的伟人形象，给全世界留下了鲜明而深刻的印象。同时，他清醒地指出，"切莫以为毛泽东可以做中国的'救星'。这完全是胡说八道。决不会有一个人可以做中国的'救星'"②。尤其在新中国成立后，他发现中国社会的毛泽东"个人崇拜"现象越来越盛时，他延续了解放前对中国的感情，认同中国共产党的历史作用，当面直接袒露他的担忧。在对新中国社会的考察中，斯诺这种情感和理智上的分离，使他在中国形象塑造中融入了新的内涵和异质元素。斯诺与意识形态保持着有效的距离，使得他的中国形象能够真实客观。

　　为了如实呈现中国状况，尽可能排除意识形态话语权威的遮蔽，斯诺还特别注重新闻报道的形式和方法。他通过不同层面和不同角度的多声部叙述使读者获得理性和清醒的判断。初涉中国进行新闻事件报道时，他既接受采访国民党高级官员的任务，又不放弃与底层各色人群接触的机会；深入中国社会时，他报道了中国当时思想活跃的知识分子阶层，又深刻地描摹了底层百姓的生活和精神状态；当代中国报道中，他既正面刻画中国领导人的表现，又从侧面记载自己的所见所闻，还特别提供了一般百姓的表现，甚至提出自己的质疑。在进行人物报道时，斯诺既突显了他们的社会角色和政治功能，将其置于中国现实社会历史发展规律的政治公共体想象中，也关注到他们作为个体的行为方式和背景材料，描述其在私人空间中的表现。在刻画红军领导人时，既注意到像毛泽东一样的生活习惯上的随意，善意地理解他们在生活中的不拘小节，同时还有意突出共产党人对精神信仰等重大历史问题高度关注的群体精神特征。在斯诺的报道中，多个层面的观察视角既保留了丰富复杂的历史面貌，也构建了丰富而立体的话语世界，使读者在对话中寻找到相互佐证、潜在交流的可能，从而可以减少不同视角视线限制造成的遮蔽和偏颇，同时也体现了斯诺在新闻报道中对于"看"的视角局限的一种警醒意识。

　　斯诺底层民众立场为基点的审视视角得益于新闻记者的价值立场和思维方法。新闻报道客观、中立的理性意识铸就了他客观、冷静的执笔风格，而新闻记者紧抓瞬间的职业敏感又使他能够从被掩埋或被遮蔽的现象中展现"曝光"意识，而后又能透视现象快速确定事物的本质和根本，给人以鲜明的印象。

---

① 埃德加·斯诺：《西行漫记》，董乐山译，北京：解放军文艺出版社2002年版，第54页。
② 埃德加·斯诺：《西行漫记》，董乐山译，北京：解放军文艺出版社2002年版，第55页。

三、视界：东西方文化交融

视界是指"看"时的历史文化背景所形成的价值系统。不同历史文化背景将形成不同的思想观念和视觉定式，表现不同的价值判断。斯诺对中国社会和历史的解读有别于近现代西方殖民者的惯见定见，他的中国形象背后的价值观体现了东西方文化的交融。

（一）体验东方神秘思维

中国作为古老东方帝国对于西方世界充满了神秘色彩，在近现代中国国门被迫打开后，西方人眼中的中国成为落后、愚昧、不开化的东方专制代表，从至尊中国到卑贱中国的形象改变，集中体现了西方世界现代观念下的东方主义想象的优越心理和他者心态。斯诺面对中国现实，没有将自己的价值理念和思维方式强加给中国文化，对中国社会表现出尊重和理解。叙事是"一种传达人生经验本质和意义的文化媒介"①，斯诺对"红色中国"的故事叙述关涉其人生经验，渗透到对中国未来的期待中。年轻的斯诺随船环游世界来到中国，本着对另一国度的新鲜感的追逐，表现出别具一格、独树一帜的行为方式，他的报道中充溢着冒险家的冲动，神话构建的内在动力激发了他的叙述动力。在《马帮旅行》中，斯诺作为异族旅行者，以一位猎奇者、探险者的姿态介绍他所踏上的陌生领土，保留了开拓蛮荒的新奇目光。斯诺对中国的介绍不是立于一种自以为是、了然于胸的先知叙述，而是对中国作为异地他乡的一种陌生化的场景营构，保留着他首次接触这些陌生环境的新鲜感受。

斯诺感受中国的新奇态度，与摄影技术追求无名的、没有被意识到的世界这一媒介新特性一致，作为一位手拿照相机的新时代记者，斯诺为当年的红色苏区留下了大量的照片，他在当时外界舆论屏蔽的新空间中以相框的形式构建了一系列"红色中国"影像，这种新媒介带来的新感受，也直接影响了他用文字语言描述自己感受到的陕北苏区。他花大量的篇幅描述自己去陕北之前的曲折经历和不凡遭遇、以各种猜想来刻画未见面的共产党人的神秘气质和不凡处境，为读者营构了辽阔的遐想空间。斯诺通过近乎原始野味的类侠盗世界的描摹，为自己的解密行为营造了传奇性的阅读氛围。在介绍红军将领和红军故事时，斯诺紧紧扣住他们的传奇经历，极力突出他们的神勇性，如贺龙的超人胆识和"菜刀闹革命"的传奇经历，抓住了徐海东的阶级仇恨和英勇善战。斯诺在此处设置的时

---

① 浦安迪：《中国叙事学》，北京：北京大学出版社 1996 年版，第 6 页。

空条件和氛围，提供给读者陌生和新鲜的感受，并以一种解密的心态引导读者，在寻求探险的刺激中享受阅读带来的揭秘的魔力和快乐。通过巧妙地设置节奏、适时逐步地提供信息和不间断地给出神秘的答案，有效地控制了叙事节奏，间或夹杂的传奇色彩和乡野的浪漫情调，获得了神话传说式的阅读效果。斯诺的中国报道既提供了大量事实，又保留了传奇的感受和体验，既具有新闻报道的可信度，又引人入胜。

（二）契应西方文化背景

斯诺虽然对中国文化充分尊重，对中国民众满腔同情，而作为一名西方记者，他对中国的审视无法摆脱西方身份意识和文化观念的框定。在介绍云南传说时，为了说明一匹马的非凡力量，斯诺特意用了"像希腊神话中的飞马珀伽索斯（Pegasus）一样"这一能够引起大家情感认同和阅读兴趣的比喻。在他记载中国发生的洪水灾荒中，开篇以自己熟悉的西方文学名著《悲惨世界》为引子，唤起读者的阅读兴趣，消除其对发生在中国大地上的社会事件的陌生感。在论述鲁迅笔下的阿 Q 这一形象时，他也引用了为西方人所熟知的堂·吉珂德这一西方经典名著中的形象作对比，"阿 Q 是个堂·吉珂德式的逗人发笑的人物"[1]。显然，在斯诺的精神世界里，西方人的历史背景和文化视角不言而喻，而斯诺写作过程中的潜在读者的定位也是有着西方文化背景的读者，他提供的消除隔膜、降低难度的阐释，说明和比照的材料也是为西方读者所熟知的背景资料。因此，在行文中，他也总是以自己的国家为参照，"如果这种灾难发生在美国，它虽然震动全国，还可以得到有效的处置，使生命的损失降到最低限度"[2]。值得庆幸的是，青年斯诺来到中国并不带有强烈的现实功利目的，斯诺的家庭出身和成长经历使得他能够深入一般民众生活，面对作为他者的中国社会状况，能够以更宽广和更包容的心态努力进行文化对话，将自身的西方价值观念与中国现实对接，表达中国本土诉求。这样就避免了西方强势话语的傲慢姿态造成的狭隘和窒闭，反而以外国人的他者身份获得更多的理性和清醒。他的宗教情结、人权意识和自由思想都自然地与处于弱势中国民众的救赎意识、反对特权和反抗思想等文化资源相对接，形成了既融合东方文化又契应西方视野的新视界。

（三）坚守民族平等意识

自鸦片战争后，西方人的傲慢心理和中国人的"崇洋"心态不断催生着西方

---

[1]　尹均生、安危：《中外名记者丛书·斯诺》，北京：人民日报出版社 2005 年版，第 126 页。

[2]　尹均生、安危：《中外名记者丛书·斯诺》，北京：人民日报出版社 2005 年版，第 107 页。

人的身份优越感,斯诺虽然也感受他置身中国的外国人的各种特权,但他还是充分尊重中国人的传统、国情和意愿。当他站在西安城外的皇城遗址,表现出对中国文化的充分尊重,强烈意识到中华民族为尊严的抗争是具有历史合理性和现实合法性的,"我无法向你形容那一时间在我感情上引起的奇怪冲击——由于我们所在的环境这么强烈,又是这么奇怪地富有预兆性质,这么奇怪地超脱于我,超脱于中国的那部分变化无穷的历史"①。斯诺在游历中国、感受中国人的痛苦时还不时地表现出对特权身份的拒绝和对特殊待遇的自觉克制。在考察中国边陲环境的路途中,斯诺明显感受到:"我是外国人,绝大多数的云南人对我都抱有一种敬畏的态度;只要我说我愿意付钱,还从来没有任何人不让我住。"②"马帮很高兴带我走。有一个外国人在,马帮队伍的档次就提高了,我在无形之中能起一种保护作用。"③作为拥有强势话语和优越心理的西方人,斯诺并没有心安理得地接受特权,反而在感觉到中国人的弱势心理时表现出不安和内疚。在中国境内,斯诺将自己视作西方人的外来身份介入中国文化历史场域,不断消除因陌生造成的文化隔膜。

四、结　语

哈贝马斯说过,"以文学公共领域为中介,与公众相关的私人性经验关系也进入了政治公共领域"④。斯诺正是借助于现代传媒这一公共空间,结合自己的价值立场践行其政治主张。他以一名新闻工作者的职业敏感积极关注中国历史的巨大变革,在全球化扩张和西方现代性不断延展的文化语境中较早塑造了"红色中国"的正面形象,重塑了中国人灵魂,展现了中国的精神面貌,助推中华民族的全球化、现代化。斯诺的中国形象与现代西方强势话语中的中国形象的差异在如下三方面为我们提供了启示。

(一)怎样书写才是真实的中国形象?

近现代以来,西方塑造了大量负面的中国形象,深刻地影响了中国的历史进

① 中国史沫特莱、斯特朗、斯诺研究会:《〈西行漫记〉和我》,北京:国际文化出版公司1991年版,第93页。
② 埃德加·斯诺:《马帮旅行》,昆明:云南人民出版社2002年版,第81页。
③ 埃德加·斯诺:《马帮旅行》,昆明:云南人民出版社2002年版,第104页。
④ 哈贝马斯:《公共领域的结构转型》,曹卫东等译,上海:学林出版社1999年版,第55页。

程和文化发展。在西方文化背景下，斯诺塑造了完全不同精神面貌的中国形象。近年来学界又不断出现对中国工农红军和中国革命过程中出现的各种问题的深刻反思和尖锐批评，更倾向于晚清以来的"灰色"中国，认为这种形象才是真实的中国形象，才符合亟待现代化需要知识分子进行启蒙的中国形象。"灰色"与"红色"，到底哪种形象书写更贴近中国的真实？立足于全球化思潮成为无可抵挡的世界潮流的今天，至少，"红色中国"作为20世纪中国形象的一个维度，丰富了这一历史时期中国形象的内涵，不断地提醒着后人在认识历史时应充分考虑到历史的复杂性和多面性。

（二）以什么样的文化立场书写中国形象？

传统中国因地理空间的隔绝，在西方世界的陌生化塑造中一直处于背离本体的异化状态，不是被无限美化、神化，就是无端地被丑化、妖魔化。作为他者的文化角色使得中国形象的写作者受他者心态影响，更多地注意到中国形象与自身文化形象相异的质素，使其具有一种被夸大的漫画效果而偏离事实。斯诺则尽量以靠近中国现实的姿态充分尊重中国的历史和现实，在民间社会寻找到文化间的相互理解和深层次的契合，通过西方文化的反思自律克制自身的文化"他性"，从而打破了对中国形象表层经验的刻板认识，同样是他者身份却获得了另一种特质的中国形象。斯诺的书写立场提醒后人在各种形态的中国形象中需辨别作者的文化立场和写作目的。

（三）以何种载体来塑造中国形象？

斯诺的中国形象能够在西方社会引起轰动并得到广泛传播与他借助于现代视觉技术成果——摄影密切相关。斯诺在《西行漫记》中提供了大量的照片，这些照片成为展示中国红军战士和领导人精神风貌的最有力证据。这些以定格的方式抓住细节和固定瞬间的新视觉方式，分别从时空的不同角度揭示了作者所要集中提炼的现象，以进入相框的新视觉机制挖掘形似无意识的客观影像中的意义标准，并将他们纳入新的意识框架，以逼真、生动和无可争辩的影像存在建立新的价值系统。由此，斯诺镜头呈现的照片配合文字说明，成为中国形象的新气象，这种感性、直接又鲜明的全面阐释方式，与鸦片战争后用文字记载或者口述中国现象的旅行家、商人和传教士有了质的区别，塑造中国形象的不同载体及载体介入带来新的遮蔽和误读，也为我们进一步解读中国形象提供了新的切入点。

在人类现代化过程中，西方价值观念逐渐占据主导地位，西方社会甚至一度蛮横地将中国等东方国家强硬地纳入自身价值体系进行生硬地评判，而这些民族国家被视作全球现代化的障碍，在东西方文明融合过程中被扭曲和否定。在此过程中，作为西方人的斯诺在镜观中国社会时，即使难以避免自身文化观念的镜子作用,仍努力以中国社会和问题为主体,避免自身镜子反客为主的主观化的"中国形象",这在西方世界中显得尤其难能可贵。但是,斯诺提供的中国形象在中国当代政治意识形态语境中,也受到了另一面的夸大和歪曲。当代中国大多从政治学视角与革命价值功能来单向地肯定和褒奖斯诺,往往忽视了斯诺理性、客观的态度基于更为广阔的社会和文化的背景、东西方价值观念的差异,忽视斯诺多元文化观念的多渠道表达,忽视其对于文字符号之外的新视觉机制的运用,甚至忽视潜藏在中国形象内在的矛盾和缝隙,使斯诺眼中的中国形象显得抽象、单一而片面。在现代化、全球化理念日趋理性的今天,我们重新来审视斯诺笔下的中国形象,既可以看到西方视角中中国形象的另一个向度,又可以意识到现代文化的许多新理念对铸造中国形象的重要意义,历史上所有中国形象的塑造和传播的价值意义才能获得清醒的认识和公正的评价。

现代文学中杭州形象的解读与反思[*]

　　中国现代文学的产生与中国城市的兴起有着千丝万缕的关系,关于城与人的故事成为现代文学的重要题材,老舍笔下的北京城,巴金、李颉人笔下的成都,左翼文学运动中的上海,张爱玲笔下的香港,这些历史名城以新的传奇承载了20世纪的民族苦难,记录了中国文化现代化进程中的巨变和阵痛,体尝着中华民族新灵魂铸造的困顿和艰难。

一

　　新文学以来,江南历史名城杭州在"古城新说"的潮流中却显得寂寥落寞。虽然浙江养育了一大批现代文学的奠基者,浙籍作家深刻影响了中国新文化进程,作为浙江的首府,在剧烈的文化转型过程中,杭州却淡出隐退到时代浪潮的边缘,固守秀山丽水和名胜古迹的形象传统。虽然杭城是许多现代文人难以拂去的情结,俞平伯、朱自清、叶圣陶、徐志摩、戴望舒、鲁迅、郁达夫等作家都留下了一些关于杭州的文学作品,或是描绘自然风光,或是描摹世态人情,但是能够纳入文学史作为经典的大作力作并不多。杭州在现代作家的笔下少见概貌和全貌,常见只取一景一物、一人一事的零星记载。综合所有的杭州形象,最为突出的是湖畔遗韵、雷峰残景和雨巷清香。

　　清新浪漫的西湖美景作为杭州新形象进入现代文学史。满怀青春憧憬的年轻诗人感受到新文化的洗礼,在西子湖畔充满深情地放声吟唱。充满生命活力的湖畔诗"虽有工拙,但多是性灵底流露"①,年轻的少不更事的诗人以纯净的情

　　*　原文发表于《中国文学研究》2006年第3期,第74-78页。

　　①　朱自清:《惠的风·序》,《汪静之先生纪念集》,上海:上海书画出版社2002年版。

感赞颂大自然,将自然美的感受转化为对爱的追求,勇敢袒露自己对爱情的向往和所恋之人的爱慕,"妹妹 你是水——你是清溪里的水/无愁地镇日流/率真地长是笑/自然地引我忘了归路了"(应修人《妹妹你是水》)。自然率真的初萌心潮与天然清丽、空灵隽永的西湖山水相契合,即使在传统伦理道德的重重压抑和层层屏蔽下,湖畔诗人也无法抑制内心情感的涌动,他们以现代诗这种全新文体,结出了中国新诗创作的硕果——《湖畔》诗集,这也是中国现代文学史上的第一个诗集,显示了新的时代脉流中的"新鲜风味"①。湖畔诗人以个我和真我形象表达了对新的时代气息的感受和接纳。他们的诗作不仅真诚地体现了诗人对爱的向往和对美的追求,而且不断地传递纯真、质朴和美好情感受到传统道德和陈旧思想抑制的痛苦。如潘谟华的《隐痛》、汪静之的《过伊家门外》等诗歌,都明晰地传递了诗人追求爱情和美好爱情受挫的真情告白,形成错落有序、起伏别致的情感抒写。诗人们把青春的苦闷揉合在西湖的自然风物中有克制有分寸地表达出来,现实中的挫折感和愁情苦意经过西湖柔媚山水的过滤和提炼,与传统文人感受杭州的体验相契合,又应和了五四文化的时代音符,因此,这些诗作即使"颇幼稚",也得到鼓励和赞赏,"情感自然流露,天真而清新,是天籁,不是硬做出来的"②,诗作中清新的、纯净的、浪漫的、忧郁的青春柔情,既承接了杭州的遗风古韵,也是在新的时代氛围中勾勒新杭州形象的开始。

湖畔诗作萌生了现代文学中的杭州新形象,雷峰残景进一步成为作家从现代性角度书写杭州的典型意象。雷峰夕照是标志性的西湖美景,因为《白蛇传》的民间传说使这一胜景更增添神秘色彩。雷峰塔从西湖所有景物中独立出来,成为文学叙事中杭州古典形象向现代转换的契机,与雷峰塔相关的《白蛇传》传说以及对倒塌原因的探究成为现代文学中不断重述的事件,成为 20 世纪文学塑造杭州形象的一大主题。雷峰塔作为文学意象映射了当时杭州城市的形象定位,破败的雷峰塔有着丰厚的历史积淀,在现代观念中却成为自由、爱情的绊脚石,成为压抑正常人性的象征,雷峰塔的倒塌似乎正隐含着从古典杭州转向现代杭州的时代宣言。现代作家透过雷峰塔思考其内在隐喻,以现代性视角重新评判雷峰塔的价值,徐志摩在《雷峰塔》中表达了对白娘子的同情,"她为了多情反而受苦/爱了个没出息的许仙她的情夫/他听信了一个和尚一时的糊涂/拿一个钵盂把他的妻子的原形罩住/","到如今已有千百年的光景/可怜她被镇压在雷峰塔底/一座残败的古塔凄凉地庄严地/ 独自在南屏的晚钟声里",显然,诗人寓白蛇以丰富的人性内涵和情感的尊重,作为镇妖之塔的雷峰塔也就成为人性压

---

① 胡适:《蕙的风·序》,上海:上海亚东图书馆 1922 年版,第 5 页。
② 公木(主编):《新诗鉴赏辞典》,上海:上海辞书出版社 1991 年版,第 115 页。

抑情感的工具,成为现代文学以人性的标准批判的能指。基于相同的价值立场,雷峰塔的倒塌不仅不会使鲁迅惋惜,反而令他感到庆幸,于是就有了《论雷峰塔的倒掉》和《再论雷峰塔的倒掉》。雷峰塔成为现代文学中进行国民性批判的借代,杭州形象由抒写性灵转向对人性的揭示和批判。文人们还发现:曾经"自古繁华"的杭州易于滋生重利轻义的社会习气,文学作品中出现了美丽景致与丑恶人性背离的现象。郁达夫的《杭州》作为现代杭州的总结性散文,极力描绘了杭州人的人性之丑陋,"意志的薄弱,议论的纷纭;外强中干,喜撑门面;小事机警,大事糊涂;以文雅自夸,以清高自命;只解欢娱,不知振作等等,就是现在的杭州人的特性;这些,虽然是中国一般人的通病,但是看来看去,我总觉得以杭州人为甚。所以由外乡人说来,每以为杭州人是最狡猾的人,狡猾得比上海滩上的滑头还要厉害"①。徐志摩的《丑西湖》和丰子恺的《西湖船》都可以视为现代作家揭示和批判"丑陋杭州人"的有力证据。当诗人名士以脱俗的标准来界定西湖之美时,发现被现代化步伐裹挟着的杭州人不断地暴露现代文明的种种弊端,这既是传统士大夫审视视角的延续,也表明了城市现代化所产生的新变并未完全被现代作家接纳,现代作家心目中的杭州与现实杭州间的罅隙开始拉大。

忧伤又悠长的"雨巷"成为书写杭州的一大成功意象。这是出现在 20 世纪 30 年代的杭州形象的缩影,它有别于古典杭城的明媚秀丽,却突显了江南都城的细腻、绵长、蕴藉的精神气质。诗中柔弱的叹息、凄清的身影,准确地表达了知识分子面对浓重的压抑和激烈的冲突的困惑和孱弱,在风起云涌的时代浪潮前惮于前驱又不甘于滞后的犹疑痛苦的心态,浓墨重彩的风景画转化为朦胧迷离、依稀可见的淡淡剪影。杭州在世俗性的冲击下,消散了笼罩在古都的静谧持重和江南山水的经典美,只能在雨幕中追寻孤独,品尝落寞,咀嚼虚空。杭州的文化传承散落在市井里巷,陋巷窄街构成了杭州的江南风味,有着浓郁的文化特征和自然标志的杭城逐渐消失自身的历史印记,人与城一样,彷徨在雨巷里化为虚无。当诗人留恋于雨巷时,丁香一样的姑娘成为梦幻中的影子,成为无根的诱惑,走进那悠长的雨巷时,也失去了在狭长的生存巷道寻找安全的心理期待,引发现代社会带来的无尽漂泊感。在 20 世纪无可阻挡的现代化进程中,戴望舒的《雨巷》成为杭州纳入城市现代化的历史节点。当若有若无、朦胧迷离的雨巷清香成为杭州的代言者时,杭城就成为既没有起点也没有终点,在现实中颓败却能够被梦幻修饰得美轮美奂的典型,现代人只能在消失了古老皇都记忆的城市的破败城墙下寻求精神归属。

---

① 郁达夫:《杭州》,《郁达夫文集》第 3 卷,广州:花城出版社 1982 年版,第 272 页。

自重书湖畔遗韵、审视雷峰残景到捕捉雨巷清香,现代文学中的杭州形象的改写暗隐了 20 世纪初杭城从西湖风光的古典风味向市井巷弄的现代状貌转变,也指涉了由古典杭州向现代杭州转换的空间迁移路径。

二

自然山水和人文精神经过长期融合,构成充分的自足机制,形成超稳定的文化系统,内化为杭州的城市品格。随着城市现代化进程加快,杭州在承续人文传统时也吸纳了现代文化气质,闲适成为杭州标志性的文化心态。面对 20 世纪剧烈的社会转型,杭州充分显示优雅和悠闲,在感受新的文化思潮时反应迟钝,缺乏主动精神和积极态度。纵观整个现代文学史,杭州形象模糊,少见开风气的先驱者形象。在大量关涉杭州的文学作品中,从文体上看,散文比小说多;以题材选择言,描绘杭州风景的多,刻画杭州人情的少;就时代特征而言,传闻掌故居多,而涉及当下状况的少。搜检现代文学中的杭州形象,更多的是吟咏风花雪月的美文和描摹世情的凡人小事。现代文人对杭州的定位,依然无法摆脱"暖风熏得游人醉"的印记,即使是杭州的现代气质也需要置于古典印象中进行比照,所以,现代文学并不关注新文化思潮给杭州带来的影响,甚至漠视杭州现代的新气象,进行新文学创作时依然难以舍弃已有的定见。具体体现为以下两点。

其一,现代文学中的杭州依然固守着古典风貌,杭州现代人性的描摹和刻画依然被历史厚土尘封。作家在写作过程中,常常不自觉地把风物景致与文化世情结合在一起,人与自然融合,构成物我两忘的境界,凝造出一片朦胧欲醉的氤氲。与杭城相联系的大量作品都是直接描摹西湖美景的作品,景物的描写远远超出对人事的刻画。景物取代人物成为这个城市的代名词,成为城市文化的精神符号。杭州城市的叙说被美丽的景致所涵盖,景致突显为杭州形象的主体,成为言说的重点,而人只能成为风景中的元素,从属于景的需要。从风景角度审视人,人类只能类同于静物,人类的生命活动被消隐,人类应对环境感召、体现时代脉搏的动态呈现被排挤在画面的边缘。现代文学中杭州人只存在一些零落的活动片断,其精神特质只作为一些抽象的概念和先验的定论出现,如"寒乞相"①成为杭州人内敛而低调的形象表达,郁达夫将"杭铁头"解释成"自以为是、自命为

————————

① 俞平伯:《西湖的六月十八夜》,《人生不过如此》,长沙:湖南文艺出版社 1993 年版,第 104 页。

直"①的浪得虚名。在这些符号下，现代杭州人"其实难副"，其精神内涵是空缺的。杭州的标志性景点完全涵盖了人的活动，甚至遮蔽、消弥了人的主体存在。

其二，与西湖美景的欣赏姿态相适应，现代文学中的杭州形象大多是游客笔记，采用浮光掠影式的"游客"视角，以"我"第一人称的叙述口吻复述"他乡"风景。对于杭州的叙述采用的第一人称叙述者"我"具有强烈的自主意识，在叙述时易深度介入，往往能够造成叙述的真实感。叙述者是否贴合对象本身取决于先验的价值理念。现代文学深受新文化思潮影响，许多现代作家对杭州存在着类似于海德格尔所说的"前理解"，而杭州山水造就的是优雅和悠闲，与现代文学中急迫摆脱民族苦难的时代主潮格格不入。杭城与时代思潮间的间离造成了作家对于杭州叙述的隔阂和屏障，许多现代作家自然对杭州心存芥蒂或者是有本能的拒斥心理。因此"游客"叙述"他乡"，既立足叙述者的经验又拉开了叙述者与叙述对象间的距离，许多作品往往是带着强烈的情感色彩又停留在表层的现场实录，而少有对杭州人文生态的全面、系统、深刻的考察，时代的先验评判和杭州既有的风貌组成了大部分现代文学的杭州形象。大多数与杭城联系的作品，一旦有了空间标志，时代文化的坐标系就相对暗淡和模糊，杭州似乎疏离于现代文学着力表达的忧患和苦难。

深受传统文化影响的杭州有着丰厚的历史积淀，现代作家尽管立场有别，态度不一，在面对文化记忆时总是难以摆脱既欣赏又排斥、既拒绝又留恋的矛盾。鲁迅是拒绝杭州最为坚决的现代作家之一，《再论雷峰塔的倒掉》就以西湖为典型，指责中国文化中存在的和谐、圆满的潜在问题，并冠之以"十景病"，面对这些"碍脚的旧轨道"，鲁迅认为应该坚决"破坏"，才有可能获得"新建设"。与此相较，深深浸润在杭州文化中的俞平伯，其笔下的杭州总能透露出亲近感，有纯净的西湖美景，还有杭城的人间世态，当他成为"独在异乡为异客"的游子时，杭城成为无可排遣的惦念，这份珍藏在内心深处的思乡情变得更加隽永悠长，"从车安抵城站后，我就体会得一种归来的骄傲，直到昂然走入自己常住的室为止"②。即使在杭州的底层繁杂之处，他也能娓娓道出许多妙处，"像清河坊，城站，终日是喧阗的市声，想起来只会头晕罢了；居然也能引出平伯的怅惘的文字来，乍看真有些不可思议似的"③。由西湖景色的柔美形成的安谧温馨的氛围，加之物产丰富，居民家底殷实，在充满烟火味的杭城作者始终有至家的温暖，俞平伯的散

① 郁达夫：《杭州》，《郁达夫文集》第 3 卷，广州：花城出版社 1982 年，第 272 页。
② 俞平伯：《城站》，《人生不过如此》，长沙：湖南文艺出版社 1993 年版，第 113 页。
③ 朱自清：《〈燕知草〉·序》，《朱自清作品精选》，长春：时代文艺出版社 2000 年版，第145-146 页。

文正是长期感受西湖景色加之丰厚的历史积淀形成的。

鲁迅和俞平伯分别代表了新文学中两种完全对立的杭州视角,由于两位熟悉杭城的现代作家不同的生活境遇、价值观念和审美取向而显现出完全不同的态度,但是这两种不同的态度却蕴含着他们对杭城的统一认识:温情和软是杭州最主要的城市气质。这一历史阶段的作家在面对杭城时表现出情感与理智的分离,生活态度和思想观念的背向,而郁达夫则把这种矛盾涵纳于自己的文章中。郁达夫在杭建造家园,寓居多年,他有意使自己游离于杭州文化,自称到杭州完全是出于生存需要,"妻杭人也,雅擅杭音,父祖富春产也,歌哭于斯,叶落归根,人穷返里,故乡鱼米较廉,借债亦易,——今年可不敢说——,屋租尤其便宜,铩羽归来,正好在此地偷安苟活,坐以待亡",试图划清自己与杭州文化间的界限,著文声明自己不好杭州人,历数其种种弊病,即使是早有定论的西湖山水,也要"再来一两句简单的批评"①。同样,徐志摩沉浸在杭州的山水中时,感受到"奇异的力量"和"奥妙的启示"②,但是当他陪同国外友人访华作为游客来审视杭州,却因为西湖边商家的俗化而"厌乌及屋",借用国外过客的话评判西湖,颇有愤慨。丰子恺在感受西湖时也有类似的矛盾心境,他们爱惜甚至怜惜杭州的景致,却很难接受杭城表现出的商业气息和利欲倾向。

三

杭州不仅是现代文化思潮的边缘地带,同时也是现代文学中被冷落的角落。杭州形象的疏离状态与 20 世纪中华民族的历史记忆、情感基调和时代意识有着内在联系。

杭城之所以被如火如荼、激烈亢奋的现代文学所淡忘,首先是因为在 20 世纪社会转型的历史语境中,杭州无形中牵动着具有强烈民族自尊心和时代责任感的中国文人的内心隐痛。历史上的杭州曾经是南宋的都城,南宋朝廷偏安江南后不思进取的软弱姿态和亡国记忆使得后世文人一直对杭州耿耿于怀,这种历史记忆也成为现代文人否定杭州文化的充分理由。即使曾经有过如白居易、苏轼等文人雅士在此留下大量佳话,杭州也不过成为在遭受政治挫折时以大自然美景抚慰受伤心灵的绝佳场所,而不是积极进取、奋发图强、忍辱负重、报仇雪

---

① 郁达夫:《杭州》,《郁达夫文集》第 3 卷,广州:花城出版社 1982 年版,第 271-274 页。

② 徐志摩:《天目山中笔记》,《志摩美文·巴黎的鳞爪》,成都:四川文艺出版社 1999 年版,第 54 页。

恨之乡,加之南宋偏安临安的屈辱历史,杭州已经成为软弱者的精神避难所,成为安逸享乐的代名词,与民族尊严背道而驰。在 20 世纪这样一个面对各种民族耻辱,强烈要求民族振兴,维护独立意识的特定的历史场所中,它怎么能够受到关注和称道呢? 在没有从古代气质转换成现代角色前,杭州无法成为时代中心。当郁达夫迁居杭州时,鲁迅强烈地反驳,有诗为证,"钱王登假仍如在,伍相随波不可寻。平楚日和憎健翮,小山香满蔽高岑。坟坛冷落将军岳,梅鹤凄凉处士林。何似举家游旷远,风波浩荡足行吟。"①张爱玲的《五四遗事》记载了五四青年所经历的个性解放和婚姻自主运动,最后就在杭州的湖光山色中消解了抗争的价值和意义。

其次,杭州文化所形成的闲适心态使之游离于现代文学的美学特征。"20世纪中国文学是在一种充满了屈辱和痛苦的情势下走向世界文学的。它那灿烂的古代传统被证明除非用全新的眼光加以重构,则不但不能适应和表现当代世界潮流冲击下的中国社会,而且必然窒息了本民族的心灵、思维能力和创造性,而且也脱离了奔向觉醒和解放大道的人民大众的根本要求。"②充满了屈辱和痛苦情势下产生的文学时刻感受到西方文明的强大攻势,强烈的危机感迫使他们无法认同悠然自得的闲适心态③,急于走向世界的中国现代文学当然无法安享传统文化的泽惠,更不能直接尊奉古典,中国现代文学始终怀抱着唤醒大众摆脱民族危机和苦难的"拯世"情节,尤其关注民族的苦难,关注大众的精神痛苦。产生在西湖边的文学作品无须背负沉重的苦难,被舒适和富足麻痹了心灵,缺乏对危机、苦难的深层体认。没有苦难文化观念的主体自然难以产生苦难意识,当然也无法承担苦难的精神价值,无法产生极致的状态,只在表面的和谐圆融中自我欣赏和自我满足。活动在文学杭州中的生命个体,习惯于着意于个人空间,在个人的心灵世界体悟自然和宇宙。杭州文化习惯于在个体的体悟中逐渐消解生命强力,即使是面对危机也很难产生富于弹性的生命形态,无法产生"大我"的无私,也不能产生不受时空拘囿的超越性的情感体验,危机和苦难常常转化为独自感伤。显然,此种文化品格与现代文学中强调民族的维护和发展,紧密关注社会主动参与现实的文学态度完全不同。当中国经历着传统文化向现代文化形态转型时,杭州城市文化在现代文学中成为一位躲在大众苦难后面低吟慢唱独自咀

---

① 鲁迅:《阻郁达夫移家杭州》,《鲁迅全集》第 7 卷,北京:人民文学出版社 1981 年版,第 155 页。

② 黄子平、陈平原、钱理群:《论"二十世纪中国文学"》,《文学评论》1985 年第 5 期,第 5 页。

③ 俞平伯:《西湖的六月十八夜》,《人生不过如此》,长沙:湖南文艺出版社 2002 年版。

嚼个人悲欢的秀丽的江南小女子形象,不能纳入推崇质朴粗砺之美的现代文学的主潮。在激昂亢奋和深重苦难的现代文学大气候前,杭城的失语和缺位在所难免。

最后,人的缺位更模糊了现代文学中的杭州形象。杭州确实不缺乏外在的生动的感性形象,历史的沉积早在自然地理的杭州中融入了无尽丰富的人文内涵,形成了变动不居的精神气质。现代文学中的杭州形象大多只是停留在自然景观和社会现实的表层现象上,而缺乏对杭州人现代精神气质的追究和探寻。由古典走向现代的杭州的蜕变过程,杭州山水和杭州人只具有抽象意义和符号色彩,在现代人眼里杭州仍然是一副静止的山水画,一个固定的文化标志,现代杭州人动态的精神气质往往不在场不到位,而城市现代化过程中惯见的贫苦百姓的群像却在杭城中缺失。作为一个城市,能够在人类文化史上留下鲜活的记忆,必须要具备人的生命活动,具有鲜活的生命形态,应该要有城市中的人的思考和活动。现代文学中的杭州人完全是被动地叙述出来,或者作为背景的点缀和陪衬,或者仅仅是景物描摹,而不是鲜活的生命活动,缺乏对杭州人的精神特质的具体深入的考察,更不会上升到人性层面上深究探索。现代文学中同时期的作品,无论是绍兴特色还是湘西风情,如果仅仅只有自然景观的临摹绝对无法构成地域特色。只有以富于个性和鲜明的人的活动和思维才能铸造鲜活的风俗画,绍兴之所以有鲁迅,作为绍兴人的鲁迅在反思自身,寻求更广泛意义上的人性建构。而杭州人几乎都沉浸在杭州文化中,缺少属于杭州自己的声音,缺乏自我,缺乏自身的定位和自我反思。杭州形象的缺失是钟情于杭州的所有作家的心结,当代作家王旭烽就坦言:"我心里一直有着一个梦想,就是在我的有生之年,能建造起一个虚构的文学的杭州。其背景都是杭州、西湖,但其内容不是感性的,而是理性的,哲学的。"①这番话是反思 20 世纪杭州文学形象的心得,也是试图寻求更高层次杭州艺术形象创作的内在动力。

杭州作为历史悠久的古城,几度辉煌,几经沧桑,凭借独一无二的西湖美景,经由历代文人墨客不停地打磨锤炼,已经成为全民族的精制艺术品。本雅明在《机械复制时代的艺术作品》中曾经提出现代化后的文化工业生产的作品更具备"展示价值",超越了传统艺术的"膜拜价值",传统文化的"光韵"尽管让人怀恋,但是在现代化的进程中也在逐渐地消逝②。杭城在现代文学中的形象定位是时

---

① 王旭烽:《曲院风荷·历史风貌与文化叙述》,北京:新世界出版社 2002 年版,第 406 页。

② 本雅明:《机械复制时代的艺术作品》,王才勇译,北京:中国城市出版社 2002 年版,第 13 页,第 19 页。

代氛围、美学思潮、作家心态和杭州自身精神品格共同作用的结果。在现代文学所置身的文化语境中,杭州形象无法紧密应和 20 世纪所热衷的进化论思想和革命话语,在张扬人的主体性、强调国家独立、维护民族尊严、主张力之美的、推崇苦难精神价值的叙事形态中,杭州无论是作为叙述场境还是文学意象被淡漠和被边缘化有着深刻的必然性。在考察现代文学时,面对杭州形象在现代文学中的思想深度缺乏、审美价值偏低、内涵不丰富、形象单薄的状况,需要检讨杭州文化品格的局限,杭州的"铁头"外形应该与内在的精神世界相一致,彻底改变屈膝求和只图享乐的"软骨头"形象。

除却检视杭城精神痼疾外,杭州在现代文学史上的塌陷与 20 世纪文学精神座标和审美标准直接相关。现代文学最为强劲的潮流总是与国家、民族、时代等集体主义话语相联系,强调文学的社会功能成为共识,但是,不可否认,以这种单一的标准来衡量现代文学也带来了创作和评价上的偏颇,人性的需求是多方面多层次的,过分强调文学铸造民族魂灵和社会功能的承担,也窄化了人性的内涵,造成整个 20 世纪文学的人性表现艰深有余,博大不足。文学不仅可以塑造人性,铸造民族灵魂,同时也能够为人性提供良好的存在空间。因为紧迫的民族危机感,现代文学的美学风格决定了文学更注重发挥前者的功能,但是从人性的全面发展来看,文学的两方面功能都不可偏废。宏大叙事在时代演进中固然不可缺少,而日常生活的描述和个人心态的叙述也可以丰富时代风貌。对现代文学中杭州形象失落的反思,从另一角度也质疑了整个 20 世纪的文学审美标准和文化定位,战争文化逐渐退隐,休闲文化逐渐盛行,和谐、圆满逐渐被人们所推崇,人性化的内涵也在更替,杭州的文学形象能否得以改观和提升,我们将拭目以待。

以浙江为例的类型文学创作研究[*]

一、从一次座谈会说起

2008 年末,在杭州城西一家书吧茶座,浙江省作协主席程蔚东等,与热情洋溢又富于个性的在杭网络作家沧月、南派三叔、天风黑月、陆琪、西来等,进行了长达两个多小时的别开生面的座谈会。文学组织的领导与虚拟网络的当红作家在宽松惬意的氛围内进行面对面的对话,说明网络文学的扩张已经影响到传统的文学观念和既有的创作模式。

此次座谈会并非心血来潮,促成正统文学和新兴网络文学沟通对话,背后有着漫长的历程、深厚的积累以及多种合力的作用。20 世纪末,伴随着新技术和新媒体发展产生的网络写作,成为文学新的生存方式,一直处于迅猛发展又鱼龙混杂的初创阶段。1998 年,台湾网络作家痞子蔡的长篇小说《第一次亲密接触》广泛传播于网络后,开始大量出现原创网络文学。与此同时,大陆网络写手安妮宝贝的作品也在网络上广为流传,与紧随其后的慕容雪村、李寻欢、宁财神等汇合为第一代网络作家。大量涌现的网络文学作品表明文学的写作和阅读仍为新媒体时代的人们无法舍弃的精神需求。网络写作开启了网络时代的新言说方式和精神宣泄渠道,在每个网民都可以成为文学家梦想的召唤下,网络文学蓬勃发展。急遽扩张、数量庞大的网络文学泥沙俱下,第一阶段的网络文学处于不成熟的雏形状态。在充满浪漫激情的文学新领域中,获得酣畅淋漓的表达快感成为网络写作之能事,大多数的网络原创作品纯属自发的、游戏的即兴之作,成为网

---

　　* 原题为《虚拟空间的世相与幻象——以浙江为例的类型文学创作刍议》,载于《中文学术前沿》2012 年第 1 期,第 90-99 页。

民们直抒胸臆的"街头文化"。它们或是小资生活中的最为重要的爱情宣言，或是炫耀智力的戏说搞笑，或是模仿并解构历史和经典的幽默传说，喃喃自语的表达方式和无厘头风格是网络文学的基本样态。

鱼龙混杂、粗制滥造的网络文学蕴含着无限生命力、创作激情，受到了不少独具慧眼的作家、评论家和出版机构的关注。2002 年前后，网络文学进入了第二阶段，大量的网络原创文学受到了出版商的青睐，存在各大文学网站的作品开始被整理编辑印刷成书面文字，成书出版。网络文学从流传于网络经由梳理整合，进而纳入正统文学生产过程的发展轨迹表明，人们已经认可网络文学合法性，网络文学开始与传统文学创作机制并轨，获得与正统文学相同的生存空间。虽然其过程是渐进的、小心翼翼的，却孕育着数字化时代衍生的文学新质和诞生的文学新观念。在网络文学品质逐步提升的过程中，一些契合虚拟世界文学主体精神表达、网络文学表现方式和网上读者接受心理的文学作品大量成规模出现，从而形成了具有明确的分工意识并拥有大量读者群的网络类型文学，由历史、武侠、言情、玄幻、悬疑、科幻、推理、励志等组成了类型文学这一文学新类别。

杭州，作为改革开放后经济发展大省的首府，作为具有丰厚都市资源的历史文化名城，作为浪漫璀璨的吴越文化的核心地，近几年集结了一批知名的类型文学当红作家，沧月、流潋紫、南派三叔、曹三公子、夜摩等。他们的作品在网络虚拟空间广为流传，引起了评论界及浙江文坛的关注，类型文学被纳入体制的计划在有条不紊地进行中。2007 年 2 月，杭州市作协通过成立类型文学创作委员会，并委托类型文学作家沧月为创作委员会主任。这是全国作协系统中首个吸收网络作家加盟文学体制的地方作协组织。2008 年，浙江当代文学研究会于宁波成立类型文学研究中心，表明文学学术机构开始密切关注网络类型文学。之后，全国首个类型文学杂志，夏烈主编的《流行阅》由新世界出版社出版，首期《幻世》刊载了类型文学代表作家沧月、南派三叔、流潋紫等人的新作，并提出中国当代原创类型文学能够担当"一时代之文学"的气派和时运。2008 年 5 月浙江省作协特地设立类型文学创作委员会，这也是全国唯一一个省一级类型文学的正式组织。自此之后，浙江省的类型文学形成组织和规模，开始有创作也有批评，有专门的期刊，还有文学活动。2008 年，杭州市作协和浙江省作协都曾经召集在杭类型文学作家座谈，相关文化部门也将类型文学创作视为文学创作的新生力量加以关注和扶持。

浙江聚集了多种类型文学的代表作家，近年来创作非常活跃，影响很大，并形成了整体规模优势，具体体现如下。

（一）数量庞大、类型丰富，作家众多，适合网络读者的多种阅读趣味。浙江类型文学几乎涵盖当下网络上最新潮最红火的基本类型：有悬疑探险、有灵异玄幻、有新型武侠、科幻侦探等。而近年为网民们推崇的有南派三叔的《盗墓笔记》开创的"盗墓"派类型文学,流潋紫的《后宫·甄嬛传》开启的"后宫"文学的一脉。

(二)有着较高的创作水准。在纷繁芜杂、泥沙俱下的网络原创文学中,浙江的网络写手显出了较强的实力。沧月的玄幻武侠在网民中久负盛名,她一直保持着旺盛的创作力;心理悬疑的代表作家李异和科幻作家赵海虹不仅创作颇丰,还获得浙江青年文学之星荣誉;写科幻小说的潘海天和赵海虹都曾经获得科幻小说的"银河奖",他得到了主流文学的认可;流潋紫的《后宫》不仅在网络上点击率很高,而且以七集印刷文本出版,并将被拍成电视剧。

(三)开始创建自身品牌。类型文学体现了都市空间中现代人的想象与期冀,只有契合都市精神需求的类型才广受读者青睐。例如探险寻宝隐含了商品经济条件下对财富的狂热追求,对意外之财的突发奇想的梦想,加上盗墓的神秘诡幻及惊险和刺激,又符合一部分麻木于规范条理的现代生活的人们的逃逸和反抗。白天穿梭于多个订单合同的外贸公司老板徐垒晚上转变为盗墓小说的制造者南派三叔,连通两者是它们共有的精神内质。不仅是盗墓,玄幻、武侠和后宫等不同类型都内隐着现代人的精神诉求。浙江类型文学的玄幻、盗墓和后宫等类型都已成为类型文学中的翘楚。

二、女性化趋向与大众化、网络化的特色

随着都市文化的发展,女性主体意识日渐增强。20世纪80年代后女性文学迅速发展并日臻成熟,女性话语从反抗男性话语转向突显自我独立意识。世纪之交网络文化的快速发展扩展了人们的情感渠道,虚拟空间的无现实争斗衍生了性别、种族间的共生而非竞争的环境,类型文学为现实社会中相对弱势的女性意识提供了更大的自由幅度,类型文学吸引了大量的女性网民,催生了许多女性网络作家。

类型文学中许多种类直接针对女性读者,表达女性价值追求。有延续传统观念的言情文学,有反映现实状况的职场小说,即使有着明确男性特征的战争文学、历史文学也不能无视于女性的存在。如刻画残酷战争的长篇巨制燕垒生的《天行健》中,在极度张扬主人公的力量斗志等男性气质和不畏艰难、临危不惧、坚忍不拔等典型男性性格外,也给主人公添加上怜香惜玉的丰富情感,赋予他尊重女性的现代人品格。当下广受读者追捧的类型文学品种往往蕴含着强烈的女性心声和女性价值诉求。

作为杭州某一中学教师的流潋紫的《后宫·甄嬛传》以清后宫的传说轶事为

基础，描摹了虚拟的清宫后院的香艳生活，通过共 6 部计 300 多万字数的长篇巨制，塑造了被正史忽略的后宫众多嫔妃形象，呈现居于高位又被隐匿的历史女性，熔铸了现代女性的情感追求，成为巧妙地借助历史外壳展示当代大众文化、都市生活、时尚潮流的类型文学代表作。小说的女主人公甄嬛既天生丽质又具聪明才智，内外兼修，在激烈残酷的后宫争斗中赢得男人的宠爱，获得那一时代女性的高位，同时保留了女性的尊严和个性，维护了家族和亲人的利益，争取和珍藏了自己的情感。甄嬛虽然身处古代后宫生活，却是当下女性生活的影射，其思想观念和价值追求都是当下语境的女性心声。《后宫》中的甄嬛是身着古装的现代大众女性的成功典范，她不仅具有强烈的女性意识和独立姿态，还具有清醒的态度和务实功用手段，如此才能在权力纷争的复杂情势下胜出。流潋紫的写作通过应和父权权威为女性表达打开话语空间。"后宫"文学引起的热潮既表明了当下社会语境中女性意识和女性话语权的有限表达，也流露了传统文化道德强大力量前现代女性的无奈和尴尬。一方面，拥有知识智慧的现代女性经过五四以来的现代精神的启蒙，具有强烈的自我意识和独立精神以及在社会层面的价值实现要求，但是另一方面，传统文化心理和男性主导社会力量依然顽固，女性希望获得社会认可和肯定，又不得不将自己视为合乎男性视角和男权中心的理想对象，才能获得意义承载的资格。鲁迅小说《伤逝》中的"子君"在大众审美趣味中只能被降格和屈尊为甄嬛，说明现实社会中现代女性意识不得不通过男性权力通道迎合社会秩序才获得认同的可能，这种"曲线救国"的女性解放道路在发出不平之气时又糅合了妥协之意，却在大众取向的类型文学中赢得了读者。

除了在诸如后宫生活等典型的女性活动空间塑造女性形象、探求女性精神状态，呈现女性意识和反抗对女性的压抑外，类型文学的女性化倾向还表现在女性对传统的男性空间的渗透和对男权意识的反拨。沧月的新女性武侠类型就采用了后一种思路。

武侠小说由于表达民族图强的集体无意识，成为中国近现代最具影响力的通俗文学之一。近现代武侠小说宣扬武功强力，集中表达了中国文化中的阳刚之美，迎合了现代中国男性心理诉求，集中代表了中华民族美好男性形象类型。20 世纪末，不少女性作者开始步入武侠文学写作领域，她们在沿袭传统武侠文学的基础上，开始纳入女性的思考和表达。21 世纪初即在网络上成名的浙江类型文学作家沧月就是新武侠创作的代表。

沧月的玄幻武侠小说已经开始形成成熟而稳定的创作模式。基于武侠世界中极致生命状态和高超武艺的神奇幻想，基于被埋没和遮蔽的不可知心理的不倦探求，她的作品拓展了现代人武侠世界的广阔想象，为"后武侠"时代的武侠题材创作开启了另一纬度。用中国文化中的阴阳、术法入中国武侠世界，不仅扩展了中国古代文化的另类空间,给现代武侠创作增添了新的题材和内容,而且,对现代新武侠人的强化意志及拟实创作倾向形成反拨。沧月的作品全面反叛现代武侠小说的创作套路,她以女性性别突破了武侠文学创作领域,成为武侠文学中的"侠女"。中国近现代武侠文学的发展经历了从武功造型的真实到梁羽生、金庸追求历史的真实,进而发展到古龙小说追求人性的真实,当仁不让地尊奉男性中心意识。武侠世界的神话故事的男性缔造者们,将缔造传奇故事的超常能力和才智赋予其笔下的男性主人公,在男性虚构的武侠世界中,故事的发展自然也为男性思维和男性视角所设定。而作为女性作者的沧月却在人类的崇拜强力的男性武侠世界中融入了女性的视角和心理特征。

首先,与男性作者相较,沧月的小说改变了武侠文学在历史传奇中描摹奇异武功的创作模式,更注重揭示人性隐秘。她延续了古龙武侠小说的精神脉络,鲜明而具体地表达了女人的人性诉求。在沧月营造的武侠世界中,出现了一大批本领高超过人却承受惊人苦楚的女性形象。这些具有强劲生命力和坚强意志力的女性形象,摈弃了柔弱的传统女性气质。她们不仅具有高强的武功法力,更显示出不让须眉的豪迈气概。她笔下的侠女形象不仅具有高超的武艺,更体现出女性性别的内在精神气质——坚韧。在任何困难下,她们都不肯放弃女性的尊严,显现出独立和坚强的精神品格。

基于女性的性别特征,沧月的小说更注重情感表达。在她营构的武侠世界中,遍布着大量的奇情畸恋故事。她武侠世界中的兄妹情、恋童癖,陡然间的命运改变,各种"情感逆差",都是难以适应和忍受的人生苦难。这些稚嫩的孩子或者柔弱的女人失宠失爱导致心灵的严重创伤,而内心世界的不平衡难以平复转而衍化为各种仇恨和报复,引发武侠世界的各种惊涛骇浪的故事。这些不寻常的情感牵动着武侠世界中各种剧烈、激烈、惨烈和酷烈的人生传奇。在沧月看来,充满了传奇色彩的武侠世界中,情之涌动才是侠义举止的根本动因,武侠世界中男男女女间的矛盾、纷争和战事都因情而生,最终也只能因情而解。沧月的武侠小说契合了弗洛伊德的心理阐释,因情之不满足产生了武侠世界的推动力。这样的叙事模式符合女性作者借助武侠文学进行女性表达的不彻底和尴尬。沧月的武侠文学在叙事的元素选择上竭力表达着与男性武侠世界的对立和区别,但是在思维模式和深层的叙事模式也暗合了男性思维所设定的框架和理路。在武侠小说这一男性中心社会体制下产生的文学模式,女性作者和女性形象只能通过男性视角认可的方式来确定自身的定位,在男性认同的想象中完成被注视的理想化的形象。

其次,呈现了特有的女性视角,颠覆了传统武侠文学中颠扑不破的男性中心地位。她的小说打破传统武侠文学中的二元对立的思维模式,以不断循环的宇宙意识和生命关怀实现了人类中心和男性中心的超越。以超自然的灵力打破了客观主观的樊篱，构筑了人神鬼一体的神话武侠世界。

沧月在题材的选择上，通过巫术、幻蛊等元素融入武侠世界，加大了女性存在的可能性。武侠世界以张扬人类的强力为宗旨，极度夸大人之力量，极尽夸张具有强力的武人把握世界、战胜他者的异禀。在武侠这一显现强力的世界中，男性占据绝对优势，传统武侠文学世界代表着中国男性的心理诉求，构成了男性的童话世界。沧月在她的武侠世界中，除了表现传统武侠中的强力外，还安排了许多为人类所无法把握的超自然的圣灵，超越人类武功之上的神魔鬼怪，在高超玄妙武功之上构筑了人类无从把握、无以名状、匪夷所思的神灵世界。它们不仅与人类对峙，可以限制无限扩张的人之欲望，甚至可以吞噬毁灭人类世界。沧月将武功之玄与人心的玄想意念相对接，既涵盖了人类接触到的无法用科学知识解释的各种超自然现象，也打开了武侠文学广阔的新领域。在主观客观洞开的玄幻武侠中，神灵鬼怪现象成为寻常现象，它们与人自身的心魔相对应，某种意义上成为人心的物化和外化。由此，沧月在武侠文学中引入巫术幻蛊不仅扩展了武侠题材，也反映了现代人对理性的自省。"魇魔是永生而强大的，人心里的阴暗面也是永存的。魔生于人的心内，无可阻挡。但是，魇魔却低估了人类的牺牲和自制精神——即使无法阻拦它的寄生和存在，但是，一代又一代的人却前仆后继地用生命和鲜血阻拦着它的肆虐，宁可死亡，宁可自闭于地底，也要用一生的孤寂和孤绝来换取对它的暂时封印。"①在此，沧月表达了她对人心的深刻洞透，也表达了作为智慧生物之人类的自信、坚强和强烈的责任感。武侠文学在极尽夸张人类强力之能事的同时，也已经清醒地意识到人心的可怕和可贵，并且强调人类的牺牲和自制精神，融入现代性的反思表明武侠文学观念上的新发展，沧月等女性武侠作家将武侠文学的创作又推进一步，使这一中国近现代以来迅猛发展的、具有传统审美魅力的通俗文学重要类型成为当下人的精神消费产品。

父系氏族以来的历史赋予男性更多的教育机会，武侠世界不仅表达男性力之美，在智慧表达上，男性智力也总是胜于女性，武侠世界在武力中表现人类的聪明才智时，大都采用男性的知性方式：理性的判断，严密的逻辑，果敢的态度。女性作者在传统武侠世界中只能附属于男性才能为读者接受。而沧月的武侠知性表现则显出较强的独立判断能力，她通过巫术、幻蛊等元素，贴合武侠文学的神秘色彩，接通中国历史传统，为日渐理性化、日益历史逻辑化的武侠文学世界打开了另一空间，也为女性形象活动劈开了新的领域。在武侠传奇中，较之拥有无穷气力的武侠世界中的女性形象相较，能够蛊惑读者之心的"妖女"更符合女

---

① 沧月：《沧海明月·凝碧》，南昌：二十一世纪出版社 2008 年版，第 217 页。

性的气质和定位,也更富于可信度,更易于为人们接受。

再次,以诗意表达实现了传统武侠文学美学风格上的改变,委婉、细腻和柔美也成为武侠文学风格。中国近现代武侠文学承应了民族救亡图存的时代精神,落实在国民素质中的尚武精神的提倡。武侠文学既激发了中国传统文化中的侠义精神又与 20 世纪社会转型中的西方文明中强调人性要求和人格尊严相联系,"近现代武侠小说的兴起过程中对于中国传统小说的重新评价是在外国文化文学,主要是日本文化文学的启发下完成的"①。近现代武侠小说某种程度上借助于传统的文化心理和形象谱系诉诸大众的启蒙要求,从一开始就表现出情节完整有序、因果关系清楚的强烈理性主义的特征。武侠文学大多人物形象性格分明、故事发展脉络清楚,结果和结论令人信服,即使过程曲折回环,最终也总是获得仇怨终将得报的圆满结局,构成了严整闭合的叙事结构。近现代武侠文学通过相对一致的主题、形象、情节构成的稳定而连贯的叙事模式,透露了武侠小说立意恩仇、对人类把握世界能力的自信的相对统一的精神主旨和价值体系。

沧月的武侠小说在汲取武侠文学传统的同时,却传递了传统严整的武侠文学中的异质和杂音。情节设置中,沧月的武侠小说放弃了稳定的连贯的情节模式,通过悖谬的主题、难以抉择的价值取向、分裂的人物性格、不断改变的处世态度、刻骨绵长的爱恨情仇,演绎出荡气回肠的曲折人生经历。较之具有成规的传统武侠小说,沧月武侠小说在情节设置上打破了连续状态,显现出明显的断裂,造成阅读上的强烈突兀。沧月武侠小说往往由横切入手,采用倒叙手法,带给读者刺激的场面和强烈的心理感受,或是激烈残酷打斗后的血腥场面,或是充满压抑感令人窒息的死寂空间,或是近乎透明的无色无声的虚无世界。在故事叙述过程中,读者总是预测故事的后续发展不断地走入死胡同又不断遇到旁逸斜出的叙述新元素,经常出现补充说明或者毫无征兆的新的交代,尽是起伏跌宕的情节扑朔迷离、意犹未尽的结尾。在反复品尝难以直接决断的人生抉择、无奈又充满感伤的意外、不断重复和循环预设新的开始的无法穷尽的开放性的结局的阅读快感和痛感中,最后读者获得的是对人生世事难以释怀的沉重感。

这种打破界限、放弃斩钉截铁叙事风格的写作使得文本变得更为繁复和丰富,通过被遮蔽的细节,显露了世界的多样和矛盾,也尽意发挥了女性作者细腻委婉的感受体验。通过大量的细节刻画、人物神态的细微变化、人物细密心思的揣摩、营造绵密的氛围,用大量的通感、拟人、拟物等修辞手法极度发挥敏感的精神特质,用双关、谐音等语言技巧构成若隐若现、犹抱琵琶半遮面的含而不露的委婉效果,在叙述过程中嵌入古典诗词构成清风雅韵,对动作、状态的极尽润饰

---

① 范伯群主编:《中国近现代通俗文学史》,南京:江苏教育出版社 2000 年版,第 459 页。

达成旖旎绮丽的表达形态。自然、社会、人在沧月笔下获得了鲜活的生命质感。

除了沧月的玄幻武侠、流潋紫的后宫文学、赵海虹的科幻文学之外，许多类型文学在精神价值、文化传统、写作模式和叙述方法等多层面多角度对传统文学开始了反叛和超越。这些年轻的、充满激情和有着强劲锋芒的作者开始对文学传统进行了历史事实、思维方法上的梳理和辨思，在铺天盖地的创作中显示写作者的锐气和勇气。类型文学虽然借用了传统文学的外壳，但对传统文学的许多传统思维和元素都进行了置换、改造甚至颠覆，通过各种混乱、荒诞和无稽的展示撕裂了传统文学的衡定标准和固定模式，造成了文学创作的狂欢表达，从而也衍生了许多发展契机。

类型文学作为文学发展的新事物，它自文学实践中产生，在概念界定上存在着许多模糊和暧昧地带，迄今为止，理论界也未能给正在蓬勃发展的类型文学清楚而明确的概念界定，在许多模糊表达中，类型化成为类型文学的鲜明标志，类型文学的类型化特征也契合了网络现实和网民的思维方式。

（一）在表现内容上打乱传统文学的各种文体并将内容再度杂糅。类型文学存在虚拟空间的文学新样态，它不断冲击既定文体对人类想象力的拘囿，打乱已有写作程式对题材内容的限定，突破现实社会理性意识所构建的各种逻辑关联，改造惯有的思维范式和阅读心理程式。正如所有的大众文化一样，通过消解对立面而获得自身的意义领域和快乐源泉，萌生于大众狂欢中的类型文学不是通过反叛和抵制主流意识形态和精英趣味，只是通过罗列各种现象表达大众的精神需要。借助网络媒体的类型文学不存在严格的概念界定，只有相对的集中和统一的内容。类型文学只是侧重于某种题材，并不拒绝其他题材内容的加盟和渗透。如历史小说的写作常与武侠组合，为了突出其传奇色彩，还增添玄幻成分。在燕垒生的历史玄幻小说中，他借助当代人的理念来包装历史现象，将现代科学技术成果挪移到古代生活中制造奇幻效果，在臆想的历史时空中塑造兼具高超武艺和现代思想的人物形象。这种创新手法虽然背离了现实的逻辑性，却造成了阅读的震惊效果。曹昇的历史小说，则是借助于叙述者的话语嵌入当代人的价值立场，通过与书中人物超文本的对话交谈拓展叙述的权限，打通了历史与现实、真实与虚拟的界限，在叙述者和事件间进行历史反思。赵海虹的科幻小说改变了传统科幻注重表达科技奇观的传统路数，以更具文学性的韵味、意象等古典文学元素打造新的科幻文学文本，使简捷明了的科幻小说充满了难解之谜，转换成意味深长的新格调。

（二）类型文学营构的艺术世界衍生于网络虚拟空间，虚拟与真实间的界限变得模糊，不论是何种类型或者题材，大多带有浓厚的玄想成分。作者普遍珍视自由的写作，尽情发挥，肆意渲染，他们的作品甚至没有稳定的价值理念，一部作品中都难以维持一以贯之的单一理念。他们对历史、战争的叙述更倚重于写手的想象,或是沿用历史神话传说,或是借助现代人的科幻想象。还有不少作者将远古神话传说与西方宗教神话及科学技术原理相融合,展开纵横捭阖、海阔天空的想象。如燕垒生的《天行健》这部长篇小说即是将中国远古伏羲女娲生人传奇与圣经故事诸多因素结合,讲述人类帝国与蛇人间惨绝人寰的战争战事。类型文学有着丰富的想象力,无论题材还是故事大都来自虚构,而在叙述的过程中也自然地转化为作者的玄想和臆想,不管是武林还是历史都只是存在于作者的意念中。这样既获得了较为广阔的思维空间,摆脱了写作过程中的束缚,又无须对事实和遵循真实原则的阅读要求负责。

（三）类型文学在创作过程中,自然流露出模拟"游戏"的叙述方式。类型文学模式化特征与潜藏人们内心的文化心理模式有着深层联系。武侠文学的"侠义"梦想、悬疑侦破小说对于自然和社会的原始恐惧心理和解密冲动,玄幻、奇幻和科幻文学对人类外部空间的探索的无限遐想,都蕴含了人类的无可排遣的集体无意识,通过文学表达构成的"游戏"精神契合人类对自身无法把握世界恐惧的原始心态。由于网络媒质的诱发,人们再度激发了艺术创作"游戏"兴趣,类型文学成为当代人的新"游戏"方式。类型文学的作者往往视自己为故事叙述的绝对主宰,给予叙述者极大的叙述自由,在突破叙述基础条件的限制和违背叙述逻辑时,为了维持叙述进程,他们常简便自如地增加故事元素,最终使整个故事成为一个可以随意添加、无限延续的结尾。如南派三叔的《盗墓笔记》为《阿里巴巴与四十大盗》民间故事原型的心理延伸,吻合当下中国社会语境中的财富梦想,类似于大型的惊险寻宝游戏的文字描述版。燕垒生的《天行健》中的故事完全是虚构想象出来的,描绘战争宛如网络电子游戏中的排兵布阵,对战事的叙述和展开转化为人与人之间的心计施展。当主人公面临山穷水尽的窘迫状况时,作者赋予他超自然的力量并总是让他化险为夷,转危为安。故事的发展过程表现为不断地接触障碍和克服困难,形同游戏上进阶和闯关,既有挑战的乐趣,又无失败后的责任承担的压力。这样电视肥皂剧式的结构形式,可以使故事无限延伸。曹昇的小说通过叙述者的直接穿插的文字戏拟方式,突出了叙述者的意义控制权力,获得了故事体现出的游戏文字乐趣和快感。李异的悬疑小说不断在叙述上设置玄机,又不断地提供线索引导读者进行冲关,最后获得谜底。类型文学的"白日幻梦"写作心理和角色扮演游戏的乐趣深刻透露了活跃在网络上的人们强烈的内心表达,成为现代社会中排遣焦虑、自我疗伤、精神代偿的一场场"假面舞会"。

为了获得极大的写作自主,类型文学不拘泥于某一种创作手法,而是杂糅了多种方法,就着叙述的方便随意添加,即兴选择。打破真实,网络叙事无须遵循现实的真实、理想的真实和心理的真实,最终玩的就是玄虚。

三、类型文学兴起的成因与存在的问题

由于网络文学的生存依赖于网络读者的点击率，因此，网络读者的追求新奇刺激和降低阅读难度的要求促使网络写作倾向于大众的通俗时尚的审美趣味。萌生于网络的类型文学形成表达都市社会新市民精神价值、大众文化的审美趣味、追求智性趣味的叙事特色和趋同于专业分工的生产模式。

（一）都市社会新市民价值取向决定于类型文学的产生基础和现实环境。类型文学寄生于网络世界，仰仗于电脑这一现代化工具，现代社会的生存焦虑和人与人之间的陌生感增加，类型文学的写作和阅读者都是都市社会中伴随着电脑和网络技术发展起来的新读者群体，体现了都市的价值理念和人生选择。

在题材选择中，类型文学侧重于意义规则的边缘人事。这种偏好一方面体现了新新人类对权威的抵制和规避，另一方面也代表了他们新的文化意义。他们往往选用边缘化的题材、采用野史轶事趣闻、溢出人们社会规范之外、避开正统、正规和正面的题材。

在新时代的财富和权力角逐中，网络话语遍布社会资源的重新分配的想像和愿望。女性集中于美貌、宠爱及富足生活的向往，而男性则表达新新人类的权力、成功和财富。新新人类都以新的话语方式表达着新的文化需求。穿越、玄幻、悬疑等冠绝于传统通俗文学样式之前，表达了新新人类的新的思维方式和表达手段。文学创作借助蓬勃的想象力和智力元素，改变了传统文学对客观世界的描摹和现实世界的依赖，通过网络这一虚拟空间，改写了人们的生活方式，也改变了文学的话语方式，包括情感表达方式和想象力基础。网络和计算机强大的改造世界的功能激发了文学写作者的无限想象，发生在网络世界中的"不可能变为可能"的力量使得文学写作对虚拟空间的信任度加大，原来存在于主观世界与客观世界间的界限变得模糊，从而人鬼神怪共存成为类型文学中的常见现象，不少类型文学都极大调动原来存在的人类神话传奇资源，从而理所当然地视其为人类能力伸展的可能地带，使之成为新的文学素材。

（二）类型文学体现了当下社会中大众的审美趣味。类型文学的产生和传播有别于传统的文学，它不能借助已经存在于文学体制内的现成流传通道，当它借助网络这一新公共空间时，只能通过满足现有大众快乐的方式才能有更大生存基础。由此，相当数量的大众共同建立在既定的文学接受心理和阅读范式之上，同时又必须适应当下文学创新的产生和得以延续的前提条件。类型文学的发展体现有选择的新大众愿望表达，既表现为相对稳定统一的写作模式，又代表了新的审美倾向和表达方式，诞生了吐故纳新的文学样式，整合了发挥想象力的新文学思维方式。既有文学传统延续的历史、武侠、言情、科幻、侦探等通俗文学种类，又有后宫、盗墓、穿越等新名目，还有整合新旧资源而产生的女性武侠、玄幻武侠、悬疑侦探、奇幻科幻等。类型文学既从传统通俗文学中萌生，又容纳不同于传统通俗文学的新质。它既接受了传统价值理念和伦理道德，又不断地穿插着现代生活中的时尚元素，它既借助传统文学的叙事模式，同时又不断地夹杂着各种流行语。如曹昇的历史小说创作在叙述方式上既讲述历史故事，又不断地插入叙述者自己的议论、思考甚至与故事主人公进行对话，这既是对古代说书话本的回归，又表达了现代人的对历史事实的意义重估，从而形成了新旧杂陈、表层直白的狂欢文本。能够体现现代民间智慧的悬疑侦探、科幻玄幻、新历史新武侠、还有女性心理的情感文学成为网络类型文学的主流。

（三）网络文学代表了拥有新的知识资源的新新人类的精神诉求。在全新的虚拟的社会公共空间中，生活着拥有相当丰厚的知识积累的社会群体，智力游戏、智力挑战显现了他们的身份特征及生存优长。借助着拥护类型文学的新新人类的知识平台，大量类型作品都在渲染现代科技知识的巨大能量，推崇具有现代科技知识背景的人物的理性意识，确立现代新学科的先进价值理念的主导作用。且不论与现代科技密切关联的科幻、侦破、悬疑等类型文学，即便是传承古典传统的历史、武侠、言情等类型文学，也总是表现出现代的科学成果于文明进步的巨大贡献。类型文学中的历史进步观往往与生产力的进步、先进技术的沿用尤其是先进的工具发明联系在一起。如《后宫·甄嬛传》中甄嬛能够在后宫激烈的勾心斗角中获胜与她有少年时代的伙伴、始终不渝的崇拜者温太医忠心耿耿的拥戴分不开，这位掌握医药原理和技术的忠心支持者在几次关键时刻都能帮助甄嬛化险为夷、转危为安；而《李斯与秦帝国》中李斯能够帮助秦国完成统一天下的丰功伟业与李斯此人清醒态度、理性认知及对机会把握的才能这些纯粹理性精神直接相关；而沧月的玄幻武侠中的胜利者也总是超强武器或者超常能力的拥有者，这样才能使自己立于不败之地。与传统通俗文学的道德、情感、理想至上的主题相较，类型文学更强调科技的实力和清醒的科学态度。类型文学这一创作倾向说明"五四"以来的尊重科学、崇尚技术的现代理性精神在中国扎根，融入了新一代中国人价值理念，新一代中国人通过文学创作在虚拟世界中玩起各种斗智大法。另外，在形式表达上，类型文学深受网络新媒体特性的影响，强化视觉文化的功用，在文本中自觉容纳视觉元素，与影像语言嫁接，或者直接以图文并茂的形式出现。

（四）类型文学是网络文学发展到一定阶段出现的。类型文学是网络文学规范和提升的相对成熟形态。网络作为新的媒介，降低了传统文学的高度和难度，

159

激发了大众内心深处的文学表达底层需要,网络文学经历了萌生期时的粗糙杂乱的状态,达到一定量的积累后,质的提升变得迫切。应运而生的类型文学正是网络文学发展中出现的符合网络创作的规律又具备审美高度的文学样式。如现代诗歌发展到一定阶段出现新格律诗一样,类型文学是网络文学需要约束和精致要求所致。根据网络写作者自身的专业背景(不少网络写手有着自身的专业背景,受过科班的专业知识教育,以理工科居多),应和着网络读者阅读趣味的分类,专业化成为网络文学得以发展的有效途径。适应文学写作专业分工的需要,每种类型形成了相对一致的叙事方法和话语模式,并赋予名称,形成了类型化文学模式。

类型文学萌生于网络,以网络为生存空间,在网络上已经形成类型化的创作模式和拥有大量读者群。就目前的浙江网络文学现状而言,主要有新历史、新武侠、玄幻、穿越、悬疑、科幻等多种类型,既有传统文学的写作摹本和审美范式,又融合了世纪之交以来的新的价值取向和审美趣味,较早完成了网络新技术、新载体与传统文学对接,形成了继承传统通俗文学网络世界的文学新种类。类型文学应该是传统文学与网络新技术共谋的早期的成功范例。

类型文学产生于网络空间,以新题材、新的写作姿态和新语言吸引了大量的网民,不断推出的新类型显示了类型文学强劲的创造力和生命力,不断地开拓着类型文学写作的新领域,成为当代文学创作的新增长点,为文学发展打开了广阔空间,预示着当下文学创作的勃勃生机。浙江省出现了不少值得期待的富于生命力的年轻网络作家,他们的敏锐感受力、精巧的创作视角和无限拓展的文学想象力不断给读者带来阅读的惊奇和新奇,也引起了评论界的热切关注。但是类型文学毕竟是新生事物,相对于产生文学体制中的成熟流程的文学作品,显得稚嫩甚至孱弱。不少类型文学在推出几部让人耳目一新的新作后便显得后劲不足,缺乏高质量的作品的支撑,往往在类型名目确定后再无力生产,无法满足翘首以待的读者需求,甚至还有一些类型文学的作者离开了创作,使得新类型自此"夭折"。类型文学创作的不稳定状态直接影响了类型文学质量攀升,"各领风骚三五年"的创作状态也影响类型文学的积淀,难以产生具有相当深度和厚度的大作,类型文学面临着自身亟待突破的瓶颈状态。就目前的类型文学而言,主要存在着如下的问题。

1. 自设疆界,在取材上过多地倚重作家的想象力,容易只限于心造的幻想世界。现下比较成熟的类型文学(武侠玄幻、科幻悬疑)打通了客观主观世界的界限,充分发挥了作者的想象力,很多类型文学都将现实和想象混杂在一起,甚至以想象来替代现实。作者笔下的臆想空间具有强大的涵盖面,甚至随意改变和遮蔽现实。在文本空间中,丰富的想象力是对人类感受到的世界的拓展,这也是类型文学的优长。但是,随意和肆意地执著于自己的臆想世界,无视现实世界,将会带来另一种狭隘和闭塞,而不考虑类型间的差异一味无度使用想象力也容易导致阅读的疲劳。类型文学在网络虚拟空间中极度翱翔作者的想象力时却带来了新的壁障,致使作品脱离现实,题材狭窄而有限,缺乏大格局和大气的作品。类型文学往往只注重满足读者的猎奇心理,满足于追求一时的刺激,缺乏直面人生的勇气。由此,活跃在网络上的青年作家也意识到现下类型文学的脱离现实的困厄,从而提出通过"回归现实主义"来拯救和提升类型文学。①

2.缺乏主体意识。类型文学的网络写作方式带来了极大的创作自由度,而非专业作家参与和匿名方式及网络直接点击更造成了写作的责任豁免,作者无须对作品的质量负责。类型文学创作中的责任缺失和规避各种规则的态度使得类型文学只见反叛姿态却少有建构意识。类型文学作品中的新旧观念杂陈容易模糊了作者立场和观点,抹平等级和差异。如《后宫》只留恋于女性世界中的纷争,而对后宫中男性对女性的主宰、女性独立意识的放弃和缺失等问题缺乏现代人最起码的警醒。作品虽然塑造女性形象却放弃现代女性意识,作品中某些道德观念反而契合男权中心的心理需求;而"盗墓"小说流于对盗墓过程的惊险刺激的追求,根本对偷盗行为本身不进行起码的评判。不少类型文学为了迎合读者心理,带来了创作主体意识匮乏的弊端。

3.游戏的创作心态回避作品意义深度的挖掘,阻碍了作品质量的提升。类型文学恢复了文学创作的游戏心态,大众参与造成的狂欢表达带来了艺术无限创造力,但是大量的双关、戏拟、颠覆和反讽手法的运用使类型文学普遍形成油滑的风格。许多作品流于平面化和片面化,作者看似聪明的举止实为油滑态度。类型文学创作迷恋自我把玩的心理,对各种问题的揭露批判浅尝辄止,片面追求轻松的阅读感受,流于语言的游戏而缺乏思想的深度和力度。作者往往放大自己的感受,只有个人经验而不再寻求普遍价值意义,常常陷入大量喋喋不休的呓语中,作品整体风格变得无聊和琐碎。类型文学许多作品甚至完全否定了生命的沉重,过于强调轻松搞笑甚至于矫揉造作。

4.缺乏创新性。类型文学模式化和模仿痕迹比较重,原创质素较少。类型文学无论取材还是手法,借鉴和移植的成分比较大,偏向从具有程式化和模式化的通俗文学和传统模式中汲取营养和进行效仿,大多数的类型文学依然停留在习作阶段,无论是语言表达、叙事方式还是思想观念,并未形成自身独立姿态,甚至如沧月这样在网络上成名已久的写手,文本中不乏中外古今名家名言:"沿着

① 参见《类型小说井喷却后劲不足》,《中国网》2009 年 9 月 8 日,http://www.china.com.cn/book/txt/2009-09/08/content-1848317.htm.

石壁，从这边走到那边，一共是三十七步。如果不贴边走，从这个角落到对面的斜角，则是四十五步。"①类似语句在文本随处可见，过于倚重中外名家，说明这些作家对自身作品缺乏必要的提炼，"灌水"现象比较突出，这也影响了作者自身风格的形成。网络写作的随意性和商业写作的市场诱导作用使得作家缺乏必要的沉淀、凝练和提炼，影响了作品的品格提升。网络写作的易于复制的特点也造成了作家创作的重复、反复等严重现象，甚至因此也出现了违背文学创作原则关涉知识产权的抄袭问题，引起不少版权纠纷，大大影响了读者对类型文学原创的信任度。

类型文学作为活跃和盛行于网络的一种后现代文化实践，满足了大量具有文学梦想的亚文化群的精神需求，成为大众表达自我的有效的代偿方式，无疑，它对于网络文学的质量提升有着重要的意义，近年来也受到了文坛的高度重视，不少评论家都给予高度的评价。但是，就目前的类型文学实况而言，无论是它的思想理念还是创作水准都无法与严肃文学创作相提并论，散漫、杂乱的创作更多地立足于边缘，在否定和抵制中表达固然可以满足大众的颠覆和破坏的阅读快感，却难以直接清晰地构建完整的意义体系。而类型文学追求的大众审美取向和读者市场导向影响了类型文学本身的深入积淀和长期积累，令其至今在作品的深度、力度和厚度上有欠火候。类型文学上台阶还有待作家的努力、沉潜，也需要类型文学在思想深度和创作模式上有更高要求和在新的审美标准下的"转身"。一些成名较早具有一定积累的类型作家如沧月就提及自身写作的三个不同时期不断地追求变化的努力②，也感受到欲再深入和提高则面临着难以克服的瓶颈问题。面对类型文学这种当代文学的新品种，除却视为文坛新生事物以充满热情的态度予以鼓励给予支持外，也需要在盛誉的同时多一份必要的理性和清醒的反思。

---

① 沧月:《沧海明月·凝碧卷》,南昌:二十一世纪出版社 2008 年版,第 98 页。
② 夏烈主编:《在得到的时候也失去很多——沧月访谈》,《流行阅·幻世》,北京:新世界出版社 2008 年版,第 102 页。

下编
文学与影像的异变和对接

鲁迅启蒙意识中的视觉性[*]

  20 世纪视觉文化进入了前所未有的快速增长期,极大冲击了各种传统文化形态和艺术样式。直观和形象的视觉文化被纳入通俗文化的范畴,从而与以文字为载体的语言文化有了巨大分野。鲁迅作为现代文学的开拓者和奠基者,放弃了沿用千年之久的文言文,成功地转换为现代汉语的表达,发出了现代知识分子悲怆的启蒙呐喊。鲁迅小说被视为现代精英文化的典范而迥别于大众审美趣味的通俗文化,视觉文化现象又常被纳入鲁迅否定的"海派"文化系统中。文字文化中心意识延宕了人们对视觉文化的认知,遮蔽了鲁迅强烈的视觉意识,也忽略和漠视了鲁迅对视觉文化的关注和思考。幼年时代的鲁迅热衷于绣像小说,青年鲁迅看到中国人被屠杀同胞却麻木不仁的幻灯片,颇受刺激,放弃医学救国道路,走上文艺救国道路——甚至有学者提出幻灯片事件促使鲁迅转向文学创作,内化在他的视觉化创作中①。晚年鲁迅又置身于影像最为红火的上海文化圈,亲身参与电影的消费和评价,视觉文化的发展与鲁迅的文化实践始终息息相关。

  尽管直至 20 世纪下半叶视觉文化理论才逐渐系统和成熟,但是视觉文化、视觉艺术、视觉思维和视觉语言一直存在于人类文化历史的沿革中。观看和凝视等人类行为不仅仅停留在感官层面,而是与知识理性等现代文化权力紧密相联,凝视的心理变化直接关涉人性的自觉状态,视觉现象背后潜藏着"谁在看""看什么"和"怎么看"等文化权力设定。19 世纪末 20 世纪初在中国社会发生的思想启蒙运动与"看"的行为有着深层关联,林则徐被形象地比喻为"睁眼看世

---

  * 原题为《图像、拟像、镜像——鲁迅启蒙意识中的视觉性》,载于《文学评论》2009 年第 3 期,第 16-20 页。

  ① 周蕾:《视觉性、现代性与原始激情》,《视觉文化读本》,罗岗、顾铮主编,桂林:广西师范大学出版社 2003 年版,第 258-278 页。

界"的第一人,晚清时期的严复等思想家从西方引进新思想的文化行为都被后人称之为"开眼",这些视觉化的形象都喻指中国近现代的启蒙运动。在鲁迅为启蒙者呐喊的小说叙事中,启蒙思想以语言文字为载体,交织着视觉语言的思维方式,构成强烈的反思来探寻权力对人性的扭曲和异化。

一

　　鲁迅深入思考中国历史文化,尖锐批判传统观念和旧有定见,在中国近现代的历史情境中,其价值意义广为人知,人们也容易切入精神领域与之对话,忽视或淡漠了言说形式和语言载体。鲁迅作品不仅在形式上具有丰富意义①,语言载体的运用也颇具深意,然而,文字文化时代,视觉思维和图像呈现并未引起广泛重视。随着视觉艺术在现代生活中的扩张,视觉文化的地位日渐突出。鲁迅参与了不少视觉文化实践,他曾经热诚地倡导木刻、连环图画等视觉艺术,身后留下了许多珍贵照片。移居上海后,电影既是他的娱乐方式,又是他实施文明批评的新领地。他一生先后接触了三种视觉文化形态:绘画、摄影和电影,这次序和过程完全吻合中国视觉文化的发展路径,符合传统的视觉现象向现代视觉现象演化的过程。

　　视觉文化现象中,绘画是鲁迅最早接触到的视觉艺术,通过绣像小说中的民间绘画,鲁迅承接了传统视觉艺术的滋养。作为其时流行于民间的艺术样式,这些线描图像显示了视觉艺术对文字信息的辅助功能。视觉文化具有直观性和形象性的特点,可以拆解因知识形成的阻隔获得传输优势。从这些字画共存的文化空间中,鲁迅注意到图像启蒙大众的切实效用。他向读者评荐了不少图文并存的书籍,有识字启蒙的《看图识字》,有《死魂灵百图》《〈城与年〉插图本》等。他评介和勉励过陶元庆、司徒乔等青年画家,他还大力倡导连环图画、木刻和漫画等适合大众认知水准的视觉艺术;鲁迅认为通过绘画塑造的视觉形象"第一件紧要事是诚实,要确切的显示了事件或人物的姿态,也就是精神"②,他不仅仅把绘画看成现实社会的反映,还认同通过绘画机制,包括线条、色彩和结构给出的世界阐释方式。当上海的文艺家们改造了绘画的内在成规时,他就讽刺为"是漫画而又漫画"(《漫画而又漫画》),鲁迅尊重绘画视觉形象内在规范,也表明他对绘画作品背后的画家眼睛的尊重,对画家们审视世界的方式的尊重。当然,这也为

---

① 叶世祥:《鲁迅小说的形式意义》,北京:作家出版社 1999 年版,第 1-3 页。
② 鲁迅:《漫谈"漫画"》,《鲁迅全集》第 6 卷,北京:人民文学出版社 1981 年版,第 233 页。

他接受现代视觉文化提供了物质基础。

如果说绘画仍具有某些"传统气质"的话,那么摄影就与从属于印刷文化的绘画艺术有了根本差别。它借助近代工业技术手段,与语言文字的差异更为明显。摄影不仅模仿眼睛视觉功能,甚至改写了传统视觉模式,鲁迅敏锐地捕捉视觉幻象带来的心理"震撼"。在杂文《论照相之类》中,鲁迅向读者提供了照相这一现代技术对中国百姓的观念震荡及留在自己内心深处的童年记忆。他通过摄影这种衔接传统与现代的视觉文化样式,提供了照相机镜头前人们强烈的仪式感,折射了其时时尚——摄影带来的心理震惊,又记录了在新的技术前对传统的留恋心态。通过面对摄影机的中国人的不同寻常的表现,鲁迅注意到摄影这种视觉艺术带来的空间限制和在镜头前个体情感表现的聚焦功能。而在另一篇杂文《从孩子照相说起》中,他谈到了相片与原形间的背离。同样的一个孩子,在不同氛围中表现出不同情绪,从而形成不同影像,通过不同相片,深刻揭示了文化环境对孩子的异化。鲁迅通过摄影产生的氛围和摄影视角的引入,通过映像的差异比较得出文化环境及话语压抑人性的结论。面对摄影机,鲁迅的主体审视无意间与拉康的"镜像"理论相契合。"摄影叙述的是我们缺席时的世界的样子"[1],通过被摄对象在照片上的呈现来寻求灵魂内在隐秘信息,鲁迅在新的视觉感官中获得崭新感知模式,得出了主体在趋向"想象界"的认同中,既实现了"镜像我"的转换,从此也走上了无可回归的异化之路。现代技术在文化领域扩张的另一重要成果是影视艺术。电影不仅通过影像复制了单个物体的原形,而且还模拟了整个世界。20 世纪前半叶,电影开始在中国都市空间蔓延,作为现代知识分子的鲁迅有幸接触到新兴技术的文化产品。上海期间,鲁迅以观看电影作为自己仅有的娱乐方式[2],书信日记中留下不少他与家人及朋友观看电影的记载,"如果作为挥霍或浪费的话,鲁迅先生一生最奢华的生活怕是坐汽车、看电影"[3]。成为现代生活一部分的电影具备公共祭典的仪式性,在视觉文化的现代化过程中持有难以舍弃的古典气质,鲁迅接纳电影并不十分困难。但是,作为启蒙知识分子,鲁迅对电影的商业性保持着足够的警惕,以清醒的理性的姿态介入电影批评。他敏锐地指出电影的意识形态色彩和欺瞒性,提出"梦幻工厂"好

① 让·鲍德里亚:《消失的技法》,《视觉文化读本》,罗岗、顾铮主编,桂林:广西师范大学出版社 2003 年版,第 83 页。

② 鲁迅:《鲁迅书信·360318 致欧阳山、草明》,《鲁迅全集》第 13 卷,北京:人民文学出版社 1981 年版,第 329 页。

③ 许广平:《鲁迅先生的娱乐》,《鲁迅回忆录》上册,北京:北京出版社 1999 年版,第 390 页。

莱坞电影对人心的迷惑，指出类型电影不过是"近五六年来的外国电影，是先给我们看了一通洋侠客的勇敢，于是而野蛮人的陋劣，又于是而洋小姐的曲线美"①。鉴于此，他还特意翻译了日本人关于电影的文章，借此来警醒和加深中国人对电影的思考和认知。除了关注中国电影的生存和走向外②，他还表达了对其时中国电影的忧虑，虽然数量众多，"而可惜很少有好的"③，这是鲁迅试图将电影艺术纳入公共领域的文化生活发出的感慨。电影作为一种视觉现象，其价值和意义都在不断展示中得以显现。鲁迅涉足这一新的文化公共空间时，已经意识到视觉文化与文字文化一样，传输过程中大量渗透意义价值。通过视觉形象，可以折射现实，开拓视界，并尝试建构新的意义体系。

视觉文化的图像符码迥异于文字符码，20世纪视觉文化的逐步兴盛改写和重塑人们的记忆和经验，冲击语言文化传统，现代文化场景中的鲁迅不自觉受到了渐次展开的视觉实践的影响。连缀于鲁迅文化实践中的绘画、照相和电影三种视觉文化现象，恰好应和着20世纪中国视觉文化的演进路径，从阐释性的图像到机械模拟的拟像再到全景性反观的镜像。

二

"眼见为实，耳听为虚"，自古以来，所有感觉器官中，视觉在获取知识认识世界时，始终占据尊崇地位。启蒙时代，理性原则被视为最高原则，启蒙要开启民众心智达成祛魅。由此，在启蒙者看来，视觉为打开幽闭空间通向理性之路的当然通道。人们信任眼睛，因为眼睛摄取到物体形象和整体图像，这比抽象的符号能更全面更直观地契合世界本来面目。图像和图示是人类童年时代传输信息和交流情感的常用符码，随着人类情感的丰富、思维的复杂和交流的扩展，图像符号生产显得过于复杂和繁琐，无法满足日渐增长的沟通需要。人类在简化图像过程中创造了更为简易直捷的语言文字符号。随着文字符码表征的强化，图像在日常交流中的运用率降低。直至印刷术的发明运用，图像又一次得以广泛传播，隋唐时期，佛教推广得益于印制大量佛教图像达到解说佛教教义的目的。现

---

① 鲁迅：《"小童挡驾"》，《鲁迅全集》第5卷，北京：人民文学出版社1981年版，第446页。

② 鲁迅：《中国文坛上的鬼魅》，《鲁迅全集》第6卷，北京：人民文学出版社1981年版，第156页。

③ 鲁迅：《鲁迅书信·360318致欧阳山、草明》，《鲁迅全集》第13卷，北京：人民文学出版社1981年版，第329页。

代科技催生了摄影、电影、电视等现代艺术形态,更加缩短了图像生产和传播的时间,使图像转化为新的语言体系——影像语言。现代社会以来,随着图像的生产过程加快,传输壁障不断被拆解,图像言语运动也日渐广泛,作用越来越突显。图像给人类带来最为丰富和全面的外部信息,帮助人们综合信息做出准确判断,避免因信息不通或误传而造成的闭塞和蒙蔽,图像传输的物质基础——眼睛的作用也就越来越重要。

鲁迅生活在图像表征不断增强的时代,强烈地感受到图像语言带来的心理震撼,开始反省文字语言符码的文化传统,集中体现在传统礼教上。礼教以规范的语言和呆板的律例禁锢了人们的思想,约束了人们看世界的自然行为。使他们不敢面对事实,导致了愚昧和闭塞,"屏息低头,毫不敢轻举妄动。两眼下视黄泉,看天就是傲慢,满脸装出死相,说笑就是放肆"(《忽然想到·五》)。为了解除蒙蔽状态,他觉得应该充分发挥"眼睛"的作用,"中国的文人,对于人生,——至少是对于社会现象,向来就多没有正视的勇气。我们的圣贤,本来早已教人'非礼勿视'的了;而这'礼'又非常之严,不但'正视',连'平视''斜视'也不许。"(《论睁了眼看》)鲁迅通过批判传统礼教,不仅否定了礼教所包含的精神内涵,也否定了文字符号所抽象出的教条。这些礼教律例从现象中抽离出来时舍弃了情感,过分倚重条例造成对现象事实的肢解和误导。鉴于此,鲁迅提出应该充分信任视觉,信任视觉图像,批判了欺瞒和虚幻的人生,鼓励人们要用自己的眼睛去看,这样才能看到真实,才能获得真正的新知,才会有行动的勇气。"我们的作家取下假面,真诚地,深入地,大胆地看取人生并且写出他的血和肉来的时候早到了。"(《论睁了眼看》)在 20 世纪 30 年代,他还预见性地提出"用活动电影来教学生,一定比教员的讲义好,将来恐怕要变成这样的"(《"连环图画"辩护》)。鲁迅的预言在当下的中国社会大为普及,并有与语言文字争夺阵地的势头。

鲁迅对眼睛功能和图像价值的信任直接影响到他的文学创作,在语言文字为载体的文学作品中不断显露其视觉思维。这种陌生化的手法使鲁迅作品更富于现代气质,不仅建构了立体化的叙事空间,还因连续画面的出现更富于动感,更贴近世界真实。

能在视界内为"眼睛"感知的文化现象,首要条件是具备形体条件,具有空间形态,空间存在成为视觉现象的第一要素。鲁迅的作品注重空间因素,而且在他的笔下,空间不只是事件发生或者人物活动的外在环境,而是为情感、氛围所包围的空间形象,以体积、色彩和形状构成视觉特质。隐喻成为他形塑空间的常用手法。由此,活动在"有意识"空间中的人物、行为及物体的位置和摆设都是经过预先安排的,"鲁镇""未庄""故乡""巷弄"都是中国文化渗透和显示权力分配的集中地带。这些场所是鲁迅根据多年的体验和思考从社会大背景中截取的图像,具有愚昧、闭塞、落后等共同特征,此类空间具备了培养麻木、自欺欺人的国民劣根性的一切基础,也是文本中"铁屋子"这一意象的具体化表达。展示在读者面前是清晰可见的、又是充满了丰富色彩和具体的风土人情的,且能吻合鲁迅理解世界的空间场所。对于读者来说,这些虚拟又具体的空间场域既是鲁迅意念的集中和概括,还能以生活化的形态呈现,既符合作者的传输意图,又契合读者心目中的社会事实。

鲁迅作品的文学魅力与他传神的表达分不开,而能够让读者获得鲜活感觉并留下深刻印象又与他重视"眼睛"的机制分不开,面对不同文学体裁,鲁迅运用的观视方法也不相同。

鲁迅小说的视觉性元素主要体现在各种镜头的运动和跳接上,他既提供新视点给读者带来全新感受,又通过不断地调度视点全面观照被看对象。鲁迅的小说出现了不少令人难忘的场景渲染,通过画面营造视觉化效果,用文字载体进行图式言说。为读者所难忘的《故乡》中对少年闰土的刻画,那段短短几百字的片断,运用了不同景别的变化,从全景到中景再到特写,而后定格到少年闰土的矫捷身形上,再加上运动镜头的穿插,使场景鲜活地存在人们的大脑中。而鲁迅擅长的人物刻画,同样是吻合镜头运动带来的震撼和冲击。鲁迅尤其擅长对眼睛的刻画,《祝福》中祥林嫂的"眼睛间或一轮",就是利用运动图像的快速切换来描摹人物神貌,长时间的沉寂间杂着迟缓的动感,其间的停歇和断续更使人难熬。而且,鲁迅还在文学创作中运用大量闪回,模拟幻象,如《白光》中陈士成落榜后回到寓所神思恍惚的场景,《故乡》中听到闰土信息脑海浮现出少年闰土看瓜场景的想象,都是借助现实和幻象的切换形成交错的视觉空间。鲁迅擅长设置场景唤醒读者的视觉感官,而后娴熟地运用各种跳接串接各种场景中的震惊事件。鲁迅的小说留给读者的是大量的近距离的细节描写和场景刻画,快节奏的叙事流程类似于电影剪辑中的蒙太奇思维。在叙事态度上,他尽量避免抒情色彩的流露,而近乎摄影机或者摄像机的对象呈现。

鲁迅的杂文被称为现代文学史上富有意味的新文体,知性的光芒能够穿透世俗和平凡获得鲜活的感觉,与他对概念和名词的视觉刻画是分不开的,其视觉性特征主要体现在"特写"的运用中,鲁迅用感性和形象的语言以图像化抽象的符码。他在描摹对象上充分挖掘其视觉性,丰富地运用各种形体语言、神态语言、色彩语言建立感官与思想间的联系。如他对"国粹"的譬喻①,充分调动了视觉感觉,达到了形色俱神的境界。他还通过呈现在各种书籍上和现实中的肖像,

---

① 鲁迅:《热风·随感录三十五》,《鲁迅全集》第 1 卷,北京:人民文学出版社 1981 年版,第 305-306 页。

概括了脸上所显现的精神内质①,使读者充分品读其人物内在心理,这是通过放大表情的注目和凝视才有的视觉效果。为了充分体现认知主体的感受,他大量地运用了视觉成规,强化读者的眼睛位置。他通过设置视点,引导读者观看渐次展开声画场景完成对世界的阐释或观念的接受。如在《现代中国的孔夫子》中,文章从现有的孔庙中的孔子画像入手,而后亮出流传日本的孔子画像,再想象自己心目中的孔子形象,通过再现不同历史时空的孔子画像,从不同视角解读孔子,提供了言说背后隐蔽的现代中国的历史境遇及各种权力话语的生产机制。在不少杂文中,鲁迅都提供各种艺术形象,使读者获得了阅读情境,这样获得的理性认知比单纯的逻辑论证更易于为心理内化。鲁迅杂文的成功不仅在其思想的深邃,也在于它能将深邃的思想以不寻常的形象传达出来,既获得理性认知又引发心理震撼的阅读效果。

鲁迅文学创作和文明批评中的视觉思维不仅表达了中国近现代知识分子的"睁眼看世界"的启蒙要求,同时也表明"看"的视觉思维模式已经内化于启蒙者心理,与文字文化的思考、认知联系在一起,使人类对世界的把握能力更为丰富和全面。

三

鲁迅作为以启蒙为己任的现代知识分子,面对不断增生和繁衍的视觉形象,面对不断强化的视觉表征,再难以保持"静观"这一传统的审视方式,"凝视"成为理解世界的新视觉行为。鲁迅洞察了视觉行径的变化,他感知到特殊的"看"的行为与文化生产机制直接相关,整个世界都在有意味的"看"中产生意义,也在"看"的过程中分配权力。而且,启蒙的效用只有通过清醒地"睁眼看"才能获得,才能烛照"欺"和"瞒"的传统文化,唤醒被蒙蔽的心灵,"看"成为鲁迅透视权力关系的切入点,也成为理解启蒙叙事中观看者和被看对象的关系基础,建构了启蒙文学的基本情节模式,也提供了启蒙价值的反思机制。

首先,启蒙叙事的情节中,"看"的行为构筑了故事场景和人物活动的环境。《药》中有华老栓看到夏瑜行刑的围观场景;《阿Q正传》中阿Q的杀头场景成为路人眼中的景观;《故乡》中的"我"与儿时伙伴闰土再见面的场面;《狂人日记》中狂人时刻感受到被窥视和监禁的压抑;《孔乙己》中穿长衫而站着喝酒时总是被

---

① 鲁迅:《略论中国人的脸》,《鲁迅全集》第 3 卷,北京:人民文学出版社 1981 年版,第 412-415 页。

围观取笑……其中有启蒙者对被启蒙者的审视，也有看客对受难者的冷眼旁观，还有被启蒙者对启蒙者的反观。在这些产生"震惊"效果的画面中，始终让人感受到各种目光的交织，锐利的，诡异的，呆滞的，描绘了各种各样"看"的情态，展示了各种制度化和压迫性的"看"，在目光投射和承接中，隐含着各种压抑、限制和禁忌，以缺席的惩罚透露着权力的残暴和酷虐。鲁迅的启蒙叙事中，人物的"看"既受限于外在条件，也受限于内心情感经验。"看"到什么，怎么"看"，人们的眼球运动最终都取决于先在观念。陈旧思想和传统观念束缚了人们的精神自由，使中国人丧失了主观能动性。因此，在目光关系网中，启蒙者的清醒认知和精神救赎成为推开沉重和黑暗的希望。

其次，在启蒙叙事的结构中，"看"的行为成为确立人物关系的基础。其中看者、被看者还有旁观者组成了启蒙叙事的形象类型。"看"不仅显示权力的压迫和控制，也是造成受虐者痛苦的源头。"铁屋子"中，"狂人"被监控、孔乙己遭受冷眼、祥林嫂的悲苦被漠视……通过"看"投射出的威力，集中展示了受虐者的种种遭遇。"看"这种看似无关痛痒的行为，因多股"看"的力量的凝聚汇合而产生了"看客"群体。在鲁迅看来，"看客"的"看"不是纯粹客观的中立的看，而是携带着权力的压迫、观念的束缚甚至剥夺客体存在权力的伤害，置身于目光聚焦中心的受虐者们不断地承受精神折磨、心理变异，导致悲惨结局。由此，鲁迅特别反感看热闹的"看客"。他在《野草》的《复仇》中特意设置了在荒原中互相对峙着的赤裸男女，他们既不对抗也不拥抱，终于使看客们无聊了。他认为，面对着受虐者的身心折磨和不公待遇，"看客"们自身无须直接承受痛苦，面对他人甚至同伴的身心折磨和不公待遇，"看客"反而表露出把玩心态。在鲁迅看来，"看客"对受虐者不仅没有伸出援助之手，他们的无力无能状态加上无谓的态度反而助长了施虐者的气焰，使施虐者的酷虐行为不能受到抵制反而更为猖狂。这样，"看客"也就间接地成为帮凶，这些"看客"的冷漠和麻木态度致使受虐者遭遇更为悲惨的命运。让人痛心的是，这些精神麻木的不知觉醒的"看客"，在启蒙叙事中处于麻木不仁亟待启蒙的被启蒙者的地位，在不断地承受着各种痛苦和不公待遇，他们通过观看其他人的痛苦聊以自慰，彻底丧失了思想和行动而沦为永恒的奴仆，看客的"看"放弃了行动上的反抗，臣服于强权，反而使弱者更弱。

再次，"看"的行为机制也提供了启蒙价值的反思基础。对于正常人而言，90％的信息直接由视觉感官获得，"观看"是人类感知外部世界的有效手段，然而，"观看"并不具备行为能力。鲁迅把中国社会喻为"铁屋子"，五四启蒙者的权限在于观看"铁屋子"。"铁屋子"中，被启蒙者处于被"看"的地位，他们什么都不"看"也不愿睁眼"看"世界，也不可能获得新知。这种状态接近于电影观看者。观赏电影时，观看者并不直接接触被看对象，只是通过态度来控制被看对象，观看者在行为上是无能的,因此也无力改变影视作品中的角色命运。在启蒙情节模式中,启蒙者充当被启蒙者的引导者,而不是具体行为的操作者。"看"的流程在心理和眼睛间循环,它是一种心理反映,可以形成清醒的认知,但不能代替勇敢的行为。启蒙者对施虐者行为抵制和谴责只能停留在话语层面,不能有效地抵制施虐行为。即使启蒙者将"看"的功能发挥到极致,也只能关注而无力拯救这些贫弱的处于"被看"位置的深受痛苦的人群,在行动上则无力改变施虐者的意愿和行径。通过启蒙的人群可以获得清醒认知,而挽救其悲苦命运则需要受过启蒙后的受虐者自身的努力。早年鲁迅的科学救国和医学救国的人生之路遭受了"看"不清楚而行动的苦闷,而他的文艺救国之路则又承受着看得很清楚却又无力拯救的痛苦。"铁屋子"中即将窒息而亡的人需要清醒的认知,又需要切实的行为,但是启蒙者能做的只是呐喊,这也预示了中国启蒙者的尴尬地位和无力状态。鲁迅在不断地为启蒙呐喊助威的同时只能清醒地保持对启蒙的怀疑。《故乡》《祝福》《在酒楼上》《孤独者》《一件小事》等作品都给出了"看"到现实却又对其悲惨状态无能为力的启蒙者的心理挣扎和痛苦。

鲁迅生活的年代,视觉文化现象正处在一个逐步加速的阶段,知识分子们欣喜地看到日渐丰富和清晰的世界给人们带来的崭新感受,以此来扫除模糊和混沌的文字文化产生的遮蔽,将视觉文化视为进步的工具。作为现代中国的启蒙者,鲁迅信任视觉作用,将自己的启蒙心态与逐步强化的视觉意识相连接。然而,鲁迅毕竟处在印刷文化时代,其时的文化实践中,语言文字的作用远强于图像符码,视觉文化对国民灵魂的强大形塑远未显现,视觉文化的负面作用仍未充分暴露。鲁迅并不特别怀疑看见东西的真实,只是强烈怀疑启蒙者"看"的效用。近一个世纪后,当视觉提供了琳琅满目的文化现象,由信息不足导致新的不公平不平衡现象逐渐减少,而过量信息和信息误传导致错误逐渐增加时,视觉感官的可信度受到了强烈质疑,鲁迅当时认为只要开眼就可以看到真相,而当下的人们发现即使开眼,有可能得到的只是"半张脸的神话"。有意强调精英意识,拒绝视觉文化,思想的启蒙在选择有效的形式和提供效能的载体上陷入了困顿。回顾现代启蒙者鲁迅的启蒙之路,认真检讨视觉文化在中国现代启蒙之路上的作用,或者能够给寂寞而艰难的启蒙提供一些有效的启迪吧。

鲁迅笔下的日本形象之镜观[*]

  鲁迅启蒙思想的形成与西方现代性内涵中的视觉意识有着深层的联系。受近现代"睁眼看世界"的启蒙思维影响,他选择海外留学,在"看"的过程中接受西方现代观念,遭遇日本仙台的幻灯片事件,无意间撞见了现代视觉文化带来的心理震撼,开始人生的重大转变,弃医从文,从事文化启蒙活动。日本形象的构建映射了鲁迅丰富的精神世界和中国现代启蒙思想的复杂性。

  成长于中华帝国的鲁迅自小接受中国传统教育,大量阅读典籍形成的知识体系是纯然东方的,其中自然也包含了中华帝国强大形象的自我文化认同,在此知识谱系中的日本始终是作为大中国的"倭夷"形象而存在。然而,伴随近代中国的民族危机和被迫的社会文化转型,中国知识分子也被迫转向认同西方价值观念,接受西方现代的思维方式。在大量汲取西方文化资源的过程中,日本因其比邻的地缘关系、亲近的语言文化、悠久的历史交往和迅速崛起的现代经验成为西方文明的中转站,也成为一代知识分子留学最为热门的国度之一。鲁迅在日本获得新的视觉经验、遵循新的价值诉求建构日本形象的心态是丰富而复杂的。一方面,经历过家道兴衰痛苦体验的鲁迅渴望洗脱民族耻辱,雪耻报仇的越文化传统也使他易于亲近日本的"耻感文化",认同其"复仇心态";另一方面,作为现代启蒙者的鲁迅因深感被迫"开眼"的视觉压迫,虽然倾心于日本成功的经验,但又强烈感受到崛起后的日本对中国强大的心理压抑,陷入了受诱惑和拒绝的矛盾。鲁迅依赖视觉感官建构丰富层次的各类日本之"像",表达中国近现代知识分子通过新的再现模式建构了自我(中国形象)和他者的关系,在虚设和事实间不断体验、反复参照的曲折的文化实践过程。

---

  * 原题为《师者与他者——鲁迅笔下日本形象之镜观》,载于《学术月刊》2010 年第 7 期,第 117-123 页。

一、景　象

　　鲁迅乍到日本首先关注到的是日本的自然景象。景象是人类区别和独立于自然界,确立人的主体意识后对进入自身视野中的客观自然景物的指称。因此,这一景象既是鲁迅得到的最初日本印象,也是鲁迅已有的文化心理及审美方式的自然延续。景象作为具有视觉意义的图像承接于传统绘画艺术,风景画通过画框和画面结构形成了深层的价值意义体系。中国山水画是通过特定的绘画语言传达中华文化内涵和审美方式的具体表现,它体现了中国文化既重视视觉感官也不忽略心理内化的特有艺术表达。深受中华文化熏陶的鲁迅,沿袭了传统艺术审美心理,沿用传统认知世界的方式来感受和认知日本,日本景物成为自己外化情思寄寓感情所在。1902 年 4 月至 1909 年 7 月,青年鲁迅东渡日本游学,共计七年有余,这一经历正是鲁迅这一代知识分子普遍的人生选择,也契合中国近现代知识分子"睁眼看世界"的启蒙思想获取路径。二十多岁的鲁迅,正值感受力极其丰富的青春岁月,身在异国他乡,经常睹物思情,日本风物成为他建构日本形象的基础。

　　但是,日本毕竟不是中国,鲁迅怀着"拜师"的心态来到日本,赴日之前,就认定"日本是同中国很两样的"①,以陌生人身份介入日本生活,对之缺乏情感亲近和文化认同。再加上此时日本已经迅速完成由传统向现代社会转型,成为东方的强国,它在努力摆脱中国传统文化的影响,与依旧负荷着传统枷锁的中国文化的亲缘性在减少,差异则不断增多。有着浓郁的乡土情结的鲁迅远离热土,既需要克服对原有生活习惯和文化理念的依恋,又需要克服适应新环境和认同新价值的犹疑,既暂时摆脱束缚又找不到确切目标和方向,充满了惆怅与飘零之感。面对异域地理环境和自然景象,间离的姿态令他格格难入现实生活,拒绝对日本风物的欣赏。他备感远离家乡亲人的愁苦,在《戛剑生杂记》中提到,"行人于斜日将堕之时,暝色逼人,四顾满目非故乡之人,细聆满耳皆异乡之语,一念及家乡万里,老亲弱弟必时时相语,谓今当至某处矣"②,身居日本,心系故国,虽然"离中国主人翁颇遥,所恨尚有怪事奇闻由新闻纸以触我目"却备感孤独和寂寞,"所

　　① 鲁迅:《朝花夕拾·琐记》,《鲁迅全集》第 2 卷,北京:人民文学出版社 1981 年版,第 297 页。

　　② 鲁迅:《戛剑生杂记》,《鲁迅全集》第 8 卷,北京:人民文学出版社 1981 年版,第 467 页。

聊慰情者,厪我旧友之笔音耳"①。他在信件中以客居他乡的旅人口吻向好友介绍自己在日本的起居生活,言辞间不断地显现不见容不介入的客观和冷然:"此地颇冷,晌午较温。其风景尚佳,而下宿则大劣。…… 现拟即迁土樋町,此亦非乐乡,不过距校较近,少免奔波而已"①,"仙台久雨,今已放晴,遥思吾乡,想亦作秋气"①,敏思善感的鲁迅漂泊异乡,在他的心目中,日本始终只是暂时寄居地,他欣赏眼前景象,却寄情于遥远的故乡,造成情景空间的错位,日本自然景象中只能增添他的思乡之情别离之苦。

这样一种他者心态,使日本景象在鲁迅构建的艺术世界中一直处于匮乏空缺状态,鲁迅的作品少见日本景象,对于他七年的日本生活,作品中也较少表现,而描写日本自然风光作品只在他《藤野先生》的撰述中,开头寥寥数语:"东京也无非是这样,上野的樱花烂漫的时节,望去确也像绯红的轻云,但花下也缺不了成群结队的'清国留学生'的速成班,头顶上盘着大帽子,顶得学生制帽的顶上高高耸起,形成一座富士山。也有解散辫子,盘得平的,除下帽来,油光可鉴,宛如小姑娘的发髻一般,还要将脖子扭几扭。实在可爱极了。"这是鲁迅作品中最集中描述日本景物的文字,它非常准确地传达了鲁迅在日本的心态。他感受到富于日本特色也孕育了日本民族性格的樱花节美景,通过简练而概括的文字传神地表现了赏花盛况,而自己却成为无法融入的旁观者,冷眼瞧着缤纷落英中的来来往往的人群,以"众人皆醉我独醒"的旁观者神态自我设障,在热闹沉醉的场面中他不能感同身受,却在其中发现了与之不协调的杂音:"清国留学生"作为樱花节的踏春者,以特殊的标志——大辫子显现自己身份角色,却在行为上淡忘职责和使命,尽情沉迷于樱花节的热闹,俨然把日本当中国,显得滑稽怪诞,丑态毕现。鲁迅之所以将"清国留学生"同胞形塑成活跃在樱花节上不合时宜的小丑形象,是因为这些人不符合他对日本形象的设定。在他心目中,日本应该是奋发向上、努力学习和不断崛起的他国形象,而非"清国留学生"毫不设防地迷恋和沉迷的心向往处,他们不应该耽溺于樱花节的烂漫春色。作为一名中国人,鲁迅自觉表现出对日本的樱花节盛况的拒绝,固守于中国人身份意识。作为"清国留学生"之一的鲁迅,带着诊治国家民族痼疾的目的来到日本,被包围在时代危机感、耻辱感中,轻松的心情、逍遥的姿态全都成为奢侈,急切、焦虑构成他的主导精神状态,怎么还会有心情来游山玩水,体验他国美景呢?

日本留学时期,鲁迅在理智上视日本为师者,强烈的民族尊严却使他无法排遣深重的羞辱感,对自己的祖国反而表现出强烈的文化归属和角色认同。日本

---

① 鲁迅:《书信·致蒋抑卮 041008》,《鲁迅全集》第 11 卷,北京:人民文学出版社 1981年版,第 321-322 页。

景物在鲁迅笔下,拥有了强烈的历史承担和文化批判意识,替代为"他者"和"他乡"的具体表现。作为一名日本的"清国留学生",他始终难以舍弃自己的使命感和责任感,对日本的寂寞和隔阂总是横亘于心。然而,鲁迅能够深刻理解日本文化,能够深切地感受到日本人钟情风月、易感自然景物的变化、感慨人生的无常和悲凉的命运意识和悲剧心理。他在日本"弃医从文"的举动也表明了他认同日本的"耻感文化"和因"耻感"而产生的对抗甚至"复仇欲念",表明了鲁迅对日本的情感和理智无法统一的深层次矛盾。

二、印　象

与自然空间景象相比较,印象则是更进一层视觉社会化的体现,是对某一人群的行为习惯、性格特征和文化心理的归纳概括后的"像"的集结。鲁迅接触日本人后各种视像形成鲁迅对日本人的总体印象。这些印象表现了鲁迅对日本社会认识的拓展和深入,已跨越初级的表层的日本形象,开始构建更深层次的日本形象。

鲁迅对日本人的印象形成是逐步积累深化的过程。在日本,鲁迅坚守自己的身份归属,他在对日本人群像认知基础上体现了鲜明的民族立场,他有保留地亲近日本人,有选择地接受日本人。鲁迅在日本生活了很长时间,但他笔下的日本人却依旧陌生又疏远。在他的文学世界中,故乡绍兴一直是他魂牵梦萦的精神归宿,中国人的民族性格和精神痛苦也始终占据他思考的核心。他的作品较少提到在日本的生活起居,也少见他在日本交往的日本人。他在仙台给朋友的信中,表明自己并不看重日本青年:"近数日间,深入彼学生社会间,略一相度,敢决言其思想行为决不居我震旦青年上,惟社交活泼,则彼辈为长。以乐观的思之,黄帝之灵当不馁欤。"①日本青年在鲁迅青春记忆中是与沉重和耻辱相关的,他在仙台学医时受到的歧视让他深切感受到具有强烈民族主义立场的日本所谓爱国青年的强烈排他情绪,这给鲁迅造成了很大的伤害;而日后鲁迅在《呐喊·自序》中提到的对中国新文学肇端有着"神谕"般作用的幻灯片事件,更是彻底地划断了鲁迅与日本同学间的民族文化界限,印证了鲁迅被拒绝和被歧视的"他者身份"。

然而,回到中国后,鲁迅反而更亲近日本人,他要好的日本朋友大多是归国

---

① 鲁迅:《书信·致蒋抑卮 041008》,《鲁迅全集》第 11 卷,北京:人民文学出版社 1981 年版,第 321 页。

后开始交往的。20世纪30年代鲁迅从北京南下，曾在厦门、广州等地逗留，最后选择了上海为其长期的寓所，不少人对他为何选择嘈杂纷扰的大都市颇感费解，而忽视了鲁迅生活的虹口区为日本侨民聚居地的事实，这一区域空间有他熟悉的日本语言及日本朋友带来的情感认同。其时中国文坛纷争不断，处在文化矛盾中心的鲁迅备受困扰，身心俱疲，心力交瘁，那时的鲁迅时常出入内山书店，并与内山完造交往甚密。据鲁迅的日本朋友回忆，"要是想要会见鲁迅，4点左右到内山书店就可以碰到"，"由于内山夫人是京都宇治人，经常以从宇治寄来的玉露茶，请鲁迅喝"①。鲁迅通过自己的文笔深刻地表达了对中国文化、对中国人精神痛苦的极大关注，却愿意让自己在日本朋友的书店享受生活情趣，得到精神放松。在生活的最后十年中，在心灵承受最大强度的压力的情况下，他在上海通过内山书店结交了不少日本友人。1935年鲁迅为镰田诚一所写的墓记②情感真挚，令人感喟。对一位初显才干、品质优良的青年英年早逝的惋惜和悲悼，流露出鲁迅细腻、敏感又真诚的珍惜生命的真挚情感。这篇墓记体现了鲁迅对日本文化的深层体悟。这份发自内心超越国家民族疆界的情感符合鲁迅对爱的高境界的理解和定位。他感慨和心痛生命易逝人生无常，但又赞赏死者抓住瞬间体现生命价值的精神气质。30年代寄居上海的鲁迅遍观中国人性的"丑"和"恶"，日本人反而成为可以成为改造国民性的现成榜样，他不吝以溢美之词来缅怀一位年仅二十八岁就不幸离世的日本青年，这样就可以理解鲁迅与内山完造间的友谊了。

虽然鲁迅一直与不带民族偏见的日本友人保持着良好关系，但是他坚守自己的民族立场，充分表达了民族气节和尊严。鲁迅得知中日关系紧张后，即便他重病在身，依然对日本持有足够的警醒。据他儿子海婴的回忆，"父亲去世前，曾提出要赶紧搬离虹口，并嘱咐幼弟周建人到租界去租赁新房，只要他相看中意，不必让父亲复看，定租便可"③。这种戒心和警惕也源自他对日本的"异心"和对日本的有意识确立的"他者"心态。面对日本政府企图归化中国而虎视眈眈于中国领土，鲁迅表达了坚决反对的态度，认为中国决不能交给日本管："那可不行。这在日本看来即使很有利，但对中国却是绝无好处的。我们的事，要由我们自己

---

① 清水安三：《终生对日本人的亲密情感》，吕元明译，《日本经济新闻》1976年10月19日。

② 鲁迅：《镰田诚一墓记》，《且介亭杂文二集》，北京：人民文学出版社1981年版。

③ 周海婴：《鲁迅与我七十年》，海口：南海出版公司2001年版，第117页。

来做!"①这番话表明鲁迅面对日本具有强烈的民族自我意识、鲜明的角色意识和身份归属感,对日本的扩张意图保持着坚决拒绝的清醒头脑。

鲁迅对中国和日本,对待中国人和日本人的复杂矛盾心理与近现代中国国情、时代环境及文化观念有着内在关联。作为"五四"新文化的斗士,鲁迅曾经强烈地抨击中国传统教育制度,而充满感情地塑造了他的老师藤野先生。他从内心深处一直沿袭着出国留学的初衷,本着强烈的民族责任感学习日本的文化优长和民族性格以拯救国民,也正是这份学习姿态,使他以师者规范来寻找他所接触到的日本人,藤野先生成为符合这一身份又满足鲁迅心理期待的最好人选,是他留学日本留下的唯一人物印象记,也成为鲁迅笔下最为成功也最具温情的日本人形象。作为日本医学教授,藤野先生在与鲁迅交往过程中体现了现代社会中理想的师生之谊,完全符合现代意识的师者道德规范,吻合鲁迅对理想的日本人的期待。

首先,藤野先生的科学理性精神铸造了他的人格特征,在为人处世上处处都体现出"真的人"具备的基本素质,契合鲁迅所追求的现代人性标准。"藤野先生朴素的人格与日本学生造成的丧失良知的事件之间,浮现出了鲁迅所确信的超越国籍的'真的人'的关系。这种关系的反面,就是等级观念和围着被枪毙的'犯人'喝彩的群众的关系。"②这段话说明鲁迅一以贯之的理想人性表达在藤野先生身上得到了体现,作为接受自由民主观念的现代知识分子,鲁迅崇尚"个性张扬"的理想的人性状态,强调提升个体的存在价值,尤其反对文化、历史、社会和民族等群体意识。藤野先生与当时仙台医专的具有强烈民族情绪的日本青年人形成鲜明的对比,在鲁迅面前显现了真正现代知识分子的普遍人性意识。

其次,藤野先生也确立了现代师者的道德规范。当鲁迅作为一名异族留学生出现在他面前时,藤野先生全然不顾他是来自弱国他族的子民,充分尊重鲁迅的人格,以平等友善的态度与鲁迅进行真诚交流,悉心教导,在学业上使他确立自信。藤野先生对鲁迅的爱护,充分体现为一位以"学术"为职责的现代"师者"的高尚情操,他是鲁迅对日本人形象期盼的范本。藤野先生作为鲁迅人生道路的启蒙者和引路人,他对鲁迅的影响是深远的,对中国来说也是意味深长的。由此,他的相片长久成为寂寞鲁迅的可资温暖的精神伴侣,成为鲁迅七年留日生活中最为鲜明的记忆,成为他在所有接触过的日本人中最可钦佩的人。

---

① 儿岛亨:《未被了解的鲁迅》,《精通日语·鲁迅回忆录(散篇)》(下卷),北京:北京出版社1999年版,第1573-1574页。

② 伊藤虎丸:《鲁迅与日本人——亚洲的近代与"个"的思想》,石家庄:河北教育出版社2002年版,第7页。

在鲁迅的生活经历和文化实践中，他面对日本民族的"师者"心态和"他者"意识是如此鲜明地对立。他愿意接近显露充分人性色彩的日本人，与许多日本个体建立了较为亲密的情感交往，不断感受到日本人的可贵和可亲，他们都给鲁迅留下了许多美好的印象，不断表达视其为"师友"的倾向。然而，鲁迅一以贯之当年弱国子民的求学日本的启蒙心态，在面对带有强烈符号色彩的日本民族时依然保持足够的距离，自觉和被迫中不断表现出强烈的"他者"意识。日本文化、鲁迅人格和中国近现代启蒙意识都是如此充满尖锐矛盾又错综复杂地交织在一起！

三、映　象

映象是客体投射在反映主体心理后再通过反省而成总的形象，是主体经由视觉感官、基于自身的认知基础知识框架对客体作出的总体把握，具有高度抽象性和普遍性的特点，较少保留形象性而较为接近符号特质的像型。鲁迅通过视觉机制总体和全方位把握日本文化和日本民族并对照中国民族性格的表达，也是他在建立起日本形象的本质意义后得到的更深层面的认知。鲁迅长期留日，接触大量日本人，积累了许多日本民族性的感性认知，他又从旁观角度理性把握和洞透日本人民族性格。归国后，鲁迅在目睹了中国社会的大量文化现象之后，通过与中国民族性格的比照，反观日本的社会现实和文化现象，开始形成对日本整体形象的把握，从历史和文化的视角刻画日本民族性格。在鲁迅看来，日本人较之中国人更显自然本真，更显其真性情："中国和日本的小孩子，穿的如果都是洋服，普通实在是很难分辨的。但我们这里的有些人，却有一种错误的速断法：温文尔雅，不大言笑，不大动弹的，是中国的孩子；健壮活泼、不怕生人，大叫大跳的，是日本孩子。"[①]孩子身上体现了中日两国文化和教育的不同结果。而鲁迅在比照中国人与日本人的脸时发现，中国人"渐渐成了驯顺"[②]，日本人则保持着人性中必须的"野性"。由此，与日本人相反，中国民族性格的劣根性正在于过分的顺从和软弱，在于不能正确对待自己的奴性心理，宁肯在"瞒"和"骗"中生存，因此，在改造国民性问题上，中国人应该向日本人靠近，"像日本那样的喜欢'结论'的民族，就是无论是听议论，是读书，如果得不到结论，心里总不舒服的民族，

---

①　鲁迅：《从孩子的照相说起》，《且介亭杂文》，北京：人民文学出版社1981年版，第81页。

②　鲁迅：《略论中国人的脸》，《而已集》，北京：人民文学出版社1981年版，第414页。

在现在的世上,好像是颇为少有的"①。日本人的认真性格也决定了他们在人类社会的现代化进程中的成功和崛起。鲁迅看到了现代医学和现代科学对日本现代社会的进步和发展起到的关键作用,"新的医学对于日本的维新有很大的助力"②,但是,现代科学观念和技术在传输到中国时,却受到了严重阻隔,甚至扭曲和异化,'科学救国'已经叫了近十年,谁都知道这是很对的,并非'跳舞救国''拜佛救国'之比。青年出国去学科学者有之,博士学了科学回国者有之。不料中国究竟自有其文明,与日本是两样的,科学不但并不足以补中国文化之不足,却更加证明了中国文化之高深"③。日本人严格地尊重各种规定和规范,也吻合了西方文化中的科学理性原则,这与中国文化的不确定形成鲜明对比:"在这排日声中,我敢坚决的向中国的青年进一个忠告,就是:日本人是很有值得我们效法之处的。譬如关于他的本国和东三省,他们平时就有很多的书,——但目下投机印出的书,却应除外,——关于外国的,那自然更不消说。我们自己有什么?除了墨子为飞机鼻祖,中国是四千年的古国这些没出息的梦话而外,所有的是什么呢?"④两相比较,在现代社会中,日本民族性格的优长明显,中国人改造国民性重构民族性格时,日本民族性格的范本作用不言自明。

鲁迅也深刻地看到,日本人的认真性格与他们的"耻感文化"紧密相关,"日本人一旦有追求重大使命的远景,厌倦情绪就会消失,不管这个目标多么遥远"⑤,而这种求真的性格正是中国人所欠缺的,也是在长期沉重的苦难中的中国人所规避的历史责任。在此,鲁迅表达了对日本人"认真性格"的矛盾心态,一方面,他觉得中国人应该加强国民性的改造,提出中国人需要在真实的人性中反思自身,检讨自己,面对外部世界时始终持有清醒和警惕,"凡受辱必报复"。就此而言,鲁迅欣赏他们认真坚忍的性格,将他们视为中国人可以效仿的对象;但另一方面,鲁迅又将他们视为异族,对他们觊觎中国领土怀有足够的戒备和防范,面对占领东三省的侵略行径,鲁迅就一针见血地揭示了它的后果和趋势,"这在一面,是日本帝国主义在'膺惩'他的仆役——中国军阀,也就是'膺惩'中国民

① 鲁迅:《内山完造作〈活中国的姿态〉序》,《且介亭杂文二集》,北京:人民文学出版社1981年版,第266页。

② 鲁迅:《俄文译本〈阿Q正传〉序及著者自叙传略》,《集外集》,北京:人民文学出版社1981年版,第83页。

③ 鲁迅:《偶感》,见《花边文学》,北京:人民文学出版社1981年版。

④ 鲁迅:《"日本研究"之外》,《鲁迅选集》(上卷),成都:四川人民出版社1995年版,第388-389页。

⑤ 鲁思·本尼迪克特:《菊与刀》,吕万和、熊达云、王智新译,北京:商务印书馆2000年版,第113-114页。

众，因为中国民众又是军阀的奴隶；在另一面，是进攻苏联的开头，是要使世界的劳苦群众，永受奴隶的苦楚的方针的第一步"①。他还在杂文《友邦惊诧论》中，公开表达了对日本侵略行为的愤慨和强烈抗议。

面对日本民族性格，反思中国国民性格弊病，鲁迅大力提倡"学习"，学习日本民族的"真实"和"认真"的性格来改造中国国民性的鄙陋，日本民族的"师者"形象得以确立。但是作为整体中华民族的"师者"不能寄寓道德和情感上的期待，从中日邦交角度，鲁迅提出应该警惕日本人对中国的野心，不能忘却他们的"他者"身份。

四、象与形

鲁迅笔下的日本形象源于鲁迅眼中的日本，丰富复杂的形态和层次与鲁迅所处的时代语境、身份角色及复杂矛盾的心态密切关联，又与日本民族本身的矛盾、丰富和不确定直接相关。鲁迅笔下构建的不同层次的日本形象映射了鲁迅的启蒙心态，反映了启蒙心态驱动下的视觉机制作用。

首先，鲁迅以"师者和他者"设定日本形象，本身隐含着以中国为出发点的希望从中寻求启蒙资源传递文明薪火的精神渴求。作为历史上曾经有过悠久交往历史的邻国，地缘文化相近，日本对中国现代知识分子具有天生的亲近感，加之日本在明治维新后的崛起并快速摆脱西方工业国的强权控制的历史经验，无疑更增添了强劲的吸引力，因此，由日本中转传输西方思想成为捷径。其时的日本大量又快速地介绍世界他国的文明成果，对此，鲁迅深有感触，"他们的介绍之速而且多实在可骇"②。"五四"时期，大量的西方思想都是经由日本再传到中国，其时不少知识分子都自觉地将日本视为"师者"，留学日本寻求民族振兴的出路。留学日本归国的知识分子从日本借鉴了大量的现代文明成果。鲁迅接受的苏俄和欧洲的文艺观都是通过日本的转译获得的。

其次，鲁迅对日本这一客体的认知，经历了景象、印象和映象三个层次。自然风光、风土人情所构成的景象相对应目力直击的表象；日本人的印象为鲁迅开始投注情感积累经验形成的知性层次，而对日本民族性格的把握则表明鲁迅对日本人的认识已经上升到理性层面，这样逐渐明晰逐步深入的过程吻合启蒙理

---

① 鲁迅：《答文艺新闻社问——日本占领东三省的意义》，《二心集》，北京：人民文学出版社 1981 年版，第 310 页。

② 鲁迅：《马上日记之二》，《华盖集续编》，北京：人民文学出版社 1981 年版，第 342 页。

念下的渐次深入的视觉规律,符合视觉感官为基础的客观反映论获得真实的过程。同时也表明视觉要达成的最高层次为日本民族文化性格的理性认识,即对日本民族这一客体进行类的抽象和概括,最终通过理念的方式把握其精神实质。所以,鲁迅能够精炼准确地概括日本民族的性格特征。

但是,鲁迅对日本形象构建的启蒙心态所表现出的理性精神始终受制于民族尊严的强大压力。近现代被迫"看"的屈辱和不甘总会在不经意间冒出,在他构建日本形象时呈现出不可弥合的情感裂缝。中国知识分子责任感和使命感使得他在接受日本文化的影响时,总是表现出强劲的本国角色意识,日本只是他完成自身文化职责的暂时栖息地。鲁迅与当时留日的学生普遍感受到弱国子民的飘零感,郁达夫笔下的"零余人"形象就是敏感于这种"在又不属于"状态的典型表现,没有身份归属,不同文化的碰撞都使他们具有强烈的不安定、焦虑和茫然之感。面对无法真正融入的日本社会和日本文化,他们也只能在拒绝和被拒绝间确立自己在日本的角色定位。在日本这样一个有着等级传统的国家,中国知识分子不断地感受到民族自卑感,也不断地体味着现场角色和身份归属间的分裂痛苦,强烈地感受到受排挤和歧视的苦闷,内心期待和现实状况间的落差。不少留日知识分子共同表达了强烈的爱国主义思想,为国家民族的落后而痛苦,鲁迅、郁达夫等在日本都不断地表达自己作为中国人的痛苦,他们身在日本反而强化了自己的中国身份,表达了对日本国的自觉隔离。

日本的师者和他者形象矛盾地统一在中国近现代知识分子的内心世界中,这种理念使他们在面对日本文化和日本政府时表现出无法弥合的裂痕,无论是作为中国留日的知识群体还是个体的内心世界,就如鲁迅在面对日本的文化和民族时表现的两面性,以及共同留学日本的鲁迅和周作人的不同人生选择一样充满了矛盾、歧义,留下了不少令人费解的现象。

随着中国接受现代文明的日渐增多、中国的自我意识的逐渐加强,也随着日本对中国企图日渐明显,日本与中国的关系日渐紧张,这些知识分子对日本国的情感矛盾也日渐凸显,日本形象呈现的缝隙也日渐加大。在留日归国的知识分子群体中,不仅他们个体内心充满了痛苦和抉择的困难,而且,他们作为群体也产生了不可调和的分化,抗日战争中,不少留日归国的知识分子成为抗日斗士,而另外一些知识分子则成为投靠日本的汉奸,便是这一分化最为剧烈的体现。

"世界上不同国家民族的自我想象与自我认同,总是在与特定他者形成的镜像关系中完成的。"①鲁迅笔下的日本图景,隐含在他对现代中国的想象和设定中,成为中国自身反思的"镜子"。近现代中国社会在西方列强的武力侵略中被

---

① 周宁编:《世界之中国:域外中国形象研究》前言,南京:南京大学出版社 2007 年版。

迫"睁眼",逐渐放弃传统的中华帝国意义原则中的日本形象,根据现实的需求对日本进行新的视觉聚焦,通过各种"像"的呈现,构筑了中国人需要学习和效仿的日本形象。但是,传统文化的惯有的静默审思方式形成的"大中国"形象中的日本定位又使得他无法舍弃民族尊严,在构建日本形象过程中始终保持着足够清醒的"他者"意识,形成了丰富而复杂的"师者和他者式"的日本形象。鲁迅笔下的日本形象既充分感受了日本民族矛盾、分裂和极端的性格特征,又契合中国现代知识分子的精神需求,表达了中国知识分子在民族落后和被动状态下,目光投向西方和外族的学习姿态,但又不断地体现出不甘于被迫转变的痛苦表达,也说明中国近现代接受西方启蒙思想的矛盾和不彻底,中国自身文化传统不断牵扯着深受传统影响的启蒙者的步伐。而鲁迅正是在这样的矛盾中睁眼看世界,他对日本的态度表达了被迫割断古老传统纳入他者的强势文化中,弱者急于变强的无奈又不断奋争的不屈心理,诚如他强调的在绝望中抗争一样,带着屈辱又有强烈自尊的悲剧意义。

中国电影生态意识的觉醒与匮乏[*]

一

工业革命以来,借助现代工具和异想天开的征服欲,人类获取自然资源和改造自然环境的能力大大提高,自我活动空间空前开阔,在所有生命物种中巩固了领导地位直至坚不可摧。自我无限膨胀的人类以傲慢的姿态对待自然,把自然作为随意奴役和随意掠夺的对象,无限拔高自身的存在价值,逐步确立了凌驾于其他种群之上的人类中心主义观念,造成人类与其他生命种群和环境之间的关系日趋紧张恶化,但同时也遭到了大自然的严厉报复,生态问题成为威胁着人类生存的新问题。海德格尔提出"人类应该诗意地居住"。诗意地居住必须拥有"辛劳的领域","通过这个领域,仰望天空。这种仰望向上直抵天空,而根基却留在大地上"[①]。大地与天空之间的辛劳领域决定了人类的活动空间,也决定了人类在不断追寻精神的高远遐思时必须立足于坚实的大地。生态观念正是将坚守大地之脉与追寻精神家园相联结的系统理论,它作为人类认识世界、探索宇宙的新理念,深层次地表达了人们认知世界、把握世界的渴求,正在越来越广泛的范围内得到认同。

影像作为容纳最大观众群同时分享阅读空间的大众艺术,能够简化接受者可能存在的文化背景差异、民族界限隔阂,在最短时间内以平易通俗的方式传达人类尖端技术的表现力、先锐的思想,及时准确地传递当前的文化思潮、社会观念、生态伦理观念。与其他传统艺术相较,电影能够运用特殊的感光媒质,直观

---

[*] 原文载于《临沂师范学院学报》2006年第1期,第130-134页。

[①] 刘敬鲁:《海德格尔人文思想研究》,北京:中国人民大学出版社2001年版,第266页。

而具象地反映世界。它以有别于传统艺术的组织形式和体认方式质询我们既定的存在模式,也在创造我们观察和体验的新模式。通过影像艺术,真切地呈现了环境污染、自然资源的稀缺、生态危机和灾难、生命存在的形式和范围等有关生态问题。电影表达生态危机和关切人类生存前景有着其他艺术品种不可比拟的优势,关注和探索生态价值已经成为世界电影中的一大重要价值取向,生态电影已经成为世界电影创作的新的潮流,以严肃的创作态度、写实的风格展示了严峻的生态危机,强烈地震撼着所有有良知的观众的心灵。根据现有的生态电影的创作实践,电影中生态观念的表达有如下三大方向。

1.关于灾祸的预测和幻想。如《侏罗纪公园》《后天》等影片。这些影片以非凡的想象力预测将来人类世界即将遭遇的灾难。《侏罗纪公园》沿用好莱坞恐怖类型片的框架,以实验室的神秘叵测表达对科学这匹无缰"野马"的担忧。科学技术是人类文明的象征,是使人类能够凌驾于其他物种之上的有效工具,也是人类能力和物种优长的有力证据。但是,科学技术无限发展,如果不加以道德伦理的限制,将超出人性的自控,有可能给包括人类在内的所有生命种群造成灭顶之灾。影片中依赖基因研究的发展存活却走出实验室的恐龙给人类造成巨大灾难,这是人类面对现代科技发展的内心焦虑的表达。科技发展可能产生的后果往往与人类破坏自然的前因联系在一起。原来的灾难片着重探讨的是灾难给人类带来的后果和影响,而生态意识的影片在追寻灾难原因时,经常与人类对自然的过度需求和过度忽视以及科技的无限发展相关联,灾难的降临不再是外在力量,而是人类自身。灾难片是对人类存在状况的忧思的表达,当人类把灾难责任的承担推给人类自身的时候,说明人类已经警醒于生态问题的严重性,而且正在寻求避免灾难的有效方案。生态观念是一种警示的观念,生态观念也是一种行动的观念,更是一种思考人类存在的哲学观念。

2.关注人类之外的生命种群生存事实,尤其是濒危物种的命运及其未来走向,以人道主义的眼光关注弱势生命群体。《虎兄虎弟》展示了老虎世界的生活习性和情感交流,人类舐犊之情、手足之情在虎的世界都存在,我们没有资格标榜人类比老虎更高贵更有尊严。此类影片描述动物的生存权利和种类生存合法性。对其他物种的生命关注是传统人道主义原则在生命世界的扩展和放大,是人类道德准则和行为准则在动物世界的延伸和移用。如《海底总动员》中的父亲寻找儿子的经历,其间催人泪下的亲情、友情和爱情都是直接运用了拟人化的手法。在人的世界里,我们只是沉浸在人的情感中;在物的世界里,我们才会突然意识到物的存在和情感,甚至在物的高贵光芒中我们才会自卑于人的卑微和渺小。

人类运用自身交流沟通的工具——语言描述动物世界时,只是有可能部分地还原动物原生态,当人类描摹非人类种群世界的生活习性和精神世界时,经常会因为强烈的隔阂而无法深入。若要真正认识一棵树,只有变成一棵树,但是人做不到,于是人变得自以为是。电影艺术是运用影像语言来解读动物世界,在文本与现实间进行了缝合和跨越,观众得到仿照现实的印象时产生了强烈的现实认同感。如《迁徙的鸟》中大量的镜头都是跟踪摄制获得的,摄影镜头已经大大超越了人的活动范围,并且可以在不惊扰鸟群的情况下获得最真实的资料,而观众也会认为自己在看电影时看到了真实的世界。

3.生态理念产生的背景是人类中心主义理念高度发展带来的环境危机和新的生存困境。随着生态观念的蔓延和被认同,能够证明人类强权和超越其他物种的能力优势逐渐成为审思拷问的核心。文艺复兴运动后推崇"万物的灵长"中神圣的人性,但是贬损了物性,生态思想要求尊重自然,尊重生命。在生态理念观照下,人类不再是世界的中心,要求将人类置放于所有生命种群和整个生态环境中进行新的定位和观照,以生态价值标准来确立人类的存在意义,限制人类特权,并以此为标准建构人性新内涵,希望人类能够在更加广延的世界确定自身的位置和价值。不少生态电影在新的观念中探讨人性的价值,人类的道德标准和伦理准则都扩展到自然界。人类的外在行为和内在情智都圈定在人类社会这一狭小的圈子,突出强调了人类这一种群。生态观念是在扩展的世界空间中探讨更为真实的人性。生态观念要求人类更加关注自然,关注生命,提醒人类不要忘记自己从哪里来,考察人类在生态圈所应该承担的责任,警醒人类询问我们要到哪里去,生态理想构建的伊甸园更是人类栖居的家园。希区柯克的《鸟》则是效仿人类扼杀其他非人类种群的方式,成群的海鸥向波德加湾小镇袭击向人类袭击的恐怖行为,使人类对自身的行为产生反思。

二

生态观念是新的意义准则和价值标准,从观照人性的精神价值拓展到关注整个生命系统,不同生命种群的和谐共存、稳定发展及整个生态系统的和谐发展成为生态理想。生态理念是对原来西方张扬个性的人道主义的扩展和超越。作为世界性的文化思潮,生态观念深刻地影响了中国电影的发展新态势。20世纪90年代以后,随着商品经济市场观念的确立和社会发展进程的加快,中国社会中人与环境间的矛盾也日渐凸现。生态环境恶化的各种遭际也促使人们重新审视自身在宇宙空间的定位,生态意识日渐深入人心。纵观90年代后的中国大陆电影,关于环境危机的展示、生命存在的探索、人类与其他物种间的思考大大增加,电影作品中的生态意识不断地深化了人类对存在的探索,对精神家园的重构。全球化的浪潮中,中国电影回应着自身生存状态,表达了对世界观念的接纳和同步的努力。生态意识的表达在电影创作中逐渐增多,无论内容还是手法日渐丰富。这些影片主要从三个方面表达对尊重生命和对人类承担生态责任的意识。

1.关注生命起源和生命的宇宙定位。迫切的生态危机和人类生存危机促使人们去追寻生命是从哪里来,将要走向何处? 生态系统理论需要许多学科领域的共同支撑。面对着这个有关永恒的问题,为了寻求摆脱世界危机的答案,必须要借助于新兴的生命科学、环境科学以及天文学的新成就。近年来,不少专业学科领域的科学教育片承担了重任。一大批以生物技术、生态危机为题材的科教片比较系统而深入地阐释了生态理论和相关的生态观念,以客观的态度、运用大量的翔实的资料突显了生态观念。这些人类认识世界的前沿成果有着大量的专业术语和相关的概念,无法作为常识为人们所接受。为了使抽象的概念和深奥的道理为大众所接受,电影通过图像、声音、影像语言全方位地调动人们的感官功能,这种削减意义深度、降低理解难度的书写方式和传播模式为大众的接受提供了有效的帮助。不少科教片集中探讨相关领域的科学研究成果,生态意识作为新的思潮融合在其中不断地输送给观众。《基因与转基因动物》展现了未来生物技术的发展前景,图解了神秘的生命密码。《宇宙与人》拓展了人类认识世界的视域,穿过浩瀚时空,物质的无限丰富和无数变动连接起生命源头,生命形式不仅获得了广袤的外部空间,同时也赢得了深层的内在领域,而且还获得了历史的沧桑,观众对所有生命的生态环境获得清晰而准确的定位。

2.关注非人类群体的生命活动及生存空间。人类作为生命的种群,与动物间有着天然的亲缘关系。拟人化地描摹人类世界也是文艺作品描写非人类生命的传统方式,这类题材更易于为孩童所接受。在与孩子直接相关的影片中,生态观念的童话模式不时地给人们带来更为深入的思索。早年的《小蝌蚪找妈妈》中那些可爱的小蝌蚪形象给观众留下了深刻的印象,那是以形象生动地讲解青蛙生长经历的过程,它暗合了孩子寻找母亲的人类集体潜意识,开启了人们亲近动物的情感。20 世纪 90 年代后的许多动画片、美术片在表达动物时,往往还在沿用这种能够引起观众普遍共鸣的手法。动画片《百鸟衣》将现代的生态意识融合在传统的民间故事中,以充满奇异色彩的少数民族传统表达了对无视于生命基本生存权利的反抗和抨击。《最后的大熊猫》展现了国宝大熊猫的生存环境,揭示了大熊猫成为濒危动物的种种原因。尤为难得的是,人类与大熊猫间建构了良好的关系,利用自身的科学优势尽量地延续和保存大熊猫种群。《鲣鸟岛》则直面生态危机,西沙群岛的鲣鸟岛上,由于环境的变化,鲣鸟的数量正在急剧下降,面临着生存的危机。这些影片扩展了人的认识空间,也深化了人类对外在世界和内在灵魂的探索。还有一些以孩童为观众的影片表现了人与动物间的和谐关系,讲述了人类保护野生动物的美好故事。《犬王》介绍了有关警犬的知识和人与动物的友好关系。《小象西娜》通过一对傣族兄妹为救护一头受伤的小象与坏人展开斗争,最后使小象回到了原始森林的感人故事,歌颂了傣族人民同情弱者、不畏强暴的善良天性和纯朴的美德。

另外一些故事片虽然不是以生态为影片主题,但是已经不同程度地触摸到生态观念对人类的影响。《卡拉是条狗》中的主人公是个平凡又平庸的普通工人,养狗对于他们家是奢侈的举动,但在现实社会中,人与人之间的关系变得漠然,惟独狗的存在才能激发人性仅存的热情。人类的乐趣、温馨和本该有的关怀只有通过非人类的狗才能得以体现,这部影片以小人物找狗的经历,在揭露人类社会的冷漠的同时,也从反面提供了人类与其他物种间的沟通交往的可能,人类在自己所属的种类无法找到精神慰藉的时候,或许不同种类能够提供精神的荫庇处。《那山,那人,那狗》这部影片也关涉到人与自然生态环境和动物间的关系。人类自称是有尊严的灵长类物种,即使是这样,依然有各种欠缺和弱点,不能以傲慢的态度在其他生命种类面前无端地骄矜,那种高高在上的生命物种间的等级观念只能使人类为自己的行为付出更多的代价。远离大地,远离动物,不能增长人类所为之骄傲的理性色彩,反而将使人类堕入另一个非理性的怪圈中。

3. 表达生态关怀,展示人性冲突。人类的非理性的活动曾经造成了环境恶化和生态危机。为了拯救地球生命,也为了拯救人类自身,人类对于保护环境、维持生态平衡有着不可推卸的责任。人类应该规范自己对自然资源的开发和利用,从改造自然主体转变为环境保护的主体。不少影片都已经涉及理念的转变,表达人类与自然的和谐,甚至为了生态整体利益而牺牲自己的更高境界。

故事片《一棵树》中讲述的美好故事建立在人类的真善美的品性与自然的和谐互动之上。荒漠是人类生存的恶劣环境,绿树成为生命的栖息地,种树是人类与其他物种构建良好关系、缔造有活力的生命圈的开始。作为一位普通的农村妇女,之所以能被记载和被传诵的美德都是跟种树联系在一起的,与参与良好生态圈的构建联系在一起。她的平凡的事迹只有被置放于缺乏生命活动的荒漠中才获得了传奇的色彩。这部影片提供了在生态意识进入我们的传统的价值标准时的一个新的榜样,即从生态视角考察人类如何构建新的道德文化。从一位普通的劳动妇女的行为中,我们看到的是人类对于环境和谐的重要作用,人类行为方式的改变也说明了人类在生态环境中的角色的改变,这种爱好生活、尊重自然、尊重生命的美好品质也是新的人性内涵的必要成分。

《可可西里》从反面揭示了传统人性的善恶交织和面对生态发展的人性危机。这部影片描述了备受世人瞩目的可可西里的藏羚羊被虐杀的残酷事实。在可可西里，人类社会的法律、行政和道德等文明标准在这人迹罕至的荒原经常失效，巡山队的成员能够直面各种利益的诱惑和凶残的暴行，他们的惟一衡量标准就是生态的价值。他们为了维持护山队的生存发展，甚至只好变卖藏羚羊皮，而且因此还受到法律的惩罚，因为影片中已经设定了生态价值的衡量标准，所以，这些都只是作为为达成结果的一段过程，即使有过错和瑕疵也能被原谅。这部影片深刻地表达了生态意识对强权人性的反抗事实卜就是人性与人性之间的对立，如果要建构理想的自然生态环境，首先要建构人类的精神生态家园。自然生态环境的恶化与人类的贪婪凶残的一面有着直接关联，当人与自然环境间的冲突转化为人类自身的冲突的时候，人们才会真正意识到人性本身已经给人类自身提出了多么严峻的挑战。生态的自然科学问题在人类话语中被言说的时候，最终只能以人性的形式表达出来。作为与人类生存息息相关的生态问题，最终表达为人性的困顿和人性的自省。当保护生态的人因为保护生态不得不违反人的社会行为规则而身陷囹圄的时候，将会引起多少人的叹息！影片中大量的真实事件的描绘、力图还原真实的冷静客观的记录事实的态度，不断地让观众反思严峻的生态危机和人类应该承担的生态责任和应该担负的使命。将超凡脱俗的可可西里的生命奇观和护山队的传奇经历缝合在大量有强大冲击力的视觉镜头中，使影片既充满瑰丽的浪漫色彩又具有震撼人心的现实批判力量，成为生态电影成功的典范。生态意识在影片中的传达不再只是几条干巴巴的理念，它有着丰富而厚重的生命质感，拓展了人性的广度。

三

中国传统文化中一直存在着尊重自然、尊重生命的生态思想基础，然而，现代意义上的生态观念在电影中得以明晰地传达要追溯到 20 世纪 90 年代中叶，感受到市场经济的快速发展和急遽社会变迁带来的环境问题和生态危机在电影中的反映。生态电影更多地表达为观念的更迭，所以形式上的创新和独异比较罕见。纵观中国电影中的生态意识，存在着两种表达方式：一种方式是将生态观念视为新兴的自然科学领域，以科学的客观的态度进行大众化通俗化的解读，在近年来的科教片中，大多以纪录片的手法摄制和传达；另一方式针对人类中心主义观念，打破人性发展的线索，将生态意识融入到故事片中进行感性的观照，这类影片往往只是将生态观念作为人性发展的补充,而无法将生态观念进行全方位的解读。

生态理论是一场新的思想启蒙运动,同时也是有待展开的新的革命性的实践。生态观念的最终实施还需要动员更大范围内的大众。在影像艺术空前繁荣的时代,通过电影塑形观众思想比其他传播方式收效更大。电影院的共同观影空间完全可以用来产生集体认同的效应,集体同时观看与这种行为是一致的。虽然,许多人都已经认识到生态观念和大地伦理对于生命存在和人类根本利益的重要性,但是,真正有意识地有效地传达生态理念的文艺作品并不多,电影也是如此。以社会中的各种人的活动为题材,以人的观念为核心的电影依然是中国电影创作的主导方向。中国电影中的生态倾向存在着两大倾向:第一,即使在一些电影中涉及生态问题,或者只是作为花边点缀,或者只是将生态概念进行影像图解,全面深入地探讨中国的现实存在的生态危机的影片并不多见;第二,即使在电影中涉及生态问题,也尽量避开生态问题本身,以传统的人道主义和传统的人性内涵作为惟一标准,予以价值评判。不少关涉生态主题的影片,将生态价值标准有意地退缩到人道主义的范畴或者是天人合一的传统文化资源框架中。对于中国这样一个后发展国家,生态观念的认同尚需要一个漫长的过程。无论是创作还是研究,相对于世界电影,相对于其他的文艺作品,对于电影中的生态意识都是滞后的。究其原因,主要有以下两点。

首先,电影自身面临着市场化的选择。中国的电影正经历着从体制到市场的转轨,无论是资金还是技术的积累都比较有限,为了摆脱自身的生存困境,电影更多地注重其娱乐功能。经过商品化熏染的观众们大多无法认同 20 世纪 80 年代的电影中的教导方式和启蒙立场,也无法在定位在娱乐为主导的电影中接受责任的承担。生态电影中沉甸甸的使命感和责任意识也使得生态观念只能束之高阁,而无法落实到具体的电影实践中。生态意识在电影中的表达依然寂寥,不仅数量少,而且不少都是针对专门人群的科教片。

其次,生态观念是关注生命存在的学说,它源于西方的理论资源,再衍化为中国本土的生存状态尚需时日。许多人的直接生态观念的产生往往来自记忆中的自然环境与经现代文明濡染后的现实比照。现有的生态意识依然是搬用西方的生态理论,甚至只是干巴巴的几条概念的挪移,缺乏对中国民众现实生存环境的观照。以科教片和美术片的形式来表达完整系统的生态观念,而在故事片中只是一鳞半爪地表达零星的生态意识,寥若晨星的生态电影的事实本身就说明了生态观念还是以一种科学教导者的身份、以启蒙大众的姿态出现,无意间也拉开了与观众的距离。

生态理论是原有的人道主义理论的拓展,是对更为广泛意义上的生存的关注。但是,如果脱离了中国现实的生存环境,那么只能是凌虚蹈空了。英国著名生态学家贝特把生态文学喻为"环境的想象",同样,电影作为艺术,以影像语言在荧屏上进行"环境的想象",发挥电影艺术的优势,无论在观念上,还是电影的类型选择上,还是影片的制作上,都应该增加其可读性。思想的深刻性不是在形式上给大众设置障碍,相反,应该以更加开放的心态和平等的姿态使大地伦理和对自然的责任承担以潜移默化的方式积淀为人类的集体无意识,电影的解释能力在畅通的渠道中会易于被观众接受,转化为保护环境的实践能力,为保护自然和自我规避新的伤害做出切实的努力和有效的预防。

论 20 世纪七八十年代连环画中的鲁迅形象

鲁迅形象的塑造和传达一直被视为中国当代文化传播中的重要任务。新中国成立后,就有丰子恺的鲁迅连环画、50 年代电影纪录片《鲁迅生平》①、60 年代计划拍摄的电影《鲁迅传》②、70 年代《鲁迅战斗的一生》电影专题片得以出版、拍摄和放映。这些画作和影像作品推广了鲁迅形象的传播,汇成鲁迅形象谱系基础。鲁迅形象在当代中国的演变过程丰富而复杂,不仅与中国当代文化思潮密切关联,还会受构筑鲁迅形象的语言、媒介和传播渠道的影响。这一批图文共存的传记作品代表了转型期的鲁迅形象塑造和传播的基本状况及嬗变可能。然而,这一现象和历史文献在鲁迅研究中并未引起足够重视。

一、七八十年代鲁迅形象连环画的概况

就笔者收集的材料,自 1975 年至 1981 年,共有 14 个鲁迅连环画作品:

名称	编者	绘者	出版社	出版时间	印数
《鲁迅的故事》	石一歌	雷德祖	天津人民美术出版社	1975 年10 月	

---

① 该纪录片于 1956 年出品,唐弢编剧,黄佐临导演。

② 1960 年开始启动《鲁迅传》拍摄工程,1961 年 2 月年陈白尘在《人民文学》刊登电影剧本,最终未能进行拍摄。

续表

名称	编者	绘者	出版社	出版时间	印数
《鲁迅和青年的故事》	石一歌原著,史中培改编	丁荣魁、黄英浩、陈逸飞、魏景山、韩伍、严国基、韩敏、胡克礼、范一辛、盛增祥	上海人民出版社	1976年8月	
《鲁迅在广州》	广州鲁迅纪念馆《鲁迅在广州》连环画创作组		人民美术出版社	1976年1月	1500000
《第一声春雷——鲁迅在北京》	诸镇南编文	庄弘醒绘画	江苏人民出版社	1977年4月	60000
《鲁迅的童年》	张震麟编文	庄弘醒绘画	江苏人民出版社	1979年11月	16500
《鲁迅在南京——鲁迅的故事》	张震麟原著,舒瑛改编	庄弘醒绘画	江苏人民出版社	1978年11月	
《鲁迅在厦门——鲁迅的故事》	张震麟编文	翁开恩绘画	江苏人民出版社	1981年8月	20620
《鲁迅在日本——鲁迅的故事》	张震麟编文	潘鸿海、顾盼绘画	江苏人民出版社	1979年6月	23500
《在战斗中前进——鲁迅在广州》	诸镇南编文	温尚光、张大渊绘画	江苏人民出版社	1977年12月	
《迎着革命风暴——鲁迅在浙江》	张震麟编文	潘鸿海、顾盼绘画	江苏人民出版社	1979年2月	23500
《鲁迅在上海》	张震麟编文	陈德西绘画	江苏人民出版社	1981年9月	20000
《鲁迅的青少年时代》	黄侯兴编文	夏褒元、林旭东绘画	人民美术出版社	1979年12月	220000

续表

名称	编者	绘者	出版社	出版时间	印数
《鲁 迅 传》（一）、（二）	广州鲁迅纪念馆等单位《鲁迅传》编创组编绘 张磊文、潘晋拔、夏晔、李瑞祥、刘启端画		广东人民出版社	1978 年5 月	
《鲁迅的故事——到厦门平民学校演讲》	福建工艺美术学校秦长安执笔		福建人民出版社	1977 年6 月	

其中根据集体创作者石一歌原著改编的《鲁迅的故事》（天津美术出版社1975 年版）为这一组连环画的肇始之作，另外一部是根据石一歌原著改编的《鲁迅和青年的故事》（上海人民出版社 1976 年版）。这两本连环画各单元间相互独立，有些单元篇幅不均衡，不能构成连续性故事。相比于《鲁迅的故事》，《鲁迅和青年的故事》各单元的独立性更强，单元间的关联和统一更弱，风格也不统一。每一个单元都是由不同的绘画者来完成，甚至运用不同的工具和手法，有铅笔画，有水墨画，还有木刻画。这两部连环画在体例、格式和形式上的表现，保留着新中国成立后鲁迅传记连续画像的痕迹，未能形成完整的连续叙述的典型连环画体例，而是为了凸显文艺的政治功用，只强调了鲁迅形象的政治特征和文艺战士的一面。

相对而言，鲁迅全面整体形象的连环画作品还有广州鲁迅纪念馆的《鲁迅传》编创组编绘的两册《鲁迅传》（广东人民出版社 1978 年版），连续而完整地呈现了鲁迅整体形象：一册从鲁迅出生始，至北京生活时的十月社会主义革命讫；一册从十月社会主义革命影响下的小说创作起，至离开广州奔赴新的革命生涯讫。这部作品对相关事件和场景进行了细节添加和想象发挥。

此阶段鲁迅形象的连环画作中，江苏人民出版社出版数量最多，共有七本。它们的体例编排相对统一，都以鲁迅不同地点的生平事迹为内容来刻画，有《第一声春雷——鲁迅在北京》（1977 年版）、《在战斗中前进——鲁迅在广州》（1977 年版）、《鲁迅在南京》（1978 年版）、《迎着革命的风暴——鲁迅在浙江》（1979 年版）、《鲁迅在日本》（1979 年版）、《鲁迅在厦门》（1981 年版）。这些连环画虽然还延续革命话语下的鲁迅形象塑造，但开始较深入和、细致地搜集关于鲁迅的生平经历的具体史实，并注意具体、详细地介绍鲁迅事迹了。

除江苏人民出版社出版的连环画之外，还有两本以鲁迅生活的地理空间为题名的连环画作品：一本是广州鲁迅纪念馆编绘、人民美术出版社于 1976 年出版的《鲁迅在广州》，一本是福建工艺美术学校秦长安执笔、福建人民出版社出版的彩绘本《鲁迅的故事——到厦门平民学校演讲》。后面一部作品比较单薄，共13页，更强调绘画的分量和作用，每一幅画作都独立地具备鲁迅形象的性格气质，更像是鲁迅形象大型画作的连缀。

除这些作品之外，还有几种作品集中于鲁迅年轻时期的生平经历，如《鲁迅的童年》（江苏人民出版社1979年版），讲述鲁迅在绍兴的童年生活经历，这是所有这一阶段的连环画作品中关于鲁迅童年生活最详尽最细腻的叙述。另有《鲁迅的青少年时代》（人民美术出版社1979年版），这部作品按照生平经历串接鲁迅从出生到在北京发表作品的过程，将鲁迅青少年时期的生活经历和人生探索视为他在走上革命道路之前的准备和探索，把革命视为鲁迅努力追求的人生目标。

这一阶段鲁迅形象的连环画作品不仅量多，而且影响很大。一般印数都是在几万到几百万不等，其中《鲁迅在广州》这部作品达到150万的印数（见表格）。连环画鲁迅形象适应了当时高度政治化的文化语境。

二、阶级斗争观念话语下的"文艺战线斗士"形象

这一阶段鲁迅形象的连环画作品，虽然角度、体裁和体例不同，却是统一于政治理念的强大整合，所有作品都指向作为革命文化人的鲁迅形象。这种鲁迅形象的塑造，延续了当代中国政治意识形态观念中鲁迅形象的塑造惯例。为了这一中心形象目标，创作者主要侧重于鲁迅的行为或者活动等外在形象的刻画，忽略或者弱化其精神活动；集中于鲁迅的社会角色和公共空间的言行，或者忽略其生活空间的书写；有意凸显斗争过程中的态度坚决和抗争强烈，忽视或者略去思考选择的过程，完全不见最后行动决定前的复杂和反复。

1. 在材料事实选择上，围绕着鲁迅生活和生平经历，揭示革命形势和社会环境的残酷和血腥，以及鲁迅在面对血腥镇压时抗争的恶劣环境和条件。如《鲁迅在南京》中，少年鲁迅初次离开家乡绍兴来到南京，首先见到寥落的旧中国破败图景——"鲁迅到了南京，他看到江面上外国货轮和侵略者的军舰横行无阻，衣衫褴褛的劳动人民在吃力地搬运货物。鲁迅目睹这一片灰暗、颓败的景象，禁不住打了个寒噤"①，而后又感受到抗争的历史，"然而，在那古老的南京城墙上，却留着三十多年前英勇的太平军战士浴血奋战的累累弹痕，深刻地记载着反帝反

---

① 张震鳞：《鲁迅在南京——鲁迅的故事》，舒瑛改编，庄弘醒绘画，南京：江苏人民出版社1978年版，第4-5页。

封建的英雄业绩,这些,又给青年鲁迅以宽慰和力量"①。通过这些添加的细节描述和作者的想象,将鲁迅的私人生活经历转换为宏大的社会历史叙事,挖掘个人生活经历中的社会历史价值,将后来的鲁迅整体形象、人生的轨迹与社会历史的发展联系在一起,也为鲁迅关注和参与中国社会革命寻找行为的政治合法性。

2.关于鲁迅生平的叙述,有意突出对立和斗争的比重,甚至把鲁迅的人生经历都做了斗争化的集中概括。即使是描绘青年鲁迅形象,也是凸显他朝着革命者方向不断成长。如在《第一声春雷——鲁迅在北京》(江苏人民出版社 1977 年版)中,将鲁迅在新文化运动中小说创作这一文学实践与革命运动简单地统一在一起,进而把鲁迅和胡适间的观点不同视为完全阶级对立:"这一切,引起反动派的惶恐不安,他们捧出孔孟的亡灵,在此煽起复古妖风,以阻挡革命洪流的前进。这时,买办资产阶级文人胡适打出'多研究问题,少谈些主义'和'整理国故'的反动旗号,妄图诱骗青年脱离当时的革命斗争"②。在这一阶段的连环画作品中,所有鲁迅的经历和事迹都在阶级斗争的理论框架内得以叙述和进行改写:童年鲁迅目睹旧社会黑暗,坚决离开旧家族的阶级反叛者姿态;南京时期鲁迅与校方的对立及抗争;留日时期鲁迅确立的救国救民理想;回浙江后在杭州的"木瓜之役"和在绍兴参与国民革命的经历;在北京的新文化运动和"三一八"惨案中的反抗北洋政府行为;在厦门与校方的矛盾和反抗;在广州与国民党右派的斗争;在上海参加左联及思想文化斗争……这些几乎都是相关连环画作品中必不可缺的事迹。而关于鲁迅的文学成就、思想贡献及其生活经历都只是放在补充和次要的叙述位置,或者被忽略,或者简述。同时对鲁迅性格特征、其肖像神情的刻画也都围绕着革命的正确方向或者塑造革命家的中心任务而被集中提炼或者强化。

3.为塑造革命者角色的鲁迅形象,不仅增加鲁迅革命事迹在作品中的重要性,还有意突出鲁迅的具体做法和实践手段,增加鲁迅是文化战线的实际革命者的角色分量,以期成为榜样。在《鲁迅的故事》(天津人民出版社 1975 年版)之《永不休战》中,为了配合同时代政治形势,把历史事件与当时的政治事件直接挂钩,专门把鲁迅与周扬等之间矛盾的历史事件按照当时的政治定调进行叙述和评判,并就当时被批斗的周扬作为鲁迅正确和伟大的反面例子。在《鲁迅传》(广东人民出版社 1977 年版)中,特别指出鲁迅在北京政府教育部工作时反对袁世

---

① 张震鳞:《鲁迅在南京——鲁迅的故事》,舒瑛改编,庄弘醒绘画,南京:江苏人民出版社 1978 年版,第 4、5 页。

② 《第一声春雷——鲁迅在北京》,诸镇南编文,庄弘醒绘画,南京:江苏人民出版社 1977 年版,第 29 页。

凯复辟的行为，"他同几个同事写信给教育总长汪大燮，反对尊孔读经。并有意把信的副本放在自己的办公桌上，以便让部里的人们都看到"①，并说鲁迅为了表示抗议复辟，愤然离职②。此番叙述通过对历史事实的选择性运用和材料的修改，突出了鲁迅在北京政府教育部工作期间的革命具体行为和革命性表现。这不仅与鲁迅当时的具体实际情况是有差异的，而且还被作为鲁迅的具体的革命实践和革命行为在连环画作中受到肯定和认同，作为知识分子的思想价值和鲁迅个人的生活空间则在这一宏大意义的无限提升中被压缩。可见革命话语下的鲁迅形象，简单地将鲁迅塑造成现实层面上的革命工作者和革命运动的实践者。

4.为了塑造思想界的革命领导者和英雄鲁迅形象，不仅在画作的创作动机、话语方式和观念上形成相对统一的模式，还在视觉符号的表达上、图画的呈现上也形成相对固定统一的表达方式。首先，关于鲁迅形象的肖像、衣着、神态和动作与出现的环境等相关话语表达，形成相对统一固定的格式：浓发浓眉、紧蹙的眉头、高高的颧骨、标志性的一字胡、深邃的目光直视前方、瘦削的国字脸盘、微抬的下巴、凝重的表情，再加上几乎不变的长衫……这些外貌的成像元素所构成的抗争斗士和文艺战线领导者的人物精神特征，成为鲁迅画像的基本要素。

其次，在人物与环境、人物关系的构图方式上，为了突出鲁迅形象，常在画面的主体中心位置，以周边的环境或者人物衬托鲁迅形象。此类构图最常见的有两种场景设置，一是鲁迅在社会化大众空间的形象，或是面对大众演讲的形象，或是被青年簇拥的形象。在这种场景中，鲁迅和观众间或有位置高低差异，或处于青年大众的团围中心位置。这种场景不仅通过鲁迅和其他形象间的画像比例大小形成主次关系，还会强化鲁迅形象和其他形象间的位置空间关系。在这种形象设置和关系模式中，突出了鲁迅的主体主要角色、思想传播者和引领者的文化功能。二是鲁迅在书房中的形象，一般是坐在书桌前藤椅上夹着烟或者提着毛笔沉思。严肃、沉重的表情和放松的动作表明此时的鲁迅正处于相对松弛的家庭环境中。环境中的文具和书籍显现了鲁迅的文化人身份，也暗示了他深刻思考的来源和表达深刻思想的媒介。此番场景设置和形象，展现了鲁迅在家庭空间中的形象，即是对革命家鲁迅形象的扩展表达。这两种场景中的鲁迅形象，都强调了鲁迅在文化思想领域的社会角色功能。

---

① 《鲁迅传》，广东鲁迅纪念馆等单位《鲁迅传》编创组编绘，广州：广东人民出版社1977年版，第142、144页。

② 《鲁迅传》，广东鲁迅纪念馆等单位《鲁迅传》编创组编绘，广州：广东人民出版社1977年版，第142、144页。

这一时期关于鲁迅形象的连环画作品,无论在主题观念、设计实施还是最后呈现上,都统一服务于"文艺战线的革命斗士"这一核心的鲁迅形象塑造。

三、形象的分化和衍变

面对相对集中而统一的鲁迅形象的思想理念,连环画作品在不同作者的阐释下呈现出不同的鲁迅形象书写。同时,作为同一时期的连环画作品,在不同时段也呈现出各自的差异,从而潜在地传递出在同一时期中不同时代文化思潮的变化趋势。鲁迅形象在这一历史阶段的连环画作中的表达,也蕴含着时代风潮和文化取向。

1.鲁迅形象逐渐从僵硬刻板的阶级斗争观念下脱形,形象塑造的方法开始从观念主导的形象塑造转向注重事实增加细节和材料建构鲁迅形象的趋势。在这一批的连环画作品中,《鲁迅的故事》《鲁迅和青年的故事》以及《鲁迅在广州》强化了同时代阶级斗争观念下的革命者鲁迅形象和革命领导者的鲁迅形象。三部作品出版在 1976 年 10 月之前、由集体创作的作品仍然延续着"文革"中连环画作品的基本体例和格式,如在扉页附有毛主席语录,采用运用不同单元连缀鲁迅革命斗争故事的结构。

2.鲁迅形象连环画作品的这种创作观念,在"文革"结束后开始发生变化。1977 年后出版的 11 种鲁迅形象的连环画作品,不仅语录体和语录篇幅在作品中几近消失,在结构上也放弃了生硬地突出观念,强调观念对形象主导性解释的结构安排。关于鲁迅形象的塑造,不管是截取鲁迅人生阶段经历还是以生活的地点为中心讲述鲁迅故事,都是按照生平经历的时间顺序讲述鲁迅故事,塑造鲁迅形象。这种线性时间结构在逻辑上遵循自然时间流程和人生经历基本逻辑,潜在地蕴含着对人物形象自然生命过程的尊重,而不是凸显式强化其身上的某些特征了。对照同样表达鲁迅在广州的生平经历的两部作品,1976 年出版的《鲁迅在广州》和 1977 年出版的《在战斗中前进》,虽然前后只相差一年,不难发现同一题材在不同的叙述结构中所塑造的鲁迅形象已有所区别。前一部作品在材料事实的运用中突出鲁迅坚决的革命态度和坚定的革命立场,有意打破鲁迅在广州经历的时间顺序而分割成五个单元进行分述,后一部作品用同样的材料描述鲁迅在广州的革命行为和革命思想发展的全过程,为了叙述连贯,加入了一些时间顺序或者场景或者生活细节的连缀,从而让鲁迅形象的革命认识和革命思想的发展成为伴随着环境的转换、局势的变化而慢慢成长发展的过程。读者在阅读过程中也随着叙述的渐次展开形成较为完整的认识。

在社会文化思潮和政治观念变化的转型时期，为改变生硬固化的鲁迅形象，恢复真实、生动和鲜活的鲁迅形象，在传记中增加了事件和行为的叙述，增加了人物活动的情境设置和细节展示。1979 年出版的《鲁迅的青少年时代》一书中，关于鲁迅在仙台医专的人生经历还有与藤野先生交往，多处引用了鲁迅后来回忆文章中较全面完整地展示的过程和细节；又在幻灯片事件中生动详尽地展示了鲁迅的深刻细腻的感受，进而特意用表现主义绘画风格，突出体验在心灵上的作用，从而对现象和事件进行延伸性的想象和发挥①，从而把鲁迅在《呐喊自序》中所讲述的弃医从文的震惊感受细致入微地传达出来，很好地体现了连环画中图像的特性，展示了连环画作品于读者感受和思考并重的阅读效果。而 1981 年江苏人民出版社出版的《鲁迅在上海》一书中，不仅重视叙述鲁迅在上海的生活经历，还非常重视鲁迅所经历具体过程和细节，如其中对陈赓到鲁迅住所并与鲁迅对话的描述刻画、环境的设置、情境氛围还有人物间的音容笑貌、动作表情及相关的情状都在文字的叙述中得到具体展示。②

3. 与旧社会抗争的革命者鲁迅形象开始慢慢弱化，逐渐转向现代知识分子的鲁迅形象，当代中国自 1949 年日渐强化的负载着革命任务的鲁迅形象从此渐行淡化，鲁迅形象塑造文化比重开始增大。江苏人民出版社自 1977 年至 1981 年共出版了 8 种关于鲁迅传记的连环画作品，其中 7 种是根据鲁迅人生经历中不同地理空间的生活片段绘制，一种是依据他人生经历过程编绘的《鲁迅的童年》。在这些围绕着鲁迅人生经历和生活材料而讲述的鲁迅故事中，不同时期的社会史实和不同地域文化风情得以重视，较之绝对政治观念符号的鲁迅更为具体和鲜明。此外，在革命家身份淡化的同时，鲁迅作为作家的身份和成绩也得以展开，他的一些重要作品开始在连环画中直接被引用，如在《第一声春雷——鲁迅在北京》中，对鲁迅在新文化运动前后创作的小说的具体篇名和主要内容都有所涉及，这些事实和细节把鲁迅形象塑造重点置于作家的身份和主要成就上；《鲁迅在上海》这部作品还讲述了鲁迅在上海期间的各种文化实践和交往，如支持文学青年办刊物，倡导新兴的木刻、版画艺术，与内山完造间的交往等具体的文化活动；而在《迎着革命风暴——鲁迅在浙江》的连环画作品中，关于鲁迅在浙江杭州师范学堂的任教经历，在绍兴兼课并研究历史地理及唐以前小说的学术行为，还有办刊反政府的社会文化活动都作为构成鲁迅形象的内容，不仅增添了

---

① 《鲁迅的青少年时代》，黄侯兴编，夏葆元、林旭东绘，北京：人民美术出版社 1979 年版，第 57-60 页。

② 《鲁迅在上海》，张震麟编文，陈德西绘画，南京：江苏人民出版社 1981 年版，第 58-63，45-49 页。

鲁迅研究史料中被忽视了的一些史实,反映了鲁迅从单一的集中的革命话语中转变为具体的生活的文学家和知识分子形象。此后,文化内容和表达在鲁迅形象塑造中增多加重的趋势越来越明显,如在 1979 年出版的《鲁迅的青少年时代》中,童年鲁迅所接触到的绍兴地域文化的内容增加,也更为具体和细化——其中不仅有广为人知的百草园、三味书屋、阅读《山海经》、接触水乡生活、看绍戏中的女吊等,还特别提到鲁迅阅读古代植物学书籍《花镜》,仔细看闰土父亲编提花篮,应是同一时期连环画作品中介绍与鲁迅相关的绍兴地域文化最为丰富和详尽的了。

这些内容的增加和丰富,虽然还在革命话语的鲁迅形象塑造的框架下展开和提供例证,但是,通过增添的材料、细化事件和具化场景,加大了鲁迅的文化人身份比重。这些现象说明鲁迅形象的内涵及塑造理念的变化随着社会文化思潮的演变态势已初显端倪。

4.这一时期鲁迅形象塑造的渐变不仅表现在主题观念和角色内涵中,也表现在画像表达上,即高大的、严肃的和坚决对抗的革命者形象开始向具体生动的人的形象转变。通过对形象的细致描摹刻画,包括人物形象活动环境的增设,使符号化的固定的鲁迅形象开始丰富和具体。《鲁迅的童年》一书中,鲁迅形象的单幅画在全书中的比例减少,大部分都是交代环境中的人物关系,回到故事片中的中景和全景的镜头构图。关于鲁迅童年经历和人生现实的内容变得丰富复杂了,人物的特点被淹没在事件的发展和过程展示中。如第 28 页插图为绍兴的石拱桥下方的河埠头,有六七个人,一艘乌篷船,桥上还有两人。图下方文字介绍:"一天早上,鲁迅要跟着家里的人到东关去看五猖会了,乘坐的船已停泊在河埠头,连饭菜和用具都搬下船。鲁迅正高兴地要出发,父却来找他了。"这是一幅整体场景图的展示,细致地展现了鲁迅童年的生活环境和地域文化特点,又有故事所需要的人物形象及人物间的关系,而且情景得到全面展示和具体的对应与交代,这样易于叙述的展开,故事性比较强。

除了因为细化和生动性外,鲁迅形象在与他人关系的位置展示上也发生了变化。如《鲁迅在上海》中鲁迅与增田涉的交往中[1],无论是人物关系、构图比例还是外貌特征,鲁迅形象都不再是绝对的主体和中心位置,主要人物形象和次要人物形象渐趋平等交流的方式,直至鲁迅本人的典型特征也趋于模糊,如插图上只有相近的轮廓,并趋同于周边环境设置。鲁迅形象被还原到具体的历史场景和相应的社会关系模式中,使原来集中表达和高出其他人物的鲁迅形象与周围

---

[1] 《鲁迅在上海》,张震麟编文,陈德西绘画,南京:江苏人民出版社 1981 年版,第 58-63、45-49 页。

其他人物形象建立平等交流关系。当代中国鲁迅形象的建构因政治意识形态而获推崇,受限于政治意识形态。直至"文革"后期,鲁迅研究的史料发掘和作品的校勘都已经具备深厚的积累,而大量鲁迅作品的重印再版也极大地推广了鲁迅的影响和全社会对他的理解。大量的鲁迅形象和作品出版,鲁迅研究中史料的建设和整理成果的积累①,与鲁迅形象因观念的绝对和单一而造成的解读的单调重复,成为进一步推广鲁迅形象的瓶颈。

连环画作为鲁迅形象塑造特定历史阶段的存在形式,拥有比文字观念更直接、感性和真切的视觉图像的表达效果,它能简便地将鲁迅形象的框架和轮廓传输给大众,是在当代中国向工农兵接受者推广传播鲁迅、改造鲁迅形象的一种有效的媒介。连环画在传达者和接受者对内在情感体验及鲁迅形象通过文字所构设的观念的结合中找到鲁迅形象改变的可能性,转变已有的平易、直露和鲜明的优势,以及生硬和粗糙的劣势,在图像表现和文字叙述中努力突破既有的定式和烂熟的模式,在符号、载体的变换选择中,潜隐地传递出社会文化思潮转型的文化信号。

连环画作为一种塑造和传播鲁迅形象的方式,在发展过程中也会出现图文匹配不当的情况,或者图像过于丰富而含义模糊,或者文字叙述过于详尽以致影响读者想象力发挥,甚至不少作品与原型的形象差距太大。20 世纪 80 年代后随着鲁迅形象走下文化神坛,鲁迅研究也进入深刻反思和思想重建的启蒙时期,连环画中的鲁迅形象塑造暂时告一段落。

---

① 参见张梦阳《中国鲁迅学通史·壹》第 521 页,著作中谈到在"文革"十年,"进行了鲁迅生平史实研究的史料建设",广州:广东教育出版社 2001 年版。

视觉文化观照下的周星驰
无厘头电影研究[*]

香港影星周星驰自 1992 年出品电影《赌圣》开始，在华语圈内确立了特有的无厘头表演风格：《逃学威龙》《审死官》《鹿鼎记》《武状元苏乞儿》《唐伯虎点秋香》《九品芝麻官》《大话西游》《食神》《少年足球》《功夫》《长江 7 号》等几十部独具特色的爆笑搞怪电影，在导演为中心的电影机制中，独树一帜地突出演员的价值功能，成为模式化运作中的中国大众文化的典型文本。

周星驰电影的"无厘头"表演风格，就是通过活跃在底层社会的无赖痞子形象，以无明确指向和莫名其妙的行为、到处耍小聪明的刁滑举动、玩世不恭和不着调调侃的嬉皮态度，凭借离经叛道的恶搞方式反叛正统社会的价值标准和行为秩序，深层次契合了社会转型期中国大众文化精神价值和审美需求。

一、颠覆"看"与"被看"权力关系

近现代以来的历史危机萌蘖了启蒙思想，面对深受传统道德影响的中国民众，启蒙知识分子鲁迅以"被看"对象替外族当间谍遭枪毙的悲惨境遇和周遭"看客"们面对苦难和屈辱麻木的精神景观，涵盖了中国亟待启蒙的社会现实。在这一极具概括力的社会场景中，那些获得"看"的权利的围观者，被视为不具备认知差异的统一整体，他们的境遇等同于受苦受难的任人宰割的"被看"对象。在中国启蒙知识分子设定的"看"与"被看"的启蒙图式中，通过启蒙者—"看客"—"被看"对象的三层视觉功能圈的设定，形成了在精神价值上外围的"看"高于内圈的

---

* 原文题为《视觉文化观照下的周星驰无厘头电影》，载于《当代电影》2013 年第 5 期，第192-195 页。

"看"，并逐层递减的"看"与"被看"的关系设定。最为内核的"被看"对象人生境遇最为悲惨，无论精神还是物质，他们属于被剥夺被蹂躏的奴隶；处于中间层的"看客"略优于"被看"对象，但是他们精神麻木，依然属于需要灵魂拯救的对象。处在这一功能圈外围的是启蒙者，他们最为清醒也最理性，精神地位最高，他们能够对"看客"进行启蒙，唤醒"看客"清醒的认知，从而实现社会的根本转变。

通过启蒙认知功能圈的设定，中国近现代启蒙思想确定了对知识权力的价值认定和启蒙者的合法性基础。无论是"被看"对象还是"看客"，他们都是沉默的，没有自己的见解，更不具备认知世界的自觉意识。在世纪末的大众文化浪潮中，周星驰的"无厘头"电影通过银幕提供了另一"看"与"被看"的充满喜剧色彩的社会景观。

1. 置换"被看"对象的社会角色

周星驰"无厘头"电影中的"被看"对象不再是启蒙图式中被压抑被伤害的底层民众，而是一群激情洋溢地展示人生风采的社会小人物。这些"装疯卖傻"的下里巴人从不妄自菲薄，也不自轻自贱，而是在他们的圈子中自得其乐，如鱼得水。无论是有着特异功能称雄赌场的赌徒（《赌圣》《赌侠》），还是有着灵敏嗅觉能细致入微辨认各种口味的食客（《食神》），抑或落草荒漠称霸一方的盗匪（《大话西游》），又或是才华横溢却深藏身迹卖身为奴的才子（《唐伯虎点秋香》），更或是身藏绝技却藏匿市井的武林高人（《功夫》），他们在正统、正规、正面的社会体制边缘，在被冷落和漠视的社会"灰色地带"，却充满自信、潇洒自如。这些被主流意识形态否定贬抑的边缘形象系列，反倒拥有相对自由的生存空间和宽松的心态。

2. 改写"被看"对象的生存境遇和精神面貌

作为活跃在社会边缘却是周星驰无厘头电影银幕中心的"被看"对象，他们时常游离于规范和刻板的社会生活，却深谙生存规则，通过显示非凡和超常的技艺本领，最大限度地证明了自身价值。《赌圣》中的左颂星利用与生俱来的特异功能，打败了赌场上的恶霸，为长期受压的底层小人物出尽恶气；《大话西游》中的尽受窝囊气的斧头帮帮主原来是孙悟空的肉身，几经受挫和磨难，终于换得真身，踏上保护唐僧西天取经的漫长道路；《武状元苏乞儿》中的苏乞儿虽然目不识丁，却神功盖世，在关键时刻得获天助，荣立大功。这些表面边缘化的人物形象，虽然不为主流意识形态和精英知识分子认同，却有着别样的人生形态，他们不时有传奇表现，还能充满自信地享受属于自己的人生舞台，获得人性最大满足，再无启蒙图式中可怜可悲的"被看"对象的悲惨众生相，而这些超常表现远非主流意识形态和传统道德观念能够涵盖。

由于"被看"对象社会角色的改变，无论是"看客"还是启蒙者，不再具备任何道德优势和心理高度。面对当下"被看"对象和"看客"间关系的大众文化图景，以往"看"与"被看"价值功能圈层间的等级关系无法成立，此时大众文化功能圈中的"被看"对象或者"看客"都成为活跃的而非沉默群体，处于功能圈层外围的启蒙者不再具有精神高度，而是不断地感受大众文化强劲冲击，在启蒙话语式微的同时旁观大众的狂欢表达。

二、奇观化的世俗神话

　　周星驰电影不仅打破了中国现代化进程中启蒙话语中的"看"与"被看"既定秩序，也打破了启蒙话语所建构的"被看对象"与"看客"之间的固有意义链，将小人物从遭抑制被漠视的状态中释放出来，以颠覆理性的反常规手法纳入琳琅满目的图像、影像场景中，使他们灰色的生活变得多彩多姿，平凡的人生遍布各种偶遇奇遇，以充溢的想象力挖掘都市生活和平民社会的传奇性，在日常生活中缔造着奇观化的世俗神话。

　　首先，周星驰电影题材的神谕性，造成奇观效果。周星驰电影有两类题材。一是古装传奇，这种类型的电影采撷传统的民间轶事或者深入人心的传奇故事，《大话西游》《唐伯虎点秋香》《武状元苏乞儿》等都属于此类题材，以现代价值观念进行改写和置换。这些流传于民间的神话传奇本身虽有强烈的传奇色彩，但是已固定的意义阐释模式限制了对神话的丰富内涵的阐发。周星驰电影以现代观念改写这些老故事，以现代意识填补和润饰传统神话的苍白空洞的概念，再度铸造了现代社会中的新神话传奇，如《大话西游》使石缝里蹦出来无性的孙悟空经历情感的折磨；在《唐伯虎点秋香》民间传说中风流倜傥的唐伯虎不断遭受情感的挫磨……于观众而言，传统神话的时空条件和传输神话的历史语境被改写，造成了强烈的心理震撼，也意味着恢复了神话的自身的假定性，与现代人的心理对接达成了艺术真实性，造成再造神话的奇观效果。

　　其次是现代社会传奇现象。这种题材的传奇性在于无法用现代科学知识进行解释的各种自然生理现象。周星驰电影挖掘现代社会中吻合世俗趣味的传奇性，并淋漓尽致地进行夸张和变形，铸造现代社会中的传奇色彩，如《赌圣》中的透视特异功能，《食神》中的辨味特异功能，《功夫》中的超常武功本领。现代社会中，科学成为人们理解世界和阐释世界的强大工具，但依然无法解释某些自然现象和生命感受。事实上，这本是人类社会在远古时代产生神话传奇的缘由，神话和传奇表达了对无法掌握和解释的自然界的一种朦胧又混沌的心理反映。周星驰电影通过影像语言建构的现代社会契合了人类远古时代沿袭下来的集体无意识心理,也提供了现代社会人类幻化个体神性力量的不可压抑的神话心理。

再次,周星驰电影在选取神话题材的基础上,还以现代人的理解建立了神话的叙事模式。电影中的现代世俗神话的演绎往往需要经历"神性的发现—神性的煅炼—神性确证"的过程。

周星驰电影神话实施的第一步为陡然出现于社会底层名不见经传、其貌不扬、平凡无奇的人物身上的神性力量和传奇色彩。影片总给定主人公平凡寻常形象的初始设置,与之相匹配的局促空间和寻常环境都难以适应其身上的神奇光芒,而后才出现因突如其来的巨大差异造成的荒诞、离奇的喜剧效果,如《赌圣》中来自大陆的寒酸青年身上的透视功能,《食神》中主人公超常辨味的味觉功能……

第二步为神性的煅炼。由于主人公身上的神性与主人公的寻常身份及周遭环境是如此格格不入,这些异人在外人眼里,越发显得不可思议和匪夷所思,于是导致对神性的考验过程。小人物就在人性与神性、异常与寻常间反复历练和挣扎,如《大话西游》中的孙悟空经历痛苦的匪气人欲蜕变之后跟随唐僧走上取经之路;《食神》中的食神特异辨味功能被指作假只得流落街头巷尾。主人公的神性与既有的条件和环境难以对应,已突显的神性力量仍需要经历磨炼。

第三步是神性的确证过程。经过痛苦的神性"祛魅"和主人公磨难,神性终究是神性,最后这些"神人"得以确认。这些传奇人物经历了曲折过程实现平民化的回落,融入都市社会,代表了底层民众的意志和精神之维。周星驰电影使神话真正成为衍生于民间的神话,通过大起大落的人生经历、出其不意的情节设置和不断超出预期的行为方式充满激情地实现了心理和心灵的回归。

在周星驰电影中,颇具神秘气质的世俗神话叙述伴随着对理性主义的规避和绕道,不过在现代人类匮乏感和焦虑症的驱动下,实现了艺术思维的假定性和神话原型的集体无意识共谋,完成了现代艺术的奇观化过程,为现代人留下了可以逃避和躲藏的想象空间。

三、表演的视觉化

在中国社会现代化进程中,文字文化以其极具概括力和抽象性的符号占据文化主导地位,受其影响,以视听语言为载体的影视艺术未能获得足够的艺术独立性。强大的理性意识和传统道德观念的蕴藉风格,压抑了视觉艺术对视觉感官的挖掘,影视的表演从属于理念的强调和传输,形成了低调克制的表演风格。

　　但是,周星驰放弃了这种从属于意念的体验式表演风格,通过彰显身体的动感释放被压制的身体,即以夸张的表情、大幅度的肢体语言、极度松弛的肌体状态、充满快感的运动节奏突出表演的地位。这种突出假定性的表演风格有意区分了表演与真实的差异,不管是喜怒哀乐的表情,还是举手投足的形体,都夸大动作幅度并有意扭曲体态,展示了高于生活和超越现实的明确的演员角色意识。在这种快节奏且大幅度的肢体动作和语言风格中,以高密度高强度的表演模式,使观众在表演冲击中眼花缭乱、应接不暇,不知不觉放弃了对意念、叙事的注意,同时把注意力集中在演员极富表现力的表演上,也形成了以角色表演为中心的影片类型。《大话西游》《审死官》《武状元苏乞儿》等影片的导演都不同,但是周星驰都以其丰富多彩的表演遮蔽了电影导演的主导位置。周星驰电影使得观众通过演员的外部表情和动作就可以感受并触摸到人的丰富情感,喜怒哀乐一切尽入眼底,人与人之间的多重障碍都被撤去,人与人之间的沟通交流变得顺畅,特别是表演对身体的解放带来自然、清新和透明的交流。

　　周星驰的表演选择了与神话假定性相一致的游戏风格,放弃了对观众在体验方面的要求,放弃了对形象塑造能指上的要求,放弃了追求逼真的努力,有意突出其失真的效果。如《长江7号》中作为反面形象的曹主任,当周小迪帮他捡起掉在地上的钢笔时,他不仅要小迪放回到地上,还用一张雪白的餐巾纸小心翼翼地包在外面才捡起来,通过这种细节的夸大突出了他对小迪势利眼般的偏见。周星驰通过形体有意强调了角色的外部动作,放弃了对角色内心世界的体验和感受,也拒绝观众的直接参与而导致移情和忘我。这样,观众对演员的表演既不完全排斥,也不完全融入,从而让演员获得了不受限于角色、生活的最大表达空间。由于角色外部生活环境的移植和错位,其内部世界的表达也被顺利置换。周星驰在影片里时常沉浸在自我陶醉和自我享受中,以热情如火的夸张表演丰富甚至扩展角色的内涵,并在获得表演满足感的同时,让充溢的情绪感染观众,形成表演场域内的共鸣状态,也使得他的表演一直处于充满自信和自足的状态。

　　虽然影视表演不同于戏剧表演,要求避免虚假、过火的表演,要避免程式化、脸谱化的表演,要拒绝表演中的"演戏感",但是周星驰饰演的类型片本身就是不拘泥于现实的神话题材,当要表现的主题和内容都是众所周知的虚假时,以假演假反而拥有了说谎者勇于承认谎言的真实效果,使得表演风格与其影片的题材、叙事的内在审美倾向保持一致。通过偶在的冲动表演动作割裂了表演能指和影片能指间的固定关系,凸显了现代社会边缘状态的世俗神话的传奇性,加上他在表演过程中对传统形象塑造模式的突破,更起到彰显现代世俗神话中的反常性作用,给观众带来"震惊"效果。银幕上的变形、夸张的荒诞喜剧表演,即使表现的是社会的角落,依然呈现出鲜活的生命状态,高调展示了民间草根文化。

四、充满魅惑和冲击力的声像语言

与影片的审美风格相对应,充满魅惑和冲击力的声像语言又强化了周星驰的表演风格。周星驰的喜剧电影不仅强调镜头的真实感,还强化了镜头的逼真和冲击力。《食神》中为了强化食物的"色"欲,运用大量特写镜头,通过光影的修辞功能,从不同角度对食物的色、香、味、体进行塑形定格,将获得的强烈刺激诉诸人的视觉感官。如《唐伯虎点秋香》中将书法的创作过程转化为身体的书写过程。

通常,这些影片通过扩大被摄对象和物件在银幕上的比例,使用近景镜头和特写镜头,造成占满银幕空间的视觉感受,强化其特殊功能,甚至形成强烈对比。如在《长江7号》中,先是奔驰轿车的徽标持续了好几秒钟,而后才是逐渐显现的奔驰汽车车身,接着就是一双打满补丁的皮鞋在银幕上延续了很长时间,然后是穿着这双鞋子的小迪。这组镜头的画面内涵不言而喻,即通过压缩镜头的焦距,强化短焦距镜头,减少镜头纵深度,造成强大的心理压迫感。为了突出画面的神奇效果,周星驰电影还通过将神奇效果定格的手法,让观众从一些画面中获得的"惊颤"感受。

在镜头组合中,通过大幅度、快频率的切割形成快节奏的运动镜头,通过拍摄视角的转化,大幅度变换视角、大量跳跃转接镜头造成的快放和突兀,形成强烈的视觉冲击。电影在关键人物出场或者故事发生转机的紧要关头,将大量的短镜头拼接在一起,从而形成强烈的视觉冲击,牢牢地吸引观众注意力,制造动人心弦的镜头叙事效果。如《功夫》中运用了快切镜头和有意延长感受的慢镜头组合,凸显深潜市井的江湖高手的本领,使观众感受到场面转换很快。还有在《赌圣》的猜牌较量中,在《食神》的厨艺大赛中,观众都能感受到在较短时间内通过集中和提炼画面制造出的强烈刺激和兴奋。这种快速高效的影像效果符合商品经济高度发达社会日常生活中的视觉经验,满足了观众庞大的视觉容量。

另外,周星驰电影还运用浓烈的色彩、对比反差明显的光影和混杂的声音制造强烈的观影效果。周星驰电影在光色的选择上是浓烈和抢眼,如《食神》中对食物的色、香、味的形塑,《赌圣》中赌场各种彩色灯光的快速切换强化了赌桌上的紧张氛围,《大话西游》中用大块统一的橙色构成荒滩戈壁环境,《唐伯虎点秋香》中用大幅的中国画为底色形成氤氲感觉,《武状元苏乞儿》中放大了的中国古典建筑亭台楼阁背景色彩造成的历史沧桑和洞透人生的空旷感,《长江7号》中破烂屋子里各种杂乱物品和晕眩灯光潜藏的底层关怀和温暖……周星驰电影通过特定内涵的光色元素揭示影像背后的隐喻,也框定了影片的价值取向,即通过这些纷繁亮丽的色彩诉诸观众直接的视觉感受,唤起感官化的欲望表达,在视觉语言上构筑狂欢风格。与镜头语言相匹配,周星驰电影的声音语言也形成了自己的特定风格。它肯定并强化了画面内涵,使画面的存在意义获得时间长度而得以延续。为强化影片的"无因反抗"和"无厘头"表演风格,周星驰电影的声音丰富到杂乱。即便是日常生活中平实的对话交流,也往往被处理成大声喊叫、欢呼等与激烈情绪一致的强烈表达,加之环境混响的共同作用,体现了颠覆和反抗"理性"中心正统秩序的涌动激情。而多元混杂的声音形态也符合瓦解中心的等级意识,代之以取缔中心的平等姿态,解构了"看"与"被看"、台上台下间的话语权力关系,形成了多种声音并存的狂欢氛围。

周星驰电影将语言元素的选择和运用转化为其影片的大众文化趋向,也是对主流意识的规避和颠覆的具体实践,从而在观影过程中悄无声息、潜移默化地以"快乐"的方式有效避开了主流意识形态的控制和限制。

周星驰饰演的类型电影折射了世纪之交中国社会大众文化浪潮的涌动和由此衍生的都市社会中的大众狂欢心理,以"无厘头"的反叛姿态隐去价值追求,从知识权力结构的改变、内容的表达、表演主体性的强调和影像语言的直观化建构了新的喜剧片模式,为20世纪中国大陆喜剧片的创作和变化提供了交互平台,可以说张建亚的影片和冯小刚的贺岁片共同铸就了当代喜剧电影的辉煌。

视觉文化视野中的古装电视剧[*]

大众文化兴起后,艺术的表现由形而上的价值向个体的经验转移,由思想逐渐向感官倾斜,意义价值不断被搁置,接受大量外界信息的视觉感官成为大众文化寄寓的重镇。摄影、电影、电视及晚近的网络通过机械、电子等科学技术将人类的视觉延伸至更为宽广的时空领域中,产生了"震惊"(本雅明语)效果,吸引着大众参与文化的享受和建构,产生了一浪高过一浪的视像文化大潮。

当人们沉迷于各种影像产品带来的刺激兴奋,直至疲惫和麻木时,面对丰富又充盈的视觉文化现象,经常淡忘和疏离了因匮乏而产生的视觉文化源头和形成机制。绘画、雕塑等传统视觉艺术与人类的记录流传的渴念直接相关。出于对某种深刻印象和令人震颤的感觉的留恋,也因为这种美的现象逝去的不可挽回,人类将自身的情感浓缩在绘画作品或雕刻作品中。无论是弗洛伊德还是拉康,在探究视觉艺术的心理机制时,都将视觉艺术的源动力归结于个体成长过程中的心理"创伤"和性"缺失",因"缺失"而产生的困扰和渴求、转换和升华,导致了艺术行为。这种理论阐释虽不乏有无限放大"性"功能的嫌疑,其"缺失"之说倒切中了当下繁华无限却始终难以缓释人们内心焦虑的症状。

古装戏是当代重要的类型电视剧,自20世纪90年代的《戏说乾隆》开始,在中国大陆及港台地区每年都有几十部古装戏出品,造成了古装戏题材重复、模式单一,金玉与泥石俱下的失控局面。2006年,在广电总局提升古装戏品格和质量的强烈呼吁中,依然有几十部古装电视剧开拍。这些长篇巨制一播就是40集、80集,从远古传说到民国,把中国古代历史各种正史、野史、艳史和轶事都搬上了荧屏,让大量的观众以各种方式凭吊旧世、缅怀古人,制造了竞相说史的盛况。

* 原文题为《"充盈"与"缺失"——视觉文化视野中的古装电视剧》,载于《中国电视》2008年第3期,第44-47页。

当中国历史以各种严肃的、怪诞的和滑稽的姿态在荧屏上面世时,以视听语言制造了古装戏电视剧的繁华时代,但在引发的各种关于电视剧上古装戏的争论中,却又透露着通过荧屏说史的种种隐忧和困惑。正如视觉文化理论所指出的,视觉文化现象的背后蕴含着的"正是文化的视觉危机"[1]。古装戏繁荣背后同样也隐含着传统文化及真实历史的分离和断裂。古装戏的创作动机源于人们缺乏确定的历史依据和精神信仰。如果说能够体现创作者个性特征的视觉文化作品显露了个体性心理的"缺失",那么集体创作并为大众所认同的古装电视剧和"以所需来定制作品"的创作动机道出了当下古装电视剧创作基点源于我们民族集体无意识的匮乏。

近代以来的历史文化的变迁、西方文化思潮的引进带来了中国社会强烈震荡,政治体制、经济结构到日常生活都发生了巨大的改变,由此而产生的文化断层感尤其明显。20世纪成为历史叙事中的一个时间节点,成为区别古典与现代的一道历史鸿沟。在整个20世纪的文艺创作中,对古典社会的历史再叙事也就拥有了浓厚的意识形态色彩,被赋予价值和意义的历史现象转换为历史经验和教训,成为现代社会中提供借鉴的可靠文化资源。

著名的人类学家露丝·本尼迪克特引用迪格尔印第安人的箴言:"开始,上帝就给了每个民族一只杯子,一只陶杯,从这杯子里,人们饮入了他们的生活。"[2]文化是历史久远、代代相传的,谈起历史时,人们自会有一种难以释怀的沉重和沧桑。"距今"或者是"……年前"之类的故事讲述方式很自然地会让人产生崇敬感。我们虽然并不了解历史过程,但是,承载着意义和价值的中国述史传统会让进入历史情境的人产生一种神圣的感觉,"经过时间淘涤的历史满是意义和价值","大江东去,浪淘尽,千古风流人物"。时间距离不仅使我们具备对不可知领域进行探讨摸索的神秘感受,而且会因自身的无知产生对历史的厚重感受。

但是,当色彩各异的历史景象同时呈现在眼前时,当不同阶段、不同场合的呈现抹平了各种时空差异时,应接不暇的接受者还会细细品味这份历史感吗?还会小心翼翼地揭开历史的迷雾吗?当全体大众都来接受文化来消费历史的时候,历史的厚重就在这没有梯度、没有层次的平面景象面前丧失了。

既然历史价值的内核已经不再需要,为何还要借其外壳拍摄那么多的古装戏呢?中华民族的历史悠远,于现实提供了许多可借鉴的经验和资源。在社会

---

① 尼古拉斯·米尔佐夫:《视觉文化导论》,倪伟译,南京:江苏人民出版社2006年版,第3页。

② 露丝·本尼迪克特:《文化模式》,王炜等译,北京:生活·读书·新知三联书店1988年版,第23页。

转型期，尤其在探寻民族出路时，历史题材的文艺作品就会大大增加。20 世纪三次历史题材创作高潮，一是在抗战时期，郭沫若、阳翰笙、阿英等剧作家创作了不少影响深广的话剧，掀起了再现历史、重写历史的高潮；二是在 20 世纪五六十年代，中国社会主义体制初创期，为符合时代真实，再度出现大量新编历史剧作。三是 20 世纪 90 年代，面对经济环境的重新调整，社会发展由政治中心向经济中心转型中，重现历史题材创作的高潮。不过，此次高潮全面展现了现代媒体技术和视觉文化的新气象，将古装戏搬上了现代生活的荧屏。凭借视觉化的更易理解、更迅捷的原则，古装戏突出地体现了在当下语境中历史和文化消费的快餐化取向。

与传统的艺术样式不同，电视剧在文本与观众间通过视觉感官建立的是"看"与"被看"的关系，"视觉化在医学上的结果最具戏剧性，从大脑的活动到心脏的跳动，一切都借助复杂的技术转换为一种可视的图式"①。以"看"的方式转换原来的"读"的艺术接受形态，单位时间内的影视文化的信息量大且速度快，使人们原有的认知模式发生了断裂和变迁。

1."被看"对象的变迁——历史价值的分延。传统的述史因阅读的接受方式确定历史价值。但在当下的电视剧古装戏中，历史文本不确定，不同的历史评判视角就会产生不同的历史文本，多元观念也产生了对历史事件的多重揭示，由此产生了正史、野史和轶事等多种历史版本。传统的历史观认为历史发展合乎社会进步的规律，而历史人物的行为都是有目的的，对历史事件和历史人物的评判标准都是统一的。传统历史观还认为可以通过大量的历史现象发现历史意识，由许多历史个体的行为汇合成历史规律，从而获得认知深度模式。对于"被看"的对象而言，影象语言只是"想象的能指"（麦茨语）。在古装戏中，以影像语言为传输媒介时，被看对象能指（现象和事件）得以尽情表达，而所指（意义和价值）却被搁浅。因此对于观看者一方来说，观看电视时的随意和间歇在面对电视剧中快速变换的各类场景、形象时，逐渐减弱甚至丧失了对意义的把握能力。这样，"看"与"被看"联系变得断续和零散，破坏了历史话语统一性，历史价值在不同角度和层次的分延言说使整体价值出现罅隙。当电视剧尤其是连续剧以全景观的方式模拟历史现象时，活动在广阔的剧作中的人物也获得了充分展示人性的机会。单一的性格往往难以涵盖电视剧中的人物形象，出现在荧屏上的"活生生"的形象通过演员的表演获得了艺术生命力，他们的人性是丰富又复杂的，甚至都是正邪对立的。如《小李飞刀》中的主要人物；如《杨门虎将》中就以杨四郎为核

---

① 尼古拉斯·米尔佐夫：《视觉文化导论》，倪伟译，南京：江苏人民出版社 2006 年版，第 6 页。

心人物,传统的《杨家将演义》在民间流传甚广,但是对这位曾经在敌方招赘入婿的杨家弟子却是着墨不多,因为这毕竟不是一段光彩的经历,无法为传统文化的忠孝原则所接受。然而,现代社会的个性主义却可以在此处大做文章,使之成为炫目的角色。

古装电视剧精神价值的分延还体现在历史人物评判上。如在《康熙王朝》《雍正王朝》和《康熙微服私访记》这三部电视连续剧中,对康熙皇帝的塑造也就各自不同,并且各执一面。《康熙王朝》展示了康熙的一生,跨度最长,着力突出康熙的丰功伟业与其人性魅力。《雍正王朝》中的康熙主要是为戏中的雍正做背景和衬托,作品中塑造的是一个曾经辉煌却已至暮年,面对各种困难有些力不从心的老者形象。这两部作品表达人物的侧重面虽不同,但绝大部分还是采用了历史事实,依据历史事实进行人物刻画,而《康熙微服私访记》却是借助于民间的传闻,一点历史的影子,根据现代人的想象塑造的康熙形象,更多地渗透了观看者的意愿。

视觉文化中,"看"与"被看"间的构成互动关系,古装电视剧中由于"看"者与"被看"的存在多维多向的映照关系且对应方法方式的多样化,造成了"被看"对应的历史价值的分割和剥离。

2. "看"者的变换:女性意识与欲望女性。劳拉·穆尔维曾经指出:精神分析理论以父权制度为核心建构视觉机制,将女性作为欲望表征的理论忽视、遮蔽和压抑了真正的女性表达,所以,在好莱坞风格的电影观看机制中,女性形象只能被作为男性欲望的编码而无法拥有完整的主体性,从属于男性的视觉快感。显然,与电影的观看机制相较,电视连续剧获得了更为宽松的氛围和民主的环境,并且,观众中女性比例也大大增加。因此,电视剧中由"看"这一端发出的信号要求"被看"的文本中富有更多的女性表达。电视剧中关于女性形象、女性主体在不断增多,与男性相比,女性更关注情感,因此,哪怕在正史的述说中,电视连续剧中的情感戏份都不会欠缺,而情感的因素在具有"春秋笔法"的中国历史述说中是大量被遮蔽和隐藏的,然而,这也提供了剧作者能够深入挖掘的细节和想象的空间。古装电视剧中女性意识的强化还体现在对历史女性形象的塑造。男性意识主宰的中国历史中,女性的地位和作用大多被忽略和遮蔽了,电视剧的创作着力于挖掘有限的能在历史上留名的女性,使她们在荧屏上大放异彩。女性形象在古装电视剧中所占的比例不断上升,还有不少电视剧都为中国历史上的唯一女皇帝武则天翻案,认为她表达了中国历史上最为强劲的女性声音。

然而,历史题材与古代制度、思想和价值联系在一起,在古装电视剧中的女性意识毕竟是有限的,这种父权制度沿袭下来的审美习惯无法完全改观,女性的自主审美习惯并没有马上得以确立,美丽的、耀眼的明星从电视剧中不可能缺省。电视剧红火之前,当代中国曾经经历过的一个色彩贫乏的时代,有较长的一段时期对感官欲望进行了遮蔽和压抑。"文革"时期统一服装,"文革"结束后喇叭裤的遭遇在人们的记忆中留下了深刻的印象。几乎整个时代现实都与禁欲联系在一起,人们对现实的感觉自然与晦涩和单调联系在一起。民族服装既能达成人们的民族认同感,又能合理地使人们享受到感官的盛宴(事实上这也是个误导,古代中国人的穿着都是有限制的,中下层的百姓都是以暗颜色蓝、黑为主,但是在几乎所有的古装片中,其服装色彩都是五彩斑斓的)。哪怕是当下的影视创作,也有不少是借古装戏来展示欲望。大多电视剧在视觉感官上极大冲击了观众的眼球,诉诸观众的欲望。"视觉在本质上是色情的,这是说它以着迷——丧失心智的迷恋——而告终。"[①](杰姆逊)电视剧借助于视觉展示对感官的迷恋,这也是当下电视剧不断遭受批判的重点。女性意识和欲望女性矛盾地交织在古装电视剧的创作中。《武则天》《大明宫词》明显受到了女性主义的影响,而女性主义原则和立场的产生来自颠覆和反叛,而非建构,观众也难以有真正的属于女性的价值立场和理想信念。这正如拉康所说的,凝视是他者的视线对主体欲望的捕捉,女性在观看这些充满着感官欲望的电视作品中,自我又一次塌陷了。

3."被看"与"看"渠道的分化:言说的碎片化与全球化。在古装电视剧中,不仅是"看"和"被看"发生变化,两者之间的功能和链接开始分化,对于历史题材的言说,多种说史的方式,正说、新说和戏说形成了众声喧哗的话语言说。正说意味着不仅历史题材要以历史事实为依据,而且还要维护正统的历史观,观看这类电视剧时,创作者非常注重文本的历史真实,强调的是当代对于历史经验的吸收,"看"这一端能够发挥的空间非常小。中国古典名著的改编,如《诸葛亮》等,今人从电视剧中看到复活了的历史事实,并从中吸取历史经验。新说则是有选择地借助历史事实,引证古人事迹来佐证言说者的论点,比起正说来,新说的主观性更强,采用新说的方式主要是有力地表达自己的观点。在影视剧中,真正的正说是做不到的,大多数的片子都是在新说。如大量的各个王朝的宫廷戏,大多数都是采用新说方式。第三种戏说则是借用历史的一点因由,自由发挥。经常是有意避开正史的逻辑和事件,而专从民间寻找各种野史逸事来解释。如关于秦始皇的身世,几乎所有的电视剧都认定他是吕不韦的儿子,并由此而展开各种争权夺利。这样在完整的历史版图中,正史被分割成片断进行表述,不再是统一的历史价值下的现象,而是侧重日常生活经验。《还珠格格》就是典型的隐喻,虽

---

① 米尔佐夫:《视觉文化导论》,倪伟译,南京:江苏人民出版社 2006 年版,第 12 页。

然以皇室为活动空间,但是其主要人物和故事框架则都是来自民间,甚至打乱了整齐有序的宫廷生活。灰姑娘的故事,英雄救美的故事,滴血认亲的故事,在如此多的故事中,没有一条是主线,不断地冒出新的惊险和传奇,就像有许多珠子,却无法串成链子。还有一些片子根本没有历史可稽查,只是一些影子,如《戏说乾隆》,还有《武林外传》等。有意思的是,在对本土的历史文化进行剪接和分割等碎片化处理的同时,面对影视空间,人们却获得了全球的想象的同步,影视成为全球的想象的共同体。在视觉文化发展中,人们因这种虚拟空间营造的虚拟现实而获得的虚拟体验越来越"真实"了,甚至人们的自主权(交互空间)还在扩大。从电影的被动接受到电视的点播再到电脑的互动界面,人们逐渐步入、扩展和深化着虚拟空间,同时也将把虚拟空间"真实化"。

近年来,古装电视剧的繁荣一方面让我们看到通过影像语言的表达消解了传统的知识结构和艺术样式,另一方面,我们也可以这么说,是现实生活自身的瓦解直接体现在大众文化的视觉艺术中了。"我们如今也能从大众视觉媒体中看到现实在日常生活中的崩溃。"[①]

影视艺术给现代人营造的虚拟空间有别于人们日常经验中的虚假印象,全面呈现了虚拟景观,成为人类区别于现实的另一文化实践空间。这些图像空间中,通过再现古迹空间,发挥想象,"讲述的是镶嵌在想象性的过去之中的种种故事"[①],表达自身的情感诉求。当人们发现这种表达比现实的观照和评判更为通畅时,就产生了更大的虚拟空间生产的需求。从早期的借鉴到戏说,再到借着古人的外壳说着今人的故事,这就是虚拟性在当代影视生产实践中的发展和延伸了。"很显然,一种不同的自然向摄影机敞开了自身,而这是肉眼所无法捕捉的——只因为一种无意识地穿透的空间取代了人有意识地去探索的空间。"[①]在技术上的发展也是意义缺失的结果。古装电视剧的视觉模式的变迁昭示了两方面的危机,1.关于现实社会的危机感,对现实和存在的不信任感导致了对古代的依赖。2.关于图像形式的危机。我们对于看到的图像的不信任,转而化为对想象的依赖,"随意点染"的古代的依赖,无须考证,无须负责任,变成了漂浮的能指。移动的图像不仅体现在时间上,也体现在空间中。

无疑,影视提供给人们全方位的视觉感受超出了语言文字符号的诠释能力,在人们感叹传统样式的古装戏如何会复活在最为现代的大众媒介中时,只是习惯思维方式的困惑,无法在新媒介中延续。影视艺术对于中国这个后发展国家来说,纯粹技术上的领先机会早已不再,传统艺术的虚拟方式延伸至未来想象中

---

① 尼古拉斯·米尔佐夫:《视觉文化导论》,倪伟译,南京:江苏人民出版社 2006 年版,第 21 页,第 115 页,第 118 页。

时,需要调和两者间的矛盾,而出现在荧屏上的古装戏恰好满足了这方面的认同。事实上,与其说荧屏上的古代生活方式已经是传统的生活样式文化生态的翻版和复制,不如说古装影戏是影视视觉艺术以视觉性特征新造的景观。古代生活在现代人生活中是不可能存在的,但是能被现代人存储在想象空间中,这一点又契合了影视艺术的视觉性本性。留在人们脑海中的古迹可以被无限地想象,应和了影视艺术需要存储想象的全息图像的要求,从而形成了活跃在荧屏上各种色彩斑斓的镜头语言。执著于历史文化的语言文字符号及由语言符号文字所铸就意义的人们不免困惑:这不是真实的历史,但是他们疏忽了,影视这种视觉艺术真正的意图就不需要由语言文字构成的既成历史,它们只不过借助于不同现实的通道,生出想象的翅膀,获得另一可以随意涂写的时空。然而,不断重复、套路固定的古装戏弥漫荧屏时,也造成了大众视觉感官的疲乏,当电视剧资源匮乏、新说不新的时候,古装电视剧需要冷静和反省了。

电视剧帝王戏中的家国模式表达[*]

  "以史为鉴"的历史观引发了人们的文化怀旧情怀。黑格尔曾经提出,现实生活限制了作家创作,历史题材的艺术创作因为"由记忆而跳开现时的直接性,就可以达到艺术所必有的对材料的概括性"①,历史剧往往能够很自然地被人们作为现实的烛照。虽然历史题材的选用、创作不断受到历史真实的挑战,但是,历史轮廓给后来的创作者留下了广阔的遐想空间。在历史框架的大事纪之外,后人以现实的观念串接散落的细枝末节,激活民族记忆,引起当下共鸣。电视剧是当今生活中拥有最多受众的艺术样式,不少历史题材的电视剧不断热播,帝王戏占据了相当大的份额。

  中国历史由王朝更替连缀而成,各王朝的最高统治者——帝王,在中国史传中占据着不可替代的位置。电视在屏幕上重构历史时复活了一大批栩栩如生的帝王形象,《太祖秘史》《雍正王朝》《康熙王朝》《乾隆王朝》《武则天》《唐太宗李世民》《唐明皇》《汉武帝》《孝庄秘史》《大汉天子》《戏说乾隆》《康熙微服私访记》等,以风采各异的帝王为核心梳理历史。

  帝王戏的频繁"出镜"引起了文化评论者的高度重视,报刊杂志纷纷探讨帝王戏热播热销的原因。不管是称赞还是指责,大多数观点都习惯于从时代氛围、文化背景等外部因素寻找帝王戏被大众接纳和流行的理由,少有从创作机制和运行模式追问帝王戏越来越盛行的内在根源。帝王戏之所以能够获得如此高的收视率,在当下各种娱乐花样层出不穷的情况下能够常盛不衰,说明其艺术的话语形态或叙事策略吻合观众的视觉消费心理,契合大众的文化期待视域。笔者通过考察近年来出品的多部电视连续剧发现,这些塑造建功立业、名垂青史的帝

---

  * 原文题为《家国设置模式的审视与反思——电视剧帝王戏的一种解读》,载于《中国电视》2006年第5期,第24-27页。

  ① 黑格尔:《美学》,朱光潜译,北京:商务印书馆1986年版,第336页。

王戏，共同沿用了"家国设置"的结构模式。

中国传统文化中，一直存在着"家国同构"的文化理念，即儒家所提倡的理想的经典的社会体制模式，以家庭、家族管理模式来统治国家。一方面倡导统治者遵循"德治""王道"原则，要求君王实施"仁政"、顺从民意，另一方面强调个人服从国家，要求家的利益服从于国的利益，为了国家利益甚至牺牲家庭、家族利益。中国传统文化理念对于中国百姓来说，能够做到"家天下"的帝王就是好帝王，中国观众在观看电视剧时总是不自觉地表露这种集体无意识的深层作用，都希望把皇帝看成家长，把自己无意中转化为皇帝家里人，从而拉近自己跟皇帝间的距离。电视作品使观众寄生于梦幻和想象之间：感受现实在荧屏上的投射，生活感触在梦幻中滑动。在消费主义盛行、缺乏精神信仰和情感归依的时代，帝王戏无意间契合了人们的心理需求，提供了情感家园的归宿和精神上的替代性满足。"家国同构"模式合乎历史和现实的对照、传统和现代转换的心理路径。

电视连续剧的"家国设置"模式中，因为电视剧的叙事策略，以"家"的模式表达国家意志，在表达过程中把"国"窄化为"家"，置放于"家"的范畴内表达。美国著名评论家杰姆逊曾经提出第三世界的文学中始终存在着"民族寓言"，而中国的帝王戏正是将中国传统文化和现代气质相结合的"民族寓言"文本，以"家国设置"的模式表达了对民族文化的留恋和自我身份的认同，通过特定的民族心理的接受模式和表达方式，把国家意志转化为家的言说，"国"的寓意总是蕴藏在"家"的模式中得以传递，帝王戏中将国家民族的矛盾纳入皇帝家族，国家民族的兴衰与皇家帝族的繁荣没落休戚相关。在中国漫长的专制历史上，社会的专权体制又提供了将家族权力转化为国家意志的传输渠道，皇族作为等级社会的最上层，掌握着至高无上的权力。帝王戏中的"家国设置"既符合中国历史真实，也能够表达电视剧的叙事策略。作为长达几十集的连续剧，其中内涵庞杂，关涉风云变幻的重大历史事件，要形成跌宕起伏、张弛有度的电视播放文本，需要有核心理念来安排众多的人物形象和纷繁的历史事件，将矛盾集中到帝王身上，既可以抓住中心展示全局，使矛盾的展开和解决合情合理、紧张有序，也符合电视剧的集中的时空氛围和环境要求。"家国设置"经常成为帝王戏的结构内核，成为电视剧阐释意义的空间，无论是从人物形象的刻画、活动场景的安排还是故事情节的设置，都指涉了较为统一又恒定的样态。

一、作为电视剧的核心形象——帝王，往往集国意民情的代言者于一身

传统正史中，作为专制体制中的帝王形象，因其掌握庞大的政治权力而成为社会的关注点。君临天下，在表达国家意志上有着直接便利，其个人意志和言行举止与国家民族命运密切相连。帝王形象作为王朝的符号代码，经常穿着龙袍出现在重大历史事件中，成为矛盾的聚焦点。特殊的身份和特定的社会角色使得他们很容易从人群中脱离出来，强化形象的单面性而成为抽象的符号，威严庄重甚至被神化。电视剧中，此类形象指代了剧情所要表达的社会秩序。然而，电视剧又是现代人的生活内容，如果只是呆板地遵循历史评定，按照传统的方式塑造帝王形象，一定会违逆电视观众的审美标准和道德价值，因为，现代观念早就颠覆了帝王形象的既有评价，甚至否决了帝王形象的存在基础。

为了让现代人接受古代的帝王形象，剧作者经常以现代观念将他们加以乔装改扮。近年来的电视屏幕上出现了许多黄袍加身却有着强烈现代民主观念的"新型"皇帝。一方面，电视剧运用现代人文观念塑造人性化的帝王形象。帝王在宏大场面的活动量大大减少，而在私密空间所占比例大大增加。《武则天》中不是依照正史的评定塑造中国唯一女皇帝，也不是沿袭传统的价值体系评价其功过，而是试图从女性的身份和百姓的利益得失改写武则天形象。《汉武大帝》在中西方文化交融和碰撞的历史场景中重新塑造和定位汉武帝，将他开疆拓土的历史功绩与文化上的雄伟气魄相联系，显然，这已经是在全球化背景下重新审视历史人物和考察传统文化的当下视角；《雍正王朝》着力从改革者意识塑造以往历史中所否定的残暴无道的雍正皇帝，因为服从于"大清利益"，他的权术、血腥和暴戾的言行就可以推卸责任。不管是女性意识，还是全球化背景或者是改革意识，这些都是现代意识的具体表达，只有赋予历史人物以现代意识，才能使人物在电视屏幕中活跃起来。另一方面，帝王形象在现代家庭的文化生活中成为谈论对象，"家国设置"的帝王戏可以通过国家民族命运的走向提供意志的表达和理性的求索，历史上的帝王以拥有的权力和财富证实了他们是人们心目中成功男人的化身，其中有着丰功伟绩的帝王更是成功者的典范，这些男性形象既吻合了男性视角，同时也是女性观众的偶像。新近播放的帝王戏几乎都突出帝王在家庭和家族中的身份角色——作为父亲的角色，作为兄长的角色。《汉武大帝》中寻找姐姐的故事，《雍正王朝》用了三分之一以上篇幅来表达皇子间的争夺，以亲情血缘关系软化和稀释统治的对抗

性,确立最高统治者就是家里的父兄关系,有着深厚传统文化基础的中国大众自然很容易接受。

电视剧中的帝王形象既是社会建制中不可或缺的重大角色,同时也是具有缠绵悱恻的情感和丰富人性的家庭成员。无疑,电视屏幕上的改写使得帝王形象更加"深入民心",但是,帝王形象代表的国意和民情产生了时空错位。制作者将他们体现的国意还原到具体的历史语境中,帝王的活动经常与重要历史事件联系在一起,而在表达民情时,又试图推翻帝王至尊的历史观,吸收了大量的现代人文观念。为了使深刻矛盾的观念能够互相融合避免抵触,帝王戏经常无奈地树立另外的一个最高原则,以"大唐""大清"等扩展的概念代替过分狭隘的帝王权力,因此,电视剧中的帝王形象经常会出现因袭和创新冲突的尴尬,任何一个纬度的失当都会导致两面不讨好。

二、帝王戏中的"家国设置"模式还表现 在展示剧情的场景中

帝王形象的特殊性与人物的活动空间直接相关,他们往往存在于"家""国"不同的层次,既有前呼后拥的威严庄重的公众形象,也有微服简从的可亲可近的平常人生。前种场合中的帝王作为社会公众角色,往往需要处理大量的国家政务,代表国家意志,至高无上、神圣不可侵犯。在严格仪式化和程序规范化的公开场所,角色只能按照严格程式进行表演,只能以给定的程序和既定的范式造就"神化"的扁平人物。后种环境的设置,给观众开放了帝王生活的另一空间,人性化的帝王形象拉近了民众间的距离,皇帝形象的亲民性也带来了帝王形象表达上的情感化和世俗化;更多的日常生活状貌进入帝王世界。表现帝王的平凡人生使得人与人之间的威严庄重仪式和礼节被淡化甚至剔除,易于形成情感交流氛围。

无论是正史戏还是戏说戏,服从于这种角色的需要,安排了大量的后宫戏和民间戏。庞大的后宫设置既揭露了被遮蔽的中国史实,同时也为帝王提供了家园安排,充实丰满了帝王形象;民间戏是借用野史逸史,根据现代人的生活现实对帝王活动的想象和补充,电视剧中沿用的民间生活也符合人性的真实。无论是《雍正王朝》还是《康熙王朝》,都把作为皇帝家庭的后宫作为前朝矛盾缓冲的场合,如作为残暴皇帝典型的雍正皇帝,在前朝矛盾无可回旋时,就会进后宫、下民间,充分展示他的人性。《雍正王朝》第一集就展示了黄河赈灾的大事,而为解决这样的大事,旋即又设置了雍正下江南解救灾民的后续事

件,将关系国计民生的灾难解救举动置于扬州的市井里巷。经过这一空间转换,从皇宫殿堂获得了与乡间野民沟通交流的可能,雍正处事能力又巧妙地得以凸显。《康熙王朝》中康熙如遇困难,就找苏嘛喇姑倾诉,转入后宫到孝庄处寻找帮助;《还珠格格》中的乾隆皇帝作为公众形象彻底地被淡化,而代之以爱许多孩子的父亲角色。后宫戏和民间戏更多地显示了帝王在"家"中的角色定位,通过这些空间设置展示帝王家族难以为一般观众所亲近的家庭角色或者是近乎家庭的角色,展示作为人的共同平台所需要的欲望和性情。"家国设置"为帝王提供了"能上能下"的腾挪空间,拓展了人物的活动范围,也就等于拓展了剧情空间,便于各种矛盾的展开和人物性格的演绎,从而为戏的充分展开提供了足够的回旋余地。

在极力倡导"家国同构"的中国古代社会,公众场合的"国君"与家族中的"家长"具有异质同构的关系,出于艺术创作的需要,在剧情中视君王为家长能够得到普遍的认同。但是现代社会家庭观念的变化、社会结构的重置早就冲决了传统文化的堤坝,简单地把"家"看作"国"的同比例缩小已经无法让观众信服,尤其是通过家的"孝道"和国的"王政"相联结,以此治天下的理论更容易引起人们的反感。鲁迅曾经说过,中国古代只不过是"做奴隶"和"不得做奴隶"时代的交替,从这个角度上理解,电视剧只是以家的理念复制了"孝道"的"做奴隶"的时代。如果电视剧不能在观念上和艺术上寻求更大的拓展,沿袭中国古代的伦理道德观念势必无法使观众满意,所以,现在大量帝王戏中缺乏对媚俗和奴性批判的创作倾向不断地受到质疑和指责。

三、电视剧中的"家国设置"模式还体现在情节设置中

这些电视剧的剧情大多安排了帝王的政治作为,他的一生往往是由政治事件串联的,奋发——繁盛——衰微——新变是不变的套路,习惯性地予以开放的结局和设置能够展开想象的空间。这种情节设置与家族叙事的情节模式相一致。中国长篇小说从《红楼梦》开始的家族叙事以感伤和沧桑,给后人无尽的感怀和省思,巴金的《家》、张炜的《古船》都是在延续着类似的情节模式,完整的闭合式的情节安排刚好符合家族代际传承的规则,很容易满足观众的期待和得到认同。无论是《汉武大帝》《大明宫词》,还是《雍正王朝》和《康熙王朝》,都截取了历史上为后人所缅怀的汉、唐和前清等盛世断代史,按照中国历史的演进,历史的断代是以王朝姓氏的更迭为标志,这种潜隐的制作规则说明,剧作家们还是接受了传统社会中宗族血缘作为社会建制基础的历史文化

观念，都刻意将"国"叙述成"家"，而故事中的命运悲剧、情感悲剧与人物的家族势力的压抑直接相关，这样的情节安排更能够为处在"家"的氛围中观赏电视的观众所接受。

为了在情感上更容易被一般有"家"的平民大众接受，帝王剧在错综复杂的历史变迁中，以苦难来铺设事件，以沧桑来凝造氛围，共同将帝王置放在忧患苦难的情节中展开矛盾。中国历史书写中难以排遣苦难的集体记忆，伟大历史人物的历史定位经常与解救大众苦难的历史事件联系在一起。通过构置的"难"，打破了帝王形象的神秘面纱，也打破了平民与帝王间的交流障碍，只要一想到皇帝也难呀，平常人就自然地获得了对话和沟通的基础。首先，帝王的形象的亮相置于忧患苦难和解救苦难的交接处，改变了历史中那因为社会等级制度造成的高高在上的疏离感，情感上搭设了与底层百姓对话的平台。其次，帝王感受大众苦难、体恤民情，也满足了人们的心理期待，因为这类勤政爱民的帝王形象也是中国百姓梦寐以求的好皇帝。这是剧作所提供的理想的社会情态，也是在体制延续的最大的活动空间，更是作品叙述限度内的有效状态。既然要塑造能为观众认同的帝王形象，只能是在体制空间中活动的人物形象。电视剧帝王戏中的帝王形象往往有无奈的挣扎，又要有限度地突破，才符合历史的真实，这样的形象也能在最大程度和范围内获得观众的认可。观看过程中，大部分观众很容易将自身的潜在位置等同于剧作中的大众，只有能够与大众沟通的帝王才是受观众欢迎的荧屏形象。《雍正王朝》《康熙王朝》《天下粮仓》《汉武大帝》等历史剧作都把皇帝置放于矛盾的焦点上，承受着痛苦和焦虑的折磨，历练着他们的意志和性格，展示这些帝王们的力挽狂澜的伟人气度，在历史的转折点上突出他们的关键作用。

将多头绪、多方位、多层面的国家现实转换为家族叙事，迎合了大部分电视观众的观赏模式，但是，也直接影响了电视剧中史诗叙事的恢弘气势、雄伟气魄和崇高美感，电视剧中的历史变得琐碎和微薄，零散和平面化，这可能是漫不经心地消费神圣历史所带来的直接效果吧。

中国荧屏上盛行的帝王戏与中国社会消费文化的发展背景有着密切的关系。消费以交换的平等姿态取代了道德伦理、政治宗教等规范给社会心理造成的具有等级和落差的训导模式，也唤起了被压抑的欲念，毕竟，交换的姿态更容易以一种可以商量的和能被容忍接纳的方式引发被规范所排除杜绝的各种欲念。以消费的方式消费各种欲念，事实上为严厉禁绝的领地打开口子，视觉语言形成极度丰富的物质感受，满足了新兴的中产阶级的心理需求，但是，以消费目的为圭臬也限制了电视自身更为广阔的发展空间，纽科姆曾经提出电视是"一种对道德、伦理、行为、政治、宗教具有潜在的威胁"①。这种威胁来自消费张扬后的内在恐慌。在消费文化形成的休闲文化氛围中,帝王剧中的"家国设置"模式体现了对观众身份的尊重和推崇,让观众跟着摄像机一起充当帝王生活的窥视者和评说者,消除了历史文化本然的严肃的言说方式,也消弭了历史剧的深刻厚重。当电视观众对于帝王拥有无限度的亲近感和随意的改写权力时,等于放弃了艺术本身所拥有的批判立场和反思能力。

---

① 曲春景:《中美电视剧比较研究·序言》,上海:上海三联书店 2005 年版,第 2 页。

电视剧亲情戏的契机和隐忧[*]

　　20 世纪 80 年代末 90 年代初,电视剧情感戏着实红火热闹了一把。琼瑶的爱情故事率先成为港台情感的品牌,在荧屏上独领风骚。《在水一方》《婉君》《月朦胧鸟朦胧》《庭院深深》《青青河边草》《几度夕阳红》等俊男靓女的悲情故事曾经赚取了无数电视观众的眼泪。在今天看来,这些爱情戏仍旧是文学故事的挪用,受限于其时影视语言和技术设备,情感的传达和表达也不彻底,不少观众只能通过影像模糊的黑白电视机接触这些催人泪下的电视剧。不管怎样,这些浪漫的伤感的情爱故事打开了大陆观众幽闭已久的情感空间,开始涉足私人情感领域。此后,电视荧屏上的情感戏与日俱增,除了爱情戏之外,《渴望》所引起的万人空巷的场面昭示了亲情戏对大陆观众的强大吸引力,创造了骄人的收视率,成为大陆电视剧中的成功典范。《渴望》的播出及引起的热烈讨论显示了转型期的中国社会中传统道德伦理的失衡及建构的迫切。

　　21 世纪以来,随着电视剧技术力量的提升、影视语言功能的增强、电视剧社会生活涵盖面的加大和情感体验的深入,《我的兄弟姐妹》《搭错车》《婆婆》《大哥》《大嫂》《继父》《真情无限之继母》《亲情树》《中国母亲》《我们的父亲》《孝子》等电视连续剧以亲情为核心,以父母子女和兄弟姐妹的关系为纽带,形成了亲情戏这一电视类型剧,多角度地探讨了现代家庭成员间的道德伦理关系,产生了广泛而深远的影响。

一

　　亲情戏成为当下中国重要的电视剧类型,表达了丰富而复杂的社会问题,多

---

　　* 原文载于《中国电视》2007 年第 12 期,第 29—32 页。

层次地反映了人们的追求和忧虑,欢欣和痛苦。亲情电视剧的形成与电视剧的生产机制、民族集体记忆及当下的文化语境等因素直接相关。

首先,活跃在荧屏上的亲情戏契合了电视的传播功能和审美要求。看电视成为大多数中国家庭最为普遍的娱乐休闲方式。电视成为家庭成员沟通情感和交流思想的媒介。17、18世纪的西方社会,社会成员参与文化生活构筑公共空间,哈贝马斯认为活跃在公共空间中的市民借助于报刊表达其民主思想。而当下的中国社会则是通过观看电视营构家庭生活气息,营构日常审美空间。直接对应于家庭成员关系和家庭结构模式的亲情戏拉近了与大众的心理距离,成为观众感兴趣的话题和视觉关注的中心,甚至可以为解决家庭问题、润滑家庭成员关系提供思路和榜样。因此,在中国大陆的荧屏上,亲情戏一直是保持着较高收视率的电视剧类型。

其次,亲情戏电视剧类型也是传统情感模式和伦理道德意识的艺术再现。中国社会由以政治为中心向以经济建设为中心的转型正值电视在大众生活中日渐扩展期,电视剧作为电视的重要领域,承担着道德伦理系统的质询和重整的社会功能,填补着观众的精神空缺。《渴望》《贫嘴张大民的幸福生活》《空镜子》《婆婆、媳妇和小姑》等国产电视连续剧描写了平凡家庭的生活琐事,通过不同家庭的经历的各种人生变故,展示了寻常人生的生存状态,建构了社会转型期中国民众的想象共同体。电视剧亲情戏通过影像语言显示了自身独特的文化背景,通过荧屏这一虚拟世界表达了大众的人生现实和情感体验,以及特定历史时期的民众心理问题和道德危机。这些深受集体观念影响的国产亲情戏则更多地表达了对他人的付出和对责任的承担,依然有着难以舍弃的集体感情。与之相较,其时港台电视剧的情感戏,大多远离了历史、政治等宏大叙事,只专注于个体情感世界的伤痛和幸福。亲情戏以私人生活领域来建构的理想生活来化解和平衡公众间的纠葛矛盾,完善、完美的亲情成为人与人之间的柔顺剂,成为转型期中国社会的精神缓冲地带,既完成了对社会尖锐矛盾的规避和逃离,又得到暂缓焦虑的心灵宁静。家长里短和生活琐事固然平淡,但是能以"虚设"的家、贴近生活的表演来弥补现实的缺憾,给不断感受到激烈竞争和生活压力的都市人以心灵的慰藉。

电视固有的社会功能和传统的情感模式决定了亲情戏存在的社会文化空间,近年来韩剧的热播又形成了刺激亲情戏创作的外围空间。出现在中国荧屏上的韩剧大多是传统的情节剧,充分调动视觉艺术的功能,以精美的画面和细腻的风格获得很高的收视率,其中细密地表达了韩国家庭伦理关系及家庭成员间的情感交流成为电视观众的关注点,获得亚洲文化圈内观众普遍的认同。韩剧借助家庭生活与现代视觉文化的嫁接制造的视觉奇观诱发了中国电视剧亲情戏的创作热情，剧作家们也希望在琳琅满目的古装戏日渐腻味的情况下，电视剧能够留取一定的空间，转为现代人内心情感的审视和叩寻，使平凡的、分散在日常生活中的亲情成为在欲望、竞争和消费中疲累的心情的精神代偿。

当下的文化语境中，亲情戏电视剧以家庭空间呈现着社会困境和人生困惑，讲述着另一种拯救的寓言。

二

亲情戏作为一种电视剧类型，蕴含着重构人伦秩序的理想诉求。亲情关系与人类社会的血缘纽带直接相关，伦理是由血脉构成的秩序理念。新时期以来的社会转型带来了价值观念的变迁，引发了各种道德问题，对伦理规范和道德准则的探索成为文艺创作的一大主题，亲情电视剧面临的第一重困惑是无法明确当下的人伦关系。当下社会文化环境呈现了新旧道德准则交织的复杂状况，不同阶层、不同群体有不同的道德理想，难以形成统一的规定和明确的内涵。由此，呈现在观众面前的电视剧亲情模式异常丰繁复杂，既有传统的伦理体系，也有西方的道德意识，同一剧作中还存在着不同道德观念的矛盾和冲突，没有绝对的善恶，人格建设也失去了培养目标和方向。大多数剧作只是再现各种道德困惑和道德现象，并不表明自己的取舍和判断，缺乏鲜明的立场，在多元文化格局中，似乎只有中庸地显示无边际的宽容和没有原则的理解。当下的电视剧中，容纳了各种社会问题和心理问题，如《我的兄弟姐妹》《继父》中涉及 20 世纪下半叶中国社会的政治问题，因为政治的原因致使这些家庭发生了巨大变故，危及家庭成员间的亲情存在和传递；《大哥》《大嫂》《亲情树》等剧作则将时段下移至世纪之交，透射了经济体制改革带来的下岗等新的社会问题，质疑了血缘关系亲情的存在。《真情无限之继母》《中国母亲》等剧作直指道德危机，两部剧作通过家庭中非血缘的不同母亲形象的塑造，探讨了家庭角色间的关系处理和责任承担；近期播出的《孝子》以步入老龄化的中国社会的养老问题为主题，开始从载道的道德伦理进入生命伦理的思考。大多数的剧作都以社会问题和经济困难为楔子，以观念的对立为矛盾冲突展开剧情，最终化解于无限广大的宽容和无限充分的理解，获得大团圆的结局。电视剧作中制造的完美结局固然满足了观众的大团圆心理，但也无法提供在现实困境中如何建构理想人格，如何进行道德完善的真正答案或思路。

亲情电视剧面临的第二重困惑是没有找到有效的具体情感表现手法。情感的表达和传递不仅需要空间的广度，同时也需要时间的长度。在电视剧亲情戏中,往往把家庭环境设定为传递亲情的基本空间,日常生活流程和成员间的行为习惯成为家庭的物质存在方式,情感和记忆成为家庭成员间的联系纽带。通过在琐细的家庭日常生活中抓取的感人情景,不仅可以使观众信服,也可以呈现情感流程,拥有整体的情感形象。亲情与爱情的表现方式不同,爱情可以表现为特殊氛围和在特定场合中激烈的、浓烈的激情,更注重空间场所。而亲情更多地体现在细水长流的日常生活中,通过长时间形成的习惯才能被体味和理解,亲情更需要时间长度。然而,当下的电视剧亲情戏创作中为博取观众的猎奇心理,大多数只是通过大量的细节描摹和场景铺设来制造画面效果。将最为自然的亲情关系演绎成经过各种离奇和意外并遭受各种磨难才能获得的感情,充斥亲情戏的是婚外情、非婚生孩子等离奇故事,由此带来了血缘关系和家庭关系的错综复杂。并且,作为亲情代言者的主人公承载着多种苦难信息,他们或者是遭受天灾人祸,或者是穷困潦倒又疾病缠身,最终挺立起来一位伟大的母亲或者无私的继父。在许多电视剧中,不断地让主人公去承受各种考验,经历苦难、劫难和灾难,遍布着的是激情、苦情和畸情,远离了普通平凡的人生。这些激烈和爆发式的情感背离了人们对亲情的真实感受和切身体验,有违于人们的生活常识和电视剧的真实原则。电视荧屏上亲情表达通过明星的表演和震撼的画面给观众带来惊奇和惊愕时,却无法提供将影视作品在视觉感官上的空间存在延伸至人间的日常生活,不能给观众在观影之余留下可以想象和有待填补的心理空间,获得更深更广的精神内涵。

当下亲情电视剧的第三重困惑是如何叙述亲情。亲情是人类的自然需要,人性不可或缺的内容,有着丰富的历史文化内涵,如何在电视剧中通过各类亲情主题的演绎体现亲情的价值意义?当下的电视连续剧大多通过单个故事的串接来演绎亲情故事,为了吸引观众,有关亲情的电视剧在每一集中制造一个或多个离奇事件,吸引观众眼球,满足观众猎奇的心理。所以,亲情戏的电视剧虽然以亲情为主线,但并不是单纯地专注于亲情的类型剧,而是不断穿插着灾难故事、悬疑和侦破等其他类型的故事,将亲情戏演绎成容纳了各类社会问题和心理问题的杂烩。亲情悬浮在剧作的故事中,缺乏细化和具象化的过程。在情节展开过程中,亲情变成了医治百病的灵丹妙药,社会、人生和情感等困难只要有亲情在,都能迎刃而解,这种叙事的历险不仅违逆了常理,也造成了亲情的空洞。亲情戏连接不断的故事和非凡想象力,充分发挥了影像语言的画面冲击力,却阻碍了整部剧作绵延不断的情感脉流,亲情只是断裂地、碎片化地寄存在各种离奇故事中。留给观众的是震惊和刺激,而不是珍藏和回味。

具有强烈当下意识的文化实践才能贴近于观众期待和承担应有的审美价值,亲情戏电视剧无论是主题、形态还是叙事手法都需要进一步细化和强化。

三

　　由于偏离了"亲情"这一核心元素，过分追求视觉效果、满足观众猎奇心理，当前亲情戏电视剧存在着故事散乱、叙述失真和形象平面化的缺陷，导致亲情戏不能以真情打动观众。笔者认为，叙述节奏的控制、情境的设定和形象的塑造应该引起亲情戏剧作家的高度重视。

　　其一，亲情戏电视剧需要讲求叙述技巧，把握叙述节奏。视觉化成为现代社会发展的新动向，电视亲情戏的创作应和着这一变化趋势，在剧作中不断传递富于冲击力的画面，制造各种视觉奇观以保证其收视率，以致不能从容地展开亲情故事。因为情感毕竟内孕于心灵世界，观众对亲情戏的期待更在于心灵空间，通过视觉聚焦获得的影像语言一定要富于情感力量才能符合观众的审美要求。当下电视剧亲情戏在全面迎合视觉文化特征时，往往忽略了亲情的接收和内化。与画面声音的同步性、直观性不同，体验亲情明显滞后，画面传输与亲情体验存在"时差"，情感需要内化和内省的过程，快速而频繁地传递视觉形象将会阻碍和遮蔽亲情表达。当下亲情戏中充满了离奇故事和急促的情节，总是在危急关头或者危险时刻体现亲情的关键作用，失却了亲情自然平和的真面目。为使电视荧屏上亲情故事变得贴近百姓心声，靠近大众，亲情故事需要适当控制叙述的节奏，张弛有序，既需要有矛盾激化富于刺激的场面，也需要有舒缓优雅的氛围。现实生活中的亲情表达更多地将深厚的情感转化为日常生活的关怀，"慈母手中线，游子身上衣，临行密密缝，意恐迟迟归"，将情感绵密编织在衣服中的场景既充满了爱意，又是母性的最为自然的表达，此类平凡人生和家常心态容易被观众普遍接受。

　　其二，当下亲情戏电视剧应该重视情境的作用。在亲情戏的接受过程中，观众不仅需要被画面所震撼，也需要为美好的记忆和难忘的体验所感动。亲情戏不仅要调动所有的镜头画面力量来强化空间形式，同样也要注重叙事中的时间因素，而营构情境和塑造形象，是将时空因素融合在一起、将空间存在转为时间延续的有效艺术手段。刻化生活细节是亲情戏的惯用手法。在细节的描摹中，不仅需要提供独特的场景，也需要将特殊场景中发生的故事转为记忆，通过营造氛围构成与心灵对接的情境，现实世界与情感存在的内视世界相对接，使精神表达诗意化，而不能简单地以图像来替代情感。电影《那山、那人、那狗》提供了很好的例证，借助父子共同的往山村送信的过程，经历各种路遇的平凡生活，提供了父子能够理解和沟通的情境，从而令人信服地完成了父子间多年隔阂的冰释，亲情的自然流露。这部作品没有提供跌宕起伏的情节,而是成功地营造了偏僻山村朴实山民这一特定情境,才使得亲情的演绎显得真实又感人至深。但是当前的电视剧亲情戏创作试图通过各种悲情苦情赚取观众的泪水,其结果却远离了生活的真实和社会的承担,也无法将观众观赏电视剧的过程变成高品位的审美活动。

其三,要保证电视剧在长时间断续的播放过程中能够在观众心目中得以延续,还需要塑造鲜明的有个性的人物形象。除了通过演员的表演外,剧作中形象自身的完整性和独立性是形象具有精神魅力的基础。在近期播放的不少亲情戏中,电视剧的叙事在各集中以事件为核心,不断出现意外、偶然、酷虐、残暴等极端状态,这些离奇的、悲惨的故事在各集播放时能够强烈地带给观众刺激,也突出了情感的作用,但是无法形成个性鲜明的人物形象。虽然大牌影星的加入招徕了不少观众,但是破碎的形象角色却无法在观众心目中长时间驻足。亲情戏提供的主要家庭角色穿梭于各种社会场合,频繁地与家庭之外的人物产生矛盾纠葛,远离了亲情空间,留给观众的印象只是一个为了保存家庭维护亲情的守护神,而亲情的具体表现反而淡化甚至隐匿在荧屏之后了。对于电视剧来说,形象鲜活的存在不仅可以保证播放时的独特性,还可以使作品拥有更为长久的生命力,亲情戏集中体现情感这一人性特征,更应该拥有形象这一意念的集结和想象的寄寓。

亲情的发生源于人类生存和生命延续的记忆,亲情戏应和了现代人对家园的依恋,唤起了广大观众的心灵共鸣,在家庭公共空间中达到了同声相契的效果。面向大众的电视剧呈现了广为接纳的文化共识和传统价值观。20 世纪 80 年代的《渴望》产生深广影响的原因不在于画面效果,而在于情感的分量和责任的承担,在于让观众萦怀于心的生活细节和鲜明感人的人物形象。剧作中朴素而真挚的情感、坚忍宽厚的生活态度才是对观众最有效的询唤。20 世纪 90 年代后的社会转型带来生活的变迁,保留了亲情固有的美学特质和道德效能。在人们普遍感受道德危机、感叹道德感失落时,电视亲情戏充任了为现代社会中精神流浪者寻找家园、提供灵魂栖息地的功能。如何将富有深层人文内涵的亲情戏落实在具体的文化实践中,既形成自身的话语模式,又赢得普遍的社会关注和情感认同,当下的亲情戏创作需要进一步探索以臻于成熟。

后　记

　　本书汇编了我十几年来的部分论文,其中有些曾在《文学评论》《学术月刊》《中国文学评论》《当代作家评论》《浙江大学学报》《中国文学研究》《戏剧艺术》《鲁迅研究月刊》《当代电影》《中国电视》等刊物上发表过,在此特别向相关编辑老师致谢。本书的出版,离不开导师吴秀明教授的鼓励和鞭策,还得到了浙江大学一流基础骨干学科建设计划资助项目的支持,在此致以深深的谢意!

　　回想20世纪90年代读研究生,触及文学研究,充满了好奇和懵懂。那时的文学及其研究还是人们日常言谈中能引起普遍反应的热闹话题,也伴随着更热闹的影视话题的逼近。改革开放和社会转型带来了潜滋暗长的新领域的拓展,不仅有学术思想的开放繁荣,也带来了学科思想的发展。而具有强烈问题意识和当下立场特征的现当代文学学科,也在快速变动的社会思潮中不断地面临挑战,更在激烈的冲撞下不断地调整学术姿态,引进新的方法,激发新的思维。随着影像越来越深广地影响到社会生活和文化交流,现当代文学研究在打开视界的同时也不断地受到影像化思维的冲击。在此过程中,具有开放性品格的现当代文学研究,也直面接受文化研究方法的碰撞,乃至文化研究拓展,学术研究的思想价值、思维方式和语言符号都面临着被渗透、被改造或者被吸收的可能。本人竟无意间撞上了如此激烈变化的历史时期,多么幸运,多么不可思议。

　　本书试图立足于当下时代背景,呼应现当代文学研究的学术史,从现代文学前辈们积累的作家作品研究出发,结合该学科发展脉络,呈现从文字符号的文学体系,从文学上升到思想哲理到价值意义再到深刻的语言学转向大潮冲击下的文字影像相互映照的大文化世界,以及在此过程中体现的研究者继承前辈、继承传统的研究思路,到20世纪80年代引进西方的对应、比照及新世纪以来更全面反观映照的学术思维演变。全书上、中、下三编分别从具体的微观作家、作品研究,再到中观的问题、价值和空间呈现,下编则是与影像世界的相互渗透影响。三部分内容虽然大致成体系,但由于跨越文学和影视学科,涉及的范围比较大,论题也比较多,再加上其中有些篇章成文较早,难免有参差。我还是努力保证总的框架的整齐,努力立体全面地呈现契应时代发展的学术演进路径。

　　本书尚未收录我近年来集中完成的"鲁迅影像"研究的文章,期待下一本专著早日问世。回望来路,虽道阻且长,但时刻不离本心,守住本真,是为记。

2020 年 8 月 8 日

图书在版编目（CIP）数据

参照，比照和映照：从文学到影视的转换研究 / 陈
力君著. —杭州：浙江大学出版社，2020.12
ISBN 978-7-308-20777-5

Ⅰ.①参… Ⅱ.①陈… Ⅲ.①中国文学—现代文学—
文学研究 ②中国文学—当代文学—文学研究 Ⅳ.
①I206.6

中国版本图书馆 CIP 数据核字(2020)第 222800 号

参照，比照和映照
　　——从文学到影视的转换研究

陈力君　著

责任编辑	李海燕	
责任校对	孙秀丽　李栋林	
封面设计	雷建军	
出版发行	浙江大学出版社	
	（杭州市天目山路 148 号　邮政编码 310007）	
	（网址：http://www.zjupress.com）	
排　　版	杭州中大图文设计有限公司	
印　　刷	杭州良诸印刷有限公司	
开　　本	710mm×1000mm　1/16	
印　　张	14.75	
字　　数	286 千	
版 印 次	2020 年 12 月第 1 版　2020 年 12 月第 1 次印刷	
书　　号	ISBN 978-7-308-20777-5	
定　　价	49.00 元	